Nach diversen Stationen weltweit hat sich **Lili B. Wilms** mit ihrer Familie im Süden Münchens niedergelassen. Als Ausgleich zur Tätigkeit der nüchternen Wortdrechslerei im Hauptjob schreibt die Hybridautorin gefühlvolle Liebesgeschichten aller Art, aber immer in queerem Kontext. Aus einer tiefen Sehnsucht heraus setzt sie ihre Protagonist:innen an die Orte, die sie besucht und wo sie gelebt hat. So träumt sie sich dahin zurück. Getreu dem Motto »jeder Mensch verdient ein Happy End«, ist sie immer auf der Suche nach dem perfekten (und romantischen) Finale für ihre Charaktere.

Föhr immer

DEAN & ARVED

LILI B. WILMS

Erstausgabe April 2024

Copyright © 2024 dp Verlag, ein Imprint der
dp DIGITAL PUBLISHERS GmbH
Made in Stuttgart with ♥
Alle Rechte vorbehalten

Föhr immer

ISBN 978-3-98778-824-6
E-Book-ISBN 978-3-98778-796-6

Covergestaltung: Buchgewand
Umschlaggestaltung: ARTC.ore Design
unter Verwendung von Motiven von
stock.adobe.com: © taniKoArt, © Randika, © mpix-foto
depositphotos.com: © mimagephotos
shutterstock.com: © kiuikson

Lektorat: Mareike Westphal
Satz: dp DIGITAL PUBLISHERS GmbH
Druck und Bindung: Books on Demand GmbH, Norderstedt

Kapitel 1

Dean

Meine Nerven waren kurz vorm Zerreißen.

Mit noch mehr Kraft als zuvor klopfte ich mit dem Handy gegen meinen Oberschenkel. Als ob ich ihm so Leben einprügeln könnte. *Himmel!* Der Jetlag steckte mir in den Knochen, und klares Denken war heute schwierig. So würde ich in dieser Einöde keinen Empfang erhalten.

Aus zusammengekniffenen Augen sah ich mich um. Grüne Wiesen. Nicht das geringste Anzeichen von Strand, Insel oder Meer. Alles, was ich von der Fähre aus beobachtet hatte, war mit meinem Ausstieg aus dem Bus von Wyk hierher verschwunden. Mitsamt dem Handyempfang.

Weder mein Kunststudium noch die Jobs in Coffeeshops hatten mich je vor die Aufgabe gestellt, ohne Handyempfang ein Problem zu lösen. Verdammt!

Ich atmete lange aus. Weit und breit war nichts vom Hotel meiner Gastfamilie zu sehen. Nur wenige Meter – wie weit das auch immer sein mochte – von der Haltestelle entfernt sollte mein Zuhause für die nächsten sechs Monate sein.

Doch nichts davon war in Sicht. Kein Schild, keine Hotelanlagen. Nur die Mitte von Föhr. Unendliche grüne Weiten. Machten die alle Mittagsschlaf?

Ich sah links und rechts die Straße – den geteerten Weg – entlang. Nichts. Auf der gegenüberliegenden Seite waren Koppeln. Daran schlossen sich landwirtschaftliche Gebäude an. Zumindest hielt ich das Ganze für einen Bauernhof.

Ich war ein vierundzwanzigjähriger New Yorker und würde mich von ein bisschen Orientierungslosigkeit nicht unterkriegen lassen.

Aus den Tiefen meines Inneren zog ich die letzte Entschlossenheit, die ich nach meiner Reise noch finden konnte, und überquerte mit meinem Gepäck auf den Schultern die Straße. Es erschwerte jeden Schritt, doch mit dem Mut der Verzweiflung stapfte ich zwischen den Gattern, die die Wiesen einzäunten, auf die Gebäude zu. Die Kühe darauf warfen mir nur einen kurzen Blick zu und widmeten sich dann wieder ihrem Gras. Die roten Ziegel des Hauses und der Stallungen strahlten mich warm an. Wärmer als alles, was mir bisher auf dieser Insel begegnet war.

Auf dem Hof begrüßten mich nur ein paar Hühner in einem Gehege. Verflixt. Hier war niemand. Ich kramte mein Telefon hervor. Spitze. Auch hier kein Netz. Wo zum Henker war ich hier gelandet? *Kommt schon, Tine,*

Uwe. Direkt an der Bushaltestelle? Wollt ihr mich verarschen?

Ein gellender Schrei riss mich aus meinen Gedanken. Eine Ziege streckte ihren Kopf aus einer Scheune. Und ... bellte? Nein, sie gab ein absolut wirres Geräusch von sich. Erneut zuckte ich zusammen. Langsam trat sie vollends aus der Deckung und ließ mich dabei nicht aus den Augen. Ich wich einen Schritt zurück. Die Ziege kam einen Schritt auf mich zu. Schon wieder gab sie ihren bellenden Kreischlaut von sich. Wie zu einem Duell standen wir uns gegenüber.

»He! Was treibst du hier?«

Die unbekannte Stimme überfiel mich von hinten, und ich fuhr herum. Ha. Meine Muttersprache hatte ich schon lang nicht mehr in dieser Tonlage gehört. Hinter mir baute sich ein Kerl in Jeans und groben Schuhen auf und sah mich mit gerunzelter Stirn an.

»Oh. Wow, zum Glück bist du da. Dieses Vieh hier greift mich an.«

»Cindy? Cindy tut keiner Seele was zuleide.«

Um mich komplett blöd dastehen zu lassen, lief Cindy an mir vorbei auf den Typen zu und rieb ihren Kopf an seinem Knie. Er beugte sich zu ihr und tätschelte ihre Hörner, was mir die Gelegenheit gab, ihn zu mustern. Er war wohl etwas älter als ich. Ob er die dreißig schon erreicht hatte? Auf jeden Fall war er der Herr des Hauses. Zumindest strahlte er die entsprechende Autorität aus. Darüber täuschte auch nicht hinweg, wie er mit der Ziege umging. Das Gefühl, er wollte mich mit einer Mistgabel vertreiben, blieb.

Aber seine grimmige Miene war verschwunden, und er lächelte sanft auf diese seltsame Kreatur hinab. Er wirkte nicht mehr bedrohlich, sondern zugänglich. Erst jetzt konnte ich erkennen, wie schön sein Gesicht war. Schön. Neben seinem linken Mundwinkel bildete sich ein Grübchen, das sogar unter den Bartstoppeln zu erkennen war.

Hübsch wahrscheinlich auch. Seine Nase dominant, auffällig genug, um ihn ein bisschen verwegen wirken zu lassen, aber symmetrisch genug, damit er als klassisch attraktiv galt. An seinen vollen Lippen zupfte ein Lächeln, das meinen Blick gefangen hielt. Er strich durch Cindys Haar, und seine Augen strahlten eine Wärme aus, die sich um ihn herum ausbreitete. Seine ganze Körperhaltung hatte sich verändert. Das breite Kreuz wirkte nicht mehr so bedrohlich, sondern beschützend.

»Ach ja? Kann ich sie auch streicheln?«

Der Typ hob den Kopf. Unsere Blicke trafen sich, und seine Entspanntheit verpuffte. Er presste seine Lippen zu einer harten Linie zusammen und starrte mich an. Seine Mimik war wie Tausende kleine Sandkörnchen in einem heftigen Sturm, die gegen nackte Haut getrieben wurden. So intensiv, dass mein ganzer Körper pikste und kribbelte. Um die Vorstellung davon zu vertreiben, rieb ich mir über den Arm.

»Sie ist auf Eindringlinge nicht gut zu sprechen. Du hast hier nichts verloren.«

Welche Laus war dem über die Leber gelaufen? Demonstrativ zog ich eine Augenbraue hoch.

Als Antwort presste er seinen Kiefer stärker zusammen, sodass seine Kinnlinie noch dominanter hervortrat. Wieso waren gutaussehende Typen immer so furchtbar ätzend?

Ich gab es auf. »Wie dem auch sei. Es tut mir leid, dass ich störe, aber ich suche ein Hotel, das hier an der Bushaltestelle sein soll.«

»Hier ist kein Hotel.«

Mein Herz setzte zum Zwischengalopp an und versetzte mich in eine mittelschwere Panik. »Bin ich an der falschen Haltestelle?«

»Woher soll ich das wissen?« Demonstrativ drehte sich Grummel um und marschierte den kurzen Weg zurück zu einer der Weiden. Er öffnete sie und stakste auf einen kleinen Unterstand daneben zu.

Brummend stapfte ich hinterher. »Es ist das *Uun't Waanjhüs*«, erklärte ich.

Er hielt kurz inne und ging dann weiter auf ein Quad zu. »Noch nie gehört.«

»Noch nie gehört? Gibt es nicht …? Kannst du nicht …?« Es war zum Verzweifeln. Ich wollte zu meiner Gastfamilie. War ich einem Betrug aufgesessen? »Aber es muss hier sein.«

Mittlerweile war er auf den Sitz des Gefährts geklettert und musterte mich nachdenklich. »Wie, hast du gesagt, heißt das?«

»Uun't Waanjüs«, quälte ich jedes Wort aus mir heraus, um es korrekt auszusprechen. Mein Deutsch war tadellos. Mein Friesisch hingegen ließ zu wünschen übrig.

Er kniff die Augen leicht zusammen, so als überlegte er krampfhaft, rieb sich das Kinn und nickte kurz. Hoffnung waberte in mir hoch. Bis er in der nächsten Sekunde den Kopf schüttelte. »Ne. Gibt's nicht.«

»Aber …!« Der Kerl drehte den Zündschlüssel um, und mein Protest ging im Motorengeräusch unter. Ich zuckte zusammen und trat erschrocken zur Seite. In Schrittgeschwindigkeit fuhr er an mir vorbei.

»Kann ich dann wenigstens telefonieren? Ich hab hier keinen Empfang. Ich muss dahin.«

Er fuhr auf die Koppel und stieg von seinem Fahrzeug ab. Nachdenklich kratzte er sich am Kopf. »Ein Hotel sagst du?«

»Ja! Hier!«, schob ich nachdrücklich hinterher. Irritiert hielt ich inne. Was passierte hier?

»Wie heißt es?«

Frustriert warf ich die Hände in die Luft. »Uun't Waanjüs!«, wiederholte ich ungeduldig.

»Sag noch mal!«

»Juun't Wäänjüs!« Diesmal betonte ich es ein bisschen amerikanischer. Und ein bisschen lauter. Es stimmte was mit meiner Aussprache nicht. Ich versuchte, mich zu erinnern, wie Tine den Namen des Hotels formuliert hatte. Aber sie hatte immer nur vom *Hotel* gesprochen.

Der Typ hob einen Finger und deutete auf mich. Seine Augen blitzten auf. »Jetzt, da du es sagst. Irgendwie kommt es mir bekannt vor. Wie heißt es genau?«

»Schluss damit, Arved!« Wir rissen beide unsere Köpfe in Richtung der Stimme, die zwischen uns fuhr.

Hinter mir stand Tine, mit den Händen in die Hüften gestemmt. Obwohl wir bisher nur per Videotelefonie gesprochen hatten, erkannte ich meine Gastmutter sofort. Sie warf Arved einen giftigen Blick zu. Als sie mich ansah, lächelte sie. »Wie schön, dass du es geschafft hast!«

Geschafft war relativ.

»Und du …« Sie zerschnitt die Luft vor ihr mit ihrem Zeigefinger und fuchtelte in Arveds Richtung. »Du kennst unser Hotel sehr wohl.«

»Ach, *euer* Hotel. Das Uun't Waanjüs! Natürlich kenn ich das. Aber das hat er nicht gesagt.« Seine Stimme schwang humorvoll. Der Mistkerl! Er presste seine Lippen zusammen. Das Grinsen konnte er sich kaum verkneifen.

Zugegebenermaßen sprach er den Namen anders aus als ich. Dennoch! Verarschte mich der Vollpfosten? Hitze stieg in meine Wangen. Sollte das ein Witz sein? War ich unwissend zu einer Witzfigur gemacht worden? Nun presste ich die Lippen zusammen und starrte den Ziegenflüsterer an. Meinen ganzen Ärger legte ich in meinen Blick. Hoffte ich.

»Aber das Wort Hotel verstehst du schon, oder?«, forderte ich ihn heraus.

Doch der Bauer hob nur seine Schultern.

Sein Mundwinkel zuckte erneut. »Hotels gibt es viele. Und den Namen hast du nicht gesagt.«

Was sollte ich hierauf erwidern? Aber unseren Anstarrwettbewerb würde ich gewinnen.

»Jetzt sammle deine Urlauber ein, Tine, und entschuldige mich. Ich habe zu tun und kann mich nicht um die Bespaßung von Stadtmenschen kümmern.« Er fuhr zu meiner Gastmutter herum.

Leider konnte ich meinen kleinen Sieg darüber, dass er den Blickkontakt als Erster abgebrochen hatte, nicht lange feiern. Was war falsch daran, ein Stadtmensch zu sein? Woher wollte er wissen, ob ich ein Stadtmensch war? Sah man mir New York an? War es meine Kleidung? Meine Jeans war modern weit geschnitten und stylisch. Und meine Schuhe hatten einen Absatz. So what? Ich verheimlichte meinen Glamour mit Sicherheit nicht! Wieso sollte der etwas Negatives sein?

»Ich bin kein Hotelgast.« Irgendetwas musste ich erwidern.

Seine Stirn legte sich in Falten, als überlegte er, was meine Worte bedeuteten. Er sah mich von Kopf bis Fuß an. Unverhohlen. Mit einer Intensität, dass ich sie zwischen dem Aprilwind, der um uns wehte, und meiner Jacke auf meiner Haut spüren konnte. *What the fuck?*

Sein Blick schnellte zurück in mein Gesicht. »Mhm.«

»Dean ist unser neues Au-pair für die Saison. Und ich wäre froh, wenn du ihn nicht vergraulen würdest. Wir sind auf ihn angewiesen. Oder willst du auf die Kinder aufpassen?«

Arveds Gesicht verzog sich, als ob er auf etwas Saures gebissen hätte. »Red keinen Mist. Und du weißt, dass niemand was auf dem Hof verloren hat.«

»Und du weißt, dass dort drüben unser Hotel ist«, konterte Tine.

»Euer Hotel ja, aber er ...«

Tine hielt abwehrend die Hand hoch und Arved verstummte. »Schluss mit den Kindereien. Es geht darum, dass du unsere Gäste nicht vertreiben sollst.«

»Ich dachte, er ist kein Gast?« Arved stellte auf stur und sah Tine herausfordernd an.

»Er hätte es aber sein können. Das geht nicht Arved. Wirklich, egal ...« Mit einem frustrierten Laut legte Tine ihre Hand, wie zum Schutz, auf meine Schulter. »Lass uns friedlich koexistieren, ja?«

»Das können wir, Tine, das weißt du. Aber die Leute müssen hier wegbleiben. Das ist kein Spielplatz.«

»Ich tu, was ich kann.« Offenbar waren die beiden zu einer Einigung gekommen.

Cindy kam zu uns und stellte sich neben mich. Sie rieb ihren Kopf an meinem Oberschenkel, gab ihren seltsamen Laut von sich und trottete auf Arved zu, der das Gatter hinter ihnen schloss. Als er mit dem Quad davonfuhr, lief Cindy neben ihm her. Was für ein Duo.

»Willkommen auf Föhr, Dean!« Mit einem schiefen Grinsen hielt mir Tine die Hand hin.

Mit klopfendem Herzen schüttelte ich sie. »Danke dir! Jetzt bin ich ja wirklich angekommen.« Ich sah zurück auf die Weide, auf der Arved verschwunden war. Nicht jeder auf Föhr hieß mich willkommen.

***

Das Hotel lag tatsächlich nur wenige Schritte von der Bushaltestelle entfernt. Schräg hinter Arveds Hof, verborgen von einer eingewachsenen Hecke. Und das Gestrüpp ragte über ein Schild hinweg.

»Wir schneiden das in den nächsten Tagen frei. Wir haben das Hotel noch nicht lange. Erst die dritte Saison. Und immer ist was anderes wichtiger gewesen. Die Renovierung war so unfassbar aufwändig. Aber irgendwann müssen wir uns was für diesen kompletten Verwuchs einfallen lassen.« Sie lief so schnell, dass sie die Sätze mit kurzen Atemstößen vor sich hin feuerte.

Ein grünes Monster. So stellte ich mir die Hecke in Dornröschen vor, hinter der niemand die Prinzessin finden konnte. Genauso wenig wie das Hotel.

»Hier ist die Rezeption.« Tine führte mich über die Anlage und zeigte mir die zentralsten Punkte. Wir liefen das große umgebaute Wagenhaus entlang. Das Erste, was ich davon sah, war das große Tor an der Breite des Hauses zur Straße hin. Es dürfte keinen großen Nutzen mehr haben, gab dem Gebäude aber einen ehrwürdigen, traditionellen Anstrich. Wie eine überdimensionale Scheune, die mehrstöckig im Zentrum des Areals thronte. Von außen in Holz verkleidet ließ jeder Blick durch die Fenster erahnen, dass es modern eingerichtet war. Es erinnerte mich stilmäßig an New Yorker Loftwohnungen mit hohen Decken, alles in Naturmaterialien und hellen, freundlichen Tönen.

»Hier gibt's das Frühstück für die Gäste.« Hinter den großen Glasfenstern tummelten sich ein paar Leute. »Im Moment trinken einige, die schon von ihren Ausflügen zurück sind, Kaffee in der Lounge.«

Das wäre jetzt nicht schlecht.

»Und hier«, wir umrundeten das Haupthaus und gingen auf ein kleines niedliches Reetdachhaus zu, »wohnen wir.«

»Es ist wunderschön.« Endlich löste freudige Aufgeregtheit meinen Stress ab, und ich betrachtete jeden Winkel der weißen Außenfassade mit den kleinen Fenstern. Das war mein Zuhause auf Zeit.

»So. Das Wichtigste für die Au-pairs gleich mal zuerst: Hier solltest du WLAN haben. Ansonsten ist das Netz hier nämlich nicht sonderlich stabil.«

Das hatte ich schon mitbekommen.

Tine werkelte an der Haustür herum. »Entschuldige bitte nochmals, dass ich dich nicht holen konnte. Heute ist mal wieder der Teufel los!«

»Das ist kein Problem. Es ist auch nicht eure Schuld, dass ich das Hotel nicht gefunden habe.«

Sie seufzte. »Arved ist kein schlechter Kerl. Er ist nur ... schwierig. Störrisch, wie seine Ziege, die denkt, sie sei ein Hund.«

Erleichtert lachte ich auf. »Richtig! Das Gefühl hatte ich auch. Ich meine, das mit der Ziege. Arved ...« Arved war heiß. Obwohl er mich zur Weißglut gebracht hatte. Aber genau das entsprach ja meinem Typ. Unmöglicher Mistkerl, der mich reizte und an der Nase herumführte. Nicht, dass es irgendein Anzeichen gegeben hätte, dass Arved an mir interessiert war. Sein Blick, der mir bis unter die Haut gegangen war, konnte alles bedeuten. Dass er nächstes Mal eine Kuh auf mich hetzen würde, wenn ich seinen Hof betrat, zum Beispiel.

Tine drückte die Haustür auf. Ihr helles Lachen erklang in dem niedrigen Eingangsbereich. »Er ist wirklich ein guter Kerl. Und ich verstehe, dass die Gäste nerven können. Aber sie sind für uns, für die meisten Leute auf der Insel, unser Einkommen. Bleiben sie aus, können wir nicht überleben. Na ja. Viele Berührungspunkte solltest du nicht mit ihm haben.«

Das war eine Erleichterung. Ich hatte sicher genug zu tun, da brauchte ich keinen heißen Farmer, der mich verarschte. Die Wut stieg wieder in mir hoch. Es gab keinen Grund für mich, sich zu schämen. Ich hatte das Friesisch falsch ausgesprochen. Das passierte sicher auch anderen Leuten.

Meine Gedanken über einen bestimmten Bauern kamen abrupt zum Erliegen.

Aus einer Tür lugte eine Nase. Ein skeptisch verzogenes Gesicht samt zwei brauner Augen, die mich neugierig musterten.

»Du bist kein Mädchen«, stellte das kleine Wesen fest.

Ich unterdrückte ein Schmunzeln. »Nein, das bin ich nicht. Aber du bist Bo. Stimmt's?«

Bo atmete schwer aus für einen Fünfjährigen. »Richtig.« Er sah zu seiner Mutter. »Glück gehabt!«

Irritiert sah ich zu Tine, die abwinkte. »Danke, Bo, für dein Vertrauen.« Sie wandte sich an mich. »Bo hat gesagt, das nächste Au-pair muss ein Junge sein. Sonst ... Ich habe ehrlich gesagt vergessen, was er uns angedroht hat.« Sie ging zu ihrem Sohn und stupste ihm gegen die Nase. »Ich habe dir gesagt, Dean kommt. Das weißt du doch.«

»Man kann nicht vorsichtig genug sein«, erklärte das Kind mit der Schwere eines Fünfzigjährigen in der Stimme.

Nun konnte ich ein Glucksen nicht mehr unterdrücken. Schnell bemühte ich mich, zu erklären: »Du hast völlig recht, Bo. Lieber Vorsicht als Nachsicht.«

»Richtig.« Bo grinste mich an.

»Wo ist eigentlich Jule?«, wollte Tine wissen.

»In ihrem Zimmer.«

»Und Papa?«

»Kurz rüber, weil ... irgendwas.«

Seufzend hängte Tine ihre Jacke an die Garderobe. Ich tat es ihr gleich und zog die Schuhe aus.

»Bo, zeig doch Dean schon mal sein Zimmer.«

»Au ja.« Der Kleine drehte sich nicht mehr nach mir um, sondern flitzte die Treppenstufen hoch.

Ich deutete hinter ihm her. »Soll ich ...?«

»Immer Bo nach. Ich bin gleich bei euch.«

Deutlich langsamer folgte ich Bo. Auf einer Zwischenebene mit mehreren Zimmertüren sah ich mich um. Wo war ...?

»Dean!«, erscholl es von oben. Mein Blick folgte dem Ruf, der von einer weiteren schmalen und steilen Treppe kam. Als ich sie betrat, sah ich, dass sie auf einer winzigen Ebene endete, an die sich direkt ein Raum anschloss. Ich ging durch die geöffnete Tür und fand Bo, wie er auf einem großen Bett, das mit einer weißen Tagesdecke bedeckt war, herumsprang.

Ich sah mich hastig um, um mir einen schnellen Überblick zu verschaffen. Mein Herz tat einen Satz. Das Zimmer war wunderschön und komplett in Weiß und Hellblau gehalten. Ein Vintage-Sessel stand in einer Ecke, daneben befand sich ein kleines Fenster mit einem hölzernen Fensterkreuz. Es erinnerte mich an ein Guckloch auf einem Schiff. Eine Kommode im Shabby Chic. In einem anderen Eck ein ebenfalls dunkelweißer Schrank. Es war alles nicht viel, aber so heimelig, dass ich am liebsten erleichtert gestöhnt hätte. Es war das eine, jemandem über eine elendig lange Distanz zu vertrauen, und etwas ganz anderes, festzustellen, dass alles, was die Leute versprochen hatten, zutraf. Mit einem erschöpften Seufzen setzte ich mich auf das Bett.

Erst jetzt bemerkte ich, wie mir die Kraft ausging. Meine Beine wurden schwer, und an meinem Rücken zogen bleischwer die Strapazen meiner Reise. Ich war seit Stunden unterwegs. Mein Zwischenstopp in Hamburg war wie ein Wimpernschlag vergangen. Die Fähre, die Odyssee über Arveds Bauernhof hatten das Adrenalin in mir hochgehalten.

Endlich war ich an dem Ort, an den ich hingehörte.

Hinter mir sank die Matratze in einem regelmäßigen Rhythmus ein.

»Da. Ist. Das. Klo.« Bo setzte auf jeden Sprung ein Wort. Ich folgte mit meinem Blick seinem ausgestreckten Finger, der auf eine kleine Tür zeigte.

Ich stand auf und öffnete sie. Ein winziges Badezimmer en suite schloss sich an meine Kammer an. Es hatte kein Fenster. Nur Toilette, Dusche mit Vorhang und ein kleines Waschbecken. Wunderbar.

»Na, ihr zwei?«

Ich sah zurück ins Zimmer. Tine und Jule, ich hatte das Mädchen schon auf Bildern gesehen, standen im Türrahmen. Beide hatten halblange blonde Haare und helle Augen. Tine war ein gutes Stück höher gewachsen als ich und Jule vermutlich groß für ihr Alter. Unverkennbar Mutter und Tochter.

»Hast du alles gefunden?«, fragte meine Gastmutter.

»Es ist perfekt. Wirklich. Ich bin sehr glücklich.« Tatsächlich war ich extrem erleichtert. Die Familie war mir von Anfang an sympathisch gewesen, und das erste Gefühl bestätigte sich gerade.

»Hallo.« Jule sprach zurückhaltend und leise. Sie schaute auf den Boden vor sich.

Langsam ging ich auf sie zu. »Ich bin Dean.«

Erst jetzt hob sie den Blick. »Ich weiß.«

Eingehend musterte ich das Mädchen. Meine Kinderbetreuungserfahrung lag eher in der Mittagsbetreuung an der Middle School. Nicht bei Neunjährigen. Aber die Schnute, die Jule zog, war universal. Alters- und kontinentübergreifend.

»Magst du mir mal dein Zimmer zeigen?«

»Okay ...«

Jule ging die Treppe hinab. Bo hüpfte weiterhin auf dem Bett.

»Bo, runter vom Bett!«, befahl Tine.

»Nur noch kurz!«

»Bo!«

Bo knurrte vor sich hin und sprang mit einem großen Satz von meinem Bett, dass die Holzdielen unter seinen Füßen nur so krachten. »Na gut!« Er stapfte aus dem Zimmer.

Tine hielt mich am Arm zurück. »Jule vermisst unser altes Au-pair. Nach wie vor telefonieren die beiden einmal die Woche. Mit ein bisschen Zeit …«

»Das ist kein Problem. Ich verstehe das. Selbst für mich ist das hier alles ziemlich überwältigend. Und ich bin erwachsen. Wir raufen uns schon zusammen.«

Erleichtert sah sie mich an. »Super.«

Ich sah Jule hinterher. Auf dem Treppenabsatz warf sie mir einen Blick zu. Hoffentlich würde ich recht behalten.

***

Am Abend, während Tine die letzte Schicht an der Rezeption übernahm und Bürokram erledigte, fuhr Uwe mit Jule, Bo und mir mit dem Fahrrad ans Meer.

»Damit du die Gegend gleich kennenlernst«, rief er mir über den Wind, der uns um die Ohren pfiff, zu.

Der Weg führte uns an Arveds Bauernhof vorbei. Er lehnte gegen ein Auto, das vor dem Hauseingang parkte. In Jeans, Hemd und Sneakers, mit dem Handy in der Hand. Mit seinem entspannten Blick darauf wirkte er, als hätte er keine Sorgen in der Welt. Hatte ich heute Nachmittag gedacht, dass er ein Schnittchen war, blieb mir jetzt die Spucke weg und ich musste aufpassen, nicht vom Rad zu fallen. Schick und leger gleichzeitig. Wie er wohl roch? War das sein Date-Outfit? Was ging es mich an? Nichts. Überhaupt gar nichts.

Energisch richtete ich den Blick nach vorne. Ich musste mich konzentrieren. Es war Jahre her, seit ich das letzte Mal Rad gefahren war. Und der Wind machte es mir nicht leicht, das Gleichgewicht zu halten.

Zwischen Uwe und mir trat Bo voller Elan in die Pedale. Jule fuhr nahe bei ihrem Vater.

»Hier beginnt Nieblum«, rief dieser mir über seine Schulter zu.

Wir fuhren an nahe beieinander liegenden Reetdachhäusern vorbei, vor denen die ersten Frühlingsblumen blühten, und über das idyllische Kopfsteinpflaster weiter auf die See zu. Gleichzeitig versuchte ich mir, die Details einzuprägen. Einen Bäcker. Ein Café. Einen Supermarkt. Weiß getünchte Häuschen. Bunte Fensterrahmen, die nicht wirklich Einblick gaben in das Innenleben der historischen Gebäude.

Um die Jahreszeit war die Insel noch nicht von Touristen überlaufen. Doch ich bildete mir ein, den einen und die andere auszumachen.

Vor einem Teeladen unterhielt sich eine Bedienung mit einem Paar, das sich in einem Strandkorb in eine Decke kuschelte. »Zumindest seid ihr rechtzeitig aus dem Watt zurückgekommen«, meinte sie gerade und stellte dampfende Tassen vor die beiden Gäste.

Was die beiden Teetrinker antworteten, konnte ich nicht mehr hören. Schon ließen wir sie hinter uns. Das Grüppchen wirkte wie aus einem Nordsee-Werbefilm.

Schließlich verließen wir den Ortskern. Das holprige Kopfsteinpflaster wurde von einer Teerdecke abgelöst, und mein Rad rollte endlich wieder flüssiger voran.

Die Häuser wirkten nicht mehr alle wie aus einem Inselmärchen. Modernere Bungalows wechselten sich mit winzigen Reetdachhäuschen ab, die wie aus einer anderen Zeit wirkten. Doch was die meisten Gebäude verband, waren die blau-rot-weißen Schleswig-Holsteinischen Fahnen und Strandkörbe in jedem zweiten Garten. Ob sich da jemand reinsetzte, wenn doch das Meer nur wenige Meter entfernt war?

Vereinzelt wiesen Schilder die Häuser als Ferienwohnungen aus. Wir fuhren am *Möwennest* vorbei, auf das ein *Strandhus* folgte. Gierig sog ich alle Besonderheiten dieser völlig ungewohnten Umgebung ein. Die kargen Sträucher, die die Gebäude von den Nachbarn trennten. Ein blaues Gartenholztor, das eher einlud, sich dem Anwesen zu nähern, statt abzuschrecken. Die schiefen Wände unter den Schilfdächern. Modernste Gartenmöbel auf der anderen Straßenseite.

Die Details prasselten auf mich ein und huschten auf unserer Fahrt nur so an mir vorbei, dass ich sie kaum aufnehmen konnte.

Der Eindruck eines Städtchens verflog mit jedem Meter, den wir Richtung See fuhren, mehr. Sträucher schmiegten sich an Bäume, und selbst die mächtige Düne vor uns war mit zartem Strandhafer bewachsen. Dass wir uns faktisch noch in Nieblum befanden, war schier unglaublich.

Die Straße verengte sich und der Teer verschwand in einem Sandweg. Die Räder stockten und wir sprangen ab.

Den Rest der kurzen Strecke schoben wir und parkten unseren fahrbaren Untersatz auf einem speziellen Fahrradparkplatz. Bereits hier hörte ich die Brandung. Das Geräusch des regelmäßigen Rauschens schwappte beruhigend über mich.

Ein Lächeln stahl sich auf mein Gesicht. Ich liebte das Meer. Endlich würde ich es sehen.

Als wir den Bohlenweg zum Wasser entlanggingen, verstärkte sich das Meerfeeling. Der helle Sand knirschte leicht unter meinen Füßen. Wie er sich unter mir zusammenschob, spürte ich sogar durch meine Schuhe. Wir bogen durch eine Düne um die Ecke, und vor uns wartete das Meer. Instinktiv holte ich tief Luft und füllte meine Lungen mit der salzigen Brise. Eine tiefe Zufriedenheit erfüllte mich sofort. Das tat so gut! Es war wie nach Hause kommen.

Anscheinend war Flut, da die Wellen in Sichtweite auf den Strand schwappten.

»Da ist Polly!«, rief Jule noch und lief zu einem Mädchen.

»Gehen wir zum Strandkorb?«, wollte Bo wissen und deutete auf die wie an einer Perlenschnur aufgereihten Körbe, die sich den ganzen Strandabschnitt entlang streckten. Doch statt mit einladenden Decken ausgestattet, waren diese mit Gittern versperrt.

»Nein. Wir zeigen Dean nur kurz die Gegend. Wir fahren gleich wieder zurück«, erklärte Uwe.

Bo beachtete uns gar nicht mehr und lief auf das Wasser zu.

Ich schaute den Strand entlang. Betrachtete die Leute, die ihre Drachen steigen ließen. Die bunten Kreaturen zogen an den Schnüren in die grauen Wolken, die wie

Kissen über dem Horizont hingen. Wie buntes Konfetti, das sich eigenmächtig in eine graue Wand drängte.

»Das ist also das Meer.« Uwe kräuselte die Stirn, zuckte die Schultern und grinste mich schließlich an.

Ich lachte. »So, so. Wer hätte das gedacht?«

Entschuldigend neigte Uwe den Kopf. »Ich weiß nie, was ich den Au-pairs sagen soll. Was der einen gefällt, ist dem anderen schnurzegal. Ich hoffe, dass du dich gut einlebst. Wenn du was brauchst oder was wissen willst, gib Bescheid. Auch wenn wir beschäftigt sind, wollen wir, dass es allen auf dem Hof gut geht. Also dem Hotel. Es war mal ein Hof, bevor wir es umgebaut haben.«

»Hat Tine schon erzählt. Und ich verspreche, mich zu melden, falls was anliegt. Im Moment bin ich aber nur sehr froh, hier zu sein. Alles ist perfekt.«

Uwe nickte und sah zu seinen Kindern.

Ich ließ meinen Blick über die glitzernde Wasseroberfläche gleiten. Die Sonne stand bereits unterhalb des Horizonts. Die letzten Strahlen wandelten sich von einem warmen Gelb und Orange in kühlere Farben. Die Wolken am Himmel unterstützten den Effekt und brachen das Licht. Lockten die versteckten Blau- und Violetttöne hervor. Mit Sprenkeln von Rosa, wo die einzelnen Sonnenstrahlen durch Wolken sprossen.

Das war also die berühmte *Blaue Stunde*. Ein magisches Lichtspiel, das mich an eine vergessen geglaubte Sehnsucht in mir erinnerte. Zaghaft zog es in meiner Brust. So als vermisste ich einen alten Freund.

Fast alles war perfekt. Ich war immer noch ich. Und die Nachbarschaft war ... interessant. Und dabei sollte ich es belassen.

Kapitel 2

Arved

Cindy presste ihren Kopf gegen die Küchentür und stierte mich an. Mit einer Hand winkte ich ihr zu. Sie hob den Kopf und ihre Nase hinterließ einen feuchten Abdruck auf dem Glas. Ich schob mir einen weiteren Löffel Nudeln in den Mund. Zum dritten Mal in dieser Woche Nudeln. Ich musste endlich abwechslungsreicher kochen. Mir kam das Fertigzeug zu den Ohren heraus.

Erneut bellte meine Ziege mit Identitätsproblemen im Garten vor der Tür. Bevor ich losfuhr, musste ich sie in ihren Stall zu ihren Artgenossen sperren. Ob sie es wollte oder nicht. Ich drückte mich von der Küchenplatte ab. Und ich sollte mir angewöhnen, im Sitzen zu essen. Seufzend stellte ich mein Geschirr in die Spülmaschine.

All das Wie und Wo und Was ich aß, war egal. Da ich es immer allein tat. Für mich selbst einen derartigen

Aufwand zu betreiben, war sinnlos. Cindy und ich waren zufrieden, wie ich mein Abendessen verdrückte. Zumindest konnte ich mir das einreden.

Ich machte mich im Bad für den Abend fertig und schnappte mir meine treue Gefährtin aus dem Garten. Unter ihrem Protest brachte ich sie in den Freilauf zu ihren Artgenossen und kontrollierte dreimal, dass das Tor richtig verschlossen war. Ich schüttete einen abendlichen Snack in die Futterraufe. Die drei fielen sofort darüber her.

Mit einem letzten Blick über den Hof ging ich zum Auto.

Es war Wochen her, dass ich die Jungs auf ein Bier getroffen hatte. Aber der Tag war so seltsam verlaufen, dass ich rausmusste.

Mir ging dieser Kerl nicht mehr aus dem Kopf. Mein neuer Nachbar. Das Au-pair der Klaasens.

Als ich ihn zuerst entdeckt hatte, hatte ich ihn als einen Gast abtun können. Sein knackiger Hintern, die wilden Haare, die wohl eine moderne Frisur waren, die klaren Augen, die so voll Interesse an allem um sich geschaut hatten, hatten mir den Atem geraubt. Zum Glück hatte mich Cindy abgelenkt. Die Wehmut, dass ich nie einen Mann wie Dean haben konnte, war sofort wieder verpufft. Es war eine altbekannte Sehnsucht. Die Gewissheit, dass die Männer, für die ich mich interessierte, regelmäßig Touristen waren, löste diese in Rauch auf. Keine Touristen. Nie wieder. Einmal war genug. Ich fuhr über mein Brustbein. Dahinter zog irgendwas.

Im selben Moment hörte ich Bo vom Weg her schnattern. Er, Uwe, Jule und, ganz am Ende ihrer kleinen

Truppe, Dean fuhren den Weg am Hof vorbei. Schnell senkte ich den Blick.

Ich lehnte mich ans Auto, fischte mein Handy aus der Tasche und rief Fritjof an.

»Nein! Du sagst nicht ab. Auf keinen Fall. Ich werde es mir gar nicht anhören und jetzt auflegen«, rief mein Freund aus Kindertagen durchs Telefon.

»Himmel, warte doch mal. Ich komme«, rief ich dazwischen.

»Du kommst?«

Ich verdrehte die Augen. »Ja. Kannst du einen kleinen Umweg einlegen und mich abholen? Ich will mein Auto hierlassen und komme sonst zu spät.«

»Klar, kein Problem. Ich bin in zehn Minuten da. Alles klar bei dir?«

»Es ist alles bestens. Ich habe nur soeben beschlossen, dass ich heute alle Fünfe gerade sein lassen kann und mir einen freien Abend gönnen darf.«

»Und wie du das kannst! Ich bin sofort da.«

Ich schloss die Augen. Diesen einzigen Abend würde ich mir gönnen, zu bedauern, was nicht sein konnte. Es ging auch gar nicht um Dean an sich. Dieser hatte mich nur an meine Situation erinnert. Er stand für all das, was ich mir wünschte und nie haben würde.

Dean selbst war vermutlich ohnehin ein unsympathischer Vogel. Obwohl er nicht so gewirkt hatte. Vielmehr hatte es mich ziemlich beeindruckt, wie er mir immer wieder das Friesisch um die Ohren gehauen hatte. Dabei war er nachdrücklich und höflich geblieben. Und sexy. Ich schüttelte den Kopf über meine sinnlosen Gedanken. Mit meinem dummen Spaß hatte ich wahrscheinlich jede Chance auf nur eine entfernte Bekanntschaft verspielt. Eigentlich sollte ich froh sein, dass meine erste Reaktion war, attraktive Kerle auf Abstand zu halten.

Und trotzdem war da der Frust, dass ich nie herausfinden würde, wie ein Mann, der mich interessieren könnte, wirklich war, der sich wie eine Bleidecke auf mich legte. Einen Abend würde ich es zulassen, mich selbst zu bemitleiden, und dann mit meinem Leben, das wunderbar war, weitermachen.

Ich hatte vielleicht keinen Mann, würde nie eine Familie haben, aber ich hatte mich, meinen Hof, Cindy. Meine Freunde. Waren meine Freunde tatsächlich meine Freunde, wenn sie mich nicht wirklich kannten?

Energisch trat ich vom Auto zurück. *Schluss mit den Flausen!*

Ich lief noch mal zu den Kühen, die, wie nicht anders zu erwarten war, im Freilauf lagen und sich entspannten. In dem Moment wollte ich eine Kuh sein.

Als ich zurück auf den Hof ging, kam Fritjof die Auffahrt entlang. Ich setzte mich auf den Beifahrersitz, und er wendete sofort.

»Kommst du grad vom Fußball?« Das ganze Auto müffelte nach was auch immer.

»Klar, du kriegst echt nichts mehr mit. Wird Zeit, dass du wieder unter Leute kommst. Wie lange haben wir uns nicht gesehen?«

»Ist schon ’ne Zeit her«, stimmte ich Fritjof zu. Er fuhr sich durch die noch leicht feuchten dunklen Wellen und wischte seine Hand an der Jeans ab. Meine Arbeit forderte mich zum Glück körperlich genügend. Dafür, mich wie Fritjof beim Sport fit zu halten, hätte ich gar keine Zeit.

Mein Kumpel brachte mich auf den neuesten Stand, was unseren Freundeskreis anging. Wer mit wem und wer die Insel verlassen hatte. Wegen eines Jobs. Wer zurückgekehrt war, wegen einer Scheidung. Doch der Kern unserer Gruppe war unverändert. Und ich hoffte, dass es immer so sein würde. Auch wenn sie nicht alles über mich wussten, war ich froh, vertraute Leute zu haben. Ich liebte den Hof. Aber hin und wieder wurde es einsam. Und niemand verlangte ernsthaft von mir, dass ich mich erklärte, weil ich vier Wochen nirgends aufgetaucht war.

Fritjof parkte an unserer Stammkneipe, und ich konnte die meisten unseres Freundeskreises bereits durch das Fenster entdecken. Hinter ihm betrat ich den *Alten Schuh*, und der alberne Haufen tat so, als wäre ich von den Toten auferstanden. Nachdem sie mich hinreichend aufgezogen hatten, wurden zwei Bier für mich serviert. Ich fragte nicht nach, sondern trank.

Während meine Freunde über irgendein Fußballspiel redeten, genoss ich es, unter Leuten zu sein. Das Gewusel in der Kneipe um mich herum tat gut. Mein Blick wanderte aus dem Fenster hinaus auf den Gehweg, wo ich Bo und Dean entdeckte, die ihre Räder schoben. Bo gestikulierte wild, und Dean lachte ein breites Lachen, das sein ganzes Gesicht erhellte. Seine Wangen waren gerötet. Seine Augen glänzten, und seine Wuschelhaare standen noch schlimmer in alle Himmelsrichtungen als heute Nachmittag. So als wäre der Wind in sie gefahren und hätte sie mit beiden Händen durchgerubbelt. Wie sie sich wohl anfühlten? So weich, wie sie aussahen? Oder verwendete er irgendwelche Mittelchen? Erst jetzt entdeckte ich Uwe und Jule, die ein Stückchen vor ihnen gingen.

Ich sah zurück zu Dean. Eine Saison. Ein halbes Jahr. Wie lebte jemand wie Dean? Mit Sicherheit völlig anders als ich.

Wo kam er her? Was tat er, wenn er nicht Au-pair war? Wieso Föhr? Aber es war albern, sich diese Fragen überhaupt zu stellen. Sie hatten keine Konsequenz für mich. Sobald er sie beantwortet hätte, würde ich mehr Fragen haben. Und er würde dennoch nach wenigen Monaten gehen. Zu einem Leben, das spannender war als ein Bauernhof auf Föhr. Und ich würde hierbleiben und davon träumen, dass sich ein Mann – vielleicht ein Mann wie Dean – für mich entscheiden würde. Der Weltschmerz hatte mich heute Abend wirklich im Griff.

»Arved!«

»Was?« Ich schrak hoch und sah zu Lars, der mich erwartungsvoll ansah.

»Wo bist du denn in Gedanken? Du bist ja völlig weggetreten. Was gibt's da draußen zu sehen?«

»Nichts gibt's da. Gar nichts.« Ich zwang meinen Blick von Dean weg und starrte Lars ins Gesicht.

»Junge, Junge, du musst öfter unter Leute. Oder jemand muss auf deinen Hof. So geht's nicht weiter mit dir.«

»Ne, lass mal. Das passt schon«, versuchte ich abzulenken.

»Du brauchst ’ne Frau. Eine, die dir ein bisschen unter die Arme greift, die dich tröstet, wenn es zu einsam wird bei deinen Tieren.«

An dem Satz war so viel falsch, dass ich nur den Kopf schütteln konnte. Das Letzte, was ich brauchte, war eine Frau. Aber das wusste Lars nicht. Und es bestand keine Notwendigkeit, dass er das erfuhr. Das Konzept, einen Partner zu finden, der sein Leben mit mir teilte, war rein theoretisch. Es würde keine Realität werden. Für einen Traum musste ich mein Innerstes nicht nach außen kehren, wenn ich ohnehin nicht sicher war, wie meine Kumpel die Neuigkeit, dass ich schwul war, aufnehmen würden. Sprüche über queere Menschen hatte ich in diesem Kreis oft genug gehört.

Und was ich schon gar nicht wollte, war jemand, der mir bei der Arbeit unter die Arme griff. Dafür hatte ich einen Lehrling, meinen Bruder, Lohnunternehmer.

Ich wollte einen Partner. Jemanden, der bei mir war, weil er es wollte. Mich wollte. Die Gedanken setzten sich als Worte auf meine Zunge. Doch ...

»Ach, wo soll ich denn plötzlich eine Frau herzaubern?«, fragte ich sinnentleert.

»Lisa ist doch wieder single.«

»So ein Quatsch«, protestierte Hauke. »Die heiratet. Den Bruder von Sonia.«

»Doch nicht die Lisa«, konterte Fritjof. »Oles Schwester.«

Ich hörte nur mit einem Ohr zu. Mir war Lisa – welche auch immer – herzlich egal.

Nach einem tiefen Schluck wagte ich einen flüchtigen Blick auf den Gehweg, der komplett leer war. Es war schon spät. Bo und Jule mussten ins Bett. Und auch sonst war im Ort nichts mehr los. Ich konnte innerlich nur den Kopf über mich schütteln.

Als eine Runde Korn auf den Tisch gestellt wurde, griff ich zu. Mehrfach. Heute Abend würde ich mir das erlauben. Morgen früh, wenn ich die Kühe füttern musste, würde ich es bereuen. Doch jetzt wollte ich jegliche Erinnerung an Rainer, die Dean in mir hervorgerufen hatte, verdrängen. So lange hatte ich mit niemandem darüber geredet. Da konnte ich den Frust auch weiter in mir tragen.

Doch immer, wenn ich es geschafft hatte, Rainer aus meinen Gehirnwindungen zu schieben, rutschte Dean nach. Sein Lachen, sein irritierter Blick, seine zornig funkelnden Augen und seine Wärme, wenn er mit Bo redete. Wahrscheinlich stand Dean nicht mal auf Kerle. Und wenn doch, sicher nicht auf solche wie mich. Oder? Hatte sein Blick nicht ein gewisses ... Interesse enthalten? Das Gefühl von Möglichkeit war unerträglich. Ich musste es betäuben.

Als ich ein Alkoholpensum erreicht hatte, das meine Gedanken in die letzten Hirnwindungen zurückgedrängt hatte, wollte ich gehen. Sofort. Ich hatte weder Lust auf Fritjof zu warten noch länger in der stickigen Kneipe zu sitzen.

Meine Freunde protestierten heftig, und Hauke, mit dem ich so gut wie nichts zu tun hatte, bot an, mich nach Hause zu fahren.

»Du hättest das wirklich nicht tun müssen.« Im Auto grummelte ich noch immer vor mich hin.

»Du meinst, so besoffen, wie du bist, ist es eine gute Idee, bei den Temperaturen den ganzen Weg nach Hause zu wanken?«

»So schlimm ist es auch nicht«, widersprach ich.

»Mach dir keine Gedanken. Ich habe eh noch was in Wyk zu erledigen.«

»Um diese Zeit?« Erstaunt musterte ich Hauke. Ich wusste so gut wie nichts über ihn. Es ging mich auch nichts an. Ich hasste Fragen nach meinem Leben, also hielt ich mich auch bei anderen raus. Hauke war ein netter Kerl. Auch wenn wir nie mehr als fünfzig Worte miteinander gewechselt hatten.

»Ja, ich treffe mich noch mit einem Kumpel.«

Einem Kumpel, der nicht in unserer Runde gewesen war. Ich war zu müde, um länger darüber nachzudenken.

Hauke ließ mich an der Straße zu meiner Hofauffahrt raus und fuhr weiter. Ich trottete den Feldweg entlang nach Hause. All das gehörte mir. Ich war gern hier und wollte nicht undankbar für mein Leben sein. Die Luft roch schwer nach Frühling. Die Pflanzen gruben sich aus der Erde. Die Kühe freuten sich über das frische Gras auf den Koppeln.

Oberhalb meiner Wohnung sah ich Licht im Lehrlingszimmer. Anton war also auch da. Hoffentlich war er morgen früh fit, um meinen Kater auszugleichen.

Als ich in meinem Bett lag, wanderten meine Gedanken zurück zu Dean. Er war nur wenige Meter von mir entfernt. Er hätte aber genauso gut auf einem anderen Planeten leben können. *Vielleicht könnte ich ...* Energisch drehte ich mich im Bett um. Für *könnte* und *vielleicht* hatte ich keine Kapazitäten. Ich würde in naher Zukunft aufs Festland fahren, wo mich niemand kannte. Mich mit einem unbekannten Mann treffen. Für ein paar Stunden den Abklatsch eines Gefühls von

Zweisamkeit genießen und dann wieder heimkommen, ohne das Risiko einzugehen, dass mir jemand über den Weg lief, der Fragen hatte. Fragen, denen ich mich wegen eines One-Night-Stands nicht stellen wollte. Auf Föhr wurden schwule oder bisexuelle Männer nicht wie Muscheln an den Strand gespült. Und im Hamburger Nachleben war niemand auf der Suche nach einer festen Beziehung mit einem Inselbauern. Dafür wusste jeder, woran er war. Dieses System lief ganz gut für mich. Es gab keinen Grund, es aufzugeben.

Hätte ich die Wahl zwischen einer Online-Bekanntschaft für ein paar Stunden oder Dean, den ich nur wenige Minuten näher kennenlernen konnte, wusste ich, wen ich wählen würde.

In Gedanken an sein Lachen, strahlende Augen und verwuschelte Haare, die Dean ins Gesicht hingen, schlief ich ein. Und ich träumte. Von salzigen Küssen, samtigen Strähnen, Deans Atem, der über meine Haut strich. Und wachte völlig frustriert auf.

Kapitel 3

Dean

Das Trommeln des Regens gegen meine Scheibe weckte mich. Zunächst hoffte ich, der gleichmäßige Rhythmus würde mich zurück ins Land der Träume schicken. Doch ich hatte den Jetlag während der drei Tage in Hamburg nicht so gut in den Griff bekommen, wie ich geglaubt hatte. Rastlos wälzte ich mich im Bett herum. Starrte die Wand an. Und sah durch das Fenster, vor dem die Dunkelheit alles eingehüllt hatte.

Die Schlaflosigkeit auf den Jetlag zu schieben, war albern. Seit Jahren hatte ich keine Nacht mehr durchgeschlafen. Irgendetwas weckte mich immer. Ein seltsames Geräusch von der Straße. Ein Gedanke. Eine offene Rechnung.

Hier gab es nichts von den Dingen, die mich in New York wachhielten. Außer wahrscheinlich die jahrelange Gewohnheit. Oder doch der Zeitunterschied. Als die Türklingel ertönte, richtete ich mich schlagartig auf.

Unten hörte ich, wie eine der Schlafzimmertüren geöffnet wurde.

Dumpf klang Gemurmel durch das alte Haus. Mein Herz schlug schneller, und ich versuchte zu verstehen, was gesprochen wurde. Ich wog ab. Sollte ich nach unten? Vermutlich war ich niemandem eine Hilfe. Plötzlich wurden die Stimmen lauter, und ich stand auf.

Vorsichtig öffnete ich meine Zimmertür einen Spaltbreit.

»Beruhigen Sie sich doch, bitte. Es ist mitten in der Nacht«, hörte ich Uwe.

»Eben. Das ist unerträglich«, klagte eine mir unbekannte Stimme.

»Selbstverständlich sollen sich unsere Gäste wohlfühlen. Lassen Sie uns doch ...« Aber was immer Tine vorschlagen wollte, ging in erneutem Geschimpfe unter.

»Soll ich mit rüber?«, fragte sie nun.

»Die Kinder können ja auch ...« Das war mein Stichwort. Schnell lief ich barfuß in T-Shirt und Schlafhose die Treppen hinab.

»Ich bin wach. Ich kann aufpassen.« An der Haustür erwartete mich eine Gesellschaft aus einem finster dreinblickenden Uwe, einer Tine mit müden kleinen Augen und einem Männlein, das in einen Bademantel gehüllt mit verbissenem Gesicht dastand.

»Oh. Dean. Das tut mir leid. Wir wollten dich nicht wecken.« Uwe sah mich entschuldigend an.

»Kein Problem. Wirklich. Wenn ich was tun kann ...«

»Okay«, unterbrach mich Tine. »Komm, Uwe, dann lass uns los. Die Siebenundzwanzig ist frei.« Sie wandte sich mir zu und nickte kurz. »Wir sind gleich wieder da.«

Meine Gasteltern schlüpften in Turnschuhe und zogen sich Jacken von der Garderobe an. Erhobenen Hauptes ging der kleine, mir unbekannte Herr voraus, und hinter allen dreien fiel die Tür zu.

Kopfschüttelnd schlurfte ich in die Küche und holte mir ein Glas Wasser. Ich öffnete testweise ein paar Schränke, um mich mit dem Inhalt vertraut zu machen. Was anderes blieb mir gerade nicht zu tun.

Fast eine halbe Stunde später kamen Tine und Uwe zurück.

Vom Küchentisch aus sah ich sie an.

Tine atmete tief ein, sah Uwe an und beide begannen zu lachen.

»Wenn ich jetzt nicht lache, muss ich mich eine Woche lang aufregen«, meinte sie unter einem Prusten.

»Was war denn los?«, wollte ich wissen.

Uwe setzte sich zu mir und fuhr sich über das Gesicht. »Der Gast hatte eine knarzende Diele in seinem Zimmer.«

Ich zog die Augenbrauen zusammen. »Und das war's?«

Erneut lachte Tine. Sie lehnte sich an die Anrichte und verdrehte die Augen. »Ja, das war's. Als er das Geräusch auf dem Weg zur Toilette einmal gehört hat, hat ihn das derart gestört, dass er nicht mehr schlafen konnte.«

Ungläubig starrte ich sie an. »Aber ... wie kann das sein? Wenn er sich wieder hinlegt, ist es doch weg, oder? Stört das seine Reisebegleitung?«

Tine streckte sich. »Ne. Alleinreisender.«

»Wow! Eure Nerven müssen ja einiges aushalten«, versicherte ich ihnen voller Anerkennung.

»Tja. Jetzt gehen wir aber alle wieder ins Bett. Morgen will der Herr ja rechtzeitig sein Frühstück«, grummelte Uwe, und wir trotteten in unsere Zimmer zurück.

Als ich in meiner Dachkoje ankam, sah ich eine Nachricht meiner Mom auf dem Handy.

Bist du gut angekommen?

Statt ihr über meine Reise zu erzählen, gab ich mich kryptisch:

Wo hast du mich nur hingeschickt? Deine Landsleute sind alle seltsam.

Ihre Antwort bekam ich gar nicht mehr mit. Anscheinend war mein Abenteuer genau das, was ich in dieser Nacht gebraucht hatte. Im Nu fielen mir die Augen zu. Weder knarzende Dielen noch der Regen konnten mich noch mal wecken.

***

Trotz der nächtlichen Unterbrechung trug mich am nächsten Morgen die Energie vom Vortag die Treppen zu den Kinderzimmern hinab.

Alle waren ausgeflogen, und ich machte mich auf die Suche nach ihnen. Es war ein Samstag, und ich sollte die ersten Tage mit der Familie verbringen, bevor ich in der kommenden Woche aktiv in die Kinderbetreuung und den Haushalt eingebunden werden würde. Ich sehnte die Ablenkung herbei. Nachdem ich den Trip nach Föhr beschlossen hatte, hatte mich die Planung der Reise so auf Trab gehalten, dass meine anderen Probleme in den Hintergrund getreten waren. Nun war ich hier, und die Gedanken kamen zurück. Kindertrubel war genau das, was ich nun brauchte.

Da ich im Haus niemanden entdecken konnte, zog ich mich an und lief zum Hotel. Uwe winkte mir vom Frühstücksraum aus zu. Fündig geworden. Der Rest war sicher auch hier.

Ich ging durch die modernen Räume in Beton – keine Diele in Sicht –, immer den Kinderstimmen nach, die mich in die Küche führten. Reges Treiben empfing mich. Auf einem kleinen Tischchen in der Ecke mampften Jule und Bo ihre Brötchen.

»Ach, gut! Du hast uns gefunden, Dean. Wir wollten dich schlafen lassen. Nach dem Trubel ...«, meinte Tine, die an der Spüle stand.

»Es stört mich nicht, aufzustehen«, beteuerte ich. Ich hasste es, nichts zu tun. »Kann ich helfen?«

Tine sah sich um. »Ah. Lass mal. Ich will dich nicht in den ersten vierundzwanzig Stunden verheizen. Und du bist ja wegen der Kinder hier, nicht um Frühstück zu machen.«

»Mir ist es ehrlich gesagt, egal, wie ich meine Zeit verbringe. Ich bin hier und einsatzbereit.«

»Gut zu wissen. Aber iss erstmal und lass dir von den beiden Unschuldslämmern dann den Spielplatz zeigen.«

»Obwohl der für die Gäste ist, dürfen wir auch dahin«, erklärte Bo todernst.

Tine zeigte auf den Kühlschrank. »Bedien dich. Kaffee ist in der Kanne. Saft dort in der Karaffe. Wenn du was brauchst, frag Jens oder Antje.« Mit dem Kopf deutete sie auf die zwei Leute, die mitarbeiteten.

»Moin! Schön, dass du hier bist, Dean«, betonte Jens und streckte mir die Hand hin, die ich dankbar schüttelte.

Antje reichte mir einen Teller. »Moin! Setz dich erst mal. Es muss alles furchtbar ungewohnt für dich sein.«

Ich nahm ihn entgegen und belud ihn mit allem Möglichen, was ich in der Küche fand. Bei Bo und Jule am Tisch sah ich zu Tine, die herzhaft gähnte und sich über die Augen rieb.

»Hast du noch schlafen können?«, wollte ich wissen.

Sie zuckte mit den Schultern. »Ging schon, aber einmal so aus dem Schlaf gerissen, spür ich das den ganzen nächsten Tag.«

Hinter ihr kicherten Antje und Jens.

»Tine hat uns erzählt, was gestern los gewesen ist. Du kannst dir nicht vorstellen, was wir schon erlebt haben«, erklärte Antje. »Und du wirst gleich in der ersten Nacht Zeuge eines besonderen Exemplars Gast.« Sie hievte eine riesige Kiste mit Gemüse auf die Arbeitsplatte und sortierte sie.

»Ich habe schon in mehreren Häusern gearbeitet. Überall gibt es interessante Kundschaft«, fuhr Jens fort, während er mit flinken Fingern Wurst- und Käseplatten belegte.

Neugierig musterte ich ihn. Sein Alter konnte ich nicht schätzen. Ich war mit Sicherheit jünger als er. Aber er war wohl kaum älter als vierzig.

Er drehte sich zu mir und sprach weiter. »In einem Hotel passieren die verrücktesten Dinge. Das kannst du dir nicht ausdenken.« Und schon war er zurück bei seiner Arbeit. Hier lief alles wie am Fließband.

»Mach ihm keine Angst«, mischte sich Antje ein, die von ihrer ganzen Art her meine Mutter sein könnte. Die Kiste mit den aussortierten Resten wanderte aus ihren Händen wieder unter die Arbeitsplatte.

»Ach, dazu braucht es ein bisschen mehr als seltsame Gäste«, versicherte ich.

»Jetzt iss erst mal«, verlangte sie nochmals.

Uwe kam mit einem großen Tablett gebrauchten Geschirrs rein, und die vier fielen in einen wohlbekannten Rhythmus. Sie nahmen ihm alles ab, und Jens und er gingen schließlich mit gefüllten Tabletts gemeinsam zurück in den Frühstücksraum, um das Büfett neu zu bestücken.

Ich ließ mir Muffins, Käse und Obst schmecken und war beim zweiten Kaffee angelangt, als Bo aufsprang.

Antje hielt mir einen To-go-Becher hin. »Nimm! Du wirst ihn brauchen.« Sie grinste wie ein Honigkuchenpferd.

»Los, Dean! Wir spielen Fußball.« Bo zog an meiner einen Hand. Antje drückte mir den Becher in die andere.

»Oh. Fußball. Yeah.« Schlagartig war ich doch sehr müde.

»Ich geh in mein Zimmer«, verkündete Jule.

Tine nickte mir aufmunternd zu. »Wenn du mit deinem Buch fertig bist, Jule, kannst du ja zu den anderen raus.«

»Okay.«

Jule aufzutauen, würde ein hartes Stück Arbeit werden.

Jule ließ sofort ihre Stifte sinken. Überrascht sah ich
zu ihr. »Darf ich das denn?«

***

Nach gefühlt sieben Millionen Malen, in denen ich
den Ball von irgendwoher geangelt hatte, unternahm
ich einen weiteren Versuch, Jule zum Mitspielen zu ani-
mieren. Sie hatte sich tatsächlich mit ihren Malsachen
zu uns gesetzt.

»Ich kann auch nicht spielen.«

Mit gespitzten Lippen sah sie von ihrem Block auf.
»Ich kann spielen. Ich will nur nicht.«

»Okay.« Da hatte ich ganz falsch angesetzt.

Voller Neid sah ich auf ihr Blatt. Ich konnte mich
kaum mehr an die Zeit erinnern, als ich einfach Stifte
und Papier in die Hand genommen und drauflos gezeichnet hatte. Irgendetwas, ohne mir Gedanken zu
machen, ob es den Ansprüchen meiner Professorinnen
oder möglichen Galeristen genügen würde. Als ich
nicht abwägen musste, ob ich mich der knochentiefen
Erschöpfung von einem meiner drei Jobs ergeben oder
irgendwas zu Papier bringen wollte. Konnte.

Ich sah auf die Einhörner und Regenbögen, die das
Bild zierten. Mit einem frustrierten Ziehen in der Brust
blickte ich in mich und sah … nichts. Es gab absolut
nichts, was aus mir herauswollte. Nicht mal die win-
zigste Skizze. Kein Funke knisterte in mir, der darauf
wartete, Feuer zu fangen. Dieses Kribbeln, etwas zu erschaffen, das mich ein Leben lang begleitet hatte, war
weg. Vor Monaten verschwunden. Voller Abscheu vor
mir selbst und was aus mir geworden war, blickte ich
zu Bo.

»Lass uns zu Cindy gehen«, sagte dieser.

Jule ließ sofort ihre Stifte sinken. Überrascht sah ich sie an. »Dürft ihr das denn?«

Bo schnappte sich den Ball und nickte eifrig. »Natürlich dürfen wir das. Wir füttern dauernd die Hühner und Cindy und die anderen Ziegen.«

»Aber ich dachte, niemand darf dorthin?«

»So ein Quatsch«, empörte sich Jule. »Gäste dürfen nicht hin. Aber wir schon. Ich will zu Arved.«

»Okay?« Vielleicht war das meine Gelegenheit, bei Jule Land zu gewinnen und mit Arved einen Neustart zu wagen. Schließlich war es wichtig, sich mit seinen Nachbarn gut zu stellen. Einen anderen Grund gab es für mich nicht, ihn wiedersehen zu wollen. Konnte ich mir zumindest ziemlich erfolgreich vormachen.

Wir gingen das Hotel entlang zur Straße. Auf dem Weg dorthin sprangen wir in die Küche, in der Jens aufräumte, um uns einen Snack für unseren Ausflug mitzunehmen. Jule verstaute ihre Malsachen, und ich schnappte mir einen Muffin extra. Als Friedensangebot für einen gewissen Bauern.

Mein Herz klopfte bei jedem Schritt, den wir den Weg, den ich am Vortag schon beschritten hatte, entlanggingen. Bo marschierte so zielsicher voran, dass ich keinen Zweifel hatte, dass er dies täglich tat.

Sie liefen ein Stück weiter auf der Straße hinter die Hecke, über den Hof zu dem Anbau, vor dem die Hühner in einem mit Maschendrahtzaun abgegrenzten Areal herumpickten.

Jule zerbröselte das Brot, das sie mitgebracht hatte, so viel zu unserem Snack, und warf es zu den Tieren, die sich darauf stürzten.

Von der wilden Cindy war nichts zu sehen, und ich war erleichtert darüber. So konnte ich viel mehr vom Hof wahrnehmen, ohne dauernd Angst zu haben, von der Ziege attackiert zu werden.

Wen ich jedoch auch nicht sah, war der Herr des Hauses. Ich schaute mich um. Ob er von seinem Date nicht heimgekommen war? Ein Bauer konnte sich doch nicht erlauben, seinem Hof fernzubleiben, oder?

»Hey!« Ah. Hinter uns ertönte die liebliche Stimme des verärgerten Eigentümers. »Hast du mich nicht verstanden? Ich habe gesagt, Gäste haben auf dem Hof nichts verloren!« Er stürmte vom Haupthaus direkt auf uns zu.

»Hallo, Arvi, wir sind doch keine Gäste!« Bo lief auf Arved zu. Ich war mir sicher, dieser würde ihn ignorieren und mir stattdessen weiter giftige Blicke zuwerfen. In der letzten Sekunde öffnete er jedoch seine Arme, hob Bo hoch und wirbelte ihn herum.

»Du Kröte! Ich habe gesagt, ihr dürft nicht allein her. Weißt du, wie gefährlich das ist? Wenn Anton euch nicht sieht und mit dem Traktor wendet, fährt er euch zu Matsch.«

Wer war denn nun Anton?

Bo lachte nur. »Matsch, Quatsch! Dean ist doch dabei.«

Arved warf mir einen flüchtigen Blick zu und sah dann wieder zu Bo.

»Kann ich zu Cindy?«, wollte Jule wissen, die unseren Nachbarn anstrahlte. Der sie gleichermaßen angrinste. Okay. Die beiden konnten also freundlich gucken. Nur nicht, wenn es um mich ging. Am liebsten wollte ich empört aufstampfen und fordern, dass sie mich ebenso ansahen.

»Klar. Sie ist im Garten.«

»Kommst du, Bo?«, fragte sie ihren Bruder, und beide liefen davon.

Arved und ich standen uns gegenüber. Zwischen uns Stille, die uns wie eine Mauer trennte. Ich stellte mich aufrechter hin und räusperte mich.

»Ich wollte mich noch mal vorstellen, da wir ja die nächste Zeit Nachbarn sein werden. Und wir wohl gestern nicht den besten Start hatten.«

»Hm.« Arved sah kaputt aus. Wie lang war er gestern Nacht unterwegs gewesen? Er rieb sich über die Augen. In der Geste war ihm komplette Erschöpfung anzusehen. War meine Anwesenheit der Grund dafür? War ich ihm zu viel?

Arved runzelte die Stirn und sah mich an, als wäre ich eine Schmeißfliege.

Ich hatte genug. Da behaupteten die Leute, die New Yorker wären unhöflich. Die sollten mal einen Blick auf Föhr werfen. Meinen Versuch, die Wogen zu glätten, hatte ich unternommen. Wenn Arved nicht wollte, wollte er nicht. Mit einem Schnauben hielt ich ihm den Kirschmuffin hin. »Bitte. Muffin. Ein Friedensangebot.«

Er zog eine Augenbraue hoch und sah auf das Papiertütchen, als wäre es ein toter Vogel, den eine Katze ins Haus geschleppt hatte. »Ein Muffin?«

Ich zuckte mit den Schultern. »Warum nicht?«

»Ich habe gerade gefrühstückt«, brummte er.

Aus der Haustür hinter ihm trat ein junger Mann. Arved war groß und muskulös, aber der Kerl an der Tür war … kernig? War das das Wort? Ich war dank meiner deutschen Mutter zweisprachig aufgewachsen, aber für den Typ fehlten mir die Worte. Er sah aus wie ein Model aus einem Farmerkalender. Seine Haut wirkte so rein und glatt. Wie geölt. Die Haare so regelmäßig braun.

Mit einem breiten Grinsen lief er auf uns zu. »Hey. Besucher. Wie cool! Ich bin Anton!« Er hielt mir die Hand hin und schüttelte sie. Dabei zog er an mir, dass mein Schultergelenk durchgerüttelt wurde.

»Hallo«, erwiderte ich. »Dean.«

»Cool. Bist du mit Jule und Bo hier? Ich hab die grad im Garten gesehen.«

Wer war das?

»Jaaa«, gab ich gedehnt von mir.

Anton strahlte mich weiter an, und ich versuchte, mein freundlichstes Lachen aufzusetzen, obwohl es mit Sicherheit gequält war. War das der Grund, wieso Arved so abweisend war? Wie eng war seine Beziehung zu Anton? Er war ja wirklich nett, aber sein plötzliches Auftauchen hinterließ einige Fragen bei mir.

Ich atmete schwer aus. »Also.« Erneut hielt ich Arved das Tütchen hin. »Willst du den Muffin jetzt?«

Dieser verschränkte nur die Arme.

»Nein?«

»Ich nehme ihn!«, schaltete sich Anton mit einem breiten Grinsen ein und griff nach dem Tütchen zwischen uns.

In der Geschwindigkeit einer Königskobra, die sich ihr Opfer packte, schnappte Arved das Gebäck. »Das ist für mich!« Er knurrte vor sich hin.

Antons Augen wurden groß und mein Gesichtsausdruck spiegelte sicher dessen Erstaunen.

»Schau mal, ob die alle raus sind«, murmelte Arved in Richtung der Ställe. Anton sah Arved mit zusammengepressten Lippen und weit aufgerissenen Augen an. Seine Mundwinkel zuckten verdächtig in ein Grinsen. Schließlich trottete er davon.

»War schön, dich kennenzulernen«, rief er mir noch zu. »Vielleicht können wir ja mal was trinken gehen?«

»Ja, gern!«, lautete meine etwas zaghafte Antwort.

Arved und ich sahen Anton hinterher. »Er sieht sehr … gesund aus.« Wieso sagte ich so was? Am liebsten wollte ich die Hand vors Gesicht schlagen.

Arved legte den Kopf schief. Schaute noch mal zu Anton und begann dann zu lachen. Wow. Seine Fröhlichkeit, wenn er sie rausließ, war ansteckend. »So könnte man es sagen.«

Unwillkürlich grinste ich. »Nein, wirklich. Das Haar so satt. Und glänzend. Und der ganze Körperbau.«

Arveds Lachen wurde leiser, doch er nickte. »Das stimmt wohl.« Er seufzte. Schwer und tief. So als trüge er das Leid der Welt auf seinen Schultern. »Okay. Tut mir leid, wegen gestern. Ich war ein Arsch. Es fällt mir schwer, mit Fremden.«

Innerlich frohlockte ich. Man konnte mich harmoniesüchtig nennen, wenn man wollte. Aber mir war an einem guten Verhältnis zu meinen Mitmenschen gelegen. Ich drang zu Arved durch. Über mein Gesicht breitete sich ein Grinsen aus.

Dies veranlasste meinen neuen Freund, sofort wieder ernst dreinzublicken. »Das heißt aber nicht, dass es nicht stimmt, was ich gesagt habe. Das ist kein Abenteuerspielplatz. Auf diesem Betrieb wird gearbeitet. Also bleibt ihr weg davon. Tiere sind unberechenbar, und es ist gefährlich mit den Fahrzeugen.«

Ich kannte noch jemanden, der unberechenbar war. Doch ich ließ mir meine neu gefundene gute Laune nicht verderben. »Ist schon klar. Aber wir können ja trotzdem gut miteinander auskommen. Vielleicht können wir ja gemeinsam, was trinken gehen?« Maaahhh. Mir war bewusst, dass ich es ein bisschen übertrieb. Aber einen Versuch war es wert.

Doch ich scheiterte. Natürlich. Arved schüttelte den Kopf. »Nein. Das muss nicht sein. Und ich kann hier wirklich niemanden gebrauchen.«

Ich versuchte, seinen Blick zu deuten. Die Augenbrauen hatte er zusammengezogen. Den Mund presste er zu einer Linie. Was sollte ich dazu sagen? Nichts. Wer mich nicht bei sich wollte, wollte nicht. Und das hatte ich zu respektieren. Auch wenn sich alles in mir dagegen sträubte. »Kannst du mir zeigen, wo Jule und Bo sind? Wir gehen besser zurück.«

Arved nickte. Dabei drückte er das Tütchen mit dem Muffin an sich.

Kapitel 4

Arved

Ich kann hier wirklich niemanden gebrauchen. Meine eigenen Worte liefen mir auch nach einer Woche in Dauerschleife durch den Kopf. Ich brauchte niemanden. Das war schon richtig.

Aber ich hätte so gern jemanden. War es sinnvoll, sich so was einzugestehen? In jedem Fall war es nicht notwendig, einem Fremden etwas Derartiges zu sagen. Von daher war es besser gewesen, Dean abzuweisen.

»Achtung, Chef!«, schrie Anton.

Ich zuckte zusammen. Vor meinem inneren Auge sah ich Hunderte von Szenarien, die mir eine schmerzhafte Verletzung zufügten, weil ich nicht sah, was Anton sah.

Vor allem entging mir die rote Katze, die mir zwischen die Beine lief. Mein Fuß verhedderte sich und ich stolperte zwei Schritte vorwärts. »Verdammt noch mal!«, schimpfte ich ihr lauthals hinterher. Mit rudernden Armen versuchte ich, mein Gleichgewicht wiederzuerlangen. Doch der Sturz ließ sich nicht mehr aufhalten. Ich taumelte weiter und landete kopfüber in einem Heuballen. Zum Glück.

Ich lief heiß an und rappelte mich aus dem Haufen hoch. »Himmel, Donnerwetter!«

»Du bist schon die ganze Woche neben der Spur. Nicht, dass du mir verschüttgehst, wenn ich jetzt weg bin!«

Anton betonte sein freies Wochenende so überdeutlich, dass ich ihn ein bisschen in die Schranken weisen musste. Ich setzte meinen schockiertesten Blick auf und drehte mich mit weit aufgerissenen Augen zu ihm um. »Das ist heute?«

»Arved! Ich rede seit einer ganzen Woche von nichts anderem. Ich fahre heute Abend weg.«

»Was? Das ist mir total entgangen!« Langsam konnte ich mein Lachen nicht mehr zurückhalten. Dachte er wirklich, mir wäre sein ewiges Gerede über sein Wochenende in Hamburg entgangen?

»Nein! Ich fahre. Du hattest eine Woche Zeit, dir Ersatz zu organisieren. Ich kann ...«

Ich konnte nicht mehr und prustete los. »Als ob ich so gut abschalten könnte, wenn du von nichts anderem quatschst.«

Seine Augen blitzten auf, und er deutete mit seinem Zeigefinger auf mich. »Du! Lass deine Scherze. Mir ist das Herz in die Hose gerutscht. Ich habe eine Verabredung.«

Offensichtlich hatte mein Ablenkungsmanöver bestens funktioniert. Wir redeten nicht mehr über mich. Zufrieden kletterte ich in den Melkstand. Die muttergebundene Kälberaufzucht hatte viele Vorteile. Für die

Kälbchen und die Mütter. Ein Nachteil für mich und Anton war der Aufwand beim Melken. Einzeln kamen die Tiere in den Melkstand, und je nach Temperament verlief dies spektakulär. Doch es war den Aufwand wert, die Kühe und ihre Kinder in Schach zu halten. Anton half, so gut es ging, damit wir das zweite Melken des Tages ordentlich zu Ende brachten.

Jedes Paar, das fertig war, ließ Anton zurück in den Freilauf, während ich mich bereits mit der nächsten Mutterkuh abmühte.

Er wurde immer schneller, jedoch nicht effektiver. »Ich versteh, dass du wegwillst. Aber mach mal langsam. Sonst wird das heute nichts mehr.«

Unter einem »Jaha« führte er die nächste Kuh zum Gatter, während ihm das Kalb mit dem Kopf gegen den Oberschenkel boxte.

Einige Minuten später als sonst waren wir fertig. Anton lief los, um sich fertig zu machen, und ich spülte das Melkzeug. Zweimal und dreimal. Ich hatte für heute Abend nichts anderes als ein Telefonat mit meinem Bruder geplant.

Endlich schaffte auch ich es aus dem Stall. Anton brauste gerade auf seinem Motorrad davon, und ich winkte ihm zu. Bevor ich in meine Wohnung ging, machte ich einen Abstecher zu den Hühnern. Die lagen müde in ihren Kuhlen.

Wie schon zuvor beim Spülen der Melksachen duschte ich lange und ausgiebig. Es war albern, meinem Bruder auszuweichen.

Schließlich hatte ich genug rumgetrödelt, konnte es wirklich nicht mehr aufschieben und rief ihn an.

Nach dem ersten Klingeln nahm er ab. »Hallo, Bruder-
herz!«

Er hörte sich immer so gut gelaunt und unbedarft an.
Der Neid, den ich ihm gegenüber empfand, war unbe-
gründet. Ich wollte auf dem Hof sein. Es war mein
Traum. Nur manchmal, wenn mir bewusst wurde, wie
frei Lennert war, stellte ich mir vor, was ich mit einem
derartigen Leben machen würde. Würde ich die Insel
verlassen? Würde ich lange Urlaube machen? Oder
wäre ich derselbe eigenbrötlerische Einzelgänger, der
ich war? Hatten mich die Umstände zu dem gemacht,
der ich war, oder war ich derjenige, der zur Rolle des
Inselbauerns am besten passte?

»Hey. Sorry. Hat länger gedauert. Ich wollte schon vor
'ner Stunde anrufen.« *Lüge!*

»Das ist doch kein Problem. Ich habe heute nichts
mehr vor und gehe früh schlafen, damit ich morgen fit
bin.«

Er hörte sich immer so voller Energie an, wenn er einen Besuch auf dem Hof plante. So als buchte er einen
Abenteuerausflug. Für mich war es Alltag.

»Gut. Danke dir, dass du einspringst.«

»Arved, ich komme auch gern öfter. Mal abends. Es ist
ja jetzt keine Weltreise von Wyk.«

»Nein, ist es nicht«, erwiderte ich. »Aber du arbeitest
doch auch den ganzen Tag.«

»Genau wie du«, konterte er. Im argumentativen Hin
und Her schenkten wir uns nichts.

»Dann bleib doch gleich über Nacht und lass uns morgen zusammen essen.«

Lennerts erwartungsvolles scharfes Einatmen sollte mich nicht überraschen. Dennoch war es eine schmerzhafte Erinnerung, dass wir kaum Kontakt hatten, obwohl wir auf derselben Insel wohnten.

»Fantastisch. Wir könnten in den *Kupferkrug* gehen. Oder noch besser, ich koche. Ich hab ein grandioses Rezept für eine vegane Kichererbsenpfanne. Ich meine … entschuldige …«

Ich lachte. Falls ich eine Erinnerung gebraucht hatte, wie unterschiedlich mein Bruder und ich waren, bekam ich sie sofort. Der Veganer und der Milchbauer. Na ja.

»Ich freu mich. Allerdings weiß ich nicht, ob ich alles dahabe, was du brauchst. Wir können in Nieblum einkaufen …«

»Ich bringe mit, was ich benötige«, unterbrach er mich hastig.

»Dann bis morgen!«

Ich freute mich auf meinen Bruder. Eigentlich. Aber wir waren so verschieden wie Tag und Nacht.

In Gedanken immer noch bei unserem Gespräch spielte ich mit meinem Telefon und sah durch ein Flurfenster. Wahrscheinlich sollte ich mich um mehr Kontakte bemühen. Es tat mir nicht gut, so allein zu sein. *Dean.* Der Name wanderte durch meinen Kopf. Er wäre direkt nebenan. Nein. Die nächste Beziehung – Freundschaft nicht Beziehung –, die ich einging, sollte von Dauer sein. Nichts mit Ablaufdatum. Ich wollte etwas Wirkliches für mich.

Mit zusammengekniffenen Augen starrte ich auf den Hof.

Das kann doch nicht wahr sein!

Ich schmiss mein Handy auf das Tischchen im Flur und riss die Haustür auf. Nicht heute! Himmel, Arsch und Wolkenbruch!

Eines der Jungtiere presste sich gegen das Weidegatter, sodass das obere Holzteil aus der Verriegelung rutschte. So hatte sich das Tier einen v-förmigen Durchschlupf erarbeitet, gegen den es sich weiterschob. Anscheinend beflügelt von seinem Erfolg stieg es mit staksigen Beinen über die Öffnung und drückte dabei noch den unteren Teil, der noch am Gegenstück des Zauns hing, auf.

Während ich auf sie zulief, sprang die Färse vor Freude über ihren Erfolg bockend auf den Hof. Nein! Mit ausgestreckten Armen stand ich vor ihr. Dahinter prangte der aufgedrückte Holzzaun, und die Freundinnen des unmöglichen Viehs beäugten mich. Nein! »Nur, weil du Vieh noch kein Kalb zur Welt gebracht hast, heißt das nicht, dass du dich wie ein Teenager aufführen kannst!«, schimpfte ich mit dem Tier.

Verdammt! Nicht, wenn ich mutterseelenallein war. Anton und ich hatten doch alles kontrolliert. Oder? Hatten wir doch! Zu spät.

Ich drängte das Jungtier zurück. Was war wichtiger? Ein weiteres machte sich an dem Gatter zu schaffen. Und schlüpfte hindurch.

Mit einem energischen Schrei und einer ausladenden Armbewegung versuchte ich, es zurückzuscheuchen, wo es hergekommen war. Natürlich blieb es nicht stehen, sondern folgte der ursprünglichen Übeltäterin. Wie die Lemminge. Zum Glück folgten die Tiere ihrem Herdentrieb. Würden sie in alle Richtungen davonstürmen, sähe ich noch älter aus, als ich war. Mir blieb nichts anderes übrig, also machte ich mich daran, die Holzabsperrung ordentlich in die Verankerung zurückzuschieben. Ich konnte nicht riskieren, dass noch mehr Tiere ausbrachen.

Doch auch die Färsen blieben nicht untätig. Als ich mich zurückdrehte, waren sie bereits auf dem Weg über den Hof. Richtung Straße. Nicht, dass bei mir vor der Haustür wahnsinnig viel Verkehr war, aber wenn sie da mal waren, stellten sie ein noch größeres Risiko dar.

Wen konnte ich anrufen? Anton war längst auf seiner Fähre. Lennert? Innerlich verfluchte ich mein Schicksal.

Dafür hatte ich keine Zeit. Bis die hier waren, war das Tier auf und davon.

Schnell lief ich an ihnen vorbei, wobei ich versuchte, sie gegen den Zaun zu drängen. Wir kamen der Straße immer näher.

»Oh Lord!« Ich hörte ihn hinter mir. Seine Stimme war unverkennbar. Weich mit dem Hauch eines Akzents. Dean.

»Dich schickt der Himmel!«, schrie ich.

»Ja?« Er hörte sich so zweifelnd an, dass ich beinahe aufgelacht hätte. Er stand in meinem Rücken, und ich konnte ihn nicht sehen.

»Könntest du …? Wir müssen die Färsen zurücktreiben. Von der Straße weg.«

»Die was?« In meinem Augenwinkel erschien er mit seinem Fahrrad.

»Die Kühe da.« Ich hatte jetzt echt keine Zeit, landwirtschaftliche Fachausdrücke zu erklären.

Hinter mir brummelte Dean. »Kannst du sie eine Minute in Schach halten?«

»Was? Ja, aber …«

»Okay. Eine Minute. Ich bin sofort wieder da.«

»Nein. Dean, bitte. Ich brauche dich.« Doch das Geräusch der fahrenden Reifen entfernte sich bereits und er war verschwunden. »So 'n Schiet! Drecksscheiße.« So viel zur Nachbarschaftshilfe. Und schon stand ich wieder allein da. Allein. Was ich mir vor ein paar Tagen gewünscht hatte. *Ich kann hier wirklich niemanden gebrauchen.* Mein Wunsch wurde zu meinem Schicksal.

»Kommt schon!«, forderte ich die Tiere auf. Die Anführerin schlug mit dem Schwanz und ließ sich nicht aus der Ruhe bringen. Mit ausgebreiteten Armen ruderte ich, um die beiden in Bewegung zu setzen. Erfolglos. Offensichtlich hatten wir eine Pattsituation erreicht.

Im nächsten Augenblick näherte sich eine Welle von Fußgetrappel über den Asphalt. »Hilfe naht.« Tine war eine derart dramatische Nudel. »Was sollen wir machen?«

Ich drehte meinen Kopf leicht und zuckte zusammen. Auf den ersten Blick standen mindestens zehn Leute vor mir. *Dean. Was hast du getan?*

»Ich … ähm … Die Färsen müssen zurück in den Freilauf. Dahinten.« Ich deutete vage zum Hof. »Wir müssen ihnen den Weg abschneiden.« Ich zeigte über die Breite des Weges. »Und sie zurücktreiben. Jemand muss dann das Gatter aufmachen. Und dabei aufpassen, dass nicht mehr ausbüxen.«

»Also los!«, brüllte irgendwer. Vermutlich irgendeine Kölnerin, die es nicht erwarten konnte, ihren Freundinnen von ihrem Urlaubsabenteuer zu erzählen.

»Wir helfen auch!«, ereiferte sich Bo, und Jule stimmte ihm zu.

»Ihr seid die Sicherung in zweiter Reihe. Mehr nicht. Alles klar?« Hoffentlich hörten sie auf mich.

Tine schaltete sich sofort ein. »Ich pass schon auf.«

Nach und nach imitierten alle meine Körperhaltung. In einer Reihe mit weit ausgebreiteten Armen sperrten die Leute den Weg zur Straße ab. Und Schritt für Schritt bewegten wir uns auf die Färsen zu und drängten sie zurück Richtung Hof. »Kann jemand zum Gatter und es gleich öffnen?« Uwe lief sofort los. »Und können so drei Leute mit und ihnen den Weg neben dem Eingang absperren? Einfach breitmachen und nicht abrücken, wenn sie nicht rein wollen!«

Dean und zwei ältere Herrschaften bezogen neben dem Tor Position. Ich warf ihm einen kurzen Blick zu. Jeder konnte Kühe hüten. Dennoch. Ich wollte nicht, dass irgendwem auf meinem Hof was passierte. Für Diskussionen war jedoch keine Zeit.

»Machen Sie sich keine Sorgen, mein Junge. Ich bin auf einem Hof groß geworden«, versuchte mich einer der älteren Herren zu beruhigen.

»Kühehüten ist wie Radfahren. Verlernt man nicht«, stimmte der andere zu. Dean grinste mich nur an.

Wir näherten uns dem Zaun. Tatsächlich liefen die Färsen direkt auf das Dreiergespann zu. Und wie Tines Gäste es versprochen hatten, wussten sie, was sie taten, und wichen nicht zurück. Uwe zog das Gatter auf, und ich traute meinen Augen kaum, die Viecher liefen durch. Unter dem Applaus der gesamten Mannschaft schloss Uwe das Tor.

Mit einem breiten Grinsen kam Dean auf mich zu. Irgendwer klopfte mir auf die Schulter. So spektakulär war das alles nun auch nicht. Dennoch war ich erleichtert.

»Na, wie haben wir uns gemacht?« Herausfordernd sah mich Dean an.

Ich nickte. Und schmunzelte. »Ganz hervorragend.« Ich konnte sehen, dass seine Selbstsicherheit leicht ins Wanken geriet.

Vermutlich hörte ich mich sarkastisch an.

»Nein, ganz ehrlich«, versicherte ich aufrichtig. »Vielen Dank. Ich hätte das nicht allein geschafft.«

Er sah sich um und zog eine Augenbraue hoch. »Du hättest etwas nicht *allein* geschafft?«

Ich warf einen Blick über seine Schulter und rollte die Lippen ein. Das Grinsen konnte ich aber nicht unterdrücken. »Das habe ich verdient.«

»Bist du denn heute ganz allein?«

»Ja, Anton hat ein freies Wochenende. Und mein Bruder ist noch nicht da.«

»Hm ...« Dean nickte. So als wäre nun alles klar.

»Danke euch, Leute!«, rief ich in die Runde. »Und entschuldigt, dass ihr euren Abend für mich unterbrechen musstet.«

Rufe von »gern gemacht« und »kein Problem« kamen als Antwort zurück.

»Ich möchte mich erkenntlich zeigen, nur ... ich weiß nicht ...«

»Alle zu uns. Es gibt Helfer-Pizza und einen Drink aufs Haus. Nicht, dass es heißt, im *Uun't Waanjüs* müssen die Gäste im Urlaub arbeiten«, rief meine Nachbarin. Zustimmendes Gelächter ertönte.

»Das übernehme ich, Tine. Wirklich. Wenn du bestellen magst, wäre ich dir dankbar, aber ich hole das Essen und die Getränke und bezahle selbstverständlich.«

Sie hob das Kinn und schmunzelte mich an.

»Sehr gern, Arved. Wir sehen dich dann bei uns. Es freut mich, dich endlich bei uns willkommen zu heißen!«

»Das meinte ich nicht«, versuchte ich hastig, der Einladung zu entkommen. »Ich bringe alles vorbei und dann …«

Doch natürlich ignorierte sie mich.

»Wunderbar. Der Verursacher dieser Aktion wird uns Gesellschaft leisten. Und ich freue mich wahnsinnig darauf.«

Ich sah sie an. Seit die beiden das Hotel übernommen hatten, war ich jeder Einladung ausgewichen. Als Rainer bei ihnen Gast gewesen war, hatte ich das ändern wollen. Aber dann … dann hatten sich Rainer und sein Lügengebilde in Luft aufgelöst, und ich war nur froh gewesen, dass ich niemandem erklären musste, was mit mir los war und warum ich die Nachbarn wieder mied. Es lag nicht an den Klaasens. Es lag an ihren Gästen. An dem ewigen Kommen und Gehen, das mich beunruhigte.

»Also gut, bis gleich«, sagte ich. Und wunderte mich, wieso es mir nicht schwerfiel.

***

Als ich mit den Pizzen im Gepäck zum Hotel kam, empfing mich ein großes Hallo. Alle hatten es sich um einen riesigen Tisch in einem Esszimmer gemütlich gemacht. Die Kartons wurden mir aus den Händen gerissen. Dean verteilte die Getränke und klopfte, nachdem er fertig war, auf den Platz neben sich.

»Setz dich.«

Mein Herz pochte stärker als während der gesamten Aktion mit den weggelaufenen Tieren. Ungelenk nahm ich Platz.

»Danke noch mal! Das hatte ich nicht erwartet«, sagte ich.

Dean sah mich stirnrunzelnd an. Seine Lippen verzogen sich zu einem Grinsen.

»Du hast gedacht, ich würde abhauen. Du dachtest tatsächlich, ich mach mich vom Acker. Und gib es zu, du warst froh, dass ich mit der ganzen Mannschaft angerückt bin – und du nicht allein warst.«

»Nein. Ich meine ...« Lügen konnte ich noch nie. »Ja, da zählt jede Person. Und ... es wäre verständlich gewesen, wenn du mich allein gelassen hättest. So wie ich dich bisher behandelt habe und so ...« Zählte das als Entschuldigung?

Dean schüttelte den Kopf. Offenbar nicht.

»Du schätzt mich völlig falsch ein.«

»Ich kenne dich gar nicht«, brach es aus mir heraus.

»Und wessen Schuld ist das?« Herausfordernd sah mich Dean an.

Ich konnte ein Schmunzeln nicht unterdrücken. »Meine. Ganz allein meine.«

Grinsend musterte er mich. »Und bereust du diesen Umstand?«, wollte er mit funkelnden Augen wissen. Sie waren grün. Mit goldenen Flecken darin. Ich hatte noch nie derartige Augen gesehen.

Nachdenklich sah ich ihn an. Egal wie schön seine Augen waren, ich konnte es nicht lassen, ihn zu reizen.

»Woher soll ich wissen, ob es was zu bereuen gibt?« *O Gott! Flirteten wir?*

Dean hob die Augenbrauen weiter und sah mich mit einem dramatischen Augenaufschlag an.

»Das ist dir nach heute immer noch nicht klar?«

Grinsend zuckte ich mit den Schultern. »Ich hüte mich vor voreiligen Schlüssen.«

Er nickte mit ernster Miene, doch seine Augen funkelten. »Ist das so? Oder siehst du lieber nur das, was du erwartest? Was du sehen willst?«

Mein Magen zog sich leicht zusammen. Den Gedanken wollte ich jetzt nicht vertiefen.

Ich trommelte mit den Fingern auf den Tisch. »Willkommen auf Föhr, Dean.«

Doch dieser winkte ab.

»So einfach geht das jetzt nicht mehr. Die Chance hast du vertan. Du darfst dich aber für meinen Freundschaftsdienst bedanken und mir deine Inselhighlights zeigen.«

»Darf ich das?« Die Enge in meiner Magengegend löste sich ein bisschen.

»Ich erlaube es!« Dean senkte gespielt dramatisch leicht den Kopf und strahlte mich an.

»Da bin ich aber froh«, antwortete ich im selben sarkastischen Ton, wie Dean gesprochen hatte, und schmunzelte.

»Es ist ein Date!« Er zuckte bei seinen eigenen Worten zusammen. »Ich meine, eine Verabredung. Wir müssen einen Termin vereinbaren, wenn wir uns treffen wollen.« Sein Blick huschte unruhig umher.

Und mein Herz pochte unkontrolliert in meiner Brust. So wie ich vor meinem ersten Schwarm gestanden und die Aufregung mir die Stimme abgeschnürt hatte, verhinderte mein wilder Puls klare Worte. Was gäbe ich für ein echtes Date? Ein ehrlich gemeintes. Das als Ziel mehr als nur eine schnelle Nummer in einem Hotel hatte. Ein Date mit Dean. Mir war nicht klar, dass ich ein Tagträumer war.

»Es ist ein Date«, stimmte ich zu.

Kapitel 5

Arved

»Autsch!« Lennert fuhr sich über den Arm, wo ihn ein Kuhschwanz getroffen hatte.

Ich warf ihm einen flüchtigen Blick zu, doch er schien alles im Griff zu haben.

»Nur noch die zwei. Dann sind wir fertig für heute.«

Mein Bruder drehte sich um, und das Kälbchen begann neugierig an seiner Hand zu schnüffeln. Aus dem Augenwinkel sah ich, wie er grinste und beobachtete, wie es an seinen Fingern schleckte.

»Die sind so süß!«

Ich grunzte vor mich hin. »Wenn sie dich nicht gerade umrennen wollen.«

Lennert nickte, ohne seine Aufmerksamkeit von dem Tier zu nehmen, während ich seine Mutter molk. »Ich bin echt froh, dass du den Hof umgestellt hast. Zumindest ein kleiner Schritt in die richtige Richtung.«

Ich hielt meine Klappe. Sein Lob war auch ein versteckter Tadel, und mir war gerade nicht nach Grundsatzdiskussionen.

Gemeinsam machten wir die letzten Kühe fertig. Um das Melkzeug kümmerte ich mich. Lennert fütterte die Tiere. Obwohl er nur alle paar Wochen vorbeikam, hatte er die Abläufe verinnerlicht und fragte mich nur selten, wo was war oder was er tun sollte. Damit stellte er eine echte Hilfe dar, und ich war mehr als dankbar dafür.

Bei den Hühnern sammelte ich ein paar einzelne Eier ein und ging auf den Hof.

»Wir sind fertig, oder?« Lennert grinste mich breit an.

Ich nickte. Mit dem Kinn deutete ich auf den Fund in meinen Händen. »Ich räume nur noch die Eier weg. Du kannst schon duschen.«

Er drehte sich zu mir und gemeinsam marschierten wir auf unser Elternhaus zu. »Das mache ich glatt. Dann kann ich mit dem Kochen beginnen, während du im Bad bist.«

»Danke dir, Lennert. Wenn du keine Lust hast, musst du nicht kochen, du hast schon genug getan.«

Er winkte ab. »Das ist kein Problem. Ich koche gern. In der Küche kann ich auch wunderbar abschalten.«

Ich warf ihm ein schräges Grinsen zu. »Mal sehen, wie du morgen darüber denkst, wenn dich dein Muskelkater auf Trab hält.«

In seiner typischen Frohnatur lachte Lennert nur. »Gut essen will ich immer.«

Im Flur deutete ich in Richtung der Küche, bevor ich mich zur Vorratskammer abwandte. »Wenn du was brauchst zum Kochen ...«

»Finde ich mich schon zurecht.«

Manchmal vergaß ich, dass wir gemeinsam auf dem Hof groß geworden waren. Lennert hatte die erste Chance genutzt, wegzugehen. Ich fragte mich wirklich, wieso er zurückgekommen war.

Nachdem ich die Eier in die Kartons für den Verkauf gesteckt hatte, ging ich in mein Schlafzimmer.

Die Duschgeräusche aus dem Badezimmer erfüllten das ganze Stockwerk. Es war so ungewohnt, von Lauten umgeben zu sein, die ich nicht selbst produzierte. Abgesehen vom gelegentlichen Poltern Antons aus der Dachgeschosswohnung. Aktives Familienleben mit vielen Leuten, das Bewusstsein, von Menschen umgeben zu sein, hatte ich in diesem Haus so lange nicht erlebt. In dem Moment war ich mir nicht sicher, ob mir dieser Umstand leidtat oder ob ich froh war, dass ich meine Ruhe hatte. Durch mein Schlafzimmerfenster sah ich hinunter in den Garten. Auf dem Rasen lief Cindy herum und steckte ihren Kopf in die Hecke. Dieses Tier.

Ich öffnete das Fenster und schaute hinaus. »Geh nach Hause, Cindy.« Sie riss ihren Kopf herum und starrte mich an. »Na los. Es ist Schlafenszeit. Warum brauchst du jeden Tag eine Extraeinladung?«

Cindy drehte sich um, wendete mir ihr Hinterteil zu und kackte in meinen Garten. Na toll.

Das Letzte, worauf ich heute noch Lust hatte, war, die Hinterlassenschaften meiner Ziege einzusammeln. Im Flur hörte ich Lennert aus dem Bad kommen. Kopfschüttelnd schloss ich das Fenster und beschloss, mich später um Cindy zu kümmern. Mit meinen Sachen ging ich ins Bad.

Der Spiegel über dem Waschbecken war völlig beschlagen, und ich konnte mich darin nur schemenhaft erkennen. War ich wirklich dazu verkommen, mit Tieren zu reden und meine Nachbarn anzublöken?

Schnell stieg ich in die Dusche und machte sie an. Das heiße Wasser prasselte auf meinen Körper. Nach dem langen Tag tat die Wärme so gut. Wenn ich allein war, machte ich mir nicht annähernd so viele Gedanken, wie wenn Lennert hier war.

Deans Gesicht erschien vor mir. Seine blitzenden Augen, als wir unser *Date* vereinbart hatten. Seine zuckenden Mundwinkel, als er mich zurechtgewiesen hatte.

Unwillkürlich musste ich grinsen.

Er schaffte es nicht sonderlich gut, seine Emotionen zu verstecken. Erfrischend. War er immer so gewesen?

Was er wohl unter einem *Date* verstand?

Ich versuchte, mich an den genauen Ablauf des Gesprächs zu erinnern. Doch es gelang mir nicht. Das lag nicht nur daran, dass es schon vor Stunden stattgefunden hatte, meine Erinnerung schweifte auch immer wieder zu seinen feingliedrigen Händen, seinem knackigen Hintern, dieser Sturmfrisur ab.

Wie er sich wohl anfühlte?

Und ich wurde hart.

Schnell stellte ich die Dusche aus und rubbelte mich grob mit einem Handtuch ab. Nicht jetzt. Ich hatte keinen Nerv, weiter irgendwelchen Illusionen hinterherzujagen. Wahrscheinlich hatte er diese alberne Date-Geschichte bereits vergessen. Zumindest hatte ich nichts mehr von ihm gehört oder gesehen.

Also sollte ich es ebenso handhaben.

Schon fast aggressiv stieg ich in meine Jeans, zog mein Shirt über und griff nach dem Pulli. Im Moment war mir heiß, und am liebsten hätte ich mir die Klamotten vom Leib gerissen.

Beim Öffnen der Badtür schlug mir der Geruch aus der Küche entgegen. Schlagartig begann mein Magen zu grummeln. Der Hunger kam so überraschend, dass ich hastig die Treppe hinablief.

In der Küche fand ich Lennert, der eifrig vor sich hin schnippelte.

»Was hast du denn gezaubert?«

Er warf mir einen flüchtigen Blick zu. »Soße brodelt schon. Die Einlage schneide ich gerade.«

»Mann, bist du schnell. Kann ich was tun?«

»Hm?« Er sah über die Arbeitsplatte. »Tomaten kannst du schon schneiden.«

Ich machte mich daran, Lennerts Anweisungen zu folgen, und genoss es, zu tun, was er mir sagte, ohne viel nachzudenken.

»Du stellst dich gar nicht so schlecht an«, meinte mein Bruder.

»Es ist auch nicht schlimm«, stimmte ich ihm zu. Dabei wusch ich den Reis nach seiner Instruktion. »Nur für eine Person scheint mir der Aufwand oft zu groß. Da greife ich dann zu Ravioli aus der Dose oder 'nem Brot.«

»Das versteh ich schon!« Lennert konnte seinen Eifer kaum aus seiner Stimme halten. »Mir ging es ja nicht anders.« Und hier kam die alte Leier wieder. »Aber wenn du dir bewusst machst, was du so in dich reinstopfst und was Essen bedeutet, wirst du bemerken, dass du allein es auch wert bist, dich bestens zu versorgen.«

Innerlich seufzte ich. »Ich bin nicht wie du, Lennert.«

Hinter mir hörte ich, wie er weiter herumwerkelte.

Wollten wir die kurze Zeit, die er hier war, nutzen, um uns zu streiten?

»Es ist schon fertig. Ich hoffe, dir schmeckt, was wir hier fabrizieren.«

Bei seinen Worten senkte ich die Schultern. Ich war um jeden Themenwechsel froh. Die Anspannung ließ nach, und ich knüpfte an seinen letzten Satz an. »Mit Sicherheit, es riecht fantastisch.«

In brüderlicher Zweisamkeit deckten wir den Tisch.

Als wir uns endlich zum Essen setzten, war ich kurz davor, das Curry allein zu vertilgen.

Schweigend schlangen wir Reis, Gemüse und die leckere Soße in uns. Ich stöhnte auf.

»Verdammt, ist das lecker.«

Lennert lachte. »Und das könntest du jeden Tag haben.«

»Ach, halt die Klappe!«, erwiderte ich, doch meine Worte hatten keinerlei Biss.

Als wir den schlimmsten Hunger bekämpft hatten, lehnte sich Lennert zurück und stützte sein Kinn in seine Hand. »Wie geht es dir eigentlich sonst?«

Ich zuckte mit einer Schulter. »Gut. Alles beim Alten.«

»Ja, das habe ich befürchtet.« Lennert sah sich in der Küche um und durch die Glastür, durch die uns Cindy beobachtete.

»Es hat sich kaum was verändert, seit Mama ausgezogen ist.«

Die Worte sausten in meinen Magen, zogen ihn zusammen und schlagartig war ich satt. Frustriert kaute ich auf den letzten Kichererbsen. Musste er die Stimmung so runterziehen?

»Tja. Vater hatte genug zu tun auf dem Hof, nachdem sie weg gewesen war. Innenarchitektonische Veränderungen standen da nicht ganz oben auf der Liste.«

»Und als er starb, ging es für dich genauso weiter.«

»Tja!« Energisch schob ich den Stuhl vom Tisch und stand ruckartig auf. »Das Schicksal eines Inselbauern.«

Lennert spielte mit seinem Löffel und presste die Lippen zusammen. »Du weißt, du kannst immer anrufen, wenn du Hilfe brauchst. Ich komme gern hierher. Es ist auch mein Zuhause.«

Ich nahm meinen Teller und das Besteck und stellte es klappernd in die Spüle. Ein Zuhause, das man zum Spaß hin und wieder aufsuchte. Zur Zerstreuung. Darauf konnte ich verzichten.

»Ich brauche niemanden. Anton ist hier. Und wir haben, seit wir auf eine rein ökologische Bewirtschaftung samt muttertiergebundener Aufzucht umgestellt haben, ohnehin den Bestand reduziert.«

»Wenn du die Milchproduktion ganz aufgibst und auf die Gemüseproduktion setzt, würdest du ...«

»Ich lasse mir nicht reinreden, wie ich meinen Hof zu führen habe!«, schnauzte ich meinen Bruder an, der zusammenzuckte.

»Ich will dir nicht reinreden, ich will dir doch nur Optionen zeigen.«

»Lennert, hör auf. Du machst dein Ding und ich mach meins. Ich erzähle dir auch nicht, wie du Bankgeschäfte betreiben sollst.«

Er seufzte. »Es kommt mir nur so vor, als ob du dich hier komplett aufgibst. Nur du und die Tiere. Und die paar Kartoffeln, die du anbaust. Das ist doch kein Leben. Wenn du die Vergangenheit zumindest abschließen könntest, dann schaffst du auch einen Neuanfang.«

»Wer sagt denn, dass ich einen Neuanfang will? Du kommst hier ein paar Mal im Jahr vorbei und weißt, was gut für mich und für den Hof ist? Findest du das nicht etwas anmaßend?«

Lennert wackelte abwägend mit dem Kopf. »Vielleicht.«

Überrascht schaute ich ihm direkt in die Augen.

»Aber woran liegt das? Du lässt jeden Kontakt schleifen. Wenn du nicht in absoluter Not bist, verweigerst du jede Hilfe. Mama ignorierst du.«

Ich verdrehte die Augen und räumte den Tisch ab. »Fang nicht damit an.«

»Hast du dich bei ihr gemeldet? Auf ihre Geburtstagseinladung?«

Ich schnaubte. »In Bremen! Selbst wenn ich wollte, ich kann nicht einfach weg und alles stehen und liegen lassen.«

»Aber du willst gar nicht.«

»Richtig! Ich will gar nicht. Sie hat sich entschieden, ihre Familie hier zurückzulassen. Sie hat gewusst, mit welchen Konsequenzen das einhergeht. Anders als sie bin ich nicht ungebunden und tanze durch die Welt, wie mir der Sinn steht.« Ich wollte am liebsten aufstampfen, um meinen Punkt zu unterstreichen. Es war so frustrierend.

»Nein, du bist an den Hof gebunden. Du bist wie zu einer Symbiose mit ihm verschmolzen.«

»Lennert!« Erschöpft hob ich meine Arme und ließ sie fallen. »Müssen wir das wirklich durchkauen?« Dieses Gespräch zehrte an meinen letzten Kräften.

Langsam stand er auf. »Ich will doch nur, dass es dir gut geht. Du wirkst nicht glücklich. Lass uns gemeinsam nach Bremen fahren. Als Familie. Mama wird sich freuen.«

Ich schüttelte den Kopf. »Das ist keine gute Idee.« Glücklich? Wusste ich überhaupt, was das genau für mich bedeutete?

Er trat an die Spüle und sah mich eindringlich an. »Ich will nicht, dass wir uns auch komplett aus den Augen verlieren, obwohl wir auf derselben Insel wohnen. Ich habe das Gefühl, ich kenne dich gar nicht mehr.«

Mühevoll presste ich meine Lippen zusammen. *Du kennst mich auch nicht! Niemand kennt mich wirklich!* Das wollte ich sagen. Doch natürlich schluckte ich es hinunter.

»Das will ich auch nicht«, würgte ich hervor.

»Komm doch wenigstens mal nach Wyk. Du kennst meine neue Wohnung gar nicht. Wir gehen mal was trinken.«

Warum nicht? Was hatte ich zu verlieren? Ich musste nicht jede Minute auf dem Hof verbringen. Dafür hatte ich schließlich Anton, damit er ein Auge auf die Dinge hatte, wenn ich mal weg war. Langsam nickte ich.

»Dann stell ich dir meine neue Kollegin Christin vor. Die hat ein Bild von uns beiden gesehen und nervt mich seitdem dauernd, dass sie dich kennenlernen will.«

Mein Nicken fror ein, während mich Lennert weiter breit angrinste.

Der Moment wäre eine hervorragende Gelegenheit, es zu sagen. *Lennert, ich bin schwul. Mit Christin lockst du mich nicht hinter dem Sofa hervor. Bitte unterlasse deine Kuppelversuche.*

Stattdessen schüttelte ich den Kopf.

»Ach, komm!«, forderte Lennert erneut. »Ich kann dir auch ein Bild von ihr zeigen.«

Warum sollte ich mir den Stress antun, ihm von meiner Sexualität zu erzählen? Da ein Partner nicht als Option zur Verfügung stand, war es sinnlos. Es würde mir seine Kuppelversuche ersparen, wie ich mir eingestehen musste.

Vielleicht würde es uns einander näherbringen? Innerlich schnaubte ich, alles andere als amüsiert. Nein. Es war meine Sache.

»Mal sehen«, murmelte ich.

Lennert zog die Augenbrauen zusammen, und seine Mundwinkel fielen. Die Enttäuschung war ihm ins Gesicht geschrieben. »Ich würde meinen großen Bruder gern öfter sehen!«

Überraschung hüpfte bei seinen Worten durch meinen Magen. »Dafür musst du mir nicht irgendeine Kollegin vorstellen. Nur wir zwei. Ich richte es ein! Ich verspreche es!«

Er lächelte leicht und drehte sich zum Tisch. »Und was machen wir heute noch? Fernsehen?«

»Können wir machen«, stimmte ich ihm zu.

Wenn mein Einsiedlerdasein meinen kleinen Bruder belastete, würde ich es überdenken. Für ihn. Für mich? Ein Schritt nach dem anderen.

Kapitel 6

Arved

Obwohl ich manchmal das Gefühl hatte, uns trennten Welten, fanden mein Bruder und ich doch jedes Mal, wenn wir uns sahen, eine Ebene zum Kommunizieren, auf der wir uns beide wohlfühlten. Zu sehen, dass er immer noch dieselben Eigenheiten hatte wie vor Jahren, schaffte sofort Vertrautheit, die mir guttat. Wie er mit völlig verknoteten Beinen auf dem Sofa fernsehschaute. Wie er mit Minibissen sein Brot morgens aß, erinnerte mich an unsere Kindheit. An die guten Zeiten.

Als wir am nächsten Morgen nach unserem gemeinsamen Frühstück auf den Hof kamen, begrüßte uns Cindy. Lennert lief lachend auf sie zu und kraulte ihren Kopf. »Du bist schon so ein Exemplar!«

Im selben Moment bog Dean auf den Hof ein, und automatisch stellte ich mich aufrechter hin. Mein Blick huschte über jeden Quadratzentimeter seines Körpers. Seine enge Hose, Jeansjacke, das blütenweiße Shirt. Sie hüllten seinen schmalen Körper elegant ein. Er wirkte fast wie ein Fremdkörper auf meinem Hof. Seine ungebändigte Mähne auf seinem Kopf bildete einen perfekten Widerspruch zu seinen feinen Gliedmaßen. Er wirkte so vertraut, und doch rüttelte mich seine bloße Anwesenheit wach.

Wie immer sah er sich etwas unsicher um, so als erwartete er, dass ein Ungeheuer aus einem der Ställe brechen würde. Doch als sich unsere Blicke streiften, schenkte er mir ein Lächeln.

Irritiert über das Flattern in meiner Magengegend kräuselte ich die Stirn und strich meine schweißnassen Hände auf meinen Oberschenkeln ab.

Deans heitere Miene bröselte leicht in ihren Ecken, und zurück blieb ein etwas gequältes Lächeln. »Hallo!« Er sah von mir zu meinem Bruder, der aufsah und Dean anstrahlte.

»Hallo! Willst du zu Arved? Ich bin übrigens Lennert.«
Dean trat auf Lennert und Cindy zu und musterte sie skeptisch. »Hallo, ich bin Dean. Ist Cindy friedlich?«

»Klar!«, versicherte Lennert, und ich stand wie das fünfte Rad am Wagen neben ihnen. »Die ist nur neugierig.«

So als hätte sie die Worte verstanden, ging Cindy auf Dean zu und schnupperte an ihm. Wie von selbst wippte ich auf den Ballen nach vorne und reckte mich ihnen entgegen. Ich wollte auch an Dean riechen.

Grundgütiger! Innerlich wies ich mich zurecht und trat einen Schritt zurück. Was wollte Dean hier? Er war ohne die Kinder da. Wollte er sich wegen unseres *Dates* besprechen? Leicht panisch sah ich zu meinem Bruder.

»Na du?« Dean kraulte Cindy und die ließ sich das gefallen.

Nun war ich neidisch auf eine Ziege! *Wunderbar, Arved!*

Unfähig, ein Wort zu äußern, sah ich den beiden weiter zu, bis sich Dean aufrichtete.

»Ich komme auch nur vorbei, weil Tine mich gebeten hat, dich noch mal an das Ostereiersuchen zu erinnern, das morgen stattfindet.«

»Stimmt«, brummte ich vor mich hin. Heute war Ostersonntag. Morgen veranstalteten sie auf der Hotelanlage ein Osterfest für die Gäste.

»Jedenfalls bittet sie um Nachsicht, sollten sich Gäste im Eifer des Gefechts verlaufen. Natürlich wird sie nichts auf deinem Grundstück verstecken, aber man kann ja nie wissen.«

»Vielleicht sollte ich ein Schild aufstellen: Hier gibt es nix zu finden. Keine Ostereier auf dieser Seite des Grundstücks.«

Lennert hob bei meinem rauen Ton mit zusammengezogenen Augenbrauen den Kopf und sah zwischen Dean und mir hin und her.

Doch mein neuer Nachbar ließ sich nicht aus der Ruhe bringen. Er musterte mich mit einem zarten Schmunzeln. »Weißt du was, ich könnte dir so ein Schild malen. Mit der Aufschrift: *Arved hat keine Eier.* So oder in der Art.« Er hob seine Augenbrauen leicht, und das Weiß seiner Zähne blitzte zwischen seinen roten Lippen hindurch.

Ich konnte mein Lachen kaum zurückhalten und grinste ihn breit an. »So was in der Art, ja.« Seine Schlagfertigkeit und sein Witz reizten mich, kribbelten durch mich. Ich wollte mit ihm reden, hören, was er zu sagen hatte.

Er grinste mich an und sah dann zu Lennert. »Wenn ihr kommen wollt, seid ihr herzlich eingeladen. Es gibt zu essen, kleine Geschenke.« Er zuckte mit den Schultern. »Gute Gesellschaft.« Er drehte sich wieder in meine Richtung. »Danke jedenfalls für dein Verständnis. Wir tun, was wir können, damit nichts aus dem Ruder läuft.«

Ich nickte einmal kurz abgehackt. Krampfhaft überlegte ich, was ich sagen könnte, um ihn hierzubehalten. Gleichzeitig wollte ich, dass er verschwand. Seine Anwesenheit überforderte mich auf so vielen Ebenen. Ich wollte ihn an mich ziehen und im selben Moment in den nächsten Flieger nach New York schicken.

»Selbstverständlich kommen wir!«, fuhr Lennert zwischen meine Gedanken.

Wir taten was, bitte?

»Ach wirklich?« Deans Stimme hob sich vor Überraschung. Er sprach mir aus der Seele.

»Klar. Wir haben eh nichts zu tun. Sobald wir mit den Tieren fertig sind, kommen wir morgen rüber.«

Ich öffnete den Mund, um zu protestieren. Doch Deans Strahlen raubte mir den Atem, und statt Protest kam nur ein lautes Ausatmen aus mir.

»Cool! Ich gebe Tine gleich Bescheid!« Dean machte auf dem Absatz kehrt, winkte uns noch mal über die Schulter zu, und ich sah ihm wie ein liebestoller Idiot hinterher.

Mit erstaunlich schnellen Schritten eilte er davon. Worüber ich froh war. Ich rieb über meine Brust. Zum Glück hatte er nicht nach dem *Date* gefragt. Warum hatte er nicht danach gefragt?

»Wer war denn das?«

»Hm?«

»Der Kerl. Scheint nett zu sein.«

Ich nickte. »Dean. Au-pair im Hotel nebenan.«

»Ah.« Cindy widmete sich wieder Lennert, der sie bereitwillig kraulte. »Was machen die da bei der Osterfeier?«

»Keine Ahnung. War da noch nie.«

»Hm ... na, wir werden es morgen ja sehen.«

»Du willst doch da nicht wirklich hingehen.«

»Aber sicher doch! Komm, Cindy!« Mein Bruder spazierte mit meiner Ziege davon.

»Aber ...«

»Tut doch nicht weh. Und wenn es nix ist, gehen wir wieder.«

Ich schlurfte über den Hof und hing Lennerts Worten hinterher. Wenn es so einfach wäre. Jedes Zusammentreffen mit Dean erschütterte meine Überzeugungen in ihren Grundfesten.

***

Mein Blick schweifte über den Hotelgarten. Nicht nur die Kinder krabbelten durch die Hecken, sondern auch erwachsene Gäste durchsuchten die ersten Blüher nach den Ostereiern und versteckten Geschenken. Ich konnte neidlos anerkennen, dass die Klaasens die Anlage hochwertig renoviert hatten. Mir war noch deutlich in Erinnerung, wie der ehemalige Hof ausgesehen hatte. Es musste einen Haufen Geld gekostet haben, die Anlagen mit Naturmaterialien ökologisch auf Vordermann zu bringen.

Dankend lehnte ich ein Glas Sekt ab, das mir eine Bedienung anbot.

Ich sah zurück zu Lennert.

»Und du kommst direkt aus New York?«

Dean musterte meinen Bruder mit einem leichten Lächeln.

»Nicht direkt aus Manhattan, falls du das meinst. Aber aus Brooklyn, ja. Also aus New York City.«

»Wie hältst du das dann hier aus?«

Dean lachte. »Erstaunlich gut. Oder nicht erstaunlich. Es ist genau das, was ich gerade brauche.«

Er lächelte und sagte nicht mehr.

Das Wörtchen *warum* lag mir auf der Zunge. Doch bevor ich mich durchringen konnte, es zu äußern, lief Bo auf Dean zu.

Sein Tempo konnte er nicht mehr kontrollieren und knallte mit einem Stöhnen gegen sein Au-pair.

»Oh. Bo. Du haust mich um!«

»Dean! Guck mal! Ich habe den großen Hasen gefunden!« Bo strahlte Dean aus den größten Kinderaugen an, die ich mir vorstellen konnte.

Doch dieser sah skeptisch auf Bos Beute. »War der nicht für die Gäste gedacht?«

Mit angestrengt zerknittertem Gesicht musterte der Junge seinen Fund. »Ich hab's vergessen.«

Dean sah seinen Schützling mit leicht geneigtem Kopf an und ging vor ihm in die Hocke. »Was hältst du davon, wenn du ihn jetzt ganz schwierig verstecken darfst und der Einzige bist, der weiß, wo er ist? Dann kannst du die anderen leiten.«

Man sah den Konflikt, den das Kind mit sich austrug, auf seinem Gesicht. Schließlich nickte er. »Ich weiß, wo ich ihn verstecke.« Und schon lief er davon.

Dean stand auf und schüttelte den Kopf. »Na, ich bin ja gespannt, was das wird.«

»Das würde dir zumindest in New York entgehen«, griff Lennert den Gesprächsfaden wieder auf.

»Das auf jeden Fall!« Dean wandte sich an meinen Bruder. »Jedenfalls will ich ein bisschen auf den Spuren meiner Vorfahren wandeln. Meine Mutter stammt von Föhr. Leider haben wir keine Verwandtschaft mehr hier. Auch ihr Elternhaus ist schon vor langer Zeit abgerissen und die Fläche komplett neu bebaut worden. Aber ich wollte erleben, woher sie kommt.«

Daher also der Akzent trotz fließendem Deutsch.

»Das ist ja lustig«, fuhr Lennert fort. »Unser Urgroßvater ist damals in die USA ausgewandert, nachdem hier die Schifffahrt und der Walfang eingebrochen sind. Mit dem Geld, das er dort verdient hat, hat er den Hof gekauft, als er zurückgekommen ist. Die Heimat lässt einen doch nicht los. Ich bin während meiner Bankausbildung nur einen Monat in New York in einer Filiale meiner Bank gewesen, aber es hat mich – egal, wo ich war – wieder hierher gezogen.«

Die beiden verstrickten sich in eine lebhafte Diskussion über New York. Ohne einen Ton von mir zu geben, stand ich wie ein Zaungast dabei. Egal, was ich mir ausmalte, Lennert hatte es für mich in dem Moment klar zusammengefasst. In Übersee erlebte man seine Abenteuer, von denen man in seiner Heimat, in die man unweigerlich zurückgekehrt war, erzählte.

Deans Gesicht strahlte vor Begeisterung. Seine Gabe, auf Menschen zuzugehen, seine offene Art, seine Eleganz faszinierten mich.

Vielleicht sollte ich meine eigenen Regeln noch mal überdenken. Was sprach dagegen, sehenden Auges das Abenteuer für jemanden zu sein?

Unwillkürlich schüttelte ich den Kopf. Die Erinnerung an mein letztes Abenteuer dieser Art holte mich mit einem Stechen in der Herzgegend ein.

»Jedenfalls gilt das nicht für jeden, Lennert. Meine Mutter kommt nicht wieder zurück. Ihr Leben ist in New York. Bei der Familie meines Vaters, ihren Freunden, Kollegen, ihren Schwestern, meinen Tanten. Ich glaube, sie würde sich selbst komplett entwurzeln, wenn sie wieder gehen würde.«

Mein Bruder winkte ab. »Du hast natürlich recht. Jeder Mensch ist anders.«

»Interessant ist aber auf jeden Fall, wie viel wir gemeinsam haben.« Dean drehte sich zu mir und schaute mich aus offenen Augen an.

»Haben wir?« Ich hob meine Augenbrauen. Wieso konnte ich nicht ein bisschen freundlicher reagieren?

»Nun, unsere Familiengeschichten, meine ich. Euer Urgroßvater war in New York. Meine Mutter ist in New York. Und ich bin hier.«

Doch du wirst wieder gehen.

Innerlich wies ich mich zurecht. Dean hatte meinen Unmut nicht verdient.

»Und ich geh jetzt schon mal rüber und sehe nach, wer sich alles zu mir verirrt hat«, warf ich zwischen die beiden, drehte mich um und eilte davon. So schnell es

möglich war, ohne so zu wirken, als liefe ich vor irgendetwas weg.

Kapitel 7

Dean

Der Wind pustete mir angenehm ins Gesicht, was ich sehr begrüßte, bei der Hitze, mit der die Sonne auf uns niederbrannte.

Ich strampelte auf meinem Fahrrad der Brise Richtung Wasser entgegen. Im Moment fuhr ich durch eine Siedlung, aber ich konnte das Meer dahinter erahnen.

Nach den unterkühlten Temperaturen, seit ich angekommen war, hatte das Wetter von einem Tag auf den nächsten umgeschlagen. Die Sonne schien, dass ich das Gefühl hatte, in meiner Jeans zu verkochen.

Heute war der erste Tag nach den Osterferien, und ich war ein klitzekleines bisschen froh, dass Jule und Bo in der Schule waren. Die beiden zwei Wochen permanent bei mir zu haben, war anstrengend gewesen. Sie waren tolle Kinder. Aber wie schafften Menschen es, abzuschalten, wenn dauernd jemand an einem klebte und irgendeine Frage hatte?

Die freie Zeit nutzte ich für mich! Weg vom Hof und den Gästen. Es war meine erste Gelegenheit, die Gegend allein zu erkunden.

Obwohl ich nur wenige Kilometer von meinem Zuhause auf Zeit entfernt war, kribbelte mein Abenteuersinn. Anders als in New York, wo ich mich an Gebäuden, auffälligen Wahrzeichen, Straßenschildern orientierte, war ich hier auf Büsche, Sträucher und andere Natur angewiesen.

Aber ich war gut vorbereitet und wusste, dass ich direkt auf den Parkplatz, der mich zu Goting Kliff bringen würde, zusteuerte.

Schnell stellte ich dort mein Rad ab und ging wie magisch angezogen auf den Weg durch die Dünen zu. Mit den Fingern streifte ich über das Gras und Gewächs, das sich von der Seite auf den Durchgang streckte. Links und rechts erhob sich die Düne über meine Körpergröße hinaus.

Vor mir schwappte das Wasser in ruhigen Wellen.

Ich ging darauf zu und atmete tief durch. Ja. So konnte man abschalten. Kein Wölkchen befand sich am Himmel. Nur Blau, so weit das Auge reichte.

Über mir kreischten Möwen. So als riefen sie mich und wollten meine Aufmerksamkeit. Mit weit aufgespannten Flügeln segelten sie über das Wasser auf den Strand zu, drehten ab und zogen zurück.

Langsam drehte ich mich um und sah zu den meterhohen Dünen, die als Kliff aufgetürmt über dem Ufer ragten. Die Sonne strahlte sie in ihrer ganzen Gewalt an. Sie leuchteten in derselben warmen Cremefarbe des Strandes. Der spärliche Bewuchs warf minimale Schatten. Die Einkerbungen, Unebenheiten, Dellen, die

die Meerseite säumten, gaben dem Ganzen einen Anstrich, der die Rauheit der Natur andeutete und trotzdem versöhnlich wirkte.

Ich blickte zum Kliff hinauf. Zum Schutz vor der reflektierenden Sonne hielt ich mir die Hand über die Augen.

Langsam ging ich den Strand entlang. Ließ das Naturschauspiel auf mich wirken. Meine Finger zuckten leicht. Kein konkretes Bild erschien vor meinem inneren Auge.

Aber die verschiedenen Töne von Creme, Weiß, Braun durchdrangen mich. Sie wirkten wie Balsam. Ich hatte keine Ahnung, was ich daraus machen sollte. Aber ich wollte sie durch meine Hand auf einer Leinwand sehen. Vielleicht nur drei Tupfen. Vielleicht mischen, wie auf einer Farbpallette. Vielleicht breite Streifen, die über die Länge eines ganzen Blattes fuhren. Das bekannte Knistern in meinem Gehirn drang zart wie ein Mäuschen, das über Klaviersaiten lief, bis zu meinem Herzen.

Ha. Faszinierend. Der Gedanke, einen Pinsel nur in die Hand zu nehmen, versetzte mich nicht in Panik. Ich fühlte die Farbtöne. Die Sonne, die nicht nur die Wärme zu mir sandte, sondern die Farbe um mich löste und mit mir verband. Wow. War doch noch nicht alles verloren?

Ich senkte den Arm und schloss die Augen. Ließ die Empfindung auf mich wirken.

Als ich die Augen wieder öffnete, sah ich zu Boden, um nicht geblendet zu werden, und schlenderte den Strand weiter entlang. Glücklich und ausgefüllt von

der Wendung, die mir dieser Tag schenkte. Als ich aufschaute, sah ich ein paar Leute in den Wellen, die ich
nicht näher beachtete. Ich zog meine Sneakers aus,
stopfte die Socken rein und ging mit ihnen in der Hand
weiter. Das Wasser war sicher frisch. Aber es war auch
die perfekte Abkühlung für die Hitze hier am Strand.
Ich ging in die Wellen und genoss die Kühle um meine
Waden.

Erneut hob ich den Blick und er traf auf eine Frau, die
gerade ins Meer lief. Ich erstarrte. Sie war nackt. Nicht
leicht bekleidet. Splitterfasernackt. Sie schien das weder zu stören noch bemerkte sie es oder was auch immer. Unter einem lauten Lachen war sie in den Fluten
verschwunden, wobei ihr zwei andere Frauen, wohl
Freundinnen, folgten. Schnell wandte ich meinen Blick
ab und lief stur weiter. Nur weg von den nackten Leuten. Meine Schritte beschleunigten sich. Bis auf wenige
verstreute Passanten war der Strand leer. Vermutlich
waren das besondere Menschen gewesen. Ich wollte
nicht darüber nachdenken. Wenn ich irgendwann zu
meinem Rad zurückwollte, musste ich da aber wieder
vorbei. Ich sah zu den Dünen hin. Vielleicht fand ich einen Weg, um dahinter zurück zum Parkplatz zu kommen. Verlief da oben nicht ein Wanderweg?

Unwillkürlich musste ich lachen und schlug eine
Hand vors Gesicht. Das glaubte mir daheim doch kein
Mensch.

Ich schaute wieder auf und drehte mich erneut zur
Meerseite. Die Chance, dass sich dort Nackte tummelten, müsste doch im kalten Wasser geringer sein als auf

dem erhitzten Strand, und die Frauen waren hoffentlich nur eine Ausnahme. Eine kälteresistente Ausnahme.

Mein Mund klappte auf. Meine Augen wurden sicher so groß wie Teller. Und es war mir nicht möglich, wegzusehen. Von dem Mann, der gerade vor mir aus dem Wasser stieg.

Diese Phänomene, die unsere komplette Aufmerksamkeit auf sich zogen und einen fesselten wie ein Unfall. So was hielt mich gerade gefangen.

Arved. So nackt, wie ihn irgendeine Gottheit erschaffen haben musste, schritt wie in einer Parfümwerbung auf mich zu. In einer europäischen Parfümwerbung. In einer amerikanischen würde so etwas nie passieren.

War das hier ein Gay Bath House? Draußen? Ein Gay Bath Outdoor Pool? Außer dass wir uns am Meer befanden und hinter mir drei Damen im Evakostüm planschten.

Meine ungehörigen Augen sogen die ganze nackte Haut vor mir auf. Von Wassertropfen benetzte Haut, Haare über dem ganzen Oberkörper verteilt, bis zu seinem … Mein Blick schnellte hoch. Arved war muskulös. Aber anders als Gym-Typen hatte er nicht diese Berge von antrainierten Muskelpaketen, die auf Armen und Beinen thronten. Vielmehr war sein ganzer Körper sehnig, kräftig, mit gewaltigen Oberschenkeln und einem hübschen Schwanz, der aus einem Nest von wassernassem, dunklem Schamhaar ragte. Wie kalt war das Meerwasser gewesen? War Arved ein Shower oder ein Grower? In welchem Zustand befand sich Arveds …?

»Dean.«

Ich riss meinen Kopf hoch und starrte in Arveds Gesicht, das wie immer leicht genervt und gleichzeitig amüsiert wirkte, wann immer er mich sah.

Fuck.

»Arved?«

Er spazierte an mir vorbei auf einen Haufen Klamotten, Rucksack und Handtuch zu.

In aller Ruhe begann er sich abzutrocknen. Ich drehte mich halb von ihm weg und schaute auf die Dünen.

»Ich bin hergekommen, um Goting Kliff anzusehen.«

Seitlich neben mir lachte Arved leise. Aus dem Augenwinkel konnte ich sehen, wie er amüsiert die Lippen verzog. »Ja? Und, wie gefällt es dir so?«

»Gut, gut!«, plapperte ich los. »Sehr gut. Imposant. Ich meine, ich habe mir natürlich vorher Gedanken darüber gemacht. Aber wenn man so direkt am Strand davorsteht, ist es doch größer, als ich vermutet habe.« Ich fuchtelte mit meinen Händen herum. So als ob ich zeigen wollte, wie groß ein Fisch war, den ich aus dem Wasser gezogen hatte. *Dean, hör auf zu reden und rumzufuhrwerken!* Doch ich konnte mein loses Mundwerk nicht dazu überreden, endlich innezuhalten. »Und überzeugend. Natürlich. Auf eine gute Art und Weise. Man fragt sich ...« Ich drehte mich zu ihm herum. »Arved, warum bist du nackt?«

Nun, es konnte mir niemand vorwerfen, dass ich mich nicht klar ausdrücken konnte.

Arved hatte sich das Handtuch um die Hüften geschlungen, wie ich zu meiner größten Erleichterung feststellte. Er sah mich mit diesem amüsierten Zucken um die Lippen an.

»Warum ich persönlich nackt bin, oder wieso hier alle an diesem Strandabschnitt nackt sind? Also, alle außer dir.«

»Oh! Ähm. Ich meine alle hier?«

»Du bist hier im FKK–Bereich des Strandes. Freikörperkultur. Oder eben Nacktbadestrand.«

»Oooooh!« Meine Wangen wurden noch heißer, als sie ohnehin von der Sonne schon waren. Natürlich wusste ich theoretisch über FKK-Strände Bescheid. »Hier? Aber dort drüben ist der Familienstrand von Nieblum.«

Arved zuckte mit den Schultern. »Die Leute sind nur nackt. Hat jeder schon gesehen. Ist nichts Besonderes.«

»Da hast du wohl recht.« Unschlüssig stand ich da. Sah ihn an. Sah auf den Boden. Zu Goting Kliff.

»Setz dich doch zu mir!« Sein schroffer Ton widersprach seiner Aufforderung und seiner Haltung.

Ich sah zurück zu Arved. »Ich weiß nicht.«

Er räusperte sich und deutete neben sich. »Ich verspreche, mich auch bedeckt zu halten. Komm. Lass uns reden.« Entschieden nickte er – so als hätte er eine Entscheidung getroffen.

Zaghaft ging ich ein paar Schritte auf ihn zu. Er lächelte mich an. Richtig. Ohne Spott. Langsam setzte er sich auf den Sand.

»Wie geht's dir? Ist wohl alles sehr ungewohnt. Jetzt noch nackte Menschen am Strand.« Hinter der rauen Fassade steckten ziemlich interessierte Fragen.

Arved schob mir seinen Rucksack hin, und ich setzte mich vorsichtig darauf. »So schlimm ist es nicht. Da ich die Sprache kann, ist alles halb so wild.«

»Hm. Vermisst du deine Freunde?«

»Ach ...« Ich schaute über das Wasser. Auf den Wellenspitzen tanzten die Sonnenstrahlen. »Es geht. Mit meiner Mom und meiner besten Freundin rede ich jeden Tag. Aber die sind beschäftigt. Weißt du, wie ich das meine? Ihr Leben geht weiter, und ich bin im Moment überhaupt kein Teil von ihnen. Also, sie ja auch nicht von meinem. Auch wenn ich weiß, wovon sie reden, bin ich Zuhörer, nicht Teilnehmer. Das macht einsam, obwohl ich hier mehr als beschäftigt bin. Ich fange Kühe ein, habe mit den Kindern zu tun, das Hotel hält die ganze Familie auf Trab.«

Erneut lachte Arved. Ich mochte das Geräusch. Es war ein tiefes Lachen. Samtig. Ein bisschen hölzern. Aber eher so wie Treibholz, das von Salz und Sonne bearbeitet am Strand lag. Das weich die Haut streichelte, wenn man darüberstrich.

»Das glaube ich dir. Und ich darf auch meinen Teil dazu beitragen.«

Ich seufzte. Wir schwiegen eine Weile.

»Und es war nicht schwer für dich, dieses Leben, von dem du ja ein Teil gewesen bist, zu verlassen?«

Ich stellte die Hände hinter mir auf, lehnte mich darauf zurück und legte den Kopf in den Nacken. »Hm. So leicht ist das nicht zu beantworten.«

Arved wartete. Ich überlegte. Das Schweigen war nicht unangenehm. Eher geduldig. Ich schloss die Augen. »Nach meinem Studium habe ich vom großen Erfolg als Künstler geträumt. Die Kunstszene in New York ist toll. Die Chancen, Kontakte zu knüpfen, sind unvergleichbar auf der Welt.«

»Aber?«

Ich öffnete die Augen und hob den Kopf. Arved starrte vor sich hin auf das offene Meer hinaus. Über uns kreisten die Möwen. Einer ihrer Schreie drang bis zu uns.

»Aber das Leben ist auch teuer. Und wenn man nicht sehr schnell sehr viel Geld verdient, kann man sehr viel verlieren. Bis auf ein paar kleine Ausstellungen konnte ich nie mehr für mich organisieren.« Der bekannte Frust stieg in mir hoch. In meine Worte. Es war, als hätte ich nur darauf gewartet, jemandem davon zu erzählen. Jemandem, der mich nicht jahrelang kannte und den Verlauf meines Downfalls selbst beobachtet hatte. Jemandem, der mir und meiner Geschichte zuhörte. Es fühlte sich an, als liefe mein inneres Fass über. »Den Rest der Zeit war ich mit Gelegenheitsjobs beschäftigt. Erst mit einem. Als das Geld nicht mehr reichte, mit einem zweiten. Dann wurde die Zeit fürs Malen weniger. Also konnte ich Galerien weniger anbieten. Somit konnte ich noch weniger Geld mit meiner Kunst machen. Meine letzte Beziehung hat das auch nicht überstanden. Mein Exfreund hat sich von mir distanziert, um nicht in den gleichen Strudel von Inspirationsverlust gezogen zu werden.« Ich stolperte über meine letzten Worte. Exfreund. Dann hatte ich mich wohl offiziell vor meinem Nachbarn geoutet. Doch Arved reagierte gar nicht wirklich. Er nickte nur versonnen. Das wertete ich als positives Zeichen, dass er zumindest nicht homophob war. Himmel! Oversharing? Was hatte ich denn alles erzählt? Als ob Arved das alles interessierte. »Na ja. Dann der dritte Job, damit ich die Wohnung halten konnte. Ab dann war es, als wäre meine ganze Inspiration vertrocknet. Spielst du ein Instrument oder hast du ein Hobby?«

Arved neigte den Kopf. »Nein. Ich habe den Hof.«

»Aber das, was dich motiviert, für den Hof jeden Tag aufzustehen, ist das nur Pflicht?«

Energisch schüttelte er den Kopf. »Nein. Es ist … es fühlt sich richtig an. Ich freue mich, auf die Tiere, zu sehen, wie die Kartoffeln wachsen. Zu sehen, wie sich die Natur mit den Jahreszeiten verändert. Es ist ein Gefühl. Dass es richtig ist.«

Ich nickte voller Begeisterung. »Ja, dieses Gefühl. Das hat mich jeden Tag angetrieben, zu malen, zu skizzieren, Farben zu mischen. Zu fühlen, wie die Kunst mich ihr zu eigen macht. Wie sie durch mich aufs Papier kommt.«

»Und das ist jetzt weg?« Arved hatte sich zu mir gedreht und musterte mich unverhohlen. Seine Augen waren auf mich gerichtet.

Nun wich ich seinem Blick aus. »Ja. Ich hatte seit über einem Jahr keinen Pinsel mehr in der Hand. Es war so frustrierend. Ich musste da raus. Ich war kein Teil mehr der Kunstszene dort, konnte mich nicht mehr auf meine Kunst konzentrieren. Ein Ortswechsel schien die optimale Lösung. Vielleicht bringen mich ja die Wurzeln meiner Mutter wieder näher an meine kreativen Wurzeln.« Ich starrte auf die Wellen vor mich. Weit draußen schipperte ein Boot vor sich hin. War das ein Fischkutter? Er wurde von einer kleinen Meute Möwen umkreist. So wie Hyänen, die ihre Opfer umzingelten. Aber viel eleganter. In Weiß und mit ausgebreiteten Flügeln. Unheimliche Tiere.

Nachdenklich ließ Arved den Sand durch seine Finger rieseln. »Nachdem mein Vater gestorben ist, war es auch komisch für mich. Meine Eltern hatten sich schon vor Jahren scheiden lassen, und meine Mutter lebt in Bremen. Lennert war in Hamburg beschäftigt. Plötzlich war ich allein.« Er hielt inne und griff erneut nach dem Sand. Ich musterte seine Bewegungen. Gespannt wartete ich auf seine nächsten Worte. Dass er überhaupt so aus sich herausging und das mit mir teilte, konnte ich kaum glauben. Ich wollte seinen Redefluss auf keinen Fall unterbrechen. »Mir war nicht mehr klar, warum ich das alles überhaupt mache. Der Sinn des Ganzen war weg. Oder zumindest in der Form, wie ich ihn kannte. Mein Vater und ich. Ein paar Helfer. Familientradition.«

Er schüttelte den Kopf, schien nach Worten zu ringen. Arved machte nicht den Eindruck, dass er ein Mann großer Reden war. Dass er sich überwand, mir das alles überhaupt zu erzählen, war ein riesiger Vertrauensbeweis. Auch wenn die Sätze abgehackt aus ihm polterten. »Wegzufahren ist natürlich keine Option gewesen. Aber ich habe den Betrieb umgestellt. Wir sind nun ein Biobetrieb, mit muttergebundener Kälbchenaufzucht. Das heißt, Anzahl der Tiere reduzieren. Mehr Arbeit. Aber ich konnte wieder hinter dem, was ich tat, stehen. Da ich jetzt ja allein für alles verantwortlich bin. Hühner dazu. Die Eier verkaufe ich an dem Stand an der Straße. Kartoffelanbau. Vielleicht nehme ich noch ein anderes Gemüse mit dazu im Laufe der Zeit. Das hat mir geholfen.« Er drehte sich zu mir und nickte. »Aber ich hoffe, es klappt für dich.« Seine Strähnen waren mittlerweile leicht an seinem Kopf angetrocknet. Er fuhr durch sie hindurch und verstrubbelte sie. Arved wirkte immer so verstockt. Doch dahinter verbarg sich ein sehr reflektierter und nachdenklicher Mensch. Uns verband vielleicht mehr, als ich gedacht hatte. Dass er heiß wie die Sonne war, die auf uns runterknallte, war auch kein Minuspunkt.

Ich lächelte zaghaft. »Gerade vorhin hatte ich das erste Mal seit Monaten wieder das Gefühl, etwas malen zu wollen. Der Strand hat mich inspiriert.«

»Wirklich?« Arved klang komplett ungläubig.

»Ja?« Ich sah in sein irritiertes Gesicht. Als ich erkannte, worauf er anspielte, presste ich die Lippen aufeinander und hielt ein Glucksen zurück. »Bei Goting Kliff. Wirklich. Ich habe nicht ...«

Arved lachte laut los. »Und da dachte ich, ich hätte dich inspiriert.«

»Hm ... das kommt jetzt drauf an.«

Immer noch grinsend schüttelte Arved den Kopf. Er wirkte, als hätte er den Rest seiner abweisenden Art mir gegenüber wie seine Klamotten abgelegt.

Ich wunderte mich über mich selbst. Das war doch Flirten? Würde er das machen, wenn er nicht an Männern interessiert war? Trotzdem barg es ein gewisses Risiko. Auch wenn wir hier saßen, einer so gut wie nackt, sollte ich den Bogen nicht überspannen.

»Tut mir leid, dass ich dich vorhin so angestarrt habe.«

Arved holte tief Luft und drehte sich zu mir. »Nun, wir sind an einem Nacktbadestrand. So oft bin ich nicht hier. Aber das Wetter und die Möglichkeit aus meiner Haut – oder zumindest aus meinen Klamotten – zu kommen, lasse ich mir an solchen Tagen nicht nehmen. Wenn der Strand voller Touristen ist, findest du mich eher nicht hier. Aber heute ist das Wetter einfach traumhaft und ich musste den Winter abschütteln.

Und ... es hat mich nicht gestört. Ich habe nichts dagegen, wenn mich Männer ansehen. Vor allem wenn sie so charmant und gutaussehend sind wie du.«

»Oh.« Ich sog die Luft scharf ein. Dass er es so ausdrücklich ansprach, hatte ich nicht erwartet. Das Vertrauen, das er in mich setzte, überwältigte mich. Meinen ersten Impuls, ihn zu umarmen, unterdrückte ich sofort. Ich wollte ihm den Raum geben, den er brauchte, und ihn nicht bedrängen. Die kleine Stimme, die mir zuflüstern wollte, dass Arved auch auf mich stehen könnte, ignorierte ich. Das war jetzt nicht wichtig. Er hatte sich mir offenbart. Das würde ich würdigen.

Er schlug die Augen leicht nieder und hob die Hand. »Allerdings weiß das niemand. Über mich. Also würde ich dich bitten, es für dich zu behalten, da ich nicht ...« Er brach ab und blickte auf seine Hände.

»Natürlich nicht. Das würde ich nicht tun.« Ich lehnte mich leicht in seine Richtung, sodass sich unsere Schultern kurz berührten. »Danke, dass du es mir erzählt hast. Dieses Vertrauen würde ich nicht enttäuschen.«

Er hob den Kopf und nickte lächelnd. »Danke. Was du mir erzählt hast, ist auch sehr persönlich. Es ist nur fair, dass ich dir auch was von mir erzähle.«

Ich war mir ziemlich sicher, dass meine Erzählungen nicht annähernd so bedeutend waren wie das, was Arved mir soeben mitgeteilt hatte. Warum hatte er das getan?

»Deshalb habe ich es dir nicht erzählt. Aber es hat sehr gutgetan.«

»Danke! Mir auch.« Er stand auf, zog sich das Handtuch von den Hüften und drehte sich um. Gut. So konnte er nicht sehen, dass ich ihn anstarrte. Seinen Hintern.

Er schlüpfte in seine Klamotten, und ich stand auf.

»War zumindest das lustigste Date, das ich je hatte. So hatte ich es mir definitiv nicht vorgestellt, aber die Dinge laufen ja ohnehin nie so, wie man es erwartet.«

Ich horchte bei seinen Worten auf. Date? Dieses zufällige Zusammentreffen war für ihn unser Date gewesen?

»Und für gewöhnlich erscheine ich nicht schon zu Beginn nackt.« Er lachte leicht vor sich hin. »Immerhin haben wir hiermit dann ja einiges abgehandelt. Dann wäre das ja auch erledigt und das Date abgehakt.«

Sprachlos starrte ich ihn an. *Dann wäre das ja auch erledigt? Und das Date abgehakt?* Unser Date war ein Punkt auf der Agenda, den er abarbeiten musste?

Ich hatte mich auf ein Date mit ihm gefreut.

Ob wir uns als reine Freunde getroffen hätten oder es ein *echtes* Date gewesen wäre, war mir fast gleichgültig gewesen. Aber die Gewissheit, dass er auf Männer stand und anscheinend keinen Wert auf mich legte, verlieh dem Ganzen einen ganz eigenen, bitteren Geschmack. Trotz der heißen Sonnenstrahlen überkam mich ein kalter Schauer.

Hastig stand ich auf und biss auf meine Unterlippe. Ich würde nichts sagen und versuchen, ihn zu irgendwas zu überreden, was er offensichtlich nicht wollte. Das hatte ich schon mal getan, und das Ergebnis stand nun vor mir. An dem Abend hatte er für mich den Eindruck gemacht, sich wirklich mit mir treffen zu wollen – nicht nur, um mir einen Gefallen zu tun. *Erledigt.*

Abgehakt. Ein zweites Mal würde ich ihn nicht fragen. So verzweifelt war ich nicht.

»Ich muss zurück zum Hof.« Arved sah mich erwartungsvoll an.

»Okay, ich werde meinen freien Tag hier nutzen.« Das Lächeln, das ich mir ins Gesicht zwang, konnte ich mir kaum abringen.

»Oh.« Arveds Gesicht nahm seine etwas gleichgültige, amüsiert-genervte Mimik wieder an, die mir mittlerweile vertraut sein sollte. Die kurze Zeit, in der wir uns hier unterhalten hatten, hatte mich glauben lassen, wir wären darüber hinweg.

Was für ein Irrtum!

»Dann!« Er hob seine Hand zum Gruß. »Man sieht sich.«

Man sieht sich.

Oder hoffentlich auch nicht.

Kapitel 8

Arved

Die Entscheidung war getroffen. Lennert wäre stolz auf mich. Ich hatte selbst gekocht, und Anton würde die Früchte davon tragen. Oder auch nicht. Wie dieser Versuch, ein gesünderes Leben zu führen, ausfallen würde, blieb abzuwarten.

Mein Telefon vibrierte, und ich tippte es an. Mein Lehrling hatte geantwortet.

Dein Ernst?

Ich verdrehte die Augen, obwohl mich niemand sehen konnte. So dankte er mir meine Einladung zum Essen?

Ja. Übernehme aber keine Garantie, wie es schmeckt.

Über mir hörte ich es rumpeln.
Was tat Anton da?

Ich wandte mich wieder meinem Herd zu.

Dann wäre das ja auch erledigt. Meine eigenen Worte liefen in Dauerschleife durch meinen Kopf.

Argh! Was war mit mir los? Verdammt noch mal!

Deans Gesichtsausdruck, als er mich aus dem Wasser kommen gesehen hatte, würde ich ein Leben lang nicht vergessen. Genauso wenig, als mein dummes Mundwerk den Unsinn über unser Date von sich gegeben hatte.

Ursprünglich hatte ich sagen wollen, dass das zufällige Zusammentreffen bitte nicht unser Date sein sollte. Um nicht zu unsicher zu wirken, hatte ich das in einen Scherz gepackt. Der war dann mit mir davongaloppiert. Unaufhaltsam. Was auch immer ich noch retten wollte, wurde immer schlimmer. Bis ich schließlich mit eingezogenem Schwanz nach Hause zurückgekehrt war.

Nach unserem Gespräch und Deans Offenheit konnte ich nicht glauben, dass ich uns zurück auf Anfang gesetzt hatte.

Das Scherzen, die Vertrautheit, die Ruhe und diese verdammte Anziehung hatten mich alles vergessen lassen. Bis ich versucht hatte, etwas Schlaues zu sagen. Was noch nie gut ausgegangen war.

Hast du Lust auf ein weiteres Date? Das hätte ich vorschlagen sollen! Oder: *Wir sollten uns noch mal angezogen treffen!*

Leise murmelte ich vor mich hin. Ich musste üben, was ich in der Anwesenheit von normalen Menschen sagen konnte.

Willst du mal in Kleidung …

»Was brummelst du denn da vor dich hin?« Anton riss mich aus meinen Gedanken, und ich zuckte zusammen.

Er lachte und schlug mir auf die Schulter. »Chef, du bist zu komisch. Mmhhh ... Das duftet ja! Ich wusste gar nicht, dass du kochen kannst.«

Ich rührte die cremige Soße vor mir und nickte. »Hab ich von meinem Bruder gelernt, als er zuletzt hier gewesen ist.«

»Wenn dies das Ergebnis davon ist, sollte ich öfter mal abhauen.«

»Übertreib nicht!«, brummelte ich.

»Ich deck schon mal den Tisch.«

»Eigentlich ...« Ich unterbrach mich selbst. Meine erste Reaktion war es, zu sagen, dass er seine Portion mitnehmen und bei sich essen sollte. Doch ich hielt mich zurück. Meine ersten Ideen waren nicht immer die besten.

»Eigentlich?« Anton hielt in seiner Bewegung inne.

»Ja, mach das. Willst du auf der Terrasse essen? Im Garten?«

Anton strahlte mich an. »Wenn wir uns beeilen, können wir die paar warmen Mittagsstrahlen dafür nutzen. Nach den paar schönen Tagen habe ich gedacht, es bleibt so.«

»So beständig ist das im Mai nicht.«

»Ich weiß!« Anton grinste. »Aber die Hoffnung stirbt ja bekanntlich zuletzt.«

Tja. Wo er recht hatte.

Viel zu schnell schlangen wir das Essen im Garten vor meiner Küche hinab. Irgendwas hatte Lennert anders gemacht. Meine Version des Currys war nicht schlecht. Jedoch fehlte etwas. Oder etwas war zu viel.

Anton nahm sich einen Nachschlag, als am Gartenzaun eine Gestalt auftauchte.

»Dean!« Ich sprang auf, dass mein Stuhl scheppernd gegen die Hauswand knallte.

»Himmel!«, grummelte Anton.

»Komme ich ungelegen?« Dean blieb abrupt stehen und starrte mich aus großen Augen an.

»Nein! Gar nicht. Komm rein.«

Langsam senkte er die Hand zum Gartentor und öffnete es. »Ich habe am Hof niemanden gesehen, und an der Tür habt ihr mich auch nicht gehört.«

»Wir waren hier. Komm rein.«

Neben mir schnaubte Anton amüsiert. »Hast du wieder 'nen Muffin dabei? Einen Nachtisch könnte ich jetzt gut gebrauchen.«

Dean schickte sein wärmstes Lächeln zu Anton, und ich konnte mit Mühe und Not ein Grummeln unterdrücken. »Leider nein. Aber ich denke daran, nächstes Mal etwas mitzubringen.«

»Na. Das lass ich mal so durchgehen.« Die beiden lachten miteinander so völlig frei und ungezwungen, dass sich mein Herz sehnsüchtig zusammenzog.

Dean drehte sich zu mir und sah mich unschlüssig an. »Ich will nicht stören. Wenn ich mich ein bisschen bei den Tieren umsehen dürfte? Jule und Bo machen einen Ausflug und kommen erst abends zurück, und ich ...« Er wrang seine Hände. »Ich würde hier gern ein paar deiner Tiere zeichnen.«

»Klar!« Ich war auf eine absurde Art komplett erleichtert, dass er einfach da war. Es war ausgeschlossen, dass ich mich auf magische Art und Weise plötzlich sehr gewandt ausdrücken konnte, aber ich konnte ihm hoffentlich klarmachen, dass er willkommen war.

»Was brauchst du denn? Ich kann dir alles zeigen.«

Zwischen uns, während er immer noch Essen in sich schaufelte, schnaubte Anton erneut amüsiert.

Ich warf ihm aus zusammengekniffenen Augen einen hoffentlich vernichtenden Blick zu. »Du kannst den Abwasch machen, Anton, während ich Dean zu den Tieren bringe.«

»Immer auf die Kleinen! Das schafft Dean auch auf keinen Fall allein, ja?!«

Schnell trat ich einen Schritt auf Dean zu und öffnete das Gartentor. »Komm mit«, murmelte ich.

»Ich wollte wirklich nicht beim Essen stören!«, wiederholte er.

Doch ich winkte ab. »Machst du nicht. Ich war eh fertig.«

»Und Anton?«

»Kommt zurecht.« Ich hatte wirklich keine Lust, mich über Anton zu unterhalten. »Wie kommt es überhaupt, dass du malen willst?«

Dean schüttelte den Kopf und zeigte auf den Rucksack auf seinem Rücken. »Nicht malen. Nur zeichnen. Ich habe Jule in den letzten Tagen ein paar Tricks gezeigt, wie sie schnell Gesichter und Tiere skizzieren kann.« Er zögerte und warf mir einen kurzen Seitblick zu. »Es war komisch. Meine Hände wussten, was sie taten. Ich musste auch nicht auf Inspiration warten und habe einfach ein Pferd von ihrem Poster abgezeichnet. Oder einen Pinguin.« Er seufzte schwer, und am liebsten hätte ich ihn in meinen Arm gezogen. »Nachdem ich jetzt zwei Tage gedoodelt habe, will ich versuchen, etwas Eigenes zu Papier zu bringen. Mit ein bisschen mehr Gehalt. Ohne nachdenken zu müssen. Mich eher an Präzision zu versuchen als an großer Kunst.« Erneut sah er mich an und schüttelte den Kopf. »Du denkst wahrscheinlich, ich bin nicht ganz bei Trost.«

»Ganz und gar nicht!«, protestierte ich. »Wenn es dir hilft, zu deiner Kunst zurückzukommen, helfe ich dir gern.«

Dean nahm meine Hand, die neben seiner schwang, und drückte sie kurz. Viel zu schnell ließ er sie wieder los. Dafür strahlte er mich an.

»Danke! Vielleicht bin ich ja total schnell genervt und es zerschlägt sich wieder alles, aber irgendwie lässt mich der Gedanke nicht los. Da wollte ich es versuchen.«

Immer noch fühlte ich seine Finger auf meiner Haut. Spürte nach, wie der Abdruck weiter verhaftete, obwohl die Luft um uns herumstrich.

Wir umrundeten das Haus und kamen zurück auf die Mitte des Hofes.

»Womit willst du denn anfangen?«

Dean deutete vor sich auf das Hühnergehege. »Mit den Hühnern. Die Schnäbel und diese Lappen und das Zeugs in ihren Gesichtern sollten mich erst mal genug beschäftigen.«

Unwillkürlich lachte ich und beobachtete durch den Zaun meine Hühner, die um ihr Häuschen liefen und auf dem Boden herumpickten. »Na dann.«

Dean nahm seine Tasche von der Schulter, legte eine kleine Matte auf den Boden und setzte sich darauf.

Schnell griff ich seinen Oberarm. »Warte. Ich hole dir einen Stuhl.«

»Nein, ist schon gut.«

»Aber der Boden ...«

»Die Sitzmatte reicht. Wirklich. Wenn ich mich hinpflanzen kann, reicht das. Ein Stuhl wäre mir viel zu unbequem.«

Unschlüssig fuhr ich mir über den Kopf. »Dann – lass ich dich mal.«

Er ging in die Hocke, zog Papier und Stifte aus seinem Beutel und setzte sich schließlich auf seine Tasche. Lächelnd sah er mich von unten an. »Danke dir. Falls ich störe, musst du es mir sagen.«

Ich schüttelte den Kopf. Was war aus meinem Vorsatz geworden, dass ich Distanz halten wollte? »Ich fahre aufs Feld raus.« Vage deutete ich über meine Schulter.

»Okay.«

Als ich auf mein Quad stieg, schien er schon völlig vertieft in seine Arbeit. Bei den Motorengeräuschen hob er kurz den Kopf und nickte mir wissend zu. Ja. In einer ähnlichen Situation hatten wir uns schon mal befunden.

Während ich über die Koppeln zum Kartoffelfeld fuhr, ging er mir nicht aus dem Kopf.

Wie verschieden wir doch waren.

Wie unbeirrt er tat, was er für richtig hielt.

Wie verunsichert ich war.

Nach dem Desaster meiner letzten *Beziehung* hatte ich mir sorgsam Regeln und Grenzen für mich erdacht. Deans permanente Anwesenheit in meinem Kopf, das Bewusstsein, dass er nur nebenan wohnte, nagten an meiner Überzeugung. Gleichzeitig sah ich keinen Weg, dass aus meiner Faszination mehr werden könnte. Das Rütteln an meinen Grundsätzen führte nur dazu, dass ich mich wie gelähmt fühlte. Ich wusste nicht mehr, wo mir der Kopf stand.

Ich stellte mein Quad ab und ging zum Feld. Die Aussaat war erst vor zwei Wochen erfolgt. Die Triebe sollten noch nicht aus der Erde sprießen und der Kartoffelkäfer noch nicht in der Nähe sein.

Mit dem Betrieb hatte ich doch wahrlich genug zu tun und musste mir nicht zusätzlich ein emotionales Auf und Ab antun.

Langsam schritt ich zwischen den Saatreihen hindurch.

Andererseits war die Vorstellung, dass da jemand war, der sich freute, mich zu sehen, angenehm. Sehr angenehm.

Nach meiner Inspektion des Feldes schwang ich mich erneut auf mein Fahrzeug und fuhr die Koppeln ab. Kontrollierte dort, ob ein Zaun von Wildtieren in Mitleidenschaft gezogen worden war.

Zum Glück war alles intakt. Was mich aber in Gedanken wieder zu Dean brachte.

Zurück auf dem Hof sah ich ihn genau dort, wo ich ihn vor einer Stunde zurückgelassen hatte. Anton parkte den Trecker, was Dean nicht wahrzunehmen schien.

Ich stellte das Quad ab und ging auf Dean zu. Vorsichtig näherte ich mich ihm, um ihn nicht zu erschrecken. Dabei warf ich einen Blick über seine Schulter und gab einen überraschten Laut von mir.

Die Bleistiftskizzen sahen wie Nahaufnahmen der Tiere aus. Akkurate Ausschnitte ihrer Federn, Schnäbel, Krallen. Auf dem Blatt waren verschiedene Teile verstreut. So als hätte Dean angefangen, ein Bein zu zeichnen, den Gedanken verworfen, daneben begonnen, einen Kopf zu skizzieren und es beim Auge belassen.

Er schaute auf und verzog sofort das Gesicht. »Autsch. Mein Nacken.« Der Bleistift fiel auf den Block und Dean griff an seinen Hinterkopf. Er schloss die Augen und knetete sein Genick. »Ah. Ich glaube, ich sitze schon zu lange da.«

»Hast du dich jetzt über eine Stunde nicht bewegt?«

Ohne den Kopf zu drehen, öffnete er ein Auge und sah mich mit gespitzten Lippen an. »Kann sein?«

»Komm hoch!« Ich reichte ihm meine Hand. Dean griff danach und ließ sich von mir hochziehen.

»Darf ich mal sehen?« Dean gab mir Block und Stift und dehnte sich ausgiebig mit beiden Armen über seinem Kopf. Sein Shirt schob sich über seinen Bauch und legte einen Streifen seiner Haut frei.

Ich atmete schwer ein und senkte den Blick auf den Block in meinen Händen. Mit meinen riesigen Fingern strich ich über die umgeklappten Seiten, hob die einzelnen Blätter an und schlug sie auf.

»Wow!« Mit einer Detailtreue, die ich nicht begreifen konnte, hatte Dean nicht nur, wie er gesagt hatte, die Tiere, sondern auch den Zaun, Steine, alles, was sich vor ihm in der letzten Stunde befunden hatte, gezeichnet. »Dean! Das ist unglaublich!«

»Ah. Da muss ich dich enttäuschen. Unglaublich ist was anderes.«

»Quatsch. Die Fotos, die ich mache, sind verschwommener und zeigen weniger Details als das, was du in nur einer Stunde gemacht hast.«

Er lachte und verdrehte die Augen. »Ja, ich kann das gut. Es fällt mir nicht schwer, realistisch zu malen und zu zeichnen. Die Techniken habe ich lange genug studiert und geübt. Dennoch ist das hier kein Meisterwerk. Es wäre schade, wenn ich nicht das Minimum meiner Ausbildung beherrschen würde.«

»Da bin ich anderer Ansicht.«

Dean öffnete leicht den Mund, als wollte er protestieren, und schloss ihn wieder. »Danke, Arved.« Er schaute auf seine Hände und schüttelte den Kopf. »Wirklich, es tut gut, das zu hören. Auch wenn ...«

»Auch wenn ich keine Ahnung habe?«

Dean neigte den Kopf. »Kunst ist immer subjektiv. Was dem einen gefällt, ist für die andere Schrott. Egal, mit wie viel Herzblut oder mit welcher Kunstfertigkeit etwas geschaffen worden ist. Also freut es mich aufrichtig, dass es dir gefällt. Auch wenn ich ... na ja ... Kunst ist das nicht.«

»Ich lass mir von dir nichts einreden«, erwiderte ich.

Deans helles Lachen flog über den Hof. Ich wollte es einfangen. Wollte, dass er immer so lachte. Es ließ ihn strahlen.

Stattdessen nahm mir Dean den Block aus der Hand und riss die Blätter ab. Er hielt sie mir hin. »Nimm du sie.«

»Nein!«

»Bitte! Sie sind ein Geschenk. Die Bezahlung dafür, dass ich hier malen darf. Ich kann doch wiederkommen?«

»Natürlich, aber dafür musst du mich nicht bezahlen!«

Erneut drückte er die Bilder gegen meine Hand. »Bitte, nimm sie. Du hast eine größere Freude daran als ich.«

»Dann hat es nicht funktioniert?« Schließlich griff ich nach den Blättern und hielt sie vorsichtig in meinen Pranken.

Dean packte seine Sachen zusammen und wackelte mit dem Kopf. »Doch. Nein. Ja, schon. Es hat gutgetan, etwas zu Papier zu bringen. Daran will ich anknüpfen. Mein nächstes Ziel sind die Ziegen. Cindy im Speziellen.«

»Gern!«

Dean sah auf und mich direkt an. »Danke. Wirklich.« Leicht schüttelte er den Kopf. »Ich bin es gar nicht mehr gewohnt, dass jemand meine Sachen beurteilt. Oder sie gut findet.«

»Ich habe ehrlich keine Ahnung, wie man das nicht gut finden könnte. Du gibst dich definitiv mit den falschen Leuten ab, wenn sich nicht alle um die Bilder reißen.«

»Ja, wenn die Kunstszene so einfach wäre. Aber dafür hat man Freunde, dass sie einem ein bisschen den Bauch pinseln.«

Wie magisch davon angezogen, wanderte mein Blick auf Deans Bauch. Ja. Pinseln. Doch wie ein kalter Regenschauer traf auch das Wort *Freund* in meinem Gehirn auf. Freund. Wie war ich denn bitte in diese Kategorie geschlittert?

Letztendlich hatte ich es mir selbst zuzuschreiben.

Ich hob den Kopf und sah in Deans Augen, die mich prüfend musterten. Hätte alles gegeben, um zu wissen, was sich dahinter verbarg. Was er wirklich dachte.

»Richtig«, sagte ich stattdessen und beobachtete, wie Deans Mundwinkel leicht zuckten. Doch sofort hatte er sie wieder im Griff und sah mich mit seiner lockeren Entspanntheit an.

Das war die richtige Antwort gewesen. Richtig?

Kapitel 9

Dean

Auf dem Weg zurück zu meiner Gastfamilie fühlte ich mich so leicht wie schon lange nicht mehr.

Und das lag nicht nur daran, dass ich einen Telefontermin mit meiner allerbesten Freundin, die eigentlich meine Cousine war, hatte.

Ich warf einen kurzen Blick auf mein Handy. Ein bisschen Zeit hatte ich noch, bevor Jule und Bo zurückkamen. Hoffentlich reichte sie, um ausreichend mit Ava zu telefonieren. Nicht nur schreiben, sondern von Angesicht zu Angesicht quatschen.

Im Wohnhaus befand sich niemand, worüber ich froh war. So konnte ich komplett ungestört reden. Schnell lief ich die Stufen in mein Zimmer hoch und ließ mich auf das Bett fallen.

Jetzt Zeit?, schrieb ich und keine Minute später erreichte mich die Antwort von Ava. Ein einfaches *Si*. Sofort kam ein Videoanruf von ihr durch, den ich schnell annahm.

»Giiiiirrrrlll!«, brüllte sie ins Telefon, und ich kreischte los. Dem Himmel sei Dank, dass niemand im Haus war. »Was fällt dir ein, dich ein halbes Jahr nicht blicken zu lassen? Ich vermisse dein hübsches Gesicht!«

»Ava, wir haben jeden Tag gesprochen«, widersprach ich lachend.

»Du weißt, dass das nicht dasselbe ist. Du fehlst mir.«

»Du mir auch, Süße!«

Sie grinste mich breit an. »Los, erzähl!«

»Was willst du denn wissen? Ich habe dir doch täglich Bericht erstattet.«

»Ach, komm. Das Wetter ist wechselhaft. Meine Gasteltern sind nett. Das Hotel ist schön. Raus mit den schmutzigen Geschichten.«

Ich lachte. »Was erwartest du denn bitte, was ich hier treibe? Ich bin Babysitter.« Gähnend streckte ich mich.

»Lange Nacht?«

»Hm?« Ich blinzelte den Bildschirm an. »Nein. Gar nicht. Eine sehr gute Nacht.« Ihre Frage ließ mich innehalten. »Tatsächlich habe ich die letzten Nächte komplett durchgeschlafen.« Meine eigenen Worte erstaunten mich. Meine Schlafprobleme waren legendär. Es war sicher Jahre her, seit ich acht Stunden am Stück geschlafen hatte.

»Dafür gähnst du aber ganz schön!«

»Das tue ich. Es ist, als ob mein Gehirn ein Sauerstoffbad nimmt. Ich bin hier umgeben von guter Luft. Obwohl ich gähne, bin ich aber nicht knochentief erschöpft. Vielmehr das Gegenteil ist der Fall.« Ich schnaubte leicht. »So ausgeschlafen wie im Moment war ich lange nicht mehr.«

Sie stellte ihr Telefon hin und begann sich umzuziehen. »Du glaubst nicht, wie heiß New York bereits ist. Es ist Mai, und ich schwitze jeden Tag wie verrückt im Atelier.«

Ich schluckte kurz. Meine Freude darüber, dass Ava in ihrer Passion Fuß fasste, war ungebrochen. Dass ich selbst nichts zu Stande gebracht hatte, stand unabhängig daneben. Ich schüttelte mich kurz. Dass ich hier war und sie an ihren Designs arbeitete, war nichts Neues.

»Etwas, was mir hier nicht passiert. Die Temperaturen sind mäßig. Die letzten Tage waren super angenehm. Jetzt hat es wieder abgekühlt.«

»Also keine Besuche mehr bei den Nacktbadern?« Sie kicherte hämisch.

Ich schlug eine Hand vors Gesicht. »Das hätte ich dir nicht erzählen sollen.«

»Doch! Das sind die Dinge, die mich interessieren.«

»Nein! Keine Nacktbader. Dafür zeichne ich seit drei Tagen wieder.«

Sie ließ das Shirt sinken, das sie sich gerade über den Kopf ziehen wollte, und starrte in die Kamera. »Was? Wieso hast du nichts erzählt?«

Mein Herz begann zu pochen. Leicht. So als ob ich einen verflossenen Geliebten wieder traf. »Irgendwie wollte ich es nicht verschreien. Weißt du, wie ich das meine? Zuerst dachte ich, es ist nur so ein Anflug. Ich hatte befürchtet, dass ich nur einmal was zeichne, und dann versickert dieser Funke wieder im Nichts.«

»Aber das ist er nicht?«

Ich schüttelte den Kopf, seufzte und fuhr mir über die Augen. »Bis jetzt nicht. Es ist nicht so, als ob ich Wunder erschaffen hätte. Allerdings tut es so gut, Papier und Stifte nur zu fühlen. Ohne den Druck, irgendetwas Sinnvolles zu fabrizieren. Heute war ich beim Nachbarn. Das Gefühl, Jules Bleistift über das Papier kratzen zu lassen, war berauschend. Ohne nachzudenken, was ich tat, war ich komplett in den Details dieses Federviehs versunken.« Ich sah auf und fuhr zur Erklärung fort: »Ich habe die Hühner des Nachbarn gezeichnet. Nachdem mich Arved, dem die Hühner gehören, aus meinem Flow geholt hatte, musste ich zwar feststellen, dass ich außer ein paar netten Kritzeleien nicht viel aufs Papier gebracht hatte. Aber es war ziemlich süß, wie voll des Lobs er war.« Ich stützte eine Wange in meine aufgestellte Hand. »Zugegebenermaßen, obwohl es albern ist, habe ich mich geschmeichelt gefühlt.«

»Deany, das ist toll.«

Ich verdrehte die Augen. »Es ist albern.«

»Es ist Monate her, dass du irgendwas gemacht hast. Zeig mal her.«

Kopfschüttelnd setzte ich mich aufrechter hin. »Ist alles bei Bo und Jule im Zimmer. Und das heute habe ich bei Arved gelassen. Darum geht's mir auch gar nicht. Es ist eher der Umstand, dass ich nicht schreiend vor dem Papier davongelaufen bin.«

Sie nickte und lächelte mich an. »Das ist gut. Ich freu mich für dich.« Sie verzog ihr Gesicht. »Obwohl ich ja von dem Federvieh Abstand halten würde. Unheimlich. Insgesamt scheinst du ja aber doch mehr Gesellschaft zu haben, als du angedeutet hast. Ein Nachbar mit Kühen, einer, der nackt rumläuft, und einer mit Hühnern. Alles wie in New York.« Sie lachte lauthals.

Ich stimmte ein. »Nur, dass das hier ein und derselbe Nachbar ist.«

»Oooohhhh ...« Sie grinste. »Ein nackter Hühner-Kuh-Mann also.«

Mit einem unterdrückten Grinsen hob ich meinen Zeigefinger. »Hör auf!«

Doch natürlich spornte sie das nur mehr an. »Wenn ich mich recht erinnere, hast du gesagt, dass der Nacke-dei ein Augenschmaus sei.«

»Na und? Tut letztendlich nichts zur Sache.«

Sie spitzte die Lippen und zog sich schließlich ihr Shirt über den Kopf. »Komm, worin liegt der Schaden, ein bisschen Spaß zu haben? Du bist ein halbes Jahr da. Gönn dir. Seine Hühner bringen dir den Spaß an deiner Kunst zurück und seine Eier bringen dir – auch Spaß.«

»Oh. My. God! Ava! Du bist schrecklich.«

Sie lachte nur noch lauter, verschwand aus dem Bild und kam mit ihrer Tasche zurück. »Ich hoffe nur, dass du das Beste aus der Zeit auf der Insel für dich raus-holst. In einem halben Jahr bist du zurück, und ich will nicht, dass du bereust, etwas nicht getan zu haben.«

Nachdenklich sah ich zu, wie sie ihre sieben Sachen zusammensammelte, um aufzubrechen. Unten im Haus hörte ich Bo und Jule, die gerade ankamen.

»Wahrscheinlich hast du recht. Es bringt nichts, sich zu viele Gedanken zu machen. Dabei verkopfe ich nur. Vermutlich ist das der Grund, wieso ich nichts mehr zu Papier gebracht habe.«

»Du weißt, dass ich dich liebe, ja?« Ava sah mich aus ihren dunklen Augen an.

Ich nickte. Unten rief Bo nach mir.

»Du bist wundervoll und hast das Allerbeste auf der Welt verdient. Beruflich und privat. Hörst du in dir, was das Richtige für dich ist?«

Mit beiden Händen fuhr ich über mein Gesicht. »Langsam höre ich mich wieder. Ja.« Ich fühlte in mich. Der Stress, die Sorge, jede Woche genügend Geld für die Miete zusammenzuhaben, der Frust, wenn meine Bilder wohlwollend belächelt wurden ... Ganz, ganz langsam ließ dieses Ziehen in meiner Magengegend nach. Noch immer war ich mir nicht sicher, ob ich nicht geflohen war, weil ich zu schwach war.

Ich schüttelte mich. Nein. Ich hatte eine Entscheidung getroffen und diese war gut. Sie war ideal für mich.

»Was du tust, ist richtig. Allein dein Lachen ist wieder freier. Fast so wie zum Anfang deines Studiums.«

Sie ließ die Worte wirken und küsste dann den Bildschirm.

»Ich muss los, mein Schatz. Wir vermissen dich!«

»Ich vermisse euch auch!«

Sie legte auf, und ich starrte auf mein Handy. Mit einem lauten Poltern stürmte Bo durch die Zimmertür.

»Da bist du ja!« Er sprang auf meinen Rücken und hopste auf mir herum.

Ich drehte mich und schnappte ihn mir. Es kostete mich einige Mühen, ihn in der Luft zu halten.

»Na du? Wie war's im Kindergarten?«

»Ich bin ein Flugzeug!« Er breitete die Arme aus und brüllte durch das Zimmer.

Lachend rappelte ich mich hoch und stellte ihn ab. »Komm mit. Ich mache euch einen Snack.«

In der Küche fanden wir Jule, die über einem Buch hing.

»Hallo, Jule. Wie war dein Tag?«

»Gut!« Sie hob ihren Kopf und sah mich entspannt an. Auch wenn sie immer noch nicht sonderlich mitteilungsbedürftig war, wurde sie offener. »Heute haben wir keine Hausaufgaben.«

»Das ist gut.« Ich schnippelte Karotten und Äpfel für die beiden, die sie sofort mampften. »Was wollt ihr jetzt machen?«

»Fußball!«, brüllte Bo, und ich zuckte zusammen. Jule verdrehte die Augen.

»Kannst du mir noch mal zeigen, wie ich Gesichter male, Dean?«

»Ja!«

»Super!«, riefen beide Kinder gleichzeitig und sahen mich erwartungsvoll an.

Ich kratzte mich am Kopf und zwang mich, eine Entscheidung zu treffen. Es war eine gute Gelegenheit, die Beziehung zu Jule auszubauen. Wir hatten etwas gefunden, was uns verband, und wir lernten beide dabei. Jule ein paar Zeichentechniken, und ich wurde wieder an die Grundfeste der Kunst herangeführt.

»Jule, richtest du die Malsachen her und schaust dir an, was wir bisher gemacht haben?«

Ich drehte mich zu Bo. »Wir gehen raus und spielen. Dann machst du Ausdauertraining, während ich Jule ein paar Sachen zeige.«

Bo ballte seine kleine Faust und grinste breit. »Ich baue das Tor auf.« Wie ein Wiesel lief er aus der Tür.

»Ich ruf schnell Thea an.«

Mit Müh und Not hielt ich ein Seufzen zurück, während Jule ihr Handy rauszog, um mit ihrem alten Aupair zu sprechen.

»Ich freue mich, mit dir zu malen, Jule.«

Sie hob den Kopf und nickte mir zu. »Ich mich auch.«

Okay. Kleine Siege. Schnell eilte ich Bo hinterher. Je länger ich ihn laufen ließ, umso eher würde er müde werden. Hoffte ich!

***

Das Glück war auf Jules und meiner Seite. Unerwartet erhielt Bo Besuch von zwei Freunden, und die drei flitzten wie die Wilden durch den Garten. Jule und ich hatten uns an den Küchentisch zurückgezogen, und konzentriert malte sie vor sich hin.

»Das ist so cool. Ich dachte immer, ich kann nicht malen.«

»Jeder kann malen. Jeder, der einen Stift führen kann, kann Kunst schaffen.« Es war leichter, es dem Mädchen zu erzählen, als selbst daran zu glauben. Ich schüttelte den Gedanken ab und fühlte in meine Striche. Es war fast wie fliegen. Fast selbstständig huschte mein Stift über das Blatt und hinterließ seine Spuren. Spuren, die unvollkommen waren. Aber die mich an das Gefühl aus vergangenen Zeiten erinnerten.

»Aber du bist besser als alle, die ich kenne.«

Ich lachte leise. »Na ja. Ich war dafür an der Uni und habe echt viel dafür gearbeitet. So wie deine Eltern ein Hotel führen und Arved ein toller Bauer ist, kann ich Bilder malen.«

»Ich will das auch so gut können.«

Schweigend sah ich Jule zu, wie sie den Anweisungen folgte und Strich um Strich ihre Bilder bearbeitete.

Mir hatte es irgendwann nicht mehr gereicht, gut zu malen. Ich wollte perfekt sein. Besonders. Manchmal fühlte ich mich besonders, bevor die Ernüchterung kam, dass ich wohl der Einzige war, der diese Besonderheit erkannte. War es mein angeknackstes Ego gewesen, was mir letztendlich den letzten Funken Motivation geraubt hatte? War ich gar nicht ehrlich zu mir, sondern nur ein gekränkter Mann?

Ich schnappte mir Jules Pinsel und malte mit ihren Wasserfarben vor mich hin. Gedankenverloren skizzierte ich das Uun't Waanjüs – aussprechen konnte ich das immer noch nicht – das Haus meiner Gastfamilie. Den Blick aus meinem Zimmer. Eine pastellfarbene Kollektion. Hin und wieder warf ich einen Blick aus dem Fenster, doch Bo und seine Freunde waren wie vereinbart direkt davor.

»Na, ihr zwei?«

Jule und ich sahen gleichzeitig auf.

Uwe schaute auf unsere Blätter und gab ein erstauntes *Oh* von sich.

»Jule, ich wusste gar nicht, dass du so gut malen kannst.«

Sie grinste ihren Vater breit an. »Hat mir Dean gezeigt. Schau mal.« Stolz präsentierte sie ihre Werke, die sie stetig verbesserte.

»Kann ich die aufhängen?« Uwe nahm ein Bild eines Mädchens, das tatsächlich große Ähnlichkeit mit Jule selbst hatte, und hob es hoch.

Sie zuckte mit den Schultern. »Klar.«

Er sah auf mein Bild, und seine Augen wurden groß. »Dean! Ihr seid ja beide richtige Künstler. Das ist ja unser Haus. Und unser Hotel. Das ist ja ...« Er nahm jedes einzelne Blatt und sah es an. »Kann ich die mitnehmen und Tine zeigen? Ich glaube, die würden sich hervorragend im Haupthaus machen.«

»Ah. Uwe. Ich weiß nicht. Das ist wirklich ...« Dieses Gekritzel. »Wenn sie dir gefallen, kannst du gern alle Bilder haben, ich denke jedoch, das müsste ich richtig machen.«

»Aber genauso gefällt es mir. Die Farben leuchten. Nicht das Detail ist entscheidend. Hier stecken all die Wärme und Arbeit drin, die das Hotel ausmachen. Zumindest sehe ich es so. Und hier, unser Haus. So ... perfekt. Und dann der Fußball da und Jules Buch. Es ist so ...«

Mir wurde warm. War es das, was ich konnte? Kleine persönliche Bilder? Bilder, die Uwe und Arved gefielen. Weil sie mit ihnen zu tun hatten. Vielleicht war es die große Kunst, die ich nicht greifen konnte. Ich legte den Pinsel zurück und atmete schwer aus. Hatte ich gerade eine Erleuchtung?

Shit.

»Bitte nimm sie gern mit.« Ich sah zu Uwe auf.

»Wie kann ich mich erkenntlich zeigen? Ich weiß, dass du Künstler bist, du sollst deine Werke nicht umsonst weggeben.«

Ich winkte ab. »Mach dir keine Gedanken. Das sind nur Fingerübungen. Tatsächlich bin ich Jule dankbar, dass ich hier mit ihr malen kann.«

»Hm. Du hast keine eigenen Malsachen mitgebracht, oder?«

Ich schüttelte den Kopf. »Ich dachte, ich mache Pause, während ich hier bin. Jetzt juckt es mich aber in den Fingern.«

»Dann bestellen wir dir Sachen. Sag, was du brauchst. Wir besorgen es.«

Unschlüssig spielte ich mit Jules Tuschkasten. »Das musst du nicht. Wenn ich mir sicher bin, kaufe ich die Sachen selbst.«

Doch Uwe ließ sich nicht beirren. »Ich zeig die Bilder mal Tine, und du überlegst dir, was du brauchst? Ja? Wir sparen schon Geld mit dir, weil du keinen Sprachkurs machst. Bitte. Lass uns dir zeigen, wie froh wir sind, dass du hier bist.«

»Au ja, Dean. Dann kann ich auch mit richtigen Malsachen malen«, fiel Jule mit ein.

»Na, ich weiß nicht«, meinte Uwe.

Ich lächelte das Mädchen an. »Das machen wir.« Ich sah wieder zu meinem Gastvater. »Okay. Dann suche ich ein paar Links raus und stelle sie in unsere WhatsApp-Gruppe.«

Zufrieden nickte Uwe. »So machen wir das.«

»Was kannst du denn noch malen?«, wollte Jule wissen.

»Nun. Alles? Heute habe ich Arveds Hühner gezeichnet.«

»Das will ich sehen.« Aus großen Augen sah sie mich an.

Ich lachte. »Leider habe ich die Bilder nicht. Die hat Arved behalten.«

»Ich hoffe, er macht dir das Leben nicht zu schwer.« Mit einem kurzen Blick auf Jule musterte mich Uwe nachdenklich.

Schnell schüttelte ich den Kopf. »Nein. Es ist alles bestens.«

»Dann kannst du ja wieder hin und mehr Tiere malen. Ich will das auch lernen.« Jules Enthusiasmus war ansteckend und ich drückte ihre Hand kurz.

»Das mach ich. Als Nächstes ist Cindy dran.«

Ein Flattern in meiner Magengegend setzte ein, als ich an unseren Nachbarn dachte. Es ging darum, meine Passion wieder zu finden. Und mein Au-pair-Kind zufriedenzustellen.

Die Aussicht, den grummeligen Kerl voller Sexappeal zu sehen, war absolut nebensächlich. *In einem halben Jahr bist du zurück, und ich will nicht, dass du bereust, etwas nicht getan zu haben.* Den Rest des Tages tanzten Avas Worte durch meinen Kopf.

Kapitel 10

Arved

»Malst du mich auch mal?«

Ich hob meinen Kopf und sah zum anderen Ende des Futtergangs, wo Dean mit seinen Sachen saß. Anton hing über dessen Schulter und sah auf Deans Bild. Mit ein bisschen mehr Kraft als nötig schloss ich die Werkzeugkammer und ging auf die zwei zu.

Dean drehte sich um, und seine Augen leuchteten. »Lass mal sehen!« Schnell zog er einen kleineren Block aus seiner Tasche und fuhr in groben Bleistiftstrichen darüber. Besserte nach. Verdeckte das Blatt, als Anton einen Blick darauf werfen wollte, und reichte es diesem schließlich mit einem Ausdruck vollster Zufriedenheit. Als mein Lehrling das Bild sah, begann er hellauf zu lachen.

»So siehst du mich?« Er drehte das Papier zurück, und ich konnte einen kurzen Blick darauf erhaschen.

Es war unverkennbar Anton in groben Gummistiefeln, einem fast dreieckigen Oberkörper und mit einem riesigen Grinsen im Gesicht. Es war kein fotographisches Bild wie andere Sachen, die Dean zeichnete. Es erinnerte fast an eine Karikatur, die Straßenkünstler anfertigten.

Die beiden lachten und blödelten rum.

Jemand wie Anton wäre doch sicher Deans Typ. Mein Lehrling war etwas jünger als ich. Lustiger. Ungebunden. Immer gut gelaunt.

Völlig anders als ich. Erneut sah ich zu Dean.

Sein Strahlen erhellte sein ganzes Gesicht. Noch nie hatte er so gelacht, wenn wir uns unterhielten. Ich hatte ihm auch keinen Grund dazu gegeben. Daher war ich nicht erstaunt – nur etwas bedrückt, dass die Dinge waren, wie sie waren.

»Zeig mal, was du sonst so alles gemalt hast.«

Dean überlegte und zog sein Handy aus der Tasche. »Ich habe Fotos von den Bildern, die ich mit den neuen Pinseln von Tine und Uwe gemalt habe.« Er hielt Anton sein Telefon hin, der voller Begeisterung über das Display wischte.

»Oh. Wow! Dean. Was machst du unter uns Bauern hier?«

Eine berechtigte Frage. Ich versuchte, das Gespräch der beiden auszublenden, und füllte das Kraftfutter in den Trog. Cindy lief durch den Futtergang und sah nach dem Rechten.

»Kommst du mit?«, wollte Anton von mir wissen.

Ich wandte mich meinem Lehrling zu, der einen leeren Becher in mein Futter warf.

»Wohin mit?«

»Dean und ich gehen heute was trinken. Es ist sein freier Tag, und er wollte mal nach Wyk.«

»Ich weiß nicht.«

Dean war auf sein Bild konzentriert. Zumindest wirkte er so.

»Wenn du nicht willst, nehme ich ihn auf dem Motorrad mit.« Anton sah mich völlig entspannt an. Oder zuckte sein Augenlid? Presste er die Lippen seltsam zusammen?

»Nicht nötig«, schob ich schnell hinterher. Auf dem Motorrad? Noch an ihn gepresst zu guter Letzt. Und sicher war es auch nicht.

Anton grinste mich doch an? Obwohl er keine Miene verzog. Oder doch?

»Ich fahre mit dem Auto«, erklärte ich.

»Chef kommt mit!« Anton drehte sich auf dem Absatz um, dass er nur so herumwirbelte.

Dean neigte den Kopf leicht und lächelte mich an.

»Dann gebe ich Lennert Bescheid.« So würde ich ihm gegenüber zumindest Wort halten.

»Ich freu mich, deinen Bruder wiederzusehen«, sagte Dean.

Das Seufzen, das meinen Brustkorb verlassen wollte, konnte ich nur mit Mühe zurückhalten.

***

Wir stellten uns auf den Parkplatz am Hafen und gingen von dort vorbei an den übrig gebliebenen Fischständen des Tages direkt zur Strandpromenade, wo uns Lennert schon erwartete.

Stürmisch umarmte er mich, und das schlechte Gewissen legte gleichermaßen seine Arme um mich. Ich sollte mich öfter bei meinem Bruder melden!

»Wie schön, dass ihr hier seid. Dean! Du willst Wyk sehen? Wenn ihr Lust habt, gehen wir 'ne Runde? So, dass wir rechtzeitig in der Strandbar sind.« Er redete und lachte, und mir tat der Kopf bereits nach fünf Minuten weh.

Dean sah unschlüssig zwischen uns hin und her. »Tatsächlich würde ich gern ein bisschen durch die Gassen laufen. Ich würde gerne sehen, wo meine Mutter gewohnt hat. Den Namen der Straße kenne ich. Ist nicht ganz zentral.«

Anton nickte entschieden. »Wollen wir?«

Alle sahen mich an. Ich zuckte mit den Schultern. »Von mir aus.«

Lennert spazierte mit Anton voraus, und ich folgte ihnen mit Dean an meiner Seite.

»Bist du schon in Wyk gewesen, seit du angekommen bist?«

Dean schüttelte den Kopf. »Nur am ersten Tag.« Er zwinkerte mir zu. »Du erinnerst dich an den Tag?«

Meine Wangen wurden warm, und ich fuhr mir mit der Hand über den Nacken. »Bin nicht ganz sicher.«

Dean lachte. »Mir wird deine Begrüßung lange im Gedächtnis bleiben. Aber gut, das müssen wir jetzt nicht vertiefen.«

»Also mich würde die Geschichte durchaus interessieren«, warf Lennert ein.

Doch Dean schüttelte den Kopf. Seine Augen funkelten, und er zog seine Finger über seinen Mund, als wollte er einen Reißverschluss schließen. »Ich habe bereits einige Ausflüge gemacht. Aber so richtig hat es mich nicht vom Strand weggetragen. Im Hotel ist auch immer was zu tun.«

»Du solltest dir die Inseln anschauen. Amrum. Deine Zeit ist schneller vorbei, als du denkst.« Die Worte kratzten mir im Hals. Am liebsten hätte ich mich zu ihm gedreht, um seine Reaktion zu sehen. Ich beschränkte mich darauf, ihm einen kurzen Blick zuzuwerfen.

Er kräuselte seine Stirn und schaute nachdenklich vor sich hin. »Das hat Ava auch gesagt.«

»Ava?«

Er sah auf. »Meine Cousine. Und beste Freundin.« Mit dem Fuß kickte er Kiesel aus seinem Weg. »Ein halbes Jahr schien so lange und nun ist der erste Monat rum. Wahrscheinlich sollte ich in Angriff nehmen, was ich mir vorgenommen habe.«

Ein paar Sekunden gingen wir schweigend nebeneinander her. Die Gasse, durch die uns Lennert führte, wurde enger, und unsere Finger streiften leicht aneinander. Gleichzeitig fuhr ein kalter Wind zwischen uns. Das Prickeln der Berührung und die kühle Brise machten mich ganz schwindlig.

Ich zwang mich, meine Gedanken zu ordnen. »Und was hast du dir vorgenommen?«

Dean lachte leise. »Vorgenommen nichts. Ich wollte sehen, wo meine Mutter aufgewachsen ist. Das machen wir jetzt. Dann wollte ich das, was mich vom Malen abhält, abschütteln.«

»Das scheint doch zu funktionieren?«

Diesmal schnaubte er nicht ganz so amüsiert. »Ehrlich gesagt, traue ich dem Frieden nicht. Es war so ein frustrierendes Jahr, dass es im Moment zu einfach erscheint.« Er schüttelte den Kopf und sah sich um. »Lieber schaue ich mir diese Gassen an. Das Leben ist so anders als in New York. Diese heimeligen Häuschen. Die Rosen in den Vorgärten. Wie üppig schon alles blüht.« Er schlang die Arme um sich. »Der raue Wind scheint gar nicht mehr so schlimm, wenn man weiß, dass einem ein kuschliges Zuhause erwartet.«

Ich musste mich zurückhalten, ihn nicht an mich zu ziehen. Ihm zu versprechen, dass ich ihn vor der Kälte schützen würde. Was natürlich Unsinn war. Dean brauchte mich nicht. Und in Nullkommanix würde er wieder auf einem anderen Kontinent sein.

»Hier geht es in die Straße deiner Mutter!« Lennert drehte sich um und sah uns an.

»Von den Nummern her müsste es eher am Ende sein«, warf Dean ein, und wir gingen weiter.

Tatsächlich hatten wir die Innenstadt hinter uns gelassen. An unserem Ziel angekommen standen wir vor einem größeren Grundstück mit mehreren Ferienwohnungen.

»Ein Teil davon gehörte meinen Großeltern. Ich bin mir jetzt nicht sicher, ob der Teil des Grundstücks an der Straße oder eher mittig?« Dean zuckte mit den Schultern. »Ich habe Bilder von früher gesehen. Es hat anders ausgesehen.« Ratlos stand er davor und musterte den Bau. Er wirkte modern. Praktisch. Gedacht für die Vielzahl von Touristen, die jedes Jahr nach Föhr kamen.

»Ich verstehe, dass sie verkauft hat, als sie ausgewandert ist.« Er fuhr sich durchs Haar. »Ich weiß gar nicht, was ich erwartet habe.« Verlegen lachte er.

Bevor ich irgendwas sagen konnte, hatte ihm Anton einen Arm um die Schulter gelegt. »Egal, was du gedacht hast, was du hier vorfindest, zumindest weißt du jetzt, was hier ist. Das ist doch gut.«

Dean legte seinen Kopf kurz auf Antons Schulter ab. »Du hast recht. Es ist ja auch nicht tragisch, dass mich nicht die großen Gefühle von Heimat überkommen, wenn ich ein Grundstück ansehe.«

Anton wuschelte durch Deans Haare, und ich war kurz davor, meinen Lehrling von Dean loszureißen. Wie kam es bitte, dass dieser es einfach schaffte, sich an eine wildfremde Person ranzuschmeißen, während ich mich wie in einer Schockstarre fühlte, wann immer ich Dean nur sah?

Dieser drehte sich zu meinem Bruder. Dabei fuhr er sich über den Kopf und versuchte wohl, an Frisur zu richten, was Anton zerstört hatte. »Danke jedenfalls, dass ihr mich hergebracht habt. Das war ein wichtiger Punkt auf meiner To-do-Liste.«

Nutzlos stand ich neben den dreien. Das Gefühl von Rastlosigkeit in meinem Magen zog diesen zusammen.

Zu gern würde ich irgendeine Verbindung zu Dean finden, damit er sich mir anvertraute. Mir sagen konnte, was er wirklich empfand, wenn er diese lieblosen Gebäude sah. Was er erhofft hatte, zu sehen. Zu fühlen. Zu erfahren.

Dean löste sich aus dem Trio und drehte sich zu mir. »Wir wollten was trinken gehen. Ein kleiner Schnaps wäre jetzt nicht schlecht, glaube ich.«

Zaghaft lächelte ich ihn an. »Den sollst du kriegen.«

Lennert hatte natürlich mitgedacht und einen Tisch für uns reserviert. Dass wir fünf Minuten zu spät dran waren, störte niemanden. Die Kneipe war gut besucht, und wir nahmen in der Mitte des Raumes an einem runden Tisch Platz. Es war sicher Zufall, dass der Platz neben mir frei war und Dean sich, ohne zu zögern, zu mir setzte.

»Was machst du denn sonst, außer Kinder zu hüten und deinem schrecklichen Nachbarn aus dem Weg zu gehen?«, fragte mein Bruder, der mir gegenübersaß, und warf mir ein Grinsen zu.

Ich verzog lediglich eine Seite meines Mundes und ließ seinen Blödsinn unkommentiert.

Dean lächelte mir verschwörerisch zu. »Tatsächlich zeichne ich seit ein paar Tagen wieder. Und male ein bisschen.«

»Ein bisschen!«, protestierte Anton. »Du musst ihm deine Bilder zeigen.«

Die drei vertieften sich in Deans Kunst, und obwohl ich die Geschichten darüber nun bereits zweimal gehört hatte, saugte ich die Worte erneut auf.

Nachdem Lennert jedes einzelne Bild auf Deans Smartphone völlig zurecht überschwänglich gelobt hatte, packte Dean das Telefon weg.

»Du solltest die Bilder ausstellen!« Lennert nahm einen großen Schluck von seinem Bier.

Dean schüttelte sofort den Kopf. »O nein. Dafür taugen die Bilder nicht. Und außerdem sind es viel zu wenige für eine ganze Ausstellung.«

»Ich weiß nicht«, erwiderte Lennert. »In Nieblum ist doch dieses Künstlerhaus. Dörpshus? Warst du nicht mit der in der Schule, die das leitet, Arved? Steffi, oder wie heißt sie?«

Ich schüttelte den Kopf. »Das nicht. Aber es stimmt. Haukes Schwester vermietet immer wieder Räume an Künstler. Die stellen dann allein aus. Oder mit anderen zusammen, soweit ich weiß. Und nicht jeder ist da so ... mega wie du.«

Mit gerunzelter Stirn musterte mich Dean. »Aber das geht ja nicht von heute auf morgen. Bis wir so was aus dem Boden gestampft haben, bin ich längst wieder abgereist.«

Voller Frust wollte ich laut seufzen. Dieses Enddatum hing wie ein Damoklesschwert über uns. Ich meinte natürlich über Dean. Ich hatte damit nichts zu tun.

»Das ist keine gute Ausrede. Du könntest es dir mal anschauen.« Anton sah Dean herausfordernd an.

Dieser sog seine Unterlippe ein. »Ich weiß gar nicht, ob ich genügend Bilder fertig bekommen würde, da ich ja eigentlich arbeite.«

»Aber du hast doch auch frei? Wenn du es wirklich willst?« Ich schmunzelte. So wie ich meine Nachbarn kannte, würden sie Dean das ermöglichen.

Dean legte seinen Kopf schief und sah mich eindringlich an. »Was ich auf keinen Fall will, ist, mich wieder unter Druck zu setzen. Das klappt nicht. Das habe ich schon am eigenen Leib erfahren.« Er verschränkte seine Hände ineinander und knetete sie.

Ich neigte mich ihm leicht entgegen. Meine Finger zuckten. Sie wollten nach Dean greifen. Über seine Haut streichen und ihn beruhigen.

»Das musst du nicht. Es soll dir Spaß machen und Freude bereiten. Überlege es dir. Wenn du willst, kann ich Steffi, Haukes Schwester, fragen, ob sie was plant und freie Plätze hat. Vielleicht erledigt es sich ja direkt.

Aber ich könnte dir helfen, es in die Wege zu leiten.« Es fühlte sich gut an, einen klitzekleinen Schritt auf ihn zuzugehen. Ihm dieses winzige Angebot zu machen.

Dean atmete schwer aus. Er spreizte seine Finger auf dem Tisch vor sich. »Wir machen noch nichts fix. Du kannst sie fragen. Aber nicht zusagen. Ich will nur hören, was sie sagt.«

Ich nahm einen Bierdeckel und tippte Deans Finger vor mir damit an. Ihn direkt zu berühren, wagte ich nicht. Doch ich musste wenigstens diese Verbindung schaffen. »Natürlich. Ich will dich zu nichts überreden und stressen. Ich frage sie und gebe dir Bescheid. Kein Druck.«

Er schnappte sich den Bierdeckel und presste ihn zwischen seinen Händen. Deutlich entspannter schaute er in unsere Runde und lächelte wieder. »Danke. Ich bin froh, Freunde wie euch zu haben.«

Jeden Einzelnen von uns sah er an. Bei mir verharrte sein Blick keine Millisekunde länger als bei meinem Bruder oder Anton. Ganz wunderbar. Ich bekam genau das, was ich mir gewünscht hatte. Dean baute ganz von selbst eine Distanz zwischen uns auf.

In Zukunft musste ich vorsichtiger sein, was ich mir wünschte.

Kapitel 11

Arved

Es würde nicht mehr lange dauern, dann hätte ich einen Punkt überschritten und es würde peinlich werden, wenn mich Dean entdeckte. Er saß im offenen Stall und blickte auf die Koppeln hinaus, die er malte, wenn ich sein Bild richtig interpretierte. Wie lange stand ich hier schon und musterte seine eleganten Pinselstriche, seine Hände, den Hals, jede so gezielte und kontrollierte Bewegung seines Körpers? Sehnsüchtig. Innerlich schüttelte ich mich. Nun war es aber genug.

»Hey.« Dean sah auf, als ich zu ihm an seine Staffelei trat. »Ich wusste gar nicht, dass du wieder da bist.«

Er ließ den Pinsel sinken und legte seine Stirn in Falten. »Sorry. Soll ich gehen? Ich ...«

»Nein! Nein, ich war nur überrascht. Bleib.«

Immer noch zögerlich nickte Dean, und ich griff nach Cindy, die uns einen Besuch abstattete. Zumindest hatten meine Hände nun etwas zu tun.

»In Zukunft sollte ich dir Bescheid geben, wenn ich zum Malen herkommen will.«

»Nein!« Ich seufzte. Diese Barriere zwischen meinem Kopf und meinem Mund musste instand gesetzt werden. »Es ist völlig okay. Ich hatte mich nur gewundert. Das Hotel hat doch sicher auch schöne Motive. Das heißt nicht, dass ich dich loswerden will.«

Dean legte den Pinsel nun ganz weg und stand auf. »Tatsächlich bin ich gern hier. Hier ist Platz.« Er deutete um sich. »Mein Zimmer bei den Klaasens ist toll. Aber übersichtlich. Und ich will meinen Krempel nicht überall bei ihnen rumstehen haben.« Mit einem entschuldigenden Gesichtsausdruck zuckte er mit den Schultern. »Und ganz ehrlich. Wenn ich frei habe, ist es leichter, wenn ich vom Haus weg bin. Dann finden mich die Kinder nicht.« Erschrocken schlug er sich die Hand auf den Mund, und ich lachte. »Sie sind toll. Das meinte ich nicht. Nur ...«

»Ich versteh dich schon!«, japste ich unter einem Lachen. »Ich finde die beiden genauso fantastisch. Aber Bo ist echt aktiv.«

»Wie er auch sein sollte«, warf Dean ein. »Nur manchmal ...« Leicht verzog er den Mund.

Verschwörerisch sahen wir uns an.

»Wenn du willst, kannst du die Malsachen hierlassen.«

»Wie meinst du das?«

Ich deutete zum Anbau am Haupthaus. »Dort neben der Garage. Wenn ich hier was im Überfluss habe, ist es Platz.«

Dean sah zum Haus und sog seine Lippe ein. »Ich will mich nicht aufdrängen. Dass ich hier sein kann, hilft mir gerade sehr.«

»Du drängst dich nicht auf.« Was tat ich nur? Ich kam mit der Dosis Dean jetzt schon nicht klar. Glaubte ich, dass es besser werden würde, wenn er öfter hier war? »Es ist ein Angebot. Mich stört es nicht.« Ganz im Gegenteil. Es fühlte sich gut an, ihn in meiner Nähe zu haben.

Er sah zurück zu mir und lächelte. »Dann mache ich das? Nicht mit allen Sachen? Aber die, die Zeug ausdünsten? Und groß sind?«

Eifrig nickte ich. »Ich gebe dir 'nen Schlüssel, dann kannst du immer ran.«

Wir gingen zum Wohnhaus, und ich zeigte ihm den Zwischenraum zwischen Hauptgebäude und Garage.

»Das reicht komplett aus. Ich räume alles so hin, dass du leicht durchgehen kannst.«

Ich winkte ab und verschloss die Tür wieder. Unschlüssig standen wir davor. »Jetzt habe ich dich bei deiner Arbeit unterbrochen«, murmelte ich.

Dean schüttelte den Kopf und streckte sich. »Ich brauch ohnehin eine Pause.«

»Ja? Dann ... willst du dir die Beine vertreten?«

»Was hast du im Sinn?« Dean ging zu seinen Malsachen. »Ich räum das besser weg, nicht dass sich Cindy daran vergreift.« Schnell stellte er alles zusammen.

»Ich will zu den Kartoffeln.«

Mit zusammengezogenen Augenbrauen sah er mich an. »Bitte was?«

»Ich baue Kartoffeln an. Die ich mit am Eierstand verkaufe.«

Dean sah mich aufgeregt an. »Das ist ja super. Darf ich mit?«

Verarschte er mich? »Weiß nicht, ob das super ist, aber du kannst gern mit.«

Er schubste mich gegen meine Schulter. »Mach dich nicht über mich lustig. Ich habe so was noch nie gesehen.«

»Ein Feld?« Ungläubig starrte ich ihn an.

»Nun.« Er legte eine Hand in seine Hüfte. »Kannst du mir sagen, wie das Foyer des Empire State Buildings aussieht?«

»Nein!« Ich machte ihn nach, stellte meine Hüfte auf und stützte meine Hand darin ab. »Aber da kommt ja auch nicht mein Essen her!«

»Du Arsch!« Mit einem Schrei stürzte sich Dean auf mich, und unter einem lauten Lachen wich ich ihm aus. Gerade so.

Mit blitzenden Augen starrte er mich an.

»Stadtkind!«, konterte ich milde und immer noch grinsend.

»Ist das hier eine Beleidigung?« Herausfordernd sah er mich an.

Ich schüttelte den Kopf und streckte ihm meine Hand entgegen. »Nur, wenn du willst. Komm jetzt. Ich muss schauen, ob der Kartoffelkäfer da ist, und du musst dich bewegen.«

»Kartoffelkäfer.« Dean schüttelte den Kopf und griff nach meiner Hand. Als sich unsere Handflächen trafen, hob er den Blick und sah mich an.

Weiter als bis hierhin hatte ich nicht gedacht. Dort, wo sich unsere Haut berührte, hatte ich das Gefühl, dass wir uns verbanden. Warm und sicher.

Dean war attraktiv. Sexy. Aber in diesem Moment fühlte er sich vertraut an. Wie ein Versprechen. Möglichkeit.

Ruckartig ging ich einen Schritt voran und zog ihn hinter mir her.

Keine Versprechen! Kartoffeln! Da wusste man, was man hatte.

»Na komm.«

Ich machte mir keine Gedanken darüber, dass ich Deans Hand hielt, als wir die paar Meter über meinen Hof gingen. Ich machte mir keine Gedanken, dass er sich so richtig anfühlte. Vor allem machte ich mir keine Gedanken, dass ich diese Gefühle wollte. Nicht nur irgendjemanden. Nein. Jemanden wie Dean. Nicht jemanden wie Dean, sondern nur Dean. Der mich herausforderte. Der mich ansah, als wollte er mir die Klamotten vom Leib reißen und gleichzeitig den Hintern versohlen, weil ich ihn so zur Weißglut trieb. Der mit Bo herumtoben konnte und völlig entspannt mit Jule zeichnete.

Nein. Daran dachte ich nicht.

Als wir am Gatter ankamen, vibrierte mein Telefon und ich hatte endlich einen Grund, seine Hand loszulassen. Mit einem Wischen über das Display nahm ich den Anruf an. »Ja?«

»Moin, Arved.« Es waren nur Stunden vergangen, seit ich Hauke geschrieben hatte. »Ich habe deine Nachricht bekommen. War überrascht. Ich hatte deine Nummer gar nicht.«

»Ja. Sorry, dass ich dich so überfalle.«

»Kein Problem. Ich kann Steffi fragen. Das ist kein Ding. Aber warum brauchst du den Ausstellungsraum denn? Irgendwas muss ich ihr sagen. Oder bist du unter die Strandmaler gegangen?«

Ich verzog die Mundwinkel und schüttelte den Kopf. »Ist nicht für mich. Für das Au-pair der Klaasens.« Ich drehte Dean den Rücken zu. Als würde mir das irgendeine Form von Privatsphäre verschaffen.

»Ach sooo ...« Er zog das Wort lang, als wartete er auf eine weitere Erklärung.

»Also?«

»Und was hast du damit zu tun?«

Ich konnte ein Knurren nur mit Mühe unterdrücken. »Nur ein Freundschaftsdienst.«

Hauke atmete viel zu laut durchs Telefon. »Echt? So kenn ich dich gar nicht.«

»Also wenn's nicht geht, geht's nicht. Kein Problem. Werde ich so weitergeben.«

»Himmel, Arved, das habe ich nicht gesagt. Ich frage Steffi. Kann die was? Das Au-pair?«

»Er. Dean. Kann was.« Keine Ahnung, ob Hauke das mit seiner Frage gemeint hatte. »Ich finde die Bilder toll.«

»Ach so, ein Kerl. Also gut. Wird schon passen. Du kennst Steffi ja. Sie ist ein bisschen eigen. Ich gebe dir dann Bescheid, ja?«

»Danke dir, Hauke.«

Er legte auf, und ich ließ den Arm sinken. Immer noch hatte ich das Telefon in der Hand und starrte darauf. Das war das Problem. Dean war ein Mann. Und somit konnte ich in den Augen meiner Freunde gar kein Interesse an ihm haben. Eigentlich müsste ich erleichtert darüber sein, da ich so nicht in Erklärungsnot kommen würde.

Andererseits war genau das die Wurzel meiner Misere. Die Idee, dass ich auf Dean stehen könnte, war für Hauke so abwegig wie fliegende Schweine. Oder Kühe. Wie sollte ich jemals mit jemandem darüber reden? Wie sollte ich über die Vorstellungen meiner Freunde hinweg etwas Derartiges ins Gespräch bringen?

Ich drehte mich im Kreis. Das, was mich erleichterte, war genau das, was mich frustrierte ohne Ende. Durch ihre eingeschränkte Sichtweise verschaffte ich mir Auswege, die mich aber nur in größere Isolation brachten. Ein Teufelskreis.

»Alles in Ordnung?« Dean war mit sorgenvoll gerunzelter Stirn zu mir getreten.

»Ja, klar.« Ich steckte mein Smartphone weg. »Er fragt seine Schwester.«

»Oh. Cool. Das sind gute Nachrichten?«

Ich zwang mich, meine Miene zu entspannen. »Ja. Wenn du willst, können wir uns die Kunstscheune mal ansehen.«

Dean nickte. »Wenn es dir mal passt. Oder du sagst mir die Anschrift, dann fahre ich selbst vorbei.«

»Das ginge natürlich auch.« Hilflos kaute ich auf meiner eingezogenen Oberlippe. Ich könnte ihm die Adresse geben und wäre raus aus der Sache. »Mal sehen, was Steffi sagt. Ich sage dir Bescheid?«

Bevor Dean antworten konnte, kam Cindy meckernd auf uns zu.

»Dieses Vieh, echt.«

Dean lachte. »Sie ist wirklich ... besonders.«

»Ich vermute, das ist kein Kompliment.«

Er ging einen Schritt auf sie zu, und Cindy lief ihm freudig entgegen. »Och«, meinte Dean. »Vielleicht kommt ihre bockige Art ja nicht von ungefähr?«

»Was meinst du damit?«

Er warf mir einen funkelnden Blick über seine Schulter zu. »Kann es sein, dass sie ihre Bockigkeit von ihrem Herrchen gelernt hat?«

Mir klappte der Mund auf. »Hey!«, brüllte ich.

Dean lief in einem Tempo, das ich nicht erwartet hatte, über die Wiese davon, Cindy ihm dicht auf den Fersen. Im ersten Moment konnte ich nicht glauben, dass ich herausgefordert worden war.

Im nächsten jagte ich ihnen hinterher. Ich war sicher, dass ich ihn erreichen konnte, wenn ich alles daransetzte.

Was ich aber mit ihm anfangen wollte, wenn ich ihn geschnappt hatte, traute ich mir nicht vorzustellen.

Kapitel 12

Arved

Zwei Tage später trafen wir uns in Nieblum, um Steffis Ausstellungsräume zu besuchen.

Sie hatte am selben Tag, als ich mit Hauke telefoniert hatte, Bescheid gegeben und um ein schnelles Treffen gebeten.

Natürlich hätte ich Dean einfach die Adresse geben können, und die Sache wäre für mich beendet gewesen. Aber er hatte sich immer wieder mit Fragen gemeldet, und ich hatte ihn nicht weiterverwiesen. Stattdessen hing ich jeden Tag dankbar am Handy und wartete auf eine Nachricht von ihm.

Nicht, um etwas daraus zu machen. Anscheinend nur, um mich zu quälen.

Es war mitten am Nachmittag, und Anton hielt die Stellung auf dem Hof.

Während der kurzen Autofahrt schielte ich auf mein Outfit. Es sollte einerseits so wirken, als ob ich mir keine Gedanken gemacht hätte, was ich trug. Andererseits nicht zu schlampig. Nicht zu schick. Es war ein stinknormaler Mittwochnachmittag. Vermutlich wirkte ich in meiner besten Jeans und meinem weißen T-Shirt neben Dean ohnehin wie irgendein Penner. Meine Sneaker waren definitiv nicht von der aktuellen Saison.

Nun war es aber zu spät.

Ich parkte und lief auf den Friesendom zu, wo wir uns treffen wollten. Dean hatte Bo mit dem Bus bereits zuvor zu einem Playdate gebracht und die Zeit genutzt, durch den Ort zu schlendern.

Von der Seite, von der ich auf die Kirche St. Johannis zuging, konnte ich Dean zunächst nicht sehen. Ich ging durch das Tor und auf die Turmseite zu. Dort entdeckte ich ihn. Über einen Grabstein gebeugt und in die Inschrift vertieft.

»Hi!«

Er hob den Kopf und riss überrascht die Augen auf, als er mich sah. Ließ seinen Blick über meinen Oberkörper wandern, bis er zurück in mein Gesicht sprang.

»Hi.«

Ich zog den Bauch ein und strich mit fahrigen Fingern über mein Shirt. Frisch aus der Wäsche war es immer etwas eng. Sah es nicht gut aus? Wirkte es unpassend?

»Hab ich da was?«

Sofort schüttelte Dean den Kopf. »O nein! Alles bestens. Ich war nur grade in diese Gräber da versunken.« Er deutete auf den Stein vor sich.

»Du hast die sprechenden Grabsteine entdeckt?«

»Die was?« Er trat einen Schritt zurück und sah mit zusammengezogenen Augenbrauen irritiert auf das Grab.

»Nicht im wörtlichen Sinne. Sie können nicht reden. Aber die Inschriften sind sehr ausführlich. Sie erzählen die Geschichten der Begrabenen.«

»Ah!« Mit einem Ausdruck voller Erleichterung nickte er. »Ja. Das stimmt. Leider kann ich nicht alles entziffern. Manche Sachen sind schwer zu lesen.«

Ich sah auf den Stein vor uns. »Die Schrift ist alt und die Verzierungen sehr ausführlich. Es ist echt nicht leicht zu entziffern. Wir haben noch ein bisschen Zeit. Lass mal sehen, vielleicht verstehe ich mehr.«

Gemeinsam arbeiteten wir uns durch den Text über den Tod eines Seefahrers, der Vater von drei Töchtern und zwei Söhnen gewesen war. Anscheinend hatte er auch eine liebende Gattin gehabt, die ihm irgendwann gefolgt war.

»1752. Wie lange das schon her ist.« Nachdenklich blickte sich Dean um. »Die Kirche ist 1240 gebaut worden. Zweihundert Jahre bevor Kolumbus es überhaupt nach Amerika geschafft hat.« Er fuhr sich über den Nacken. »Sie scheint jedenfalls in besserem Zustand zu sein als der amerikanische Staat.«

Ich schüttelte den Kopf. »Darüber will ich mir kein Urteil erlauben. Ich war noch nie da.«

Er schaute mir direkt in die Augen, ohne zu blinzeln. Und ich wusste nicht, wohin ich blicken sollte. »Willst du mal dorthin, wo dein Urgroßvater in den USA gewesen ist? Was hat er dort gemacht?«

Ich senkte den Blick auf den Boden vor mir. »Er hatte ein Lebensmittelgeschäft. In New York.«

»Wirklich?« Aufgeregt trat er einen Schritt auf mich zu. »Das ist ja spannend. Weißt du, wo genau?«

»Leider nein.« Ich sah auf und schüttelte den Kopf. »Müsste daheim mal nachsehen. Wir haben sicher Unterlagen da, die nicht in der Ausstellung gelandet sind.«

»Welche Ausstellung denn?«

»Ah, vor ein paar Jahren wurde eine Ausstellung über die Auswanderer nach Amerika zusammengestellt. Alle Familien auf Föhr hatten irgendwas beizutragen. Wir mit unserem Urgroßvater auch.«

»Das ist so aufregend. Vielleicht gibt es den Laden ja immer noch. Wenn du mal hinfährst, musst du mir Bescheid geben. Dann erkunden wir dein geschichtliches Erbe ebenfalls.«

»Ja, vielleicht«, erwiderte ich schwach.

Dean musterte mich mit weichen Augen. So als verstünde er. »Oder du sagst mir, wo es war. Dann schicke ich dir Fotos, wenn ich wieder daheim bin.«

Ich atmete gedehnt aus. Meine tägliche Erinnerung daran, dass Dean gehen würde. Dass das alles nur temporär war. Unsere Nachbarschaft. Unsere Freundschaft.

»Ich schau mal, was ich finde.«

Er nickte, und gemeinsam gingen wir zum Ausgang. »Wir sind immer noch zu früh dran.«

»Macht ja nichts. Willst du dir hier vom Bäcker was mitnehmen? Kaffee? Teilchen?«

»Teilchen.« Er lachte. »Moin, du Teilchen. Ich dachte ja, ich kann Deutsch. Aber ihr seid hier eigen.«

Erleichtert stimmte ich in sein Lachen ein. Die Enge um meinen Hals ließ nach. »Mach dir nichts draus. Da geht es dir nicht anders als der Mehrzahl der Urlauber aus dem Rest Deutschlands, die hierherkommen.«

»Na dann. Dann hole ich mir einen Kaffee. Hoffentlich mit Mandelsirup. Ohne Teilchen.«

»Mandelsirup!« Ich schnaubte amüsiert. »Bin nicht sicher, ob du das hier bekommst.«

»Ich weiß, dass die keinen haben. Aber heute ist Mittwoch. Heute arbeitet meine Kontaktperson. Deshalb werde ich mal nachfragen.«

Wir sahen links und rechts die Straße entlang und überquerten sie. Kein Auto war weit und breit zu sehen. »Ist das eigentlich schwer für dich? Du musst hier auf einiges verzichten.«

Wir steuerten die kleine Bäckerei am Eck an und Dean brummte abwägend vor sich hin. »Ja und nein. Natürlich bekomme ich hier nicht jeden Kaffee, jedes Sandwich, das ich mir ausdenken könnte. Aber stattdessen gibt es hier das Meer in Gehweite. Okay, bisher bin ich immer mit dem Rad gefahren. Die Gezeiten. Den Wind, der mir den Kopf durchpustet. Und, was ich schon nicht mehr für möglich gehalten hatte, ich kann wieder malen.« Er war immer leiser geworden und flüsterte nur noch. »Ja, viele Dinge gibt es hier nicht. Aber ich frage mich, ob es nicht auch diese Abwesenheit von Dingen – definitiv von Stress – ist, die wieder Platz in mir gemacht hat, für Sachen, die wichtig sind. Schlaf. Kunst. Na ja, so weit bin ich noch nicht. Aber ich habe in den letzten Wochen mehr zu Papier gebracht als im ganzen vergangenen Jahr. Also ... nein. Ich verzichte gern auf Mandelsirup im Kaffee, wenn ich dafür wieder malen kann.«

Ha. So hatte ich es noch gar nicht gesehen. Konnte Föhr Dean wirklich Vorteile bieten, die New York nicht hatte?

Wir standen nun direkt vor der Bäckerei mit dem kleinen Café. Dean schaute von der Hauswand zum Dach hoch. »Wie schön die Häuser sind. Ich kann mich nicht an dem Reet sattsehen.«

Ich blickte auf und versuchte, die Umgebung durch seine Augen zu sehen. Für mich war das alles immer da gewesen. Gewöhnlich.

»Wollen wir?« Dean hielt mir die Tür zur Bäckerei auf, und ich ging hindurch.

»Hallo, Arved!«, begrüßte mich Wiebke. Wie die meisten aus Nieblum kannte ich sie.

»Hallo, Wiebke.«

»Was darf's denn sein?«

»'nen Kaffee für mich. Schwarz.«

»Zum Mitnehmen, ja?«

Ich nickte. »Gern, ja. Wir sind unterwegs zu Steffis Galerie.«

»Ach ja, ich habe schon gehört, dass du was zum Ausstellen hast.«

»Nicht ich. Dean.« Ich deutete auf meinen Begleiter.

»Richtig!«, bestätigte sie. »Und für dich?«

»Einen Mandellatte, bitte.«

Wiebke legte den Kopf schräg. »Da wirst du jetzt aber Augen machen. Ich habe eigenhändig Sirup gekauft. Und Mandelmilch. Statt Soja. Nur für dich!« Zufrieden mit sich selbst grinste sie Dean an.

»Das grenzt ja nahezu an ein Wunder. Einen ganz Großen, bitte. Auch zum Mitnehmen.« Dean strahlte sie zurück an, und ich musste den Kopf schütteln.

»Und darf es sonst was sein?«

Dean bestellte noch ein Franzbrötchen, und mit unseren Sachen traten wir zurück vor den Eingang.

»Du kennst ja wirklich schon einige Leute.«

Dean biss herzhaft in sein Franzbrötchen, verdrehte die Augen und stöhnte auf. »Nuadiewichtichn.«

Ich sah ihm zu, wie er einen Schluck Kaffee nahm. Und das Gesicht verzog. »Hm. Das ist … mittelmäßig. Sag ihr das bloß nicht.«

»Ich überlege mir einen Preis für mein Schweigen.«

»Arved!« Dean versetzte mir einen Hieb mit dem Ellbogen in meine Seite.

»Aua!« Ich lachte, und Dean grinste mich hinter vorgehaltener Hand an.

Ich nahm ein Schlückchen von meinem Kaffee. Dabei streckte ich den Hintern nach hinten durch und zog meinen Bauch ein, um mich und mein weißes T-Shirt nicht vollzukleckern. Albern.

Langsam gingen wir an den historischen Häuschen Nieblums vorbei.

»Danke, dass du mitkommst.«

»Kein Problem.« Ich warf Dean einen kurzen Blick zu. Er nickte.

»Die Vorstellung, dass ich ausstellen soll, ist etwas beklemmend für mich. Ich hoffe, du kannst dir viele Sachen merken. Größe, Kosten, was Steffi alles so will, da ich, ehrlich gesagt, ziemlich mit mir selbst beschäftigt bin.« Er griff nach meinem Unterarm und drückte ihn kurz. »Es ist nicht so, dass ich das nicht will. Ich bin dir sehr dankbar, dass du es eingefädelt hast. Gleichzeitig frage ich mich, was ich mir dabei gedacht habe. Wieso ich meine gerade eben zurückgewonnene Inspiration wieder aufs Spiel setze.«

»Das versteh ich. Nicht auf dem Gebiet, das dich gerade beschäftigt.« Versonnen nahm ich noch mal einen Schluck Kaffee. Kämpfte mit mir, wie weit ich mich Dean öffnen wollte. Der Druck, mich jemandem anzuvertrauen, war in seiner Nähe so groß. Gleichzeitig fiel es mir schwer. Es war, als müsste ich die Worte üben, die ich sagen wollte. Ich wollte sie sagen. Aber sie fühlten sich fast wie eine Fremdsprache an.

Langsam und vorsichtig erklärte ich: »Meinen Freunden gegenüber bin ich immer im Zwiespalt. Einerseits hoffe ich, dass sie nicht merken, dass ich schwul bin, andererseits ist da der Wunsch, dass es unausweichlich wird, es ihnen zu sagen. Gleichzeitig. Macht das Sinn? Wahrscheinlich nicht. Denn überhaupt darüber nachzudenken, mich zu outen, ohne dass ich es muss, macht ja mal überhaupt keinen Sinn. Warum sollte ich das tun? Wofür wäre das gut? Für überhaupt nichts. Und es ist auch was ganz anderes als das, was dich beschäftigt.«

Dean lehnte sich ganz vorsichtig gegen mich, ohne sein Schritttempo zu verändern. »Ich verstehe dich. Im Prinzip geht es uns allen ja immer so. Outest du dich vor den ersten zehn, lernst du die nächsten fünf Menschen kennen. Unsere sexuelle Orientierung ist ja nicht der zentrale Punkt an uns. Trotzdem gehört er dazu. Schon wegen der Sprüche, der Annahmen, der Fragen nach irgendwelchen Freundinnen. Ich würde dir gern sagen, es wird leichter.« Er zuckte mit den Schultern. »Ist es auf eine gewisse Art und Weise auch. Man weiß, wie man es sagen will. Andererseits ...« Er atmete schwer ein. »Andererseits kommt man immer wieder in Situationen, in denen man sich fragt, ob es nicht besser ist, einfach nichts zu sagen. Oder sich fragt, ob es den Stress wert ist. Es bringt uns Menschen näher. Manchmal... bringt es uns aber auch auseinander. Wenn Vorurteile da sind. Oder einfach kein Verständnis. Von daher ist es was anderes. Aber das Gefühl ist ähnlich. Irgendwie weiß ich, dass es gut ist, meine Bilder auszustellen. Mich anderen Menschen gegenüber zu offenbaren. Andererseits macht es mir im Moment eine tierische Angst. Der Druck, der mit so einer Exponierung einhergeht, ist immens. Ich habe immer das Gefühl, ich bin nackt und jemand starrt mich an, wenn ich Bilder von mir zeige. Nicht die naturalistischen von deinen Tieren. Da gebe ich nur wieder, was ich sehe. Da kann man darüber streiten, ob ich die Lichtverhältnisse richtig reproduziert habe oder ob meine Pinselführung ausreichend ist. Aber *meine* Bilder, hauptsächlich abstrakte Werke, die sind so persönlich, es fällt mir schwer, diese zu teilen.«

Mein Arm kribbelte dort, wo mich Dean berührt hatte. Der Punkt war die Stelle, durch die seine Worte in mich krabbelten und mich erfüllten. Bewegten. Nun waren da wieder Zentimeter zwischen uns. »Ich glaube, ich verstehe das. Du machst dich angreifbar. Du zeigst dich verletzlich. Wenn du es nicht tust, bist du zwar immer noch du, es ändert nichts an deiner Persönlichkeit. Aber du hast es sicher verpackt.«

»Genau wie du«, murmelte Dean. »Es ändert nichts an dir. Vielleicht ändert es etwas daran, wie Leute dich sehen. Das High, wenn Kritiker meine Bilder loben, wenn du das Gefühl hast, sie sehen in deine Seele und finden alles gut, was sie dort finden, ist so hoch, und das Low, wenn sie von anderen Kritikern zerrissen werden, ist so tief, dass ich mich frage, ob es das wert ist, sich diesem Auf und Ab auszusetzen. Es ist natürlich total doof, aber ich kann es nicht ganz verhindern, dass ich es nicht auch als Kritik an mir selbst auffasse. So ein kleines bisschen.«

»Aber tust du es denn für das High? Oder ist das nicht einfach Teil deiner Kunst?«

Dean knüllte die Tüte mit den Resten seines Franzbrötchens zusammen und blieb stehen. Ich hielt inne und sah ihn fragend an. »Exakt. Ist es Teil von uns oder von den Erwartungen von außen? Wir sind niemandem irgendeine Rechenschaft schuldig. Aber reicht es, für sich selbst zu sein?«

»Ich weiß es nicht!«

In einer flüchtigen Bewegung, die nur den Bruchteil einer Sekunde anhielt, strich Dean über meine Hand und ließ sogleich seinen Arm wieder sinken. »Ich auch nicht. Aber dennoch werde ich jetzt die Ausstellungsräume besichtigen und mit Steffi reden. Entscheiden muss ich noch nichts.«

»Entscheiden müssen wir gar nichts.«

Dean grinste mich an. »Also, wohin geht's?«

»Na komm. Ist hier gegenüber.«

In der Kurve der Straße überquerten wir das Kopfsteinpflaster. Das gab den Blick zum Haupteingang des riesigen scheunenartigen Gebäudes frei. Steffi öffnete es gerade weit und sicherte die Tür mit einem Stein.

Sie winkte uns zu. »Moin, ihr zwei! Da seid ihr ja schon. Ich sperre gerade auf.«

»Moin, Steffi! Das ist Dean.«

»Hallo, danke, dass wir heute vorbeikommen können.«

Sie öffnete den zweiten Flügel. »Kein Problem. Willkommen im Dörpshus! Ehemals Gemeindehaus. Jetzt
Heim der Nieblumer Kunstszene.« Sie lachte breit.
»Kommt rein. Dann haben wir noch ein paar Minuten,
um zu reden.«

Wir betraten den Vorraum der ehemaligen Scheune.
Ein kleiner Gang führte in den Hauptraum, der von
winzigen Lämpchen erhellt war und wie ein Licht am
Ende des Tunnels wirkte.

Wie davon angezogen gingen wir weiter unter der
niedrigen Decke und über den dunklen Holzboden
dorthin. Alles wirkte unglaublich urig und rustikal.

»Ich glaube, das letzte Mal bin ich mit der Schule hier
gewesen. Da haben wir eine Ausstellung über den Walfang angeschaut.«

Steffi schmunzelte mich an. »Kein Kunstliebhaber,
Arved? Damals hat das noch meine Mutter gemacht.
Du wohnst hier! Gab es in der Zwischenzeit keine Aus-
stellung, die dich interessiert hätte?«

»Ich, äh …« Ratlos fuhr ich mir über den Kopf. »Weiß
nicht. Hab ich wohl nix mitbekommen.«

Sie schüttelte den Kopf, doch sie schmunzelte vor sich
hin. »Dean, wie hast du ihn dazu gebracht, das einzufä-
deln?« An mich gewandt fuhr sie fort. »Mich wundert
es, dass du überhaupt an mich gedacht hast.«

Verlegen senkte ich den Blick. »War Lennert. Ich sag
besser nichts mehr.«

Sie lachte erneut. »Besser ist das.«

»Wow. Das ist ja riesig.« Dean drehte sich um sich
selbst in der Mitte des Ausstellungsraumes.

Steffi wandte sich Dean zu. »Wir stellen hier im Erdgeschoss aus und oben im ersten Stock. Selten haben wir ganzjährige Ausstellungen. Vielmehr wechseln wir dreimal im Jahr. Spätherbst und Winter, Frühjahr. Sommer. Die nächste Ausstellung ist in zwei Wochen angesetzt.«

»Oh.« Das Wort war von Enttäuschung getränkt. »Das ist sehr knapp.«

»Das ist es. Komm mal mit hoch und schau dir den ersten Stock an.«

Wir folgten Steffi über die alte Holztreppe hinauf unter das Dachgeschoss. Die Giebel waren freigelegt, und trotz des dunklen Holzes und der kargen Beleuchtung wirkte der Raum offen.

»Wie lange bist du denn hier? Für den Winter könnte ich dir ein komplettes Stockwerk reservieren.«

Mit entschuldigend verzogenem Mund schüttelte Dean den Kopf. »Ende Oktober bin ich leider weg. Ein halbes Jahr.« Er sah sich um. Musterte die Landschaftsbilder an der Wand. »Aber ich bezweifle, dass ich auch in einem halben Jahr so viel fertig schaffen könnte, dass ich ein ganzes Stockwerk damit fülle. Das ist wirklich immens hier.«

»Nicht? Wie viel Material hast du denn aktuell fertig?«

»Ich könnte einen Bereich mit Skizzen füllen. Als Notlösung. Aber das verliert seinen Reiz, wenn es überhandnimmt. Ich habe ein paar naturalistische Bilder. Tiere. Gebäude. Strand. Skizzen, wie gesagt. Ein paar kleine Aquarelle. Und höchstens zwei abstrakte Bilder. Drei, wenn ich alles daransetze, sie fertig zu bekommen.« Er seufzte. »Es war ohnehin eine Schnapsidee.

Deine Räume sind grandios. Und man sieht, dass du viel reinsteckst. Die Beleuchtung ist fantastisch.«

Ich sah mich um. Es stimmte. Die Bilder waren hervorragend ausgeleuchtet. Trotz oder wegen des dunklen Raumes kamen sie ausgezeichnet zur Geltung. Ich konnte nicht erklären, woran es lag. Ich sah nur, dass alles künstlerisch und edel wirkte.

»Hm.« Steffi legte einen Finger an ihre Lippen. »Wenn du mit weniger Ausstellungsfläche zufrieden bist, hätte ich eine Lösung.«

»Es wäre nicht nur, dass ich mit weniger zufrieden wäre, ich kann im Moment nicht mehr leisten. Auch kann ich so schnell nichts schicken lassen. Wahrscheinlich wäre das ohnehin zu teuer.« Dean kräuselte seine Nase und sah Steffi erwartungsvoll an.

»Der Flur. Eingeplant wird er meistens nicht für die Ausstellungen. Manchmal bringen Künstler viele Werke mit, und manchmal haben wir nur Anfragen für ein kleines Portfolio. Ich will nicht sagen, dass es eine Notlösung ist. Da aber Erdgeschoss und Obergeschoss bereits gebucht sind, wäre das eine Möglichkeit. Wir beginnen morgen mit dem Umbau. Und in zwei Wochen ist die Eröffnung der Sommerausstellung. Hm.« Nachdenklich kratzte sie sich die Nase. »Die Plakate gehen auch morgen in Druck. Wenn du dich schnell entscheidest, setze ich alles daran, dass wir das Layout noch mal ändern. Versprechen kann ich es dir aber nicht.«

»Ah!« Wie vom Donner gerührt, stand Dean da und starrte Steffi an. »Lass uns mal schnell zurück in das Foyer gehen.« Er fuchtelte mit den Händen rum, als wollte er die Wände ausmessen, fuhr sich durch die Haare und zog die Augenbrauen zusammen. Ich hatte das Gefühl, ihn denken zu hören. »Vielleicht ist das doch nicht alles so ausweglos.« Es schien, als redete er mit sich selbst. So in sich gekehrt, trotzdem sprudelte es aus ihm heraus.

»Und den Flur! Der gehört dazu«, ergänzte Steffi.

»Okay. Lass mich mal sehen.« Dean eilte die Treppe hinab, sodass ich Angst hatte, er würde stürzen.

»Kay, kay, kay ...« Erneut fuhr er sich durch die Haare, über den Mund, tippte mit dem Finger gegen seine Nasenspitze. »Das ... ich glaube ... wenn ich hier ... und hier die Skizzen, dann könnte direkt gegenüber das größte abstrakte Bild, das ich aktuell habe. Das würde ...«

»Bring am besten alles vorbei, und wir hängen es Probe. Was sagst du?«

Dean sah mich an. Halb lachend, halb verzweifelt. »Kannst du mich schnell fahren?«

»Klar!«

Zum zweiten Mal an diesem Tag drückte er meine Hand kurz und wandte sich dann wieder Steffi zu. »Es ist aber nicht alles perfekt. Ich brauche die zwei Wochen definitiv noch ...«

»Entspann dich!« Verlegen presste sie die Lippen zusammen. »Ich hab dich gegoogelt. Wenn ich sagen könnte, ein Gewinner des Rowon-Preises hat bei mir ausgestellt, nehme ich einiges in Kauf. Du könntest ja auch noch den ein oder anderen Druck deiner alten Bilder anfertigen lassen.«

Was zum Henker war der Rowon-Preis? Warum wusste ich davon nichts? Hätte ich Dean googeln sollen? Warum wurde alles unklarer und nicht ein Fünkchen heller?

Schnell winkte Dean ab. »Das ist drei Jahre her. Das war meine Abschlussarbeit. Und ich bezweifle, dass ich innerhalb von zwei Wochen einen anständigen Druck bekomme. Ich habe ja die Originale nicht hier.«

»Das ist mir alles herzlich egal«, meinte Steffi gut gelaunt. »Ich rede dir nicht rein. Bring vorbei, was du meinst, und wir schauen, ob du dich damit wohlfühlst.«

Das schienen die Worte zu sein, die Dean brauchte. Sogleich strahlte er wieder von einem Ohr zum nächsten.

»Wollen wir los? Wenn es ginge, gleich?«

Ich nickte. »Machen wir sofort. Zum Melken muss ich abends wieder da sein.«

»Also los. Ich warte auf euch.« Auffordernd zeigte sie zur Tür.

»Wir sind ja schon weg«, brummelte ich.

Vor der Tür hielt mich Dean am Arm fest. »Ist es die richtige Entscheidung?«

»Das kann ich dir nicht sagen. Ich wusste ja nicht mal, dass du berühmt bist.«

Er verdrehte die Augen und zog mich hinter sich her. »Ich bin nicht berühmt. Das ist Unsinn. Mich verfolgt ein bisschen Jugendruhm. Keine schöne Sache, wenn man nicht daran anknüpfen kann.«

Ich wusste so vieles nicht über ihn. Während er an mir herumzog, als ob er eine Ahnung hätte, wo ich geparkt hatte, wurde das Bedürfnis immer größer, mehr über ihn zu lernen.

»Weißt du, wo's hingeht?«

Abrupt blieb er stehen. »Äh. Ich dachte ...«

»Falsche Richtung«, unterbrach ich ihn. »Ich steh dahinten.«

Dort angekommen stiegen wir in mein Auto.

»Zum Hotel? Oder zu mir?«, fragte ich.

Dean drehte sich zu mir. »Zum Hotel zuerst. Da liegt einiges rum. Dann zu dir.«

»Alles klar!«

Während der Fahrt war Dean in sein Handy vertieft. Er machte sich Notizen, kaute auf seinem Finger, scrollte durch sein Telefon und seufzte eingehend. Es vibrierte, und offensichtlich beantwortete er seine Nachrichten

Außer ihn zu transportieren, hatte ich nichts zu bieten, befürchtete ich. Nicht wirklich zumindest. Wir verstanden uns gut. Aber vielleicht bildete ich mir das auch nur ein. Das Gespräch mit Steffi hatte mir wieder mal verdeutlicht, wie verschieden Dean und ich tatsächlich waren und wie wenig ich über ihn wusste. Die fünf Minuten vergingen wie ein Wimpernschlag, und wir waren zurück in unserer Einöde. Oder Zweiöde. Schließlich waren wir zu zweit. Der Hof und das Hotel.

Dean schnallte sich ab und stieg aus dem Auto. »Bin gleich zurück!« Bevor er die Autotür zuschlug, hielt er inne, hob sein Telefon und machte ein Foto von mir.

Überrascht riss ich die Augen auf.

»Für meine Mutter. Sie will wissen, mit welchen fremden Männern ich im Auto rumfahre.« Damit knallte er mir die Tür vor der Nase zu und ließ mich mit meinen sich häufenden wirren Gedanken allein.

Kapitel 13

Dean

Einatmen. Ausatmen.

Okay, weiterlaufen.

Ich rieb meinen Ellbogen, den ich mir am Türrahmen angeschlagen hatte. Warum war ich so verdammt nervös. War es die lange Zeit, in der ich untätig gewesen war?

Ich erwartete niemanden, den ich beeindrucken musste. Es waren doch nur ein paar Touristen, meine Gasteltern, eine Handvoll neuer Freunde, die mir den Gefallen taten und zur Ausstellung kamen.

War ich wirklich so unsicher, was die Bilder anging? Ich stob – so gut das möglich war mit meinem höllisch schmerzenden Musikknochen – in die Küche, wo mich Tine mit hochgezogenen Augenbrauen ansah.

»Was brauchst du? Die Häppchen sind noch nicht fertig.«

»Ich wollte nur gucken«, murmelte ich.

Sie schüttelte den Kopf. »Mhm. Geh. Entspann dich. Tu, was immer du tun musst, aber nerv uns hier nicht.« Sie zwinkerte mir zu, und ich rang mir ein Lächeln ab.

»Bist du dir sicher? Ich könnte euch helfen?«

Antje schüttelte den Kopf und warf mir ein Geschirrtuch zu. »Kannst Gläser polieren!«

»Weiß nicht, ob ich den heute an Glas ranlassen würde«, grummelte Tine. »Wann willst du denn los?«

»Steffi hat gesagt, ich darf nicht vor drei Uhr nachmittags auftauchen. Um fünf geht es los.«

»Fertig ist alles?«

Ich seufzte schwer und verzog den Mund. »Seit gestern.«

Tine schmunzelte. »Ein bisschen tust du mir ja leid. Du könntest den Geschirrspüler ausräumen.«

»O ja!« Ich stürzte mich auf die Beschäftigung. »Soll ich Jule und Bo um drei gleich mitnehmen?«

»Das wäre toll. Du arbeitest heute nicht, und ich will deinen Tag nicht mit den Kindern verderben, aber wenn du es anbietest, sage ich nicht Nein. Uwe macht sie gerade fertig, und ich bräuchte ihn für die Neuankömmlinge später.«

»Das ist kein Problem.« Mit mittlerweile geübten Griffen leerte ich den Geschirrspüler. »Ich nehme sie gern mit. Sie lenken mich sicher ab.«

Tine setzte kleine zu Kunstwerken verzierte Gemüseteile auf die Platten, die ich später mit in die Ausstellung nehmen würde.

»Danke noch mal. Ich zahle auch gern für das Essen.«

Sie winkte ab. »Lass mal. Es ist unser Geschenk für deine Ausstellungseröffnung. Es tut mir leid, dass ich nicht mitkann. Aber jemand muss hier sein. Uwe freut sich schon wie verrückt auf seinen freien Abend.«

»Na, dann hoffe ich, dass er es nicht bereut.«

Sie blickte über ihre Schulter und sah mich verständnisvoll an. »Ich habe deine Bilder doch gesehen. Ich bin mir sicher, dass sich Steffi ordentlich freut, dich dabeizuhaben. Das ist außergewöhnlich, was du machst, Dean.«

»Danke!« Gedankenverloren rubbelte ich an dem Besteck, das ich aus der Spülmaschine hob. »Ich weiß auch nicht, warum ich so ein Nervenbündel bin.« Die Ausstellung war so ein bisschen wie ein Schritt in mein altes Leben. Gleichzeitig war es aber ein Schritt vorwärts. So widersprüchlich die Gedanken waren, so zerrissen fühlte ich mich auch.

»Nun ja. Alles ist neu. Du hast *deine* Bilder nicht dabei. Eigentlich bist du Au-pair. Es ist schon alles viel.« Ich sah zu Jens, der mit der Präzision eines Chirurgen Gurkenscheiben schnitt.

»Macht mich das nicht zu einem Weichei? Ich habe das Gefühl, ihr schafft mehr an einem normalen Wochentag.«

Jens schnaubte amüsiert und sah nicht mal von seiner Arbeit auf. »Das ist ja mal Unsinn. Kann man nun mal gar nicht vergleichen. Deine Situation ist deine. Meine ist meine. Und Tines ist Tines. Wenn ich mir vorstelle, ich müsste neben meinem eigentlichen Job noch Kunst machen und eine Ausstellung organisieren, und das alles in zwei Wochen.« Er schmunzelte auf sein Schneidbrett. »Du kannst nervös sein oder nicht. Ich verstehe beides. Du machst einfach, wie du bist.«

Da stand ich, mitten auf Föhr, und fühlte mich so verstanden wie selten in meinem Leben. »Danke, Jens. Das war genau das, was ich hören musste.«

Er verzog seine Mundwinkel zu einem Schmunzeln. »Ist jetzt nicht so schwer, die Menschen Menschen sein zu lassen.«

»Du würdest dich wundern, was es für Leute gibt.«

Endlich sah er auf. »Ich kenn die Leute. Deshalb bin ich hier.«

Tine nickte ihm zu, und Jens widmete sich wieder seiner Schneidearbeit. Mir wurde das alles zu tiefgründig. Schnell räumte ich die restlichen Teller aus, stellte sie in die Regale und sah mich um.

»Brauchst du mich noch? Sonst schau ich ins Haus rüber.«

»Geh ruhig«, ermutigte mich Tine. »Bevor du losfährst, denk aber dran, die Platten mitzunehmen.

»Wird erledigt!«

Mit einer Handbewegung scheuchte sie mich aus der Küche.

Das ließ ich mir nicht zweimal sagen und eilte zum Wohnhaus zurück.

Uwe räumte gerade den Tisch ab, und Jule saß über ihren Hausaufgaben. Bo blätterte daneben in einem Buch.

»Dean! Da bist du ja. Willst du was essen? «

Energisch schüttelte ich den Kopf. »Danke, Uwe, ich bringe keinen Bissen runter.«

»Ist im Kühlschrank, falls du doch was magst.«

Ich nickte und setzte mich zwischen Jule und Bo. »Euch nehme ich hiernach direkt mit, ja? Euer Papa kommt nach. Ihr könnt mir mit dem Essen helfen.«

»Au ja!« Bo war sofort Feuer und Flamme.

»Können wir machen!« Jule lächelte ihr zurückhaltendes Lächeln.

»Okay. Dann macht euch fertig. Und in weniger als zwei Stunden geht's los.«

Schließlich sprang ich die Treppen zu mir hoch. In meinem Zimmer angekommen, sah ich auf mein Telefon. Es war zu früh, um Ava anzurufen. Oder meine Eltern. Ich würde wohl eine eigene Entscheidung treffen müssen.

Ich öffnete den Schrank, nahm die Teile raus, die ich mir überlegt hatte, und legte sie aufs Bett.

Nachdenklich stand ich davor. Wäre ich in New York, wüsste ich genau, was ich tragen würde.

Kurzentschlossen griff ich zu meinem Telefon und schrieb:

Kommst du zum Hotel rüber? Um kurz vor drei. Damit ich die Essensplatten nicht zwischen Hühnern und Cindy retten muss.

Sofort zeigten mir die Häkchen an, dass Arved meine Nachricht gelesen hatte.

Ja.

Das war seine Antwort.

Als der liebe Gott Worte vergeben hatte, waren sie bei meinem Nachbarn gerade aus gewesen. Er hatte offensichtlich nur so den Rest einer Schütte erhalten. So ein paar wenige vertrocknete Brocken, bevor die neuen Worte aus dem Ofen gekommen waren. Als es so weit gewesen war, war Arved schon auf dem Fließband weitergefahren worden.

Nun gut. Er wusste Bescheid. Ich hatte meine Antwort.

Schnell duschte ich zum zweiten Mal an diesem Tag und machte meine Haare. Leichtes Make-up? Lieber nicht.

Ich schlüpfte in meine dunkelgraue Stoffhose. Fast ein bisschen zu warm für die Jahreszeit, aber sie war elegant und doch simpel. Eine Boyfriend-Hose, die sich so angenehm wie eine Jogginghose trug und trotzdem dank des Materials und der Farbe ausgehtauglich war.

Dazu ein dunkelgrünes Hemd. Als ich die Sachen eingepackt hatte, hatte ich nicht damit gerechnet, sie zu einer derartigen Gelegenheit zu tragen.

Als ich die letzten Knöpfe schloss, fuhr ich über den Stoff. Eine gute Wahl. Ich fühlte mich schlagartig besser.

Absolute Wohlfühlklamotten.

Nach einem Blick auf die Uhr packte ich meine Tasche, schrieb Ava und Mom eine Nachricht und ging los.

Im Flur fand ich Bo und Jule, die mir mit ihren Rucksäcken entgegenkamen.

»Wir sind so weit!«, brüllte Bo, dass meine Ohren klingelten.

»Drinnenstimme!«

»Wir sind so weit!«, brüll-flüsterte er nun. Kopfschüttelnd öffnete ich die Haustür, und die beiden liefen hindurch.

»Ihr seid los?« Uwe steckte seinen Kopf aus dem Wohnzimmer.

»Wir sind weg«, bestätigte ich.

»Ich komme nach.«

»Ich weiß Bescheid. Bis später.«

Gemeinsam marschierten wir los. Arved wartete sicher schon.

Beim Eingang zur Küche sah Jens bereits aus der Tür und winkte die Kinder heran. »Helft mal tragen.«

Ob das eine gute Idee war, wagte ich zu bezweifeln.

Ich ließ mir jeweils ein Tablett auf eine Hand stellen und balancierte damit zurück zur Straße. Hinter mir trugen Jule und Bo gemeinsam eines, während Jens die letzten beiden holte.

Beim Gästeparkplatz sah ich Arveds alten Golf.

»Du bist früh dran«, bemerkte ich knapp.

»Du auch«, meinte er nur komplett trocken.

Ich verdrehte die Augen.

Doch meine Erleichterung war immens. »Sorry. Das sollte keine Kritik sein. Ich bin froh, dass wir nicht minutenlang an der Straße warten müssen. Wenn wir es im Ganzen ins Auto schaffen, bin ich erleichtert.«

»Gib mal her!« Arved nahm mir eine Platte ab und begutachtete sie. »Kann man die stapeln?« Er zupfte an dem Wachstuch.

Testweise presste ich eine Hand leicht auf meine zweite Platte und überlegte. »Vielleicht nicht alle fünf aufeinander?«

»Also gut. Alle einsteigen. Jeder von euch darf eine Platte auf den Oberschenkeln transportieren und die zwei letzten kommen in den Kofferraum.«

Ich sah ihn mit hochgezogenen Augenbrauen an. »Dann musst du aber gaaanz langsam fahren.«

»Mach ich.« Er sah mich amüsiert an.

»Ich ... meine Nerven ...«

Mit einer Hand öffnete er den Kofferraum und stellte die Platte rein. Er nahm die zweite und unsere Finger streiften sich kurz. Er sah auf in meine Augen. »Das versteh ich.«

Er setzte uns alle in sein Auto, bis wir samt der Häppchenplatten ideal verstaut waren, und fuhr los.

»Na, seid ihr schon gespannt auf die Ausstellung?« Über den Rückspiegel sah Arved auf die Rückbank zu Bo und Jule.

»Ich kenn schon alle Bilder«, meinte Bo völlig entspannt.

»Aber ihr kennt sie nicht in einer richtigen Ausstellung.«

Bo gab irritierte Laute von sich. »Schauen sie jetzt anders aus?«

»Wer weiß.« Arved schmunzelte. »Ich war jedenfalls noch nie auf einer Vernissage und bin schon mächtig gespannt.« Ich warf ihm einen flüchtigen Blick zu. Das war was Besonderes. Ich wollte, dass es etwas ganz Besonderes für Arved wurde. Bei dem Gedanken verspürte ich aber den bekannten Druck. Ich wollte alles daransetzen, dass sich Arved nicht nur wie ein Taxifahrer fühlte, sondern wie jemand, der mich zu meiner Vernissage begleitete. Zumindest gefiel mir der Gedanke. Die Vorstellung schickte eine tiefe Befriedigung durch mich.

»Ich auch«, stimmte ihm Jule zu.

Bei Steffis Kunstscheune parkte Arved direkt vor dem Eingang.

Dieser war geschlossen, aber Steffi hatte uns versichert, dass wir über den Hintereingang in das Gebäude konnten.

Arved nahm es in die Hand, uns samt Essen sicher hineinzubringen, wo wir von mehreren Leuten, die dem Raum den letzten Feinschliff gaben, begrüßt wurden.

Steffi kam uns in einem enganliegenden schneeweißen Kleid entgegen, das ihre große Figur optimal betonte.

»Steffi! Du siehst fantastisch aus!«, brach es aus mir heraus.

Sie zog eine Augenbraue hoch und beugte sich zu mir, um meine Wange zu küssen. »Das hört sich viel zu erstaunt an für meinen Geschmack.«

»So meinte ich es nicht.«

Doch sie winkte uns schon hinter sich her. »Essen bitte einmal abstellen zu den anderen Speisen. Oke und Alea werden heute den Service übernehmen.« An die beiden jungen Leute gewandt fuhr sie fort: »In einer halben Stunde könnt ihr ein paar der deftigen und der süßen Sachen auf diesen kleinen Tellern auf die Stehtische stellen. Dort drüben sind die runden Tabletts, mit denen ihr durch die Leute gehen könnt.«

»Wenn genügend kommen«, brummelte ich schon wieder.

»Natürlich kommen sie!« Steffi schüttelte den Kopf. »Ich dachte, du wärst abgebrühter.«

Ich zog die Schultern hoch, und Jule hakte sich bei mir unter. »Zeigst du uns alles?« Ich hätte das Kind küssen können.

Stattdessen entspannte ich mich ganz bewusst und schüttelte meine verspannten Arme aus. »Ja. Das machen wir. Kommt mit.«

Arved entschuldigte sich, da er das Auto umparken wollte. So beschäftigten mich meine Au-pair-Kinder, bis die Türen geöffnet wurden, was ich nicht mal bemerkte. Wir naschten von den Essenstabletts, ich lief mit ihnen durch die Räume. Die Zeit verging wie im Flug.

Erst als sich die Räume langsam füllten und Alea mir auf einem Tablett Essen und Oke mir Sekt anbot, wurde mir bewusst, dass es nicht nur losging, sondern wir mittendrin waren. Mein Herz begann schneller zu schlagen. Ich fühlte es in meinem Hals, wie es in meinen Adern pochte. Showtime! Oder zumindest so was Ähnliches.

Ich reichte Bo und Jule je einen Orangensaft in einem langstieligen Glas und nahm mir selbst einen Sekt. Arved kam hinzu und hatte bereits ein Glas in der Hand.

»Auf dich!« Er sah mir direkt in die Augen.

Enthusiastisch stießen Bo und Jule mit an.

»Danke euch!«

Während ich meine Rührung mit einem großen Schluck wegtrank, kam Lennert auf uns zu. Überrascht setzte ich mein Glas ab und ließ mich von ihm umarmen.

»Das ist ja eine Überraschung!«, rief ich.

»Dann hat mein Bruder also dichtgehalten?«

»Das hat er. Ich dachte, du musst heute den Hof hüten.«

Arved brummte vor sich hin. »Du bist früh dran.«

»Wir haben uns ja auch beeilt«, meinte Lennert mit Stolz in der Stimme.

Erneut grummelte Arved vor sich hin, was sein Bruder mit einem Grinsen quittierte. »Anton kommt auch noch. Aber da ich dich jetzt schon hier habe, zeig mal deine Bilder.«

Ich deutete zurück in den Gang, aus dem er soeben gekommen war. »Da müssen wir hin. Ich habe hier leider keinen Platz gefunden.«

Mit meinen Gästen im Schlepptau marschierten wir zurück. Ein junger Kerl kam Arved entgegen und grüßte ihn.

»Hey. Arved. Da bist du.«

»Hauke! Moin.« Die beiden begrüßten sich in einer männlichen Halbumarmung und klopften sich auf die Schultern. »Das ist Dean. Der Künstler.« Arved deutete mit seinem Kinn auf mich.

»Hallo!«, sagte ich, und Hauke musterte mich ungeniert von Kopf bis Fuß.

»Ah. Du bist das also. Meine Schwester hat mir schon viel von dir erzählt.«

»Ach, dann habe ich dir das eigentlich zu verdanken?«

Hauke schüttelte den Kopf. »Ich war nur der Nachrichtenüberbringer. Freut mich, dass alles geklappt hat. Sind das deine Bilder?«

Ich schaute zu den Aquarellen vom Hotel, den Reetdachhäusern, der Marschlandschaft. »Ein Teil, ja. Das hier ist ja selbsterklärend. Die meisten von denen hier sind noch in den letzten zehn Tagen entstanden. Rein aus dem Gefühl heraus, was mich mit Föhr verbindet.«

Alle bestaunten die Bilder, und ich trank. Es war ein bisschen komplizierter als das. Ich war mit der Vorstellung hierhergekommen, das Föhr meiner Mutter zu sehen, das Föhr, von dem sie mir erzählt hatte. Natürlich sah und erlebte ich aber eine eigene Version. Es war, als ob es sich um zwei völlig verschiedene Orte handelte. Die Gefühle, die ich mit der Insel verband, die mir meine Mutter in ihren Geschichten gezeigt hatte, waren völlig andere als die, die ich in den letzten Wochen selbst entwickelt hatte. Gelb war nicht einfach Gelb. Die Farbtöne des Strandes waren andere durch meine Augen als durch die Augen meiner Mutter. Das auf den kleinen Aquarellen war mein Föhr. Die Reetdachhäuser waren nicht die Reetdachhäuser aus den Erzählungen meiner Mutter. Es waren die Reetdachhäuser, die ich in meinem Herzen fand, wenn ich über die Architektur der Insel nachdachte.

»Wow. Voll schön.« Hauke schien beeindruckt.

Ich wusste nicht, was ich darauf sagen sollte. Jeder fasste Kunst subjektiv auf und sah sie aus seinem Blickwinkel. Ich wollte niemandem durch meine Intention, mit der ich die Bilder geschaffen hatte, etwas nehmen. Oder hinzugeben, was sie einfach nicht empfanden.

»Die Skizzen sind ebenfalls ...«

»Das sind Hühner. Und das ist Cindy.« Alle lachten bei Bos Erklärung. Lennert und Hauke verteilten sich und sahen sich die Bilder genau an. Um uns füllten sich die Räume, und immer wieder rempelte uns jemand leicht an. Doch die Stimmung war heiter. Es wirkte, als hätten die Leute genauso sehnsüchtig auf die Eröffnung gewartet wie ich selbst. Arved jedoch blieb immer in meiner Nähe. Während sein Bruder an den unterschiedlichsten Ecken immer wieder auftauchte, konnte ich mir sicher sein, dass Arved zur Stelle war, wenn ich nur das geringste Anliegen hatte.

»Sind Sie der Künstler?« Eine ältere Dame sah mich mit strahlenden Augen an.

»Ähm. Ja. Die Bilder hier im Eingangsbereich.«

»Das ist wirklich sehr schön. Ich freue mich, dass ein neuer Künstler vor Ort ist.«

»Es ist mir eine Ehre, hier sein zu dürfen.«

Immer mehr Leute kamen, taten sich an den Häppchen gütlich, stromerten durch die Ausstellung und sparten nicht an Komplimenten.

»Und dieses Bild?« Arved stand vor einem der abstrakten Ölgemälde.

»Abstrakt.«

»Ist das was Bestimmtes?«

Jule stellte sich zu uns und deutete darauf. »Das ist der Strand.«

Ich musste lachen.

Arved runzelte die Stirn. »Der Strand? Es ist beige. Oder in verschiedenen Beigetönen, aber wo siehst du denn da einen Strand?«

Jule deutete mit ihrem Finger vor dem Bild herum. »Das sieht aus wie der Strandhafer, das ist wie nasser Sand, also dort, wo das Wasser hinkommt, und das ist wie Sand, der ganz trocken ist.« Ohne auf eine Erklärung zu warten, marschierte sie zum nächsten Bild.

»Hat sie recht?« Völlig perplex sah Arved Jule hinterher.

»Was siehst du denn?«, wollte ich stattdessen wissen.

Arved seufzte und fuhr sich über den Kopf. Heute hatte er entweder die gleiche Jeans an, die er getragen hatte, als wir die Räume angesehen hatten, oder sehr ähnliche. Statt des weißen T-Shirts, das ihm vor zwei Wochen wie auf den Leib gemalt gewesen war, trug er ein Hemd. War es dasselbe Outfit, das er an meinem ersten Tag auf dem Hof angehabt hatte? Sein Date-Outfit?

»Ich habe wirklich keine Ahnung. Das sind beige, braune, sandfarbene Streifen?«

»Dann sind es wohl beige, braune und sandfarbene Streifen!«

»Dean!«, jammerte er.

Ich strich über seinen Oberarm. »Es muss nichts bedeuten. Es kann einfach Farbe sein.«

Arved schaute zurück zum Bild. »Nein, das glaube ich nicht.«

Er trat einen Schritt vom Bild zurück, legte den Kopf schräg. »Ist es der Strand?«

Nach einem kurzen Augenblick nickte ich einmal. »Goting Kliff. Siehst du? Das sind nicht nur Striche. Hier steigt die Düne an. Das Licht der Sonne wirft Schatten. Diese feinen Brauntöne hier sind die Gräser, die darauf wachsen. Und das Helle da oben ist die Reflexion der Sonne. Einzelteile und doch eine Einheit.«

»Dann hat das Kind recht?« Konsterniert deutete Arved auf das Bild.

»Nun. Es ist eine ausreichende Interpretation. Für mich ist es der Strand. Es kann für dich aber etwas völlig anderes bedeuten.« Strand. Oder die Leute, die sich dort aufhielten. Zumindest ein ganz bestimmter Mann. Oder auch nicht. Ganz sicher würde ich niemandem meine Inspiration aufdrängen. Dass mich diese Inspiration viel mehr beschäftigte, als sie es sollte, schaffte ich gerade so für mich selbst zu verdrängen. Tatsächlich würde ich die Erinnerung an unseren gemeinsamen Strandbesuch nicht so schnell loswerden. Was bedauerlich war. Denn mehr entwickelte sich nicht daraus. Stattdessen schlich er sich immer wieder in mein Gedächtnis und in mein Malen. Er. Der Strandbesuch. Und der Mann.

»Ts. Was auch immer das heißen soll.«

»Hey! Dean!« Antons Stimme drang vom Eingang bis zu uns, und im nächsten Moment fand ich mich in den muskulösen Armen von Arveds Lehrling wieder.

»Wie schön, dass du da bist!«

»Das lass ich mir doch nicht entgehen.« Anton drückte mich, dass mir schier die Luft wegblieb. Mit seinen Armen um meine Hüften hob er mich hoch, dass ich ein paar Zentimeter in der Luft hing. »Jetzt kenne ich einen richtigen Künstler.« Mit einer höchst zufriedenen Miene setzte er mich ab.

Meine Gäste gingen durch die Ausstellung, mischten sich mit den anderen Besuchern, und langsam ließ die Anspannung, die ich seit Tagen mit mir herumgeschleppt hatte, nach.

Später kam Uwe und übernahm ganz offiziell die Kinder. Nachdem diese Verantwortung von mir genommen worden war, verpuffte ein Großteil des Adrenalins, das noch in meinem Körper gewesen war.

Erschöpft sackten meine Schultern ein, und ich stützte mich voller Zufriedenheit an einem Stehtisch am Eingang ab.

Eine warme frühsommerliche Brise wehte herein, und ich genoss die Luft um mich herum. Für einen Moment schloss ich die Augen.

Ich roch ihn und spürte ihn, bevor er überhaupt was sagte. Aber Arved war den ganzen Abend in meiner Nähe gewesen. War mit einem Programmheft zur Stelle, ging mit Bo auf die Toilette, stellte mich seinen Bekannten vor.

»Zufrieden?«

Ich öffnete die Augen und lächelte ihn an. »Auf alle Fälle.«

Er nickte. Drehte sich leicht. Deutete in Richtung des Hauptraums. »Steffi will gleich ihre Rede halten. Du solltest dabei sein.«

Ich atmete tief ein und aus. »Das sollte ich.« Er drehte sich wieder zurück zu mir und sah mich eindringlich an. »Kannst du mich bringen?«, fragte ich.

Überrascht hob er die Augenbrauen, und sein Mund ging leicht auf. Dieser Mann hatte keine Ahnung, wie verführerisch er war.

»Was?«

Innerlich musste ich über mich selbst lachen. Er war so hilfsbereit und zuvorkommend, und ich hatte nichts anderes im Sinn, als ihn anzumachen und ihn damit offensichtlich völlig zu überfordern.

»Nichts«, sagte ich leise. »Kommst du mit?«

Er nickte eifrig. »Klar.«

Gemeinsam gingen wir in den Hauptraum, der gefüllt mit den Besuchern war. Steffi stand mit ihrem Champagnerglas in der Mitte und strahlte über das ganze Gesicht.

»Herzlich willkommen zur diesjährigen Sommerausstellung bei uns in Nieblum. Mit großem Stolz darf ich euch neue und alte Ausstellende vorstellen. Es ist mir eine außerordentliche Freude, unsere liebe Freundin Liobella Hahnenwald zum dritten Mal zu begrüßen. Ich weiß, dass du aktuell eine Ausstellung in Zürich hast und sehr beschäftigt bist. Vielen Dank, dass wir dich erneut hier begrüßen dürfen.«

Ich überlegte, ob mir der Name bekannt vorkam. Aber so wie mein Name Liobella vermutlich nichts sagte, so war auch sie mir nicht bekannt.

Steffi stellte den anderen Künstler und mich vor, bedankte sich bei den unterschiedlichen Caterern, den Mitarbeitern, den Besuchern, und ich hatte das Gefühl, dass der Höhepunkt des Abends langsam direkt in den Abschluss überging.

Während Steffi über die Ausstellungsstücke an sich redete, lehnte ich mich leicht gegen Arved.

»Okay? Die Folgen des Stresses der letzten Tage holen mich grade ein.« Es war die absolute Wahrheit. Aber die Rechtfertigung kam mir gerade recht, um ihm nahe zu sein. Seine Standfestigkeit und Wärme waren in dem Gewusel um uns herum ein sicherer Hafen.

Er hob seine Hand und legte sie um meinen Rücken an meine Hüfte. »Natürlich. Soll ich dich tragen?«

Ich hob den Kopf und sah ihn an. Meinte er das ernst? »Nein?« Oder doch, wenn er das wollte.

»Und zuallerletzt möchte ich einen besonderen Ehrengast begrüßen. Professorin Isabella Anderson-Alvarez, die Direktorin des Museums der Westküste, ist heute ebenfalls hier. Ich wünsche Ihnen, liebe Professorin Anderson-Alvarez, und uns allen viel Spaß und großes Vergnügen bei unserer diesjährigen Ausstellung.«

Ich sah mich um, wer der Ehrengast war. Da die meisten Leute eine kleine Frau mit einem schwarzen Bob, dunklen Augen und intensiver Ausstrahlung ansahen und diese freundlich nickte, hatte ich sie wohl gefunden.

Unsere Blicke streiften sich und sie senkte ihr Kinn in meine Richtung. Hm. Das Museum der Westküste sollte ich mir auch mal anschauen.

Das Grüppchen um Steffi löste sich auf, und die Leute widmeten sich wieder ihren Bekannten. Um mich scharten sich Hauke, Uwe mit Jule und Bo, Anton, Lennert, und neben mir war immer noch Arved. Mit ziemlichem Widerwillen löste ich mich von ihm, und er zog seinen Arm von mir zurück.

»Wollt ihr los?«

Uwe nickte. »Wir gehen besser. Ihr habt einen schönen Abend, ja!«

Die drei gingen los, und an ihre Stelle trat Professorin Anderson-Alvarez. »Herzlichen Glückwunsch!« Sie prostete mir mit ihrem Glas zu.

»Oh!« Ich sah mich um, und Arved reichte mir flugs ein neues Glas Sekt. Das wievielte war das? »Vielen Dank für Ihren Besuch. Haben Sie sich schon umgesehen?«

Sie nickte mir zu und stellte sich direkt neben mich. »Durchaus. Ich war überrascht, letzte Woche Ihren Namen auf einem Plakat in Alkersum zu sehen. Nicht, dass ich irgendwas an Frau Moens wechselnden Ausstellungen auszusetzen hätte, wir arbeiten immer mal wieder zusammen. Aber die Gelegenheit, einen

Rowon–Gewinner hier auf Föhr zu treffen, hat man nicht jedes Jahr.«

In der Kunstszene war der Preis, den meine – vielleicht unsere – Universität jährlich an deren besten Absolventen verlieh, durchaus bekannt. Nur hatte ich nicht damit gerechnet, dass irgendjemand auf Föhr mit dem Begriff etwas anfangen konnte, als Steffi ihn auf die Plakate gedruckt hatte.

»Nun, wir sind überall!«, meinte ich lachend.

»Das sind wir beide wohl!«, erwiderte Professorin Anderson-Alvarez.

Mit großen Augen starrte ich sie an. »Oh. Sie sind auch ...? Es tut mir so leid. Ich wusste nicht ...« Scham kroch heiß durch meinen Körper. Wie arrogant von mir.

Doch Professorin Anderson-Alvarez wischte meine Bedenken mit einer gleichgültigen Handbewegung davon. »Nein, deshalb bin ich nicht hergekommen. So wichtig sind wir nicht. Nein, ich habe mir Ihre Werke online angesehen, soweit das möglich war. Und bin neugierig geworden.«

Shit. Und ich tauchte hier mit Kohleskizzen von Hühnern auf.

Schwungvoll drehte sie sich um. »Und meine Neugierde wurde nicht enttäuscht. Die Aquarelle und Skizzen zeigen ganz deutlich Ihre Begabung. Aber die abstrakten Bilder ... Kommen Sie doch mal mit.«

Verdammt und zugenäht. Ich wusste, ich hätte sie nicht mit ausstellen sollen. Viel zu schnell hatte ich sie zusammengekleistert. Sie hatten sich fertig angefühlt. Aber manchmal half es, Zeit vergehen zu lassen und mit frischen Augen auf die Werke zu schauen. Erst dann zeigte sich, wo Unfertigkeiten waren.

»Sicher«, grummelte ich ihr hinterher.

Sie stellte sich vor *Heimat*, für das das alte Zuhause meiner Mutter Inspiration gewesen war. Ein Gemisch an Gefühlen. Meine Eltern. Föhr. Brooklyn. Ava. New York. Meine Gasteltern. Ich hatte mich zu sehr von meinen Gefühlen leiten lassen.

»Das hier jedoch zeigt ...«

Mein Magen stülpte sich aus, und mir wurde übel. Dass Bo und Jule alles gut fanden, was ich produzierte, war ja nett, und ich versuchte, es mir nicht zu Kopf steigen zu lassen. Aber das vernichtende Urteil einer Rowon-Gewinnerin nicht an mich ranzulassen, war schwierig. Sehr schwierig. Es gehörte zum Künstlerdasein dazu, sich der kalkulierten Auseinandersetzung von Profis mit den eigenen Werken zu stellen. Was für Kritiker Tagesgeschäft war, war für mich auch immer ein Urteil über mein Innerstes. Die Erinnerung an die Wortwahl eines meiner alten Professoren über meine letzte Ausstellung in New York fraß sich durch meinen Magen und drohte seinen Inhalt wieder an das Tageslicht zu holen. *Kurzfristiger Höhenflug, der im Mittelmaß der Realität landete. Für die Lehrtätigkeit an einer Abendschule aber durchaus ausreichend.* Mit einem Zug leerte ich mein Glas. Der Blubber mischte meinen Magen durch. *Oh Gooood!*

»... dass Talent allein nicht reicht. Nichts gegen die anderen Bilder, die Sie ausstellen. Aber hier zeigt sich, wieso Sie den Rowon-Preis gewonnen haben. Das kann man nicht erlernen. Damit stechen Sie heraus unter Ihren Peers.«

»Ich ...« Völlig verdattert stand ich neben ihr und starrte sie an. Sie drehte sich zu mir, führte Ihren Finger unter mein Kinn und schloss meinen Mund.

»Was dachten Sie denn, was ich sage? Wenn es mir nicht gefallen hätte, wäre ich wieder gegangen. Für wen halten Sie mich?«

Ich zog eine Augenbraue hoch und legte den Kopf leicht schräg. »Nun, manchmal ist die Wortwahl gewisser Kritiker ...« Ich führte den Satz lieber nicht zu Ende.

Sie verzog den Mund missbilligend – oder amüsiert. »Sie haben recht. In unserer Branche braucht man ein dickes Fell, wenn man überleben möchte.« Mit einer eleganten Handbewegung öffnete sie ihre Handtasche. Zwischen zwei Fingern reichte sie mir eine Visitenkarte. »Bitte. Wie lange sind Sie noch auf Föhr?«

»Bis Oktober«, murmelte ich und schaute auf die Karte in meiner Hand.

»Ach, gut. Ich würde mich freuen, wenn Sie sich melden. Wir könnten uns kennenlernen. Sie sagen mir, wie es einen fellow Rowon-Winner auf die Insel verschlagen hat.«

»Das mach ich. Ganz sicher. Ich wollte das Museum ohnehin besuchen.«

»Ich führe Sie gern rum. Jetzt verabschiede ich mich aber.« Sie hob ihre Hand zum Gruß und verschwand zwischen den Leuten.

»Was wollte denn die Direktorin von dir?« Keine zehn Sekunden, nachdem sich Professorin Anderson-Alvarez verabschiedet hatte, umringten mich Hauke, Anton und Lennert.

»Ich weiß nicht genau!« Völlig erschlagen rieb ich über mein Gesicht.

»Die will sicher Bilder von dir ausstellen«, meinte Hauke.

»Ganz sicher nicht!«, protestierte ich.

»Warum nicht?«, wollte Lennert wissen.

»Sie will mich nur kennenlernen?«

»Hm? Einfach so?« Anton rieb sich nachdenklich das Kinn.

Schulterzuckend sah ich mich um. Ich brauchte mehr zu trinken.

Wie aus dem Nichts tauchte Arved wieder auf und hielt mir ein Glas hin. »Durst? Das ist Wasser!«

»Gut.« Ich schnappte es mir und kippte es in den Rachen. Natürlich verschluckte ich mich und begann zu husten.

Arved klopfte meinen Rücken und rieb kleine Kreise darauf. Sauerstoff. Das tat so gut! Und Arveds Berührung. Noch besser!

»Geht's wieder?« Skeptisch sah er mich an, als ich mir die Tränen aus dem Gesicht wischte.

»Ich bin nicht erstickt.«

Gutmütig klopfte er erneut zwischen meine Schulterblätter. »Na, das ist doch schon mal was.« Er nahm mir das Glas ab und stellte es weg. »Alles klar mit der Museumsfrau?«

Seine Sorge war greifbar. Er wusste, wie aufgeregt ich gewesen war. Vermutlich befürchtete er, mich nicht nur durch die Gegend fahren, sondern auch noch vor schlechter Kritik retten zu müssen. Ich konnte gar nicht anders, ich griff nach seiner Hand und drückte sie. Die Nähe zu ihm tat gut. Ich versuchte wirklich krampfhaft, nicht zu viel hineinzuinterpretieren, aber die Ruhe, die er ausstrahlte, gab mir eine dringend benötigte Sicherheit. Und die Gelegenheit ungenutzt verstreichen zu lassen, war ja auch sinnlos. Daher hielt ich seine Hand einen Moment länger als nötig. Genoss die rauen Stellen darauf und strich vorsichtig darüber. »Alles klar. Ich glaube, sie wollte sich nur vorstellen, weil wir zum Studium an derselben Kunstakademie waren.«

»Oh. Also hat sie keinen Müll erzählt?«

Ich lachte. »Wie kommst du darauf?«

Arved deutete zurück auf meine Bilder. »Du hast so schockiert ausgesehen. Ich dachte, sie ist unverschämt geworden.«

Himmel! Er machte sich so viele Sorgen! Mein Daumen begann Kreise auf seinem Handrücken zu fahren. Arved selbst hielt unsere Hände ein bisschen fester als soeben noch.

»Nein. So sehe ich nur aus, wenn ich überrascht bin. Sie hat nur lobende Worte gefunden. Na ja. Nicht nur Lob. Aber ein Bild hat sie gelobt. Aber das sehr.«

Er schüttelte leicht den Kopf. »Ich wusste, dass die nicht in Ordnung ist.«

»Ist sie!« Ich zog Arved an seiner Hand an mich. »Ich soll mich melden.«

»Hm.« Er sah auf unsere Hände. Presste seinen Mund in eine Linie. War ihm unsere Nähe unangenehm? Aus dem Augenwinkel sah ich, dass Anton seinen Arm um Lennert gelegt hatte, während sich die beiden intensiv unterhielten. Hier hatte doch niemand ein Problem, wenn sich zwei Männer berührten. Ich hatte angenommen, in dem Kreis sei es in Ordnung, meine Art Verbundenheit auszudrücken, zu zeigen. Mir wurde flau im Magen. Womöglich überschritt ich damit aber eine Grenze Arveds.

Ich ließ ihn los, und unsere Hände fielen auseinander.

»Gut!« Seine Stimme war rau.

Was war gut? Dass ich losgelassen hatte? Dass sich Professorin Anderson-Alvarez mit mir treffen wollte?

Ich war müde und sah mich erschöpft um. Anton fixierte mich für eine Sekunde mit seinem Blick und sah dann flüchtig zu Arved. Hatte er etwas bemerkt? War ihm aufgefallen, dass ich Arved im wahrsten Sinne des Wortes zu nahe getreten war? Doch sogleich wanderte sein Blick weiter. Hatte ich mir das gerade eingebildet?

Steffi kam angerauscht und legte einen Arm um meine Schulter und den anderen um Lennert. »Leute, bitte esst. Es ist noch so viel da. Ich schicke Oke noch mal raus und erwarte, dass ihr eine Platte Deftiges und eine Süßes leert.«

Ich stöhnte. Mein Magen brauchte jetzt kein Essen.

Doch Antons Gesicht leuchtete. »O ja! Immer her damit! Und was sollen die anderen essen?«

Wir brachen in Gelächter aus. Gemeinsam gingen wir nach draußen zu einem der Stehtische auf dem Vorplatz. Einige Leute hatten sich dort schon eingefunden.

Tatsächlich verputzten wir mit Sven, der noch vorbeikam, drei ganze Platten. Wie viel hatte Steffi denn bestellt?

»Es tut so gut, draußen zu stehen. Die Luft drinnen war jetzt echt stickig.« Ich streckte mich.

»Zu viele Leute!«, brummte Arved.

»Wer hätte gedacht, dass das von dir kommt?« Sein Bruder pikste ihn in die Seite, und alle kicherten.

Lennert und Hauke verabschiedeten sich. Mit Anton vereinbarten wir, dass wir wieder mal was trinken gehen sollten.

Dieser und Jens zogen mit einer Gruppe Frauen weiter, sodass nur noch Arved und ich an unserem Tisch standen.

Ich stützte meinen Kopf in meine Hand und sah ihn an. »Danke, dass du dir die Menschen angetan hast.«

Hastig schüttelte er den Kopf. »Es war nicht schlimm.« Er kratzte an seinem Daumennagel rum. »Habe ich gern gemacht.«

»Ich weiß nicht, was ich ohne dich getan hätte. Du warst mein Fahrer, mein nervlicher Beistand, mein Co-Babysitter, mein Getränketräger. Und ich war eine angespannte Diva.«

»Warst du nicht. Niemand kann alles allein tragen.«

»Das stimmt. Danke dir trotzdem.«

»Gern!«

In trauter Stille tranken wir an unseren Getränken und nagten an den letzten Resten von Gürkchen und Kuchen. Vereinzelt standen noch Gäste vor dem Gebäude, rauchten, nippten an ihrem Champagner und unterhielten sich. Obwohl sich die Räume merklich geleert hatten, machten die letzten Besucher keine Anstalten, zu gehen.

»Da du ja kein Date mit mir willst, würde ich dich gern einfach so zum Essen einladen. Zum Dank!« Die Worte waren etwas schärfer, als ich sie mir ausgemalt hatte, und Arved riss den Kopf herum.

»Wer sagt, dass ich kein Date mit dir will?«

Empört stemmte ich mit allerletzter Kraft eine Hand in die Hüfte. »Na du. So schnell konnte ich gar nicht schauen, da hast du unser zufälliges Zusammentreffen am Strand damit abgetan, dass du das Date zum Glück hinter dir hast.«

Nun schob sich Arved vom Tisch weg. »Das habe ich so nie gesagt. Und vor allem habe ich es als Scherz gedacht. Ein Witz. Nur hast du sofort zugestimmt, da habe ich gedacht, du hattest es von Anfang an nicht ernst gemeint.«

»Also, so war das nicht!« Ich rang nach Worten. Nach deutschen. Und englischen. Aber nichts kam aus mir heraus außer empörtes Gestammel.

»Ich hatte es nicht so gemeint. Die Situation war nur so absurd. Da wollte ich sie auflockern.« Arved sah mich nun fast flehend an.

Ich ließ meine Schultern fallen. »Das hatte ich so nicht verstanden.«

Erneut standen wir uns – wohl beide fassungslos – gegenüber.

»Ich meine, ich war nackt.« Arved grinste nun. »Und du warst etwas ... durch den Wind.«

»Ha, ha! Dich will ich sehen, wenn ich plötzlich nackt vor dir stehe.«

Röte schoss in Arveds Wangen. Schnell wandte er den Blick von mir ab.

Langsam sickerten seine Worte zu mir durch. »Dann heißt das, du hättest nichts gegen ein Date mit mir?«

»Nein!« Er riss den Kopf zu mir zurück. Das kam laut und heftig aus Arved.

Ein Grinsen zog an meinen Mundwinkeln.

»Nein!«, wiederholte er leiser.

»Dann lass uns essen gehen!« Mein Herz begann zu schlagen, als wäre ich gerade zwei Stockwerke aufwärts gejoggt. Hatte ich mir unsere Verbindung doch nicht eingebildet? Unsere vergangenen Interaktionen purzelten durch mein Gedächtnis. Doch die Überraschung seines Bekenntnisses nach diesem Tag hielt mich weiter fest im Griff, und ich starrte ihn an. »Ein Date.«

Er nickte. »Das machen wir.«

Innerlich tanzte ich einen kleinen Freudentanz. Diesmal würde ich mir das Date nicht wieder aus den Händen reißen lassen.

Kapitel 14

Arved

Ein Date, ein Date, ein Date. Ich hatte einem Date zugesagt, also würde ich auch hingehen. Aber wie lange war es her, dass ich tatsächlich auf einem Date gewesen war? Konnte es sein, dass ich noch nie auf einem *offiziellen* Date gewesen war?

Mit zittrigen Fingern rief ich Lennerts Nummer auf. Heftig schüttelte ich meine Hand aus.

Es konnte doch nicht sein, dass ich derart unsicher war.

Mein Handy verband mich mit Lennert. Oder auch nicht. Es tutete vor sich hin, doch mein Bruder beantwortete meinen Anruf nicht.

Es war auch egal, denn ich hatte faktisch ein Ausgehoutfit. Und dieses würde ich tragen. Ganz egal, was das heute war oder sein würde oder …

Ich zuckte zusammen, als mein Telefon zu brummen begann.

»Ja?«, herrschte ich es an.

»Du hast mich angerufen! Warum dieser anklagende Ton?« Lennert hörte sich außer Atem an. »Ich war grade Joggen.«

»Hm.«

»Also, was ist los? Du rufst doch nicht einfach so an. Brauchst du Hilfe?«

»Hm.« Ich war kein Meister großer Worte, aber heute übertraf ich mich selbst. Wie sollte das werden mit Dean am Tisch?

»Arved? Ist was am Hof los? Ist was passiert?«

»Nein. Ich meine. Ich brauche Hilfe. Aber ...«

»Wenn du nicht sofort sagst, was los ist, fahre ich zu dir.«

»Ist ja gut!« Ich starrte in den Spiegel und fuhr durch meine Haare. Was sollte ich damit anstellen?

»Arved!«

»Ach so. Sag mal, wenn du eine Verabredung hast, nennst du das Date? Ich meine, wenn du ein Date hast, bedeutet das, du hast Interesse an der Person? Ich meine, was bedeutet es, wenn dich jemand zu einem Date einlädt?«

Dafür, dass Lennert reden wollte, blieb er mir nun viel zu lange eine Antwort schuldig.

»Hat es dir die Sprache verschlagen?« Ehrlicherweise genoss ich es, ihn zu überrumpeln.

»Du hast ein Date?« Ach, da war er wieder.

»Das hab ich nicht gesagt. Ich habe gefragt ...«

»Arved, wirklich! Albere jetzt nicht rum. Du hast ein Date? Das ist fantastisch.«

Ich seufzte und sah an mir hinab. Zumindest war ich frisch geduscht. »Ich bin mir nicht sicher. Woher weiß ich denn, ob die Person nur ein Freundschafts-Date will oder eben mehr?«

»Du fragst die Person?«

»Das ist jetzt fast ein bisschen knapp, da wir uns in einer halben Stunde treffen.«

»Dann fragst du eben dann.«

Wieso sah Lennert mein Problem nicht? »Aber ich muss es vorher wissen. Damit ich mit der richtigen Einstellung hingehe.«

»Hm ...« Lennert ließ sich Zeit. Wahrscheinlich genoss er mein Dilemma. »Was mir gerade wichtiger erscheint, ist die Frage, ob du denn willst, dass es nur freundschaftlich ist oder mehr?«

Ich schwieg. Starrte mich im Spiegel an. Schwieg mich an. Mein Herz hatte eine eindeutige Antwort darauf, aber mein Kopf hielt vehement dagegen.

»Diese Frage will ich mir aber nicht stellen. Ich will wissen, was die Person denkt, und mich dann dementsprechend selbst darauf einstellen.«

»Oh. Mein. Gott. Du magst sie. Du magst sie wirklich.«

Das »sie« war wie ein Hieb in die Magengrube. Ich hatte meinen Bruder nicht aus einer Laune heraus angerufen. Offensichtlich wollte ich ihm mein Herz ausschütten. Der Arved im Spiegel verdrehte die Augen. Pathetischer ging's nicht mehr.

Ich war froh, dass ich meinen Bruder nicht direkt vor mir hatte. So war es einfacher für mich, zu reden.

»Nicht sie. Ihn.«

Die Stille, die durch das Telefon drang, war überwältigend.

Jetzt wäre es doch angenehm, seine Reaktion zu sehen. So blieb mir nur übrig, mir Szenarien auszumalen, wie sich sein Gesicht vor Überraschung, Schreck, Entsetzen oder was auch immer verzog.

»Entschuldige! Ich hätte nicht einfach annehmen sollen, dass es sich um eine Sie handelt.«

Oh. Das war eine Antwort, die ich nicht erwartet hatte.

»Danke, dass du es mir erzählst, Arved. Ich bin grade echt sauer, dass ich nicht bei dir bin. Ich würde dich gern brüderlich in den Arm nehmen. Das muss schwierig gewesen sein, mir das zu sagen.«

Ich atmete schwer aus.

Doch Lennert redete weiter. »Wir sind ja nicht so eng.«

»Du bist der Erste, dem ich das sage«, platzte es aus mir heraus.

»Aber ... Oh. Wow, Arved. Danke! Das ist ein Ehre. Aber das muss schwer sein, das so lange mit sich herumzutragen.«

Seufzend fuhr ich mir durch die Haare. »Ist schon okay. Ich komme schon auf meine Kosten, wenn du das meinst. Nur eine Beziehung ist halt hier nicht möglich.«

»Warum nicht?«, hakte mein Bruder sofort ein.

Ich versuchte mein Stöhnen gar nicht zu unterdrücken. »Ich rede gerne ...« Na ja. »... mal mit dir über dieses Thema. Aber im Moment bin ich unter Zeitdruck und ...«

»Also obwohl du skeptisch bist, was eine Beziehung angeht, bedeutet dir dein Date mehr?«

Kopfschüttelnd schnappte ich mir mein Lieblings-T-Shirt. »Ich glaube, ich musste nur grade mit jemandem reden. Helfen kann mir da niemand.«

»Okay. Nicht so schnell. Wenn ich ein Date habe, ergibt sich das irgendwie, dass man weiß, das ist nur ein Kumpel oder das ist eine Person, um die ich schon mit ganz eindeutigen Hinweisen seit Wochen herumschleiche.«

»Tja. Das hilft mir nicht. Ich bin vielleicht in Gedanken um die Person herumgeschlichen. Aber ob das jemand mitgekriegt hat?«

»Vielleicht kann ich das aufklären, wenn du mir sagst, wer es ist?«

Ich zögerte. »Nein. Denn wenn es nichts wird, will ich nicht, dass ...« Natürlich würde nichts daraus entstehen, wo dachte ich hin?

»Ist es Dean?«

Mir wurde heiß und kalt gleichzeitig. Fuck. Wie offensichtlich hatte ich mich in letzter Zeit aufgeführt? Die Überraschung über Lennerts Frage kratzte in meinem Hals, und ich gab seltsam gurgelnde Laute von mir. Wollte ich es verneinen? Immer noch schnappte ich nach Luft.

»Beruhig dich!« Lennert redete mit gespannter Stimme auf mich ein. »Ich wäre niemals darauf gekommen, wenn du mir das jetzt alles nicht gesagt hättest. Du bist immer schrecklich stoffelig. Aber ohne weiteren Hintergedanken. So wie du mit Dean umgehst, ist außergewöhnlich.« Ich stöhnte. »Aber das sieht sicher sonst niemand. Ich bin dein Bruder. Ich kenn deinen Gesichtsausdruck, wenn du so tust, als wäre dir was egal, und du doch gleichzeitig darüber nachdenkst, wie du an die Sache rankommst. Seien es Süßigkeiten, ein neues Rad, der Hof, was auch immer. Dein bisheriges

Desinteresse an einer Beziehung hatte ich auf … keine Ahnung was geschoben.«

»Dann ist das okay für dich?«

»Dass du – was bist? Schwul? Bi? Pan? Fluent? Sind wir nicht alle irgendwie fluent?«

Ich lachte. War klar, dass mein Bruder im LGBTQIA+-Alphabet sicherer war als ich selbst.

»Keine Ahnung? Sind wir?«

»Ach …« Wich mir Lennert aus? »Zurück zu dir. Verständlich, dass das jetzt nicht klar ist. Ich befürchte, dir bleibt nichts anderes übrig, als ihn zu fragen. Zu reden. Du weißt schon, den Mund bewegen und Wörter rauslassen.«

»Ha, ha!«

Lennert lachte. Mit einer Hand hielt ich meine Jeans vor mich und stieg hinein.

»Aber ich kann mir vorstellen, dass, falls ihr nicht auf einer Wellenlänge liegt, Dean keine große Sache daraus machen wird. Er ist ein feiner Kerl.«

»Das ist er.« Hörte sich meine Stimme verträumt an?

»Und du bist ein super Typ und siehst vermutlich ganz passabel aus.«

»Ganz passabel, hm? Ob mein Ego so viel Lob und Preis verkraftet?«

Lennert kicherte ins Telefon. »Was soll ich denn sagen? Ich habe Fotos von dir, auf denen du in einer Strumpfhose mit Füchsen drauf in der Nase bohrst.«

»Okay, das Gespräch ist jetzt beendet!«, grummelte ich.

»Jetzt warte doch! Wo geht ihr denn hin?«, wollte Lennert wissen und lachte immer noch vor sich hin.

»Zu dem neuen Italiener in Wyk«, gab ich widerwillig von mir.

»Oh. Ich dachte vielleicht das Landhaus in Nieblum.«

»Hm, eventuell ein anderes Mal. Ich hatte gehofft, dass uns in Wyk nur jeder Zweite kennt und anspricht. In Nieblum ist es noch schlimmer.«

»Da hast du wohl recht.«

Ich liebte und hasste es gleichzeitig. Nichts blieb hier privat.

»Ich muss jetzt.«

»Wirst du mir sagen, wie es war?« Lennert hörte sich so hoffnungsvoll an, dass ich schmunzeln musste.

»Wenn ich die Worte dafür gefunden habe, ja. Aber nerv mich nicht und frag mich nicht aus. Wenn ich so weit bin, rede ich mit dir.«

»Das stimmt wohl. Viel Spaß.« Wir legten auf.

Durch das Telefonat hatte ich den letzten Restpuffer an Zeit verloren und jagte durch meine Badezimmerroutine.

Als ich pünktlich eine Minute vor unserem Termin vor dem Restaurant stand, wischte ich meine Hände auf meinen Oberschenkeln ab. Dean hatte geschrieben, dass er bereits drinnen wartete. Er war mit dem Bus vorgefahren, weil er etwas erledigen wollte.

Ich bückte mich leicht, als ich das alte Reetdachhaus betrat, um im Eingang nicht gegen das tiefe Reet zu stoßen, und öffnete die Tür. Ein heimelig eingerichtetes italienisches Restaurant erwartete mich. Ich versuchte mich zu erinnern, was zuvor in dem Laden gewesen war, war mir aber nicht sicher.

Der dunkle Raum war mit Kerzen geschmückt, die ihn in ein warmes Licht tauchten. In der Mitte eines jeden Tisches stand eine Vase mit einer roten Rose.

Verdammter Schiet! Hätte ich Dean was mitbringen sollen? Nun war es zu spät. Flüchtig sah ich mich unter den wenigen Gästen um und entdeckte keine bekannten Gesichter. Die Erleichterung darüber frustrierte mich. Aber lebenslange Gewohnheiten konnte ich nicht abstreifen wie eine Jeans. So gern ich es auch wollte.

An einem Ende des Raumes saß Dean bereits. Er sah von der Karte auf und strahlte mich mit seinem typischen Lächeln an. Seine Haare hatte er wohl versucht, in eine Frisur zu bändigen. Doch die eigenwilligen Strähnen streckten sich, und ich wollte nichts lieber tun, als durch sie hindurchzufahren.

Das T-Shirt, das er trug, war hauteng und zeigte irgendein buntes Graffiti-Bild. Zumindest deutete ich es so. Obwohl er ein gutes Stück kleiner war als ich, strahlte er eine Präsenz aus, die mich mitten ins Mark traf.

Egal, was ich Lennert gesagt hatte, ich wollte Dean. In meinem Bett. An meiner Seite. Heute. Und morgen. Und so lange er es zuließ. Den Herzschmerz, den mir das bescheren würde, konnte ich mir nicht vorstellen. Wollte ich mir nicht vorstellen.

»Du bist gekommen.« Er hauchte die Worte fast, als ich an seinen Tisch trat.

»Aber sicher. Wir haben eine Verabredung.« Ein Date! Was auch immer das bedeutete! »Und daran halte ich mich.«

Er nickte leicht und sah auf den Stuhl ihm gegenüber. Schnell setzte ich mich. Flüchtig kreuzten sich unsere Blicke.

»Warst du schon mal hier?«, wollte er wissen.

Ich schüttelte den Kopf. »Ne. Aber ich habe nur Gutes gehört. Magst du Italienisch?«

»Natürlich!« Er hörte sich etwas ungläubig an. »Sonst wären wir nicht hier.«

Warum waren wir eigentlich hier? War das mein Stichwort? Sollte ich jetzt nachfragen?

»Danke übrigens noch mal für deine Hilfe. Dass ich bei dir malen darf. So viel Krempel bei dir aufbewahren darf. Für den Tag der Vernissage.«

Ah. Seine Worte sollten mich beruhigen. Das war es, was man zu einem Freund sagte.

»Kein Problem!«, murmelte ich. »Hast du schon gewählt?«

»Gewählt schon, aber noch auf dich gewartet. Sollen wir Wein nehmen?«

»Für mich ein Glas. Ich muss fahren.«

»Dann gehen wir nächstes Mal in Nieblum essen, dann können wir mit dem Rad heimfahren.«

Nächstes Mal? War das ... »Sind wir auf einem Date?«, platzte es aus mir heraus. Und sogleich wurde mein Nacken heiß, meine Ohren. Shit!

Deans Mund klappte auf, und er starrte mich aus weit aufgerissenen Augen an. »Äh. Ja? Das hatten wir doch gesagt?«

Ich ließ meine Hände sinken und verschränkte sie ineinander.

»Herzlich willkommen im *La dolce Vita*!« Die Kellnerin neben unserem Tisch legte eine weitere Menükarte vor mir auf meinen Platz. »Kann ich Ihnen schon etwas zu trinken bringen?«

»Ja. Eine Flasche Wasser? Ohne Sprudel.« Dean sah mich fragend an, und ich nickte. »Und ein Glas Wein? Hauswein? Weiß?«

Ich schüttelte den Kopf. »Rot.«

»Okay. Einmal weiß einmal rot.«

»Alles klar. Kommt sofort.« Wie ein Windhauch war sie verschwunden.

Nach einem Wimpernschlag peinlichen Schweigens holte Dean Luft. »Was meinst du denn damit?«

Immer noch knetete ich meine Hände. »Ich ...« Ich war so was von nicht subtil. »Vergiss es.« Ich nahm das Menü auf und schaute hinein.

Wenn ich nicht aufblickte, würde Dean das Thema sicher lassen.

»Arved. Komm. Was genau meinst du mit Date?«

»Also gut.« Vorsichtig sah ich hoch. Natürlich sah er mich voller Interesse und ohne Spott an. »Sind wir hier als Freunde oder ... wegen etwas anderem?«

»Etwas anderem?« Deans Mundwinkel zuckten. Sein Lächeln wollte aus ihm heraus.

»Nun, hast du mich wirklich nur eingeladen, weil ich dir geholfen habe, was ich für jeden Freund tun würde, oder weil wir beide ein weiteres, ein, ähm, romantisches Interesse aneinander haben?«

»Ein romantisches Interesse?« Deans Augen wurden wieder groß und sein Mund klappte auf.

Shit, ich hatte viel zu viel in diese Sache reininterpretiert. »Nicht? Das ist okay. Ich wollte es nur wissen.« *Haltung, Arved. Haltung! Lass dir nicht anmerken, wie sehr es dich trifft.*

»Nein! Das meinte ich so nicht«, schob Dean schnell hinterher. »Ich hätte nur nicht gedacht, diese Worte einmal aus deinem Mund zu hören.« Da war es wieder. Das Zucken um seine Mundwinkel. Machte er sich über mich lustig?

»Wie sollte ich es sonst sagen?«

Er hob beide Schultern und seine Augenbrauen. »Genau so. Ich war nur überrascht.«

»Ah.« Das beantwortete aber nicht meine Frage. »Also?«

»Was? Ach so.« Er sah mich fast entschuldigend an. Verdammt. Ich wollte im Boden versinken. »Es kann sein, was du willst, was es ist. Ein Date unter Freunden. Oder ... ein Date mit romantischem Interesse.«

Ich schüttelte den Kopf. »So kommen wir nicht weiter. Das ist der gleiche Blödsinn, den Lennert von sich gegeben hat.«

»Du hast mit Lennert über uns geredet?« Dean ließ die Menükarte auf den Tisch sinken und neigte sich mir über den Tisch entgegen.

»Ähm.« Hätte ich das nicht tun sollen? »Ich hatte wohl mein Coming-out vor ihm.« Die Worte laut ausgesprochen fühlten sich unbekannt an. Ungewohnt in meinem Mund. Sie überraschten mich, und gleichzeitig erfüllten sie mich mit einem gewissen Stolz. »Ja. Ich habe ihm von mir erzählt.« Nachdenklich strich ich über die Tischdecke. »Ich war aufgeregt. Aber auch gestresst, deshalb habe ich mir nicht zu viele Gedanken gemacht, und so ging es leichter als gedacht. Er hat aber auch so reagiert, dass ich mir keine Sorgen machen musste.«

»Ich hätte Lennert auch nicht anders eingeschätzt.« Dean streckte seinen Arm aus und legte eine Hand auf meine Finger.

Die Berührung war sanft und fast ein bisschen gewöhnlich. Aber genau das machte sie so besonders. Dean tat das, ohne groß nachzudenken. Eine völlig natürliche Berührung. Einen Moment gönnte ich mir, um darin zu schwelgen.

»Ja, eigentlich wusste ich, dass er so reagieren würde. Trotzdem.«

»Ich versteh das. Ein Restrisiko bleibt immer. Immer wieder.«

Vorsichtig bewegte ich meine Finger unter Deans. Sorgsam, damit er seine nicht zurückzog. Gleichzeitig wollte ich nicht nur passiv sein und wie ein Fisch auf dem Tisch liegen.

Dean sah auf unsere Hände und öffnete seinen Mund. »Hättest du denn gern, dass das ein romantisches Date ist?«

»Hm … Kannst du mir nicht zuerst sagen, was du denkst, und dann passe ich meine Antwort an?«

Dean zog eine Augenbraue hoch und sah mich kühl und mit gespitzten Lippen an. »So feige? Soll ich wirklich springen, und du entscheidest, was du mit meinem Geständnis machst?«

Ein flaues Gefühl sackte in meinen Magen, und ich schüttelte den Kopf. In einer Bewegung drehte ich mein Handgelenk und verschränkte unsere Finger ineinander. »Nein. So war das nicht gemeint. Vor allem, weil meine Antwort so oder so nicht einfach ist. Wenn du sagst, du bist nur an einer Freundschaft interessiert, wäre sie simpel. Dann muss ich mich nicht weiter mit meinen eigenen Gefühlen beschäftigen. Aber ...« Tausend Emotionen zogen mich in verschiedene Richtungen. Auf eine seltsame Art fühlte ich mich in eine Rechtfertigungsposition gedrängt.

»Aber?«

»Selbst wenn wir beide an mehr als Freundschaft interessiert sind, steht da mein Grundsatz, niemals etwas mit Touristen anzufangen, im Weg.« Meine Worte klangen kühler, als ich mich fühlte.

»Ich bin kein Tourist.« Deans Stimme war fest. Er forderte mich heraus.

»Das weiß ich. Aber du bist nur für eine begrenzte Zeit auf Föhr. In drei Monaten bist du weg. Und ich will mir das nicht noch mal antun.«

»Noch mal?«

Ich nickte und legte meine zweite Hand auf den Tisch, die Dean sogleich ergriff. Es fühlte sich gut an, so gehalten zu werden. Fest, ohne einzuschränken. Sicher, ohne zu bedrücken. Liebevoll. Warm. Aber sollte ich dieses Gefühl überhaupt zulassen?

Ich verbarg mit meinem Rücken den Blick auf unseren Tisch vom Rest des Restaurants. Auch wenn ich mich für den Gedanken schämte, beruhigte er mich.

»Mir ist klar, dass das Inselleben nicht für jeden ist. Es ist aber schwierig für mich, mich auf eine Beziehung einzulassen, Gefühle zu investieren, um dann zurückgelassen zu werden.«

»So wie deine Mutter?«

Ich nickte. »Und ein Exfreund? Wenn man das so sagen kann. Für ihn habe ich von meinem Grundsatz eine Ausnahme gemacht. Er hat versprochen, auf der Insel zu bleiben. Hat sich in einer Ferienwohnung der Klaasens dauerhaft eingerichtet. Nach der Sommersaison kam aber schnell die Erkenntnis, dass ihm dies nicht ausreicht. Wahrscheinlich hat er das immer gewusst. Er hat mich unterstützt, unsere Beziehung nicht offenzulegen. Zu meinem Schutz.« Ich schnaubte verächtlich. »Sollte ihm nachträglich dankbar sein.« Es war weniger mein Vertrauen in Dean, das mich meine Geschichte mit ihm teilen ließ. Sie kam mir wie ein Schutzschild vor, das ich vor mir hertrug. Eine Rechtfertigung für meine abwehrende Haltung. Eine Art trotzige Warnung vor mir und für mich selbst. Wieso ich mich gleichzeitig immer noch an Deans Hände klammerte, konnte ich mir selbst nicht erklären. Darüber hinaus war Dean der einzige Mensch auf der Welt, der all das über mich wusste. Da kam es auf das ein oder andere Detail auch nicht mehr an.

»Nun.« Dean strich mit seinem Daumen leicht über die Innenseite meines Handgelenks. »Ob du dich outest, sollte immer von dir ausgehen und nicht für oder wegen irgendjemandem sein. Du musst damit leben. Du musst dich wohlfühlen.« Er sog seine Unterlippe ein. »Ich weiß nicht, was ich sagen soll. Ich kann dich auch gar nicht anlügen. Ende Oktober ist meine Aupair-Zeit vorbei. Dann werde ich wieder gehen. Das war immer so vorgesehen.«

»Ich weiß!« Zum Glück wurden in dem Moment die Getränke gebracht. Wir zogen hastig unsere Hände auseinander. Noch nie hatte ich etwas Derartiges in der Öffentlichkeit zugelassen. Doch die Bedienung schenkte uns keine Beachtung. Geschäftig stellte der Kellner die Getränke ab.

»Haben Sie schon gewählt?« Er deutete auf die Karte.

»Entschuldigen Sie. Wir benötigen noch einen Moment.« Dean war so schnell und gewandt, während mir das Ausmaß dessen, was ich alles gesagt hatte, noch durch den Kopf schwirrte.

Als der Kellner weg war, legte Dean seine Hand erneut auf den Tisch. Ich sah seine langen, eleganten Finger an. Die kurzen Nägel. Langsam und bewusst legte ich meine von Hornhaut raue Hand darauf. Es war okay. Ich durfte die Berührung zulassen. Dean atmete mit einem leichten Ton aus.

»Und um deine Frage zu beantworten: Ja, ich habe Interesse an dir. Du bist spannend. Wie du mit deinen Tieren umgehst. Wie geduldig du mit Bo und Jule bist. Dein sarkastischer Humor. Deine Bereitschaft, immer zu helfen. Und sind wir ehrlich, du bist tierisch heiß.«

Ungläubig schnaubte ich erneut, da mir die Worte fehlten.

»Ich kann und werde dich zu nichts überreden. Was ich aber werde, ist, immer ehrlich sein. Ich kann mir sehr gut vorstellen, diese drei Monate mit dir zu verbringen. Vielleicht haben wir nach zwei Wochen die Nase voneinander voll. Und vielleicht wird der Abschied bitter-sweet. Ich weiß nicht, wie ich das übersetzen soll.«

Ich nickte. »Versteh schon.«

»Ich persönlich fände es extrem schade, diese Gelegenheit verstreichen zu lassen.«

Für Dean war es eine Gelegenheit. Er konnte sich nicht in mich hineinfühlen. Er würde gehen, mit einem Sack voll Erfahrungen in ein neues Leben schreiten.

Während ich auf der Stelle treten würde. Erneut verlassen.

Dafür konnte ich ihm keinen Vorwurf machen. Auf einer Insel zu leben, brachte automatisch ihre Einschränkungen. Egal, wie romantisch die Vorstellung war.

»Ich weiß nicht. Letztendlich werde ich derjenige sein, der verlassen wird. Ich kann nicht einfach gehen und von einem gemeinsamen Leben träumen. Eine Beziehung mit mir beinhaltet wenig Magie. Alles ist vorgegeben. Der Ort. Der Hof. Da ist kein Platz für Entwicklung. Die Insel ist mir Heimat und Sicherheit, aber für alle anderen ist es eine simple Beschränkung, die die Leute davon abhält, sich zu entfalten.«

»Wenn du mich nicht nach zwei Tagen vor die Tür setzt, weil ich dich nerve und du dann froh bist, dass ich wieder verschwinde, ist alles in Ordnung.«

»Ach ja. In die Zukunft sehen können wir nicht. Leider.«

»Oder zum Glück.«

Wir sahen uns über die Rose und die Kerze hinweg an.

»Dann ist das jetzt ein romantisches Date?« Dean sah mich verschmitzt an.

Ich war hin- und hergerissen zwischen Lachen und einem frustrierten Aufschrei. Schließlich nickte ich. »Das ist es. Ich bin anscheinend unfassbar heiß und in Wirklichkeit hauptsächlich unfassbar verunsichert und habe keine Ahnung, was ich hier tue. Das Date ist romantisch. Wie es weitergeht, kann ich dir aber nicht sagen.« Hektisch strich ich über die Tischdecke. Ich war hier so was von überhaupt nicht in meinem Element.

Und mich vor ihm so nackt zu machen, trieb mir den Schweiß auf die Stirn.

Dean drückte meine Hand und ließ sie schließlich los. »Das kann man nie.«

Wir mussten nicht in dem Moment alle Fragen klären. »Sollen wir mal bestellen? Langsam knurrt mein Magen.«

»Ich dachte, du fragst nie! Ich will die Linguine Meeresfrüchte.« Sogleich hob Dean den Kopf und hielt nach unserer Bedienung Ausschau.

Verdammt. Einmal in meinem Leben würde ich gern so schnell Entscheidungen treffen.

***

Auf dem Weg zurück in meinem Auto schwiegen wir den größten Teil der Strecke zum Hof. Zufrieden und nachdenklich. Seine Worte über Gelegenheiten und Chancen waberten durch meinen Kopf. Und meine absolut berechtigte Angst, wieder allein dazustehen. Dean hatte sie mich während unseres Essens fast vergessen lassen. In seiner einnehmenden Art hatte er mir Geschichten über den Hof, meinen Bruder, unser Aufwachsen entlockt. Gleichermaßen hatte er mich in seinen Erzählungen mit nach New York genommen, aber nur über die Dinge geredet, die er dort liebte. Wir hatten die Teile großzügig ausgespart, die ihn nach Föhr gebracht hatten.

Als ich zu mir auf den Hof einbog, setzte sich Dean aufrechter hin. »Du kannst mich an der Straße rauslassen.«

»Nein, ich bringe dich rüber. Wollte nur das Auto abstellen.«

»Oh. Okay. Gern.«

Wir stiegen beide in der Garage aus, und ich schloss das Tor dahinter. »Ich will nur kurz über den Hof laufen. Schauen, ob Cindy noch da ist, wo sie sein soll.«

Dean lachte leise. »Ich komme gern mit.«

Wir gingen zum Stall, und Dean lehnte sich leicht an mich, so wie er es auch während der Ausstellung getan hatte. »Sagst du deinen Tieren jeden Abend gute Nacht?«

Schmunzelnd legte ich meinen Arm um seinen unteren Rücken. Dean verlagerte sein Gewicht weiter gegen mich, und ermutigt davon strich ich über seine Hüfte. Wir mussten nicht alle Antworten haben. Aber das fühlte sich richtig an.

»Nicht wirklich. Oder doch. Wenn ich abends im Garten sitze, gehe ich schon noch mal durch die Ställe. Einfach so.« Weil ich sonst auch niemanden hatte, dem ich eine gute Nacht wünschen konnte.

»Bo hat ein Kinderbuch, in dem wünscht ein Zoowärter den Tieren eine gute Nacht. Dabei klaut ein Affe den Schlüssel und lässt alle Tiere frei, die dann bei dem Zoowärter und seiner Frau im Schlafzimmer schlafen.«

Ich zog ihn enger an mich. Himmel, er fühlte sich gut in meinem Arm an. »Nein. Bei mir nächtigen keine Tiere im Bett.«

»Das einzige Tier in deinem Bett bist du?«

»So ist es.«

Dean lachte und strich nun ebenfalls über meinen Rücken. Über meinen Hintern. Und landete schließlich ebenfalls an meiner Hüfte.

Verdammt, das Gefühl der Nähe floss warm durch mich. Wie lange hatte ich niemanden mehr berührt? Wie lange hatte mich niemand mehr berührt?

Wir schauten in den offenen Stall, wo die Ziegen lagen. Inklusive Cindy. Aneinander gekuschelt.

»Ich habe noch nie gesehen, wie Ziegen schlafen«, flüsterte Dean.

»Die legen sich hin, weil sie so dünne Beine und einen relativ großen Oberkörper haben. Um sich zu schützen, weil sie Fluchttiere sind, liegen sie aber zusammen.«

»Schlaue Tiere.«

Wir gingen an den Hühnern vorbei, auf den Weg zu den Klaasens.

»Hier haben wir uns das erste Mal gesehen.« Dean blieb stehen und deutete auf den Platz zwischen meinem Schuppen, der Auffahrt zur Koppel und dem Weg.

Ich drehte mich zu ihm und legte meine zweite Hand an seine andere Hüfte. So hatte ich ihn ganz in meinen Armen. Fast.

»So war das«, brummte ich.

»Das war nicht nett von dir.« Dean sah mich herausfordernd an. Doch ich konnte nur auf seine Lippen sehen. Diese sinnlichen Lippen. Seine Zunge fuhr dazwischen hervor und leckte darüber.

Ich sog die Luft scharf ein.

Dean kam mir ein kleines Stückchen entgegen. Wenn wir beide einatmeten, berührten sich unsere Oberkörper. Leicht beugte ich mich ihm über die kurze Distanz entgegen. Roch an seinem Haar. Egal, welchen Duft er trug. Darunter konnte ich immer seinen eigenen Geruch erkennen. Sanft, aber unverkennbar.

So verführerisch.

»Unglaublich, dass ich jetzt genau an dieser Stelle nur daran denken kann, dich zu küssen. Und ich dich fragen will, ob das für dich in Ordnung ist«, flüsterte ich.

Dean kam mir weiter entgegen. Streckte sich, so dass sich unsere Lippen fast berührten. Und ging daran vorbei zu meinem Ohr. »Ich sollte dich genauso hinhalten, wie du es mit mir getan hast. Was hast du gesagt? Ich verstehe dich nicht!«

Ein Lachen fiel von meinen Lippen, sodass ich mich bewegte. Deans Mund strich über meine Wange. Ein Kitzeln. Ein Impuls. Nun nahm ich ihn endlich so in die Arme, wie ich es seit Wochen wollte. Drückte ihn an mich.

»Ich kann es gern wiederholen.«

»Hm.« Dean hob seine Hand und legte einen Finger auf seinen Mund. »Solltest du besser. Ich weiß nicht, ob ich dich richtig verstanden habe.«

»Ich will dich küssen.«

»Hm?«

»Ich will dich wirklich unfassbar gern küssen.«

»Was? Ganz ist es mir nicht klar.« Dean hielt gespielt theatralisch eine Hand ans Ohr, so als wäre er schwerhörig.

»Kann ich dich bitte küssen?«

»Mehr hast du nicht drauf?«

»Ich kann die ganze Nacht weitermachen! Dean, es gibt im Moment nichts, was ich mehr will, als dich zu küssen.«

Dean legte sich in meine Umarmung, gegen meinen Oberkörper und fuhr mit seinen Händen über meinen Rücken in meinen Nacken. Ein Schauer lief über meine

Haut. Das lag nicht nur daran, dass die Luft mittlerweile abgekühlt hatte.

»Wie würdest du das machen?« Bei jedem seiner Worte strich er über meine Wange, erwischte mein Ohrläppchen. Ich konnte mich kaum mehr auf irgendwas konzentrieren.

Sein sehniger Körper an meinem.

»Mhm ...«

»Arved, was würdest du machen?«

»Ich würde ...« Rastlos strich ich über seinen Rücken, verhedderte mich mit einem Finger am Bund seines Shirts, tippte über den Streifen nackte Haut. »Ich würde mit meiner Zunge langsam deine geschlossenen Lippen entlangfahren. Würde spüren, ob du mich in deinen Mund lässt. Wo du nachgibst. Wenn du ihn öffnest, würde ich deine Unterlippe mit meinen Lippen zurückziehen. Daran knabbern.«

»Okay ...« Er hörte sich atemlos an. Fahrig schob er seinen Unterkörper gegen meine Erektion. Die Berührung sandte ein Prickeln über meinen Rücken, und ich drückte mich an ihn.

Ein Stöhnen entwich mir. Er war genauso hart wie ich. Verpackt hinter viel zu viel Stoff rieben unsere Schwänze aneinander, und meine Gedanken drifteten ab. Ich presste meine Lippen gegen seine Schläfe. Küsste seinen Haaransatz. Atmete ihn schwer ein.

»Und das wäre alles?«

»Was?« Ich verstand überhaupt nicht, was er meinte.

»Das wäre alles? Der ganze Kuss?«

»Dean!« Wie konnte er damit weitermachen wollen? Ich war kurz davor, mich zu blamieren, und er wollte über einen eventuellen Kuss reden?

»Ich, ähm ... würde deinen Mundwinkel küssen. Über die Mitte deiner vollen Oberlippe lecken.«

»Ah!« Dean riss sich von mir los und schob sich weg. »Manchmal ist die Vorstellung von etwas besser als die Realität. Vielleicht ist es klüger, es nicht zu testen.«

Voller Entsetzen starrte ich ihn an. Ich bekam kaum Luft, während er einen Schritt zurücktrat und mich im Dämmerlicht mit riesigen Augen ansah.

Mit einem Satz sprang er auf mich zu und schlang seine Beine um meine Hüften. Ich wankte leicht und balancierte mich schnell aus. Sofort griff ich an seinen Po, um ihn zu halten.

»Andererseits hat auch niemand was davon, nur in einer Welt voller Vorstellungen zu leben.« Er presste seine offenen Lippen auf meine. Forderte vehement Zugang zu meinem Mund. Ein Kuss, so gierig und dreckig, wie er nur sein konnte. Das Gegenteil von dem, was ich soeben beschrieben hatte.

Meine Arme brannten, doch um nichts auf der Welt hätte ich Dean losgelassen.

Mit seiner Zunge strich er in meinen Mund, leckte über meine Zunge. Sog an meinen Lippen. Und küsste mich, als wäre ich ein Schluck Wasser in der Wüste.

Seine Arme hatte er hinter meinem Nacken verschränkt und drückte uns so aneinander.

Nach Luft ringend löste er den Kuss und hob den Kopf. Doch ich bekam nicht genug von ihm. Sofort setzte ich meine Küsse auf seinen in der Nacht hell leuchtenden, samtigen Hals.

Langsam rutschte Dean an meinem Körper hinab, bis er auf seinen Füßen landete und mir seinen Kopf entgegenreckte.

Vorsichtig nippte ich an seinen Lippen, küsste seinen Mundwinkel und fuhr mit meiner Zunge über seinen geschlossenen Mund. Seine Lippen drifteten auseinander, und ich leckte hinein. Erneut verschloss sein Kuss unsere Münder, und ich zog ihn wieder in meine Arme.

Bereitwillig ließ er sich hineinsinken.

Perfekt. Er fühlte sich dort perfekt an.

Als wir auseinander gingen, schwebte ein sanftes »Ah« aus Deans Mund zwischen uns.

»Was sagst du jetzt zu meiner Beschreibung und der Realität?«

»Mhm!« Er schob sein Gesicht in meine Halsbeuge, und dankbar für seine Nähe hielt ich seinen Kopf an mich gedrückt.

Mein Ständer pochte unangenehm in meiner Hose, und ich zwang mich, nicht daran zu denken, sondern Dean in meinen Armen zu genießen.

»Ich sage, dass zwischen meiner Vorstellung und dem wirklichen Arved kein Vergleich ist.«

»Ach ja?« Ich ließ meine Finger über seinen Haaransatz fahren. »Wie viel Realität willst du heute noch austesten?«

Er hob den Kopf, küsste mein Kinn und schüttelte leicht den Kopf. »Nicht zu viel Realität auf einmal, oder?«

Schweren Herzens gab ich ihm recht. Sanft küsste ich seine Stirn und sog seinen Geruch ein. Wenn schon nicht er heute in meinem Bett sein würde, wollte ich zumindest einen Teil von ihm bei mir haben.

»Komm, ich bring dich heim.«

Wir gingen auseinander, und unsere Hände fanden sich. So schlenderten wir über die Straße, die Hoteleinfahrt entlang, bis zum Wohnhaus der Klaasens. Die gesamte Anlage war absolut still. Nichts rührte sich und nichts war zu hören.

»Gute Nacht!« Ich beugte mich zu ihm und setzte einen flüchtigen Kuss auf seine Lippen.

»Gute Nacht!«, erwiderte Dean. »Jetzt ist das letzte Tierchen versorgt.«

Ich lachte leise. »Du bist ein besonderes Tierchen.«

»Mhm.« Er hielt mich an meinem Shirt fest und zog daran. Er senkte den Blick, und ein Sturm brauste durch mich. Mir wurde mulmig und meine Knie weich. »Ich weiß, dass wir keine Entscheidung getroffen haben und ich dich auch nicht zu irgendeiner drängen will. Aber würdest du so ein Date mit mir wiederholen?«

Erleichtert hakte ich einen Finger in seinen Hosenbund – was mir kaum gelang, weil sie so eng saß – und zog ihn zu mir.

»Bitte. Ich würde mich wahnsinnig über ein weiteres Date freuen.«

Deans Gesicht leuchtete auf. Wie eine Sonne. Ich konnte nicht anders und lachte ihn gleichermaßen an. Seine Frohnatur war ansteckend.

»Dann suche ich beim nächsten Mal aus?«

»Sehr gern!« Erneut küsste er mich. Ein bisschen inniger. Bis wir auseinandergingen.

»Schlaf gut!« An der Tür winkte mir Dean noch mal zu.

Auf dem Weg zurück war mein Gang leicht. Meine Lippen prickelten. Die Erinnerung an Dean in meinen

Armen, sein Geruch in meiner Nase erfüllten mein Gehirn, und immer wieder spielte ich unseren Kuss wie einen Film vor meinem inneren Auge ab.

Bis er geht.

Die heimlichen Treffen mit Rainer, die hitzigen Küsse, die Ungeduld, endlich wieder zusammen zu sein, hatte ich damals für Liebe gehalten. Ich sollte mich in den Griff bekommen und denselben Fehler nicht noch mal begehen.

War das überhaupt möglich? Dean gab nicht vor, zu bleiben. Machte es das nicht schlimmer? Oder besser? Weil ich wusste, wie es enden würde?

Mit dem Aufsperren meiner Haustür verpuffte die Ekstase, in die mich Dean versetzt hatte. So oder so war ich derjenige, der zurückgelassen werden würde.

Kapitel 15

Dean

»Irgendwie hatte ich mir Föhr nicht so grün vorgestellt.« Auf unserem Weg durch die Marschlandschaft sah ich aus dem Autofenster. Schwarz-weiße Kühe taten sich an dem saftigen Grün gütlich und sahen fast wie Kinderspielzeug in einer Spiellandschaft aus. Bo hatte so Plastiktiere.

»Es kann nicht alles Strand sein.« Arved schmunzelte vor sich hin.

»Das ist mir schon klar.« Ich richtete mich auf. »Was ist denn das?« Als könnte Arved meinem Fingerzeig folgen, deutete ich aus dem Beifahrerfenster. Eine breite Allee führte auf ein beeindruckendes Anwesen hin.

»Das ist der Grothof. Da ist der Name Programm. Ein riesiger alteingesessener Hof hier.«

»So mit den Türmchen und den Erkern sieht das für mich fast wie ein Schloss aus.«

Arved lachte in sich hinein. »Da ist wohl was dran.«

Ein Straßenschild huschte an uns vorbei, ohne dass ich irgendwas entziffern konnte. »Wo fahren wir denn jetzt hin?«

»Sind gleich da. Lass dich überraschen.«

Unser zweites Date. Dass es so schnell stattfinden würde, hatte ich nicht erwartet. Und obwohl der erste Abend – bei der Erinnerung daran lief mir ein wohliger Schauer über die Haut – oder gerade weil er so wundervoll verlaufen war, saß ich nun hibbelig wie ein Erstklässler im Auto. Allein der Umstand, dass Arved darauf bestanden hatte, alles selbst zu organisieren, verlieh mir eine kaum greifbare Leichtigkeit. Wann hatte sich das letzte Mal ein Mann diese Mühe gemacht? Das Was war gar nicht wichtig. Das Wie hüllte mich schon in einen Zustand behaglicher Zufriedenheit. Trotzdem rätselte ich weiter vor mich hin.

»Eine Wattwanderung ist es nicht, da wir in die Mitte der Insel fahren.«

»Richtig. Dann hätte ich auch gesagt, dass du was anderes anziehen sollst.«

Ich strich über meine Jeans. Obwohl es mittlerweile Hochsommer war, machte dieser eine Pause. Es nieselte, und ich hatte aufgrund der mäßigen Temperaturen eine Jacke angezogen. »Essen wäre möglich, aber ein bisschen random, so am Nachmittag.«

»Erzähl mir doch, wie es im Hotel läuft. Du scheinst ja schwer beschäftigt.«

Ich warf Arved einen schiefen Blick zu. »Netter Versuch, mich abzulenken. Aber gut. Es ist echt stressig. Da die Kinder nun Ferien haben, sind sie immer da, und das Hotel ist ausgebucht. Um ehrlich zu sein, bin ich ziemlich froh, dass ich heute frei habe. So locker Tine und Uwe mit meinen Tagen bisher umgegangen sind, so sehr muss ich jetzt ran. Nicht dass ich mich beschwere. Das habe ich vorher gewusst, und ich überarbeite mich schon nicht.«

»Das verstehe ich. Aber egal, wie nett die beiden sind, du musst darauf achten, dass du zu deinem Recht kommst.«

»Keine Sorge!« Ich tätschelte Arveds Oberschenkel. Er zuckte leicht darunter, und ich zog meine Hand zurück. Nicht, dass wir versehentlich einen Radfahrer von der Straße fegten. »Ich fühle mich wirklich rundum wohl.« Einen Moment zögerte ich. Doch dann legte ich meine Hand in seinen Nacken und strich über seine Haut. »Rundum wohl!«

Arved brummte und lehnte sich zurück.

»Gut?«, fragte ich. Für zufällige Berührungen dieser Art fanden wir im Alltag kaum Zeit. Wir wohnten zwar nebeneinander, unsere Leben liefen aber parallel zueinander ab. Um einen Schnittpunkt zu finden, mussten wir einen Termin vereinbaren. Ich ließ meine Finger über seinen Haaransatz fahren, fühlte unsere Verbindung. Alles war neu. Das Bewusstsein, dass er neben mir saß, nahm mich bereits so sehr ein, dass ich mich kaum auf etwas anderes konzentrieren konnte.

Erneut gab er zustimmende Laute von sich. »Wir sind gleich da. Leider.«

In dem Moment erreichten wir Alkersum. Die Landstraßen führte uns weiter durch das Dorf, aus dem die typischen friesischen Reetdachhäuser mit ihrer rustikalen Eleganz hervorragten. Zwischen den alten Bäumen, die die Dorfstraßen säumten, konnte ich die Rosenranken an den Hauswänden erkennen, die einen

farbigen Kontrast zu den grauen Regenwolken bilde-
ten.

Ein kleiner Dorfplatz öffnete sich vor uns, umgeben
von kleinen Läden und einem charmanten Café. Die
Kirchturmspitze ragte majestätisch in den Himmel und
eine Gruppe Möwen tanzte über den Dächern, als würden sie uns schreiend begrüßen.

Arved fuhr weiter, bis wir an einer wunderschönen
Villa ankamen. Banner hingen davor, die auf den Ort,
an dem wir uns befanden, hinwiesen.

»Oh. Wow! Ist das das Museum der Westküste?«

Arved parkte und nickte. »Ja. Ich dachte, das wäre etwas, was dir gefällt.«

»Auf alle Fälle.« Ich grinste ihn an, lehnte mich
schnell über die Mittelkonsole und drückte ihm einen
Kuss auf den Mund.

Unter meinen Lippen zuckte er zusammen und
wandte den Blick aus dem Fenster.

Kalter Horror überkam mich. »Sorry«, murmelte ich.
»Ich hab nicht nachgedacht.«

Hastig griff Arved nach meiner Hand. »Ist schon
okay. Es ist kein Problem.« Während er sprach, sah er
mich nicht an.

»Ist es schon. Du bist nicht out, und das respektiere
ich. Ohne Wenn und Aber.«

Er seufzte und hielt meine Hand ein bisschen fester.
»Auf so einer kleinen Insel, wo jeder jeden kennt, werde
ich das nicht allzu lange geheim halten können, wenn
wir zu zweit Sachen unternehmen. Da sieht dich die
eine, die erzählt es dem anderen und im Nu weiß jeder
Fering, dass wir daten.«

»Was ist denn ein Fering? Hering?«

Arved öffnete den Mund überrascht, schloss ihn aber sogleich wieder, als könnte er das Lachen, das daraus hervor wollte, noch einfangen. Es gelang ihm nicht.

»Machst du dich schon wieder über mich lustig?«

»Nein!« Er hob seine freie Hand, als ergebe er sich. »Wirklich nicht. Aber schnappst du im Hotel nicht das ein oder andere Wort Fering auf?«

»Schon wieder Fering? Nein?«

»Liegt wohl daran, dass Tine und Uwe nicht von hier sind«, murmelte er. »Na ja, jedenfalls ist Fering die Sprache der Fering. Also der Einwohner Föhrs.«

»Sprache und Einwohner heißen gleich?«, fragte ich ungläubig.

»Ja. Fering.«

»Nicht Friesisch?«

»Ist Friesisch, wenn du so willst.«

Ich schüttelte den Kopf. Arved zog mich zu sich und küsste mich noch mal. Viel zu kurz.

Nun war ich derjenige, der sich umsah. Doch nur der Regen prasselte um uns herum auf das Autodach und hatte anscheinend alle Leute vertrieben. »Ist das niemandem aufgefallen, als du mit deinem Ex zusammen gewesen bist?«

So als hätte ich eine Eiswand zwischen uns gebracht, ließ mich Arved los, zog den Schlüssel ab und schüttelte den Kopf. »Nein. Rainer war stets darauf bedacht, dass wir unter uns blieben. Ich glaube, wir hatten kein einziges offizielles Date. Also – außerhalb seines Schlafzimmers. Er meinte immer, wir hätten genügend Zeit, in die Öffentlichkeit zu gehen. Hatten wir dann nicht. Die Scheidung von seiner Frau war doch noch nicht so offiziell, wie er es mir gesagt hatte. Letztendlich kann ich ihm dankbar sein. So habe ich keine schlafenden Hühner geweckt.«

Eine irrationale Wut auf einen unbekannten Rainer erfasste mich. Arved hatte sich diesem geöffnet, und wie hatte es ihm dieser gedankt? Mit einem Betrug.

»Solange du nicht verlangst, dass ich vorgebe, etwas zu sein, was ich nicht bin, habe ich kein Problem. Wie unsere Beziehung zueinander aussieht, geht niemanden was an. Vor allem, wenn wir das selbst nicht wissen.«

Arved presste die Lippen zusammen. »Sorry!«

Sofort wiegelte ich ab. »Nein. Du musst dich nicht entschuldigen. Wir machen unser Ding. Und du entscheidest, was du nach außen tragen willst.«

Vorsichtig griff Arved nach meiner Hand und führte sie zu seinem Mund. Seine Lippen auf meinen Fingerspitzen hätten sich albern anfühlen sollen. Taten sie aber nicht. Es war so sanft, liebevoll und aufrichtig, wie kaum etwas, was ich von einem Liebhaber bisher erlebt hatte. Andererseits war ich wahrscheinlich nie besser gewesen. Immer hatte die Kunst an oberster Stelle gestanden. Beziehungen mussten sich meinen Zielen unterordnen. Als die Ziele irgendwann nur noch darin bestanden hatten, die Miete reinzukriegen, hatte ich für meinen Ex auch jede Attraktivität verloren. Ich befand mich mit Arved auf völlig neuem Terrain. Ein Terrain, das wahnsinnig attraktiv war.

»Na komm, lass uns los und Bilder ansehen.«

»Okay!«, stimmte ich ihm zu, und wir stiegen aus dem Auto. »Heißt es nicht eigentlich *schlafende Hunde* wecken?«

»Wie meinst du das?« Arved schloss das Auto zu.

»Nun, du hast gesagt, du hast keine schlafenden Hühner geweckt.«

Er grinste mich über das Autodach an. »Ach so. Nein das stimmt schon so. Ich habe doch keinen Hund, sondern nur Hühner.«

Eine frische Welle Regen wurde mir in den vom Lachen geöffneten Mund gespült.

***

Wir gingen durch die Ausstellungen dieses eleganten und avantgardistischen Museums. Das Gebäude an sich war ein absolutes Highlight. Eine perfekte Verbindung von Tradition und Moderne. Anders als das Dörphus bot das Tageslichtmuseum großzügige Ausblicke in den Garten. Man hatte fast das Gefühl, in der Natur zu stehen, während wir mit zahlreichen Leuten durch die Saalbauten wandelten.

Augenscheinlich hatten die meisten Touristen, die bei dem Wetter statt den Strand den Ausflug ins Museum vorzogen.

Aus dem Augenwinkel beobachtete ich Arved, wie er die großen Bilder musterte.

»Und?«, fragte ich leise.

»Deine sind schöner.«

Ich boxte ihn leicht in die Seite. »Quatsch. Insgesamt.«

Er zuckte mit den Schultern. »Wir waren mit der Schule hier. Da haben sie uns rumgeführt und Sachen erklärt. Schon interessant. Ich bewundere die Gabe, die Künstler haben. Das Durchhaltevermögen, so riesige Dinger fertig zu kriegen, die Hingabe, etwas derart schwer Greifbares zum Lebensinhalt zu machen.«

212

Nachdenklich sah ich ihn an und zu dem Bild mit den Wäscherinnen. »Ich glaube, das ist der Punkt gewesen, an dem ich letztes Jahr gescheitert bin. Meine Begabung, die Anerkennung, die Kritiken sind das eine. Aber das Geld für die Miete zusammenzubekommen, ist das andere. Mit der nötigen Disziplin ist das alles möglich. Leider habe ich mich vom Gefühl des Scheiterns zu sehr vereinnahmen lassen. Das hat dann das Commitment zu den großen Werken aufgefressen.« Nervös fuhr ich mir über die Haare. »Fuck. Ich habe panische Angst, dass es für immer weg ist.«

Im nächsten Moment war ich in Arveds Armen, und er drückte mich an sich. Seinen Kuss auf meinen Scheitel spürte ich flüchtig. »So was geht nicht unwiederbringlich verloren. Du brauchst vielleicht mehr Zeit, mehr Anlauf. Aber es ist immer noch in dir.« Die Leute um uns herum schien er gar nicht wahrzunehmen.

Ich war ziemlich sicher, dass Arved überhaupt nicht wissen konnte, was da in mir war oder nicht. Doch in dem Moment wollte ich glauben, was er mir sagte. Es würde alles gut werden.

»Na komm! Erklär mir ein bisschen was.« Arved ließ mich los und deutete auf eine Treppe, die zu einem weiteren Ausstellungsraum führte.

***

Später als wir das Museumscafé, das gleichzeitig ein Gasthof war, betraten, klarte es auf. Der Regen hatte seit einiger Zeit aufgehört, und mittlerweile spähte die Sonne zwischen den hellgrauen Wolken hervor.

Die Gaststube war gut gefüllt. Unschlüssig sahen wir uns um.

»Willst du draußen sitzen?«, fragte ich Arved, der dankbar nickte.

»Gern. Wir müssen nur jemanden finden, der das Wasser auf den Tischen und Sitzen wegwischt. Geh schon mal und schau, wohin du willst.«

Ich ging nach draußen und zielstrebig auf einen Tisch zu, der an der Fensterseite des Cafés war. Direkt dorthin fielen die Sonnenstrahlen. Gierig hielt ich mein Gesicht in das Leuchten.

Arved kam mit einer Mitarbeiterin zurück, die mit wenigen Handstrichen sowohl Tisch als auch Stühle trockenwischte.

»Was darf ich euch denn bringen?«

»Ich weiß noch nicht. Haben Sie eine Karte?«, fragte ich.

»Kommt sofort. Schon was zu trinken?«

Arved bestellte ein Bier und ich einen Cappuccino.

»Danke für den Nachmittag!« Ich grinste Arved an. Selbstverständlich hätte ich auch allein in das Museum gehen können, aber dass er sich Zeit genommen hatte, war mehr wert, als jedes Bild in der alten Villa.

»Ich hatte Spaß. Wir sollten wieder herkommen, wenn sie eine neue Ausstellung haben.«

Überrascht zuckte ich leicht zusammen. Dachte er wirklich weiter in die Zukunft? Eine Zukunft, die uns beide beinhaltete. Trotz Arveds neuer Offenheit hatte ich mir verboten, weiter ernsthaft darüber nachzudenken, sondern wollte alles auf mich zukommen lassen. Vielleicht war ich bereits zurück in New York, wenn die Ausstellung wechselte. Aber das Gefühl der reinen

Freude über seine Worte übertrumpfte alles. Er hatte uns nicht von vornherein abgeschrieben. Diese Erkenntnis kitzelte ein Bedürfnis tief in mir, das mir gleichermaßen Angst und mich völlig euphorisch machte.

»Ich meine …« Arveds Ohrenspitzen wurden knallrot, ebenso seine Wangen.

»Gern!« Schnell fiel ich ihm ins Wort. »Ich komme immer wieder gern mit! Das wäre klasse.« In welcher Form wir das machen würden, mussten wir nicht jetzt klären. Ich wollte in der Möglichkeit baden, die Arved anscheinend sah.

»Cool.«

Wir sahen beide in die Karte und trafen schnell unsere Wahl.

Arved aß seinen Flammkuchen, ich genoss jeden Bissen meiner zwei Stück Kuchen.

Als ich die letzten Krümel vom Teller aufleckte, kam jemand auf unseren Tisch zu.

»Dean?« Professorin Anderson-Alvarez sah auf uns hinab. »Hatte ich mich doch nicht getäuscht. Haben Sie unser Museum besucht?«

»Ja, wir …« Ich zögerte. Ob die Direktorin des Museums und Arved gemeinsame Bekannte hatten, wusste ich nicht. Vermutlich waren meine Überlegungen völlig übertrieben. Es hätte gereicht, einfach Ja zu sagen. Nun hing dieser blöde Halbsatz zwischen uns.

»Ich hatte Dean mit einem Besuch überrascht!«, rettete Arved die Situation.

Verdammt. Egal, was ich ihm heute gesagt hatte, es war schwer, mit jemandem zusammen zu sein, der genau diesen Umstand vor aller Welt geheim hielt.

Doch während ich noch in Gedanken versunken war, legte Arved seinen Arm um meinen Stuhl neben sich. Es konnte sein, dass er sich nur streckte. Oder eine Umarmung. Von außen betrachtet konnte man das nicht sicher unterscheiden. Was man aber sagen konnte, war, dass Arved keine Angst hatte, mit mir in Verbindung gebracht zu werden.

»Das ist schön. Sie haben sich aber immer noch nicht bei mir gemeldet. Ich hoffe, Sie holen das nach.« Isabella Anderson-Alvarez hob spielerisch einen Finger.

»Das mache ich auf alle Fälle. Im Moment bin ich mit meinem Au-pair-Job sehr beschäftigt und komme zu fast gar nichts. Sobald ich aber wieder einen freien Tag habe, rufe ich Sie an.«

»Na, dann weiß ich zumindest schon mal, was Sie hier auf Föhr machen. Vielleicht tauschen wir uns mal darüber aus, was Sie danach planen. Nun genießen Sie aber erst mal unser Café. Ich muss ohnehin zurück an den Schreibtisch.«

Wir verabschiedeten uns, und ich ließ mich auf dem Stuhl zurücksinken.

»Sie will dich ja wirklich dringend treffen.« Arved sah Professorin Anderson-Alvarez so lange hinterher, bis sie im Gebäude verschwand.

Ich zuckte mit den Schultern. »Keine Ahnung. Es ist sicher nicht schlecht, sie mal zu sprechen.« Was ich nach meiner Au-pair-Zeit machte, konnte ich ihr aber auch nicht sagen. Das wusste ich selbst nicht. Ich steckte noch komplett in der Selbstfindungsphase und konnte nur hoffen, dass ich diese am Ende meiner Au-pair-Zeit erfolgreich abgeschlossen hatte.

»Ganz sicher nicht.« Arved zog seinen Arm zurück. »Und wann hast du wieder Zeit für ein Treffen mit mir? Wenn deinen nächsten freien Tag die Direktorin bekommt, bin ich wann wieder dran?« Er sah mich aus funkelnden Augen an.

Wären wir nicht in der Öffentlichkeit, hätte ich mich zu ihm gelehnt und einen Vorschlag gemacht, den er nicht ablehnen könnte. So beschränkte ich mich darauf, mich ein bisschen zu räkeln. »Kommt drauf an, was du dir vorgestellt hast.«

Arved sah mich eindringlich an und dann an mir vorbei. »Nichts, was hierher passen würde«, murmelte er.

»Vielleicht können wir ja dort weitermachen, wo wir letztes Mal aufgehört haben?«

Arved schüttelte mit zusammengepressten Lippen den Kopf. »Ich muss leider in den Stall, sobald wir zurückkommen. Anton fängt zwar jetzt an. Ich habe aber sicher zugesagt, dass ich beim Melken da bin.« Er guckte so geknickt, dass ich lachen musste. »Das bedauere ich jetzt auch sehr. Du könntest ja danach ...«, fuhr er fort.

»Zu dir auf den Hof schleichen? Ein Geheimnis?« Ich hatte ihm selbst vorgeschlagen, in seinem Tempo vorzugehen und sich nicht zu outen, wenn er das nicht wollte. Dass dies beinhaltete, dass ich herumschleichen musste, hatte ich im Eifer des Gefechts ausgeblendet.

»Nein. Nicht wie ein Geheimnis.« Er kaute auf seiner Unterlippe. »Dean, ich weiß nicht, was ich will. Also, von dem, was möglich ist. Aber ich würde das zwischen uns trotzdem gern laufen lassen. Sehen, wo es uns hinführt. Unverbindlich. Ohne große Erklärungen.«

»Unverbindlich? Das heißt, du willst dich weiter mit anderen treffen?«

»Was?« Erschrocken riss er seinen Kopf zu mir. »Nein, auf keinen Fall. Nein! Willst du das?«

»Nein.« Ich sprach so leise und sanft, wie ich konnte. Ich wollte das ganz und gar nicht. Nicht nur, weil ich hier auf Föhr sowieso niemanden finden würde, sondern weil ich nur Arved sah. »Ich bin definitiv monogam in Beziehungen. Wenn ich dich haben kann …«

Arved schüttelte den Kopf. Mit einem gequälten Gesichtsausdruck beugte er sich zu mir und hauchte mir einen Kuss neben das Ohr. »Nicht ich bin der große Preis. Ganz und gar nicht. Das bist du. Wenn mein Leben anders wäre …«

»Aber das ist es nicht. Wir haben nur dieses Leben. Und aus dem machen wir das Beste, was wir können.«

»Dann kommst du noch vorbei?«

Ich zögerte. War mir fast sicher, dass ich einen Fehler beging. Es war doch schier unmöglich, dass wir beide aus dieser Sache unbeschadet hervorgingen. Arved schaute mich mit offenen Augen an.

Ach, verdammt. Ich war nur einmal jung. Einmal auf Föhr.

»Ich komme vorbei. Muss mich nur vor den Kindern verstecken. Wenn die mitbekommen, dass ich wieder da bin, sieht es schlecht aus.«

Das größte Strahlen zog über Arveds Gesicht und steckte mich sofort an. »Dann drücke ich mal die Daumen, dass es dir gelingt, Ninja-artig an Bo vorbeizuschleichen.«

Nachdem wir zurückgefahren waren, schnappte ich mir ein Fahrrad vom Hotel und fuhr an den Strand. Manchmal bedauerte ich, dass wir nicht direkt am Wasser waren. Andererseits genoss ich die Ruhe, die abends am Hotel einkehrte.

Heute hatte sich der Regen anscheinend endgültig verzogen, und ich wollte mich noch ein bisschen bewegen. Der Wind trieb die letzten Schlechtwetterwolken über den Horizont. Das Schauspiel wirkte wie Zuckerwatte, die von einem Sturm zerstäubt wurde. Graue, blaue, weiße Zuckerwatte.

Das Wetter steckte mich mit seiner Hektik an.

Ich zog die Schuhe aus und legte sie mit meiner Jacke in den Strandkorb der Klaasens.

Wie von allein trugen mich meine Füße zurück an die Wasserkante. Schaumige Blasen säumten diese. Vorsichtig wich ich ihnen und der bunten Ansammlung an Muscheln aus. Doch bei jedem meiner Schritte knirschte es unter meinen Füßen.

An meinem Hintern vibrierte mein Telefon, und ich zog es heraus. Ava war wach und gesprächsbereit.

»Hi. Süße!«, rief ich erleichtert ins Telefon. Ich vermisste sie.

Als Antwort gähnte sie mir ins Ohr. »Na? Hast du deinen Nachbarn schon rumgekriegt?«

»Also! Was soll denn das heißen? Ich bin in der Sinnkrise meines Lebens und habe andere Sachen zu tun, als mich um irgendwelche Kerle zu kümmern.«

»Mhm.« Nun schlürfte sie. Vermutlich ihren Kaffee. »Und? Was ist jetzt mit ihm?«

»Pfff.« Ich hielt das Telefon in Richtung des Meeres. »Horch. Ich bin gerade am Meer.«

»Das ist schön, mein Lieber. Ich glaube aber, du verheimlichst mir was.«

Ich lachte. »Also gut. Ich komme gerade von einem Date mit ihm.«

Sie quietschte leicht. »Ich wusste es. Hat mich jetzt aber doch unerwartet getroffen.«

Das Wasser umspülte meine Füße, und ich zog an meinen Hosenbeinen. Natürlich schaffte ich es nicht rechtzeitig, sie aus der Brandung zu ziehen. Oh. So what?!

»Es war unser zweites Date. Ich hatte dir erzählt, dass wir nach der Ausstellungseröffnung eine Verabredung abgesprochen hatten. Das war auch schon.«

»Mann! Warum informierst du mich nicht besser? Ich bin überhaupt nicht up to date.«

»Oh, du Arme!« Ein bisschen gehässig lachte ich, bei ihrem verschnupften Gejammere. »Date heißt aber nicht, dass alles läuft. Arved ist vorsichtig. Er hat schlechte Erfahrungen gemacht.« Ich sog meine Unterlippe ein. »Weißt du, er ist unfassbar heiß. Wäre er irgendein x-beliebiger Typ in irgendeinem Club, würde ich mir keine Gedanken machen. Aber seit ich hier angekommen bin, reiben wir uns aneinander.«

»Oho!«

»Nicht diese Art von Reiben, du Huhn!«

Ava gackerte vor sich hin.

»Na ja. Jedenfalls: Er ist absolut liebevoll, hilfsbereit. Er lässt mich meine Malsachen bei ihm lagern. Und er ist sich null bewusst, wie heiß er ist. Was ihn noch heißer macht. Aber er ist nicht out. Weil er eben schlechte

Erfahrungen gemacht hat. Deshalb ist er vorsichtig. Und deshalb weiß ich sowieso nicht, was das werden soll.«

»Hm. Du machst dir viele Gedanken um ihn. Dass es ihm gut geht. Aber denkst du auch an dich? Was es mit dir macht, mit jemandem zusammen zu sein, der nicht zu sich, zu eurer Beziehung, zu dir steht?«

Ich winkte ab. So als könnte Ava mich sehen. »So weit sind wir gar nicht. Anderes Thema: Die Direktorin des Museums der Westküste will mich sprechen.«

»Oho! Hast du dich mittlerweile bei ihr gemeldet?«

»Nein! Wir haben sie nur zufällig getroffen. Auch das ist alles so unverbindlich.«

»What?« Auf Avas Seite raschelte es.

»Liegst du wieder im Bett?«

Erneut gähnte sie. »Ich bin völlig fertig. Wir waren gestern bis früh morgens unterwegs.«

Es zog in meiner Brust. Ich vermisste Ava. Meine Freunde. Das Leben in New York. Nicht das ganze Leben. Den Stress, den Hustle, die Rücksichtslosigkeit brauchte ich nicht mehr. Aber konnte ich das eine ohne das andere haben? Reichte es mir?

»Durch die Kinder ist mein Leben so durchorganisiert wie schon lange nicht mehr.«

Gemeinsam lachten wir.

»Ich will keine Kinder! Das hört sich schrecklich an!« Ava nuschelte gemütlich vor sich hin.

»Ich weiß. Es ist was anderes, wenn man sie wieder an die Hauptverantwortlichen abschieben kann.«

Erneut kicherten wir beide.

»Das hört sich schon eher nach meinem Leben an«, murmelte Ava. »Was wollte denn jetzt die Museumsfrau? Das hast du nicht fertig erzählt.«

Als ob sie mich sehen könnte, zuckte ich mit den Schultern. »Keine Ahnung. Generell über irgendwas reden? Sie ist auch eine Rowon-Preis-Gewinnerin.«

Mein Weg führte mich an einer eingekrachten Sandburg vorbei. Die hatte den heuten Regenschauer nicht überstanden.

»Uh! Fancy. Was sich da alles so auf Föhr tummelt. Fooohr. Spreche ich das korrekt aus?«

»Nein! Ist aber auch egal.«

»Mal sehen! Ich stell dich auf Lautsprecher.«

»Warum? Was hast du vor?«

Doch Ava gab nur zustimmendes Gebrummel von sich. »Mhm. Mhm.« Sie räusperte sich. »Ich hab dir einen Link geschickt. Ist das das Museum?«

Ich stellte sie ebenfalls auf Lautsprecher und klickte auf den Link in unserem Chat-Verlauf. »Ja. Das ist es.«

»Ich versteh ja kein Wort. Schau doch mal nach, vielleicht gibt es einen Job, den sie dir anbieten will.«

Mit gerunzelter Stirn ging ich durch die Seite. »Ich weiß nicht. Da ist es. Arbeiten im MKDW. Finanzbuchhalter, Servicekraft, Küchenhilfe. Ne. Was sollte ich denn da machen?«

»Dann habe ich auch keine Ahnung.«

»Ach, hier. Ganz unten auf der Seite ist was. FSJ Kultur.«

Leise las ich die Beschreibung des Programms. »Pf. Ich weiß nicht, Ava. Ich hatte gehofft, dass ich nach einem halben Jahr schlauer bin und nicht in ein Freiwilligenprogramm gehe, das kleinen Kindern Kunst näherbringt. Es ist sicher ein cooles Programm, versteh mich nicht falsch. Aber für mich? Ich hoffe, das ist es nicht, was mir Professorin Anderson-Alvarez anbieten will.«

Ava gab wieder Hm-Laute von sich. »Dann wirst du dich überraschen lassen müssen.«

»Muss ich eh.«

»Wenn du einen heißen Freund hast, ist dir vielleicht egal, was du dort arbeitest. Ist auch 'ne Erkenntnis.«

»Das ist sicher keine Lösung, Ava. Erstens bin ich mir nicht sicher, was Arved wirklich will. Und zweitens wäre es unfair uns beiden gegenüber, etwas zu versprechen, was ich vielleicht nicht halten kann, weil ich keine Ahnung habe, was mich als Nächstes beruflich erwartet.«

»Entschuldige. Es sollte ein Witz sein. Oder so.«

Ich schaute über das Meer hinaus. »Ich will nicht verlieren, was mich aus meiner Flaute geholt hat. Andererseits will ich mich nicht unter Druck setzen. Mir ist nicht klar, wie ich am besten vorgehe. Wenn ich gefühlt nichts mache, läuft es von selbst. Und dann die Vorstellung, dass da noch Arved ist. Das ist irgendwie ... zu viel des Guten. Vor einem halben Jahr hatte ich nichts davon. Und nun kann ich wieder malen und ein Mann ist da, bei dem ich mich wohlfühle.« Ich seufzte. Ich war es gewohnt, dass nichts mehr lief, wie ich es wollte. Dieses Glück an jeder Ecke machte mir nur deutlich, was ich verlieren könnte, wenn ich Föhr wieder verließ. Verdammt.

»Du hast das alles verdient. Mir sagt das nur, dass dein Riecher absolut richtig gewesen ist. Geh ihm nach. Auf den kannst du dich verlassen.«

Ich vergrub meine Zehen im Sand. »So schön es hier am Strand gerade ist, mein Riecher sagt, ich gehe jetzt malen.«

»Tu das, mein Bester. Und warte nicht wieder so lange, bis du mir deine Neuigkeiten mitteilst.«

Ich grinste in mich hinein. »Erhol dich gut!«

»Gute Nacht!« Mit den Worten legte sie auf, auch wenn es bei ihr gerade helllichter Tag war.

Die Lust zu malen kribbelte durch meinen ganzen Körper. Wie kleine Blasen voller Freude benebelte sie meine Gedanken und wurde zu einem Drang. Dieses Gefühl der absoluten Notwendigkeit hatte ich seit Monaten nicht mehr gefühlt. Ich war wie im Rausch. In Windeseile radelte ich zu Arved, gab niemandem Bescheid, dass ich da war, und machte es mir in meiner neuen Werkstatt bequem. So nannte ich den Raum mittlerweile, den Arved mir angeboten hatte. Ich hatte Farben, Lappen, Pinsel, Eimer, Lösungsmittel ordentlich in einem Regal verstaut, das Arved auf seinem Dachboden gefunden und mir aufgebaut hatte. Auch Arbeitsklamotten hatte ich bei ihm.

Wahrscheinlich waren die beiden ohnehin noch mit Füttern und Melken und Ziegenstreicheln beschäftigt.

Aus meinen Plänen, zu reisen, zumindest die Nachbarinseln zu sehen, war bisher nichts geworden. Ich steckte jeden Cent, den ich verdiente, in Malsachen, Utensilien, Basics. Leinwände, Farben. Und obwohl ich nicht mit meinen gewohnten Materialien von zu Hause arbeiten konnte, waren die Ergebnisse erschreckend zufriedenstellend.

Vielleicht war es aber auch der Umstand, dass ich mich auf Neues einlassen musste, der die Ergebnisse aus mir hervorholte.

Barfuß stellte ich mich auf den mittlerweile von Flecken übersäten Boden. Mit den Zehen fuhr ich über die Erhebungen der Farbtropfen. Fuck! Das war so sehr Heimat wie nichts sonst auf der Welt.

Ohne nachzudenken, begann meine Hand ihre Arbeit, führte den Pinsel sicher über die Leinwand. Teilweise versank ich komplett in der Vorstellung dessen, was ich erschaffen wollte. Ich nahm die Farbe auf. Spürte ihr Gewicht auf dem Pinsel. Wie die Farbpigmente nachgaben, wenn ich sie mit Druck auf die Leinwand brachte. Wie sie ihre Nuancen zur Schau stellten. Bis das Kratzen des Pinsels mich zurückholte. Ich mit neuer Farbe ansetzte und mich am anderen Ende der Leinwand wiederfand. Schicht um Schicht arbeitete ich an den Kontrasten, die das Material von mir verlangte. Fuhr mit dem Finger dazwischen und schaffte so eine tiefere Verbindung zu mir. Nicht nur über das Auge, das die Farbe sah, mein Ohr, das hörte, wie sich diese mit der Leinwand verband, sondern auch meine eigene Haut, nahm einen Teil des Werkes auf. Da war es. Das Gefühl von Verbundenheit. Ich presste die Lider zusammen. Das Bewusstsein, dass ich mehr war als ein Körper, der mechanisch Farbe auf Papier klatschte. Das Bewusstsein, dass ich einen Teil von mir preisgab.

Abrupt fuhr ich aus meiner Konzentration hoch. Den Pinsel zwischen meinen Fingern, den Blick starr auf den Boden gerichtet, ohne zu wissen, wie lange ich so dagestanden hatte.

Nachdem ich mich zum zweiten Mal aus dieser Trance gerissen hatte, durchfuhr mich reine Euphorie. Ich konnte dieses Gefühl von Glück nicht festhalten. Aber ich konnte es auf die Leinwand bringen. Energisch fuhr ich mit dem Finger durch die Mitte des Bildes, verteilte die Farbe anders, plumper als es ein Pinsel konnte. Perfekt.

Ich ging in die Knie. Mein altes verschmiertes T-Shirt schob sich auf meine Oberschenkel, bedeckte meine zerrissene Jeans.

Aus dieser Perspektive betrachtete ich das Bild von unten nach oben.

Euphorie. Reine Euphorie.

Ruckartig stand ich auf und musste mich an der Werkbank festhalten. Aus dem Augenwinkel sah ich eine Person in der Tür und wirbelte erschrocken herum.

»Hast du mich erschreckt!« Mein Herz schlug bis in den Hals, und unwillkürlich griff ich an meine Brust.

»Sorry! Tut mir leid!« Arved hob beide Hände und sah mich entschuldigend aus großen Augen an. »Ich wollte nur sehen, wie weit du bist. Ich hatte dein Fahrrad gesehen und vorhin schon vorbeigeschaut. Aber du hast mich nicht wahrgenommen. Dann war ich duschen und wollte jetzt sehen, ob du noch arbeitest. Ich wollte dich nicht unterbrechen.«

Getragen von dem Gefühl, heute etwas bewirkt zu haben, ging ich auf ihn zu, stellte mich auf meine Zehenspitzen und küsste ihn. Immer darauf bedacht, dass ich ihn nicht mit meiner vollgeschmierten Kleidung vollsaute.

»Ich bin so froh, dass ich hier arbeiten kann!« Übermütig fuhr ich mit meiner Nase seine Kinnlinie entlang.

Arved versuchte, mich zu umarmen, doch ich wich ihm aus. »Nein. Ich muss mich umziehen. Duschen. Den Gestank und die Farbe loswerden.«

»Würde mich nicht stören!«

»Aber mich.« Ich richtete den Pinsel in meiner Hand auf ihn, und erneut hob Arved die Hände.

»Kommst du mit hoch? Du kannst bei mir duschen.«

Ich verzog den Mund zu einem Grinsen. »Das kann ich machen. Ich muss noch kurz die Pinsel reinigen und aufräumen.«

»Dann bis gleich.«

Eine zufriedene Leere war in mir. Dieses Gefühl, alles gegeben zu haben, gern noch weitermalen zu wollen, zu wissen, dass nichts mehr in einem war, da alles, was man zu geben hatte, auf der Leinwand war, kombiniert mit der Zufriedenheit, etwas erreicht zu haben, war es, was mir meinen Lebensgeist gab. Das war ich. Gleichzeitig war es unfassbar, dass ich es hier, auf diesem Bauernhof mitten in der Nordsee, wiedergefunden hatte.

Erschöpft und beflügelt ging ich zu Arved ins Haupthaus. Ich hörte ihn in der Küche herumhantieren und folgte den Geräuschen.

Mit einer Schürze stand er vor dem Herd, und ich nahm ihn erst jetzt richtig wahr. In der Werkstatt war er zwar dagewesen, aber ich war völlig in meiner Arbeit gefangen gewesen.

Seine Haare waren leicht feucht, und er trug andere Klamotten als am Nachmittag. Zum ersten Mal sah ich

ihn in legeren Klamotten. Jogginghosen, Tanktop, Socken. Dazu diese schwarze Schürze, die funkelnigelna-
gelneu schien. Er wirkte so gemütlich, dass ich mich am
liebsten an ihm gerieben hätte.

»Ich, ähm, mach nur 'ne Kleinigkeit.«

»Danke.« Ich blieb weiter an den Türrahmen gelehnt.

Arved drehte sich zu mir. »Soll ich dir die Dusche zeigen?«

»Ja, bitte. Ich weiß, sie ist oben, aber ich will nicht alles durchschnüffeln.«

Er grinste mich schief an. »Komm mit.«

Ich folgte seinem Knackarsch die Treppe hinauf. Unverkennbar war das Haus alt. Älter. Irgendwann in den
Neunzigern war es wohl mal renoviert worden, aber
seitdem hatte sich anscheinend nicht viel getan.

»Hier ist das Bad.« Arved öffnete eine Tür, und zu meiner größten Überraschung befand sich dahinter ein riesiges, hochmodernes Badezimmer. Eine gemauerte Dusche, eine freistehende Badewanne, eine riesige Spie-
gelwand, alles in einem eleganten hellen Grau.

Schockiert blieb ich wie angewurzelt stehen. »Wow.
Das hatte ich nicht erwartet.«

Verlegen fuhr sich Arved über den Kopf. »Ich komme
nicht dazu, das Haus zu renovieren. Nur Abschnitte.
Dachte, ich fange damit an, was ich am meisten brauche. Bad. Mein Schlafzimmer.«

»Nicht die Küche?«

»Mhm. War bisher nicht so mein Metier. Mach ich als
Nächstes.«

Schweigend standen wir einen Moment nebeneinander.

»Handtücher sind hier.« Er zeigte auf ein offenes Regal. »An den Duschsachen kannst du dich bedienen.«

Er deutete auf meine Klamotten in meiner Hand. »Willst du das wieder anziehen oder soll ich dir was von mir rauslegen?«

Ich hielt mein Bündel hoch. »Ist schon okay.« Ich stand überhaupt nicht drauf, bereits getragene Unterwäsche noch mal anzuziehen, aber ausnahmsweise würde ich es aushalten.

»Dann schaue ich mal nach meiner Suppe.«

Obwohl ich gesagt hatte, dass ich nicht in seinem Haus rumschnüffeln wollte, warf ich einen Blick in seinen Badschrank. Schaute seine Düfte durch. War begeistert, Zahnseide zu entdecken. Basics. Doch etwas anderes hätte mich auch überrascht. Sein Badezimmerinhalt war so sehr Arved wie die Person selbst.

Das Wasser der Dusche wurde sofort warm, und genüsslich ließ ich es über meinen Rücken laufen.

Ein bisschen kam ich mir vor wie ein Teenager vor seinem ersten Mal. Am Nachmittag hatten wir gesagt, dass wir heute noch rummachen wollten. Andererseits war Arved zwischenzeitlich arbeiten gewesen, kochte uns Essen, wir waren in seinem Haus. Das war alles ziemlich erwachsen. Aber das Kribbeln in mir war jung.

Schnell wusch ich meine Haare, seifte mich ein, bis ich zuletzt wie eine kleine Version von Arved roch. Ich wollte keine Zeit verlieren und machte mich fertig. Barfuß tapste ich die Treppen hinunter zu Arved. Er hatte die Terrassentür der Küche geöffnet, und Cindy sah von dort herein.

»Oh, hallo, Lieblingsziege.«

Arved schnaubte. »Das sind ja ganz neue Töne.«

Ich winkte ab. »Wir mussten uns nur kennenlernen.«

Er neigte den Kopf leicht und grinste mich schief an. »Ist bei Menschen und Tieren ähnlich.«

Langsam ging ich auf ihn zu. Seine Schürze hatte er mittlerweile abgelegt, und durch das weiße Shirt sah man jede Kontur seines Oberkörpers. Lecker. Er drehte sich zu mir und legte seine Hände auf meine Schultern.

»Du riechst nach mir.« Er küsste meine Schläfe und roch an meinen Haaren. »Und nach dir. Eine fantastische Kombi.«

Mit meinen Händen fuhr ich über seine Seiten, auf seinen Rücken, zu seinem Hintern.

»Hunger?«, flüsterte er in mein Ohr.

»Definitiv. Aber die Suppe kann warten.«

»Chef!« Antons Stimme dröhnte durch den Flur, und wir schraken auseinander.

Der Lehrling steckte seinen Kopf in die Küche. Wie zwei unartige Jungs standen wir uns schuldbewusst gegenüber.

»Ach! Dean, Moin! Wusste gar nicht, dass du da bist.« Er sah zwischen Arved und mir hin und her. »Ihr … esst?«

»Ja, Dean wollte seinen freien Tag kinderfrei verbringen und da kam der Hof gerade gelegen.«

Innerlich zuckte ich zusammen. Seine Antwort überraschte mich nicht wirklich. Trotzdem tat es weh, verheimlicht zu werden.

Es kostete mich unfassbare Mühen, nicht laut aufzustöhnen. Ich war einverstanden, das alles unverbindlich zu halten. Nun sollte mein Herz noch das Memo bekommen, dass hier alles in Ordnung war.

»Ja.« Mehr brachte mein Mund nicht zutage.

»Hm. Ja, schade. Wenn ich das gewusst hätte, dass du da bist, Dean, hätten wir alle zusammen das Spiel schauen können. Ihr könntet mitkommen? Nein?«

Das Spiel? Arved schüttelte den Kopf.

»Okay. Ich wollte jedenfalls nur Bescheid geben, dass ich jetzt los bin. Falls doch eine zu kalben beginnt, bin ich aber bereit. Ruf einfach an, Chef. Ich werde nichts trinken und bin innerhalb weniger Minuten aus Wyk zurück, solltest du mich heute noch mal brauchen. Ansonsten ... habt einen schönen Abend!«

»Alles klar!«, brummte Arved.

Shit, das war alles schwer und neu für ihn. Ich hier in seinem Haus. Der Überraschungsbesuch von Anton. Wir wussten ja selbst noch nicht, wie wir miteinander umgehen sollten. Wenn sich da jemand unerwartet dazugesellte, brachte uns dies völlig aus dem Konzept. Ich drehte mich zu Cindy, die ihre Menschen neugierig in Ziegenmanier beäugte.

»Dir auch!«, rief ich Anton über meine Schulter zu.

Die Haustür schloss sich deutlich, und kurz darauf hörten wir das Motorrad davonfahren.

»Entschuldige!«

Sofort drehte ich mich zu Arved und schlang meine Arme um ihn. »Nix da.« Schnell presste ich einen Kuss auf seine Lippen. »Manche Tage sind einfacher, andere Situationen schwieriger. Ich bin genauso erschrocken wie du.«

Arved hob den Kopf und schüttelte ihn. Sein Gesicht voller Frust. »Eine Hälfte in mir will sich nicht verstecken und der ganzen Welt sagen, dass ich einen Mann wie dich in meinen Armen habe. Die andere Hälfte ist immer noch panisch, wie die Leute reagieren, wenn sie erfahren, dass ich überhaupt auf Männer stehe. Denn das ist ja das eigentliche Problem. Wärst du eine Frau, würde jeder dafür Verständnis haben, dass wir … uns näherkommen. Und ich würde nicht so seltsam reagieren.«

Erleichtert verbuchte ich, dass Arved genau das gesagt hatte, was ich hören musste. Er versuchte nicht, mich zu verstecken. Sondern nur sich selbst. Das war auch scheiße. »Das geht nicht nur dir so. Diese Phasen hat jeder. Immer wieder. Es ist ja nicht so, dass du dich einmal outest und die Sache ist gegessen. Jedes Mal, wenn ich jemanden kennenlerne, stellt sich mir die Frage, ob und wie das Thema zur Sprache kommt. Manchmal bin ich out and proud. Und manchmal bin ich müde und will meine Ruhe.«

»Du wirkst immer out and proud.« Arved riss die Augen auf. »Ich meine das nur positiv.«

Lachend zog ich ihn enger an mich. »Nur so habe ich es aufgefasst.«

»Als ich dich das erste Mal gesehen habe, dachte ich, so wäre ich auch gern.«

»Quatsch!«, protestierte ich.

»Richtig. Eigentlich dachte ich, so jemanden hätte ich gern in meinem Bett!«

»Hör auf, so einen Müll zu reden!« Ich lachte lauthals und boxte Arved gegen seinen Oberarm.

Als Gegenmaßnahme hievte er mich über seine Schulter. Der Boden verschwand unter meinen Füßen, und ich hing auf ihm wie jemand, den ein Feuerwehrmann aus dem brennenden Haus rettete. Mit einer

Hand hielt er mich am Hintern, während er mit der anderen Cindy aussperrte. »Geh heim, Ziege!«

Mit schnellen Schritten trug er mich die Treppen zurück in den ersten Stock. »So, das hier wird eine schnelle Hausführung: Es geht direkt in mein Schlafzimmer.«

Mein Lachen quälte meinen Bauch, der auf Arveds Schulter auflag. Als wir durch die Schlafzimmertür gingen, hob ich aber meinen Kopf und schaute mich kurz um. Auch dieser Raum war renoviert. Ein riesiges Bett bildete das Zentrum. Wenige Schränke säumten die Wände. Es wirkte minimalistisch. Ein paar Zeitschriften und Bücher lagen auf dem Boden. Doch im nächsten Moment wurden meine Beobachtungen unterbrochen, und ich flog auf die Matratze.

Arved beugte sich über mich und grinste. Er senkte sich zu mir herab und verschloss unsere Münder in einem Kuss. Als er seinen Kopf wieder hob, sah er mich mit einem weichen Blick an.

»Worauf hast du denn Lust?«

Ich schlang meine Beine um seine Hüften und drehte uns, sodass ich auf ihm zum Liegen kam.

»Ich will diesen Körper erkunden. Ist das für dich in Ordnung?«

Arved schluckte und nickte. Seine Augen wurden glasig, als ich unter sein Shirt strich und es nach oben über seinen Kopf schob.

Ich rollte meine Hüften und ging frustriert auf meine Knie. Sofort hielt mich Arved an den Seiten fest, doch ich stand auf und zog meine Jeans über ihm aus. »Viel zu unbequem.«

Ein wissendes Grinsen zog in sein Gesicht. Langsam – oh, so langsam – ließ ich mich wieder auf ihn sinken.

Diesmal fühlte ich seinen Ständer, der gegen den weichen Stoff seiner Hose drängte. Ich presste mich dagegen und schloss meine Augen.

Fuck! Wie lange hatte ich keinen Sex gehabt?

Arved schob seine Hände unter den Stoff meiner Pants und griff meinen Hintern. Fest hielt er mich an sich, während ich mich auf seiner Brust abstützte.

Jedes Rollen seiner Hüfte, jedes Schieben brachte die süßeste Reibung, und ich schwankte zwischen schneller Erlösung und dem Wunsch, ihn nur anzufassen. Seine Muskeln nachzufahren. Über seine Brustwarzen zu streicheln. Durch die Härchen auf seiner Brust zu streichen. Im Gegensatz dazu die Härte zwischen seinen Beinen, an der ich mich rieb wie von Sinnen.

»Zu schnell!«, wimmerte Arved, und ich bewunderte seine Geistesgegenwärtigkeit.

Er packte mich an den Hüften und hob mich von sich. Im selben Augenblick, als ich neben ihm zum Liegen kam, küsste er mich, sog an meiner Zunge und verband uns.

Wenn er so weitermachte, kam ich, ohne dass mein Schwanz angefasst wurde. Was aber nicht hieß, dass ich mir seinen entgehen ließ.

Ich fuhr über seinen Bauch, den Nabel hinab auf die Auswölbung zu, die sich mir entgegenstreckte. Seine Spitze hatte den Stoff bereits durchfeuchtet. Ich umschloss ihn, spürte die Form, die Größe in meiner Hand nach. Fuhr die Konturen entlang. Sofort stieß Arved in meine Hand.

Er löste unseren Kuss, fuhr über meine Kopfhaut. Ein Schauer lief über meinen Körper. Ich versuchte gar nicht, ihn zu unterdrücken. Ließ das Kribbeln zu, wie es mich überkam und ein Stöhnen aus mir holte.

Arved küsste meinen Hals entlang, bis zu meinem Ohr. Leckte über die zarte Haut darunter. Sein Atem strich kühl über die Stelle, und erneut erschauerte ich. »Du bist unglaublich.«

»Kann ich ...?«, jammerte ich und hakte meinen Finger in seinem Hosenbund ein.

»Was?« Im nächsten Moment verstand er, was ich meinte, und zog seine Hose samt Unterwäsche über seinen Hintern. »Gehört alles dir. Bediene dich.«

Mein Lachen zitterte, und ich spürte sein Grinsen auf meiner Haut. Wo er mich küsste.

Vorsichtig fuhr ich über seine Leiste, auf seinen Oberschenkel. Mit einem Finger strich ich über seine Eier, von unten über seinen Ständer. Bis ich an der Spitze ankam. Feucht von Lusttröpfchen. Zwischen zwei Finger nahm ich das Sekret auf und führte es zu meinem Mund.

Sein Geschmack auf meiner Zunge öffnete eine weitere Tür zu ihm. Salzig wie die Nordseeluft. Bitter wie sein Frust über die verdammten Touristen. Samtig wie seine Zärtlichkeit.

Fuck! Arved hatte Angst, verletzt zu werden. Wenn es so weiter ging, war ich derjenige, der das gebrochene Herz davontrug. Langsam zog ich die Finger aus meinem Mund zurück.

»Du bringst mich um den Verstand!« Erneut küsste er mich, leckte über meine Zunge. Schmeckte sich in mir.

»Kann ich?« Er fuhr über meine Erektion. Statt zu antworten, zog ich meine anliegenden Pants von mir und nahm mich selbst in die Hand. Meinen Blick hatte ich auf sein Gesicht gerichtet.

Er leckte über seine Hand, sammelte meinen Vorsaft in dieser und griff uns beide. Ich löste meine Finger und legte den Kopf in den Nacken.

Langsam und fest begann er uns zu wichsen.

Ich wollte nicht, dass es so schnell endete.

Ich öffnete meine Augen und sah endlich zwischen uns.

Arveds große Hand, die unsere Schwänze umschloss. Mit jeder Abwärtsbewegung schoben sie sich daraus hervor. Rot und vehement.

Der Anblick war heißer als das, was ich mir vorgestellt hatte.

Erneut schloss ich die Augen. Ließ mich von Arved treiben. Begleitet von seiner schweren Atmung, dem schmatzenden Geräusch zwischen uns, meinem Stöhnen. Das sich mit Arveds mischte, als er kam. Warm und nass über uns beide. Pulsierend an meinem Schwanz. Als ob ein Schalter umgelegt worden war, folgte ich ihm nach. Stieß in seine Faust. Rieb mich bis zur Vollendung an ihm. Hinter meinen Augenlidern blitzten Sternchen auf. Wie Sandkörner, die herumgewirbelt wurden, mich einhüllten und mitrissen. So wie auf einer Achterbahnfahrt, deren Fliehkräfte an mir zerrten, bis ich über den Rand getrieben wurde.

Die Spannung verließ meinen Körper, und Arved wurde in seiner Bewegung immer langsamer. Bis er nur noch sanft mit seinen Fingern über mich strich. Irgendwann trocknete er seine Hand an seinem T-Shirt neben sich und zog mich zu sich. Ohne Rücksicht auf unseren Erguss zwischen uns hielt er uns aneinandergepresst.

Langsam kamen meine Sinne zurück. Ich roch seine frische Bettwäsche. Die auch seinen Geruch trug, wenn ich meinen Kopf in sein Kissen drückte.

Arved fuhr über meinen Rücken in meinen Nacken. »Du fühlst dich so gut an.«

»Du fühlst dich besser an.«

Sein Lachen kitzelte auf meiner Haut.

»Du bist der erste Mann in meinem Bett«, sagte er völlig gedankenverloren.

Ich stockte. Für einen Moment hielt auch Arved inne, so als wäre er über seine eigenen Worte erschrocken. Ich wusste nicht, was ich darauf sagen sollte. Es war nicht sein erstes Mal, das wusste ich. Aber die Intimität, hier in seinen vier Wänden zu sein, lag bedeutungsschwer auf uns.

Doch egal, wozu das führte, Arved sollte es nicht bereuen.

Also begann ich seine Schulter zu küssen. Seine nackte Haut. Und strich über seine Arme.

»Ist das okay?«

Er hob den Kopf und musterte mich, als sähe er mich zum ersten Mal. Endlich senkte er das Kinn leicht. »Es ist mehr als okay.«

Doch ich wusste aus eigener Erfahrung, dass diese Momente nicht ewig anhielten. Ich hoffte, die Ankunft in der Realität wäre für Arved erträglich.

Kapitel 16

Arved

Die letzte Nacht spürte ich noch in jeder Faser. Dean neben mir, auf mir, an mir zu fühlen, war wie eine Droge. Es gab mir das größte High, und ich wollte immer mehr. Es lagen nur Tage zwischen unserer ersten gemeinsamen Nacht. Die Vorstellung, den Abend nicht zusammen zu verbringen, machte mich rastlos. So holte ich mir jetzt und hier in Deans Werkstatt schon, was ich in der Nacht verpassen würde. Ich sog seinen Geruch ein. Fuhr durch sein Haar. Genoss das Gefühl seiner Haut unter meinen Fingern. Tastete mich mit meinen Lippen auf seinem Hals vor.

Dean ließ seinen Pinsel sinken und legte ihn neben sich auf der Werkbank ab. Ich drückte ihn gegen seinen Protest an mich. Musste seine Konturen an mir fühlen. Da war es mir egal, ob ich ein bisschen Farbe abbekam.

Er hob die Hand und fuhr über meine Wange.

»Ich hätte eine grandiose Idee, was wir jetzt machen könnten«, murmelte ich in seine Halsbeuge.

Lachend drückte er seinen Mund auf meine Bartstoppeln und schob mich von sich.

Ich stahl einen letzten Kuss von Dean. Draußen fuhr ein Fahrzeug auf den Hof. Das Motorengeräusch und das Knirschen des Kieses brachten mich in die Realität zurück. Und wieder die Sorge, dass uns Anton oder sonst wer, der unangemeldet auf den Hof kam, überraschte.

Diese Augenblicke liebte ich und hasste sie gleichermaßen. Einerseits kam ich mir geheimnisvoll vor. Andererseits beschissen. So als hätte ich etwas zu verheimlichen.

Immer noch hatten wir nicht definiert, was das zwischen uns war.

Das Fahrzeug entfernte sich wieder. Um die Uhrzeit war es mit Sicherheit die Post gewesen. Innerlich sackte ich frustriert zusammen.

Unsere Positionen waren klar. Dean würde abreisen. Und ich wollte mich deshalb nicht outen. Wir nutzten den Moment. Jeden Moment, den wir hatten. Was danach kam, ignorierte ich. Machte mir vor, dass mich Dean nicht mehr einnahm als über das Körperliche hinaus. Anders als bei Rainer wusste ich, was passieren würde.

Also kam ich damit klar. Hatte ich beschlossen. Ich wusste, dass es sinnlos war, mehr in die Beziehung zu investieren.

Und deshalb tat ich es nicht. Hoffte ich.

»Viel Spaß bei deinem Bruder.«

Ich verzog das Gesicht. »Meine Mutter ist da. Der Spaß hält sich in Grenzen.«

Dean zuckte mit den Schultern. »Ich werde an dich denken, während ich heute auf Jule und Bo aufpasse. Ich hoffe so sehr, dass nach einem Film Schluss ist und ich die beiden ins Bett bringe. Jule ist ja zumindest leise und liest für sich in ihrem Bett. Bo hingegen ...«

Ich schmunzelte und zog ihn erneut an mich. Himmel. Ich bekam nicht genug von ihm. Sein Geruch. Seine Haare. Seine Haut. Seine Augen. Seinen Mund. Noch ein Kuss.

Darunter spürte ich Deans Lachen. Seine breit gezogenen Lippen.

»Lass mich«, murmelte ich, und er öffnete sie, fuhr mit seiner Zunge über meinen Mundwinkel.

Verdammt. Mit einem Ständer loszufahren, war alles andere als angenehm. Ließ sich jetzt aber nicht mehr verhindern.

»Ich mache hier auch fertig.« Dean wich leicht zurück, und seufzend drückte ich seine Schulter.

»Okay. Ich bin dann mal weg.« Widerwillig schloss ich die Tür zu seiner Werkstatt und machte mich auf zu meinem Familientreffen. Es sprach Bände, dass meine Mutter nicht hierher auf den Hof kam.

Andererseits hatte ich sie auch nicht eingeladen. Hätte ich das tun sollen? Sie fühlte sich wohl bei Lennert. Warum sollte ich sie bitten, hierherzukommen? So musste ich nichts erklären und konnte wieder fahren, wann ich wollte.

Während der ganzen Fahrt versuchte ich, neutral zu fühlen. Es hinzunehmen. Den Ärger nicht aufkommen zu lassen. Doch es war schwer, das Gefühl des Verlustes runterzuschlucken.

Es war fast zwei Jahre her, seit ich sie das letzte Mal gesehen hatte. Lennert fuhr regelmäßig zu ihr nach Bremen. Sie selbst mied die Insel. Alle paar Jahre schaute sie vorbei. Anscheinend war es wieder mal so weit.

Ich klingelte bei Lennert und lief die Treppen in den ersten Stock zu seiner Wohnung.

Strahlend stand er an der geöffneten Tür. »Moin! Komm rein.«

Ich trat mir die Turnschuhe von den Füßen und ging ihm hinterher ins Wohnzimmer, wo meine Mutter auf einem Sofa saß und in einem Fotoalbum blätterte.

Erschießt mich doch gleich! Machten wir jetzt auf glückliche Familienzusammenführung?

»Hallo, Mutti!« Wann hatte ich sie zuletzt so genannt?

»Arved!« Sie sprang auf, kam auf mich zu und umarmte mich. Ihre kurzen braunen Haare durchzog mittlerweile ein helles Grau. Wie lange hatte ich sie nicht mehr gesehen? Aber auch wenn sie älter geworden war, wirkte sie nicht fragil. Sie war fast so groß wie ich und sah in Jeans und T-Shirt immer noch genauso sportlich aus wie vor Jahren.

Hinter ihrem Rücken sah mich Lennert mit hochgezogenen Augenbrauen an. Ich schloss meine Arme um sie und klopfte leicht auf ihren Rücken. Ausdruckslos blickte ich meinen Bruder an.

Er verdrehte die Augen und setzte sich auf das Sofa. Der Harmoniesüchtige wollte, dass wir uns vertrugen. Ich hatte gar nicht vor, einen Streit vom Zaun zu brechen. Aber ich würde nie eine Beziehung zu unserer Mutter haben, wie er sie hatte. Egal, was er davon hielt.

»Es ist so schön, dich zu sehen! Es ist zu lange her. Nächstes Mal, wenn Lennert mich besucht, musst du dir einen Betriebshelfer organisieren, damit du mitkommen kannst.«

Noch keine Minute da und schon ging es los. Direkt auf die schmerzempfindlichen Punkte.

Ich atmete schwer aus, und Lennert unterbrach mein vielsagendes Schweigen.

»Wir wollten noch ein bisschen am Wasser entlangspazieren. Hast du Lust?«

»Hab nix anderes vor.«

Lennert warf mir einen bösen Blick zu, doch es war mir egal, wie ich rüberkam.

»Jetzt trinke ich aber erst mal den Kaffee aus und schaue die Bilder fertig an.« Meine Mutter nahm einen Schluck aus ihrer Tasse, setzte sie ab und blätterte weiter in irgendeinem Fotoalbum, das Lennert Gott weiß wo herhatte.

»Willst du auch einen?« Lennert hielt mir eine vermutlich leere Tasse hin.

Ich nickte, und er verschwand in seiner Küche. Sofort hörte ich den Kaffeeautomaten.

»Ihr wart so niedlich – auch als die Kleinkinderzeit vorbei war. An das Weihnachten kann ich mich gar nicht mehr erinnern.«

Ich schaute auf, rutschte an meine Mutter ran und sah auf die Bilder. »Kannst du auch nicht kennen. Da bin ich sechzehn. Das ist das erste Weihnachten ohne dich.«

»Bist du sicher? Diese Frisur hattest du doch mit fünfzehn.«

Ich starrte das Profil meiner Mutter an. »Hatte ich auch noch ein Jahr danach. Ich weiß, das kannst du nicht wissen, aber ziemlich viel ist erst mal in eine Art Starre verfallen. Dazu gehörte meine Frisur.«

Sie strich über die Fotos und presste die Lippen zusammen. »Ich habe euch wahnsinnig vermisst. Die ersten Jahre von euch weg waren die schlimmsten. Die Vorwürfe, die ich mir gemacht habe. Die Sorge um euch.«

Das Gerede war unerträglich. »Hättest du alles ganz easy lösen können. Selbst wenn du nicht auf der Insel bleiben wolltest, du hättest uns besuchen können.«

Mit einem Knall klappte meine Mutter das Buch zu. »Arved, ich musste mir ein Leben aufbauen. Ich konnte nicht einfach jedes Wochenende weg. Föhr ist nicht um die Ecke. Das ist ja das Problem dieser verdammten Insel.«

Und los ging es. Die Insel war schuld. Egal, wie viel Zeit verging, manche Dinge blieben immer gleich.

Sie atmete lange aus. »Entschuldige. Ich will nicht streiten.«

»Was ist denn jetzt schon wieder los? Kann man euch nicht zwei Minuten allein lassen?« Lennert kam mit zwei Tassen zurück, wovon er eine vor mich stellte. »Können wir uns alle nicht einmal vertragen?«

Bockig verschränkte ich die Arme vor der Brust und presste die Lippen aufeinander. Meine Mutter legte eine Hand auf meinen Oberarm. »Bitte, versteh doch, Arved. Ich habe euren Vater nicht aus einer Laune heraus verlassen. Ich bin viel länger bei ihm geblieben, als gut für mich gewesen ist.«

»Ach ja? Dann muss es ja eine Befreiung gewesen sein, das ganze Elend hinter sich zu lassen.«

»Arved!«, fuhr mich Lennert an.

»Nein!«, protestierte ich sofort. »Wenn wir so scheiße waren, will ich, dass du das so sagst. Und kein Gerede von wegen, es fiel dir so schwer. Du wolltest weg. Du hast bekommen, was du wolltest.«

Meine Mutter schüttelte den Kopf und fuhr sich über die Augen. »Du warst immer unerbittlich.« Beschwichtigend hob sie die Hände. »Für dich gibt es nur Schwarz oder Weiß. Das hilft dir sicher in deinem Leben. Aber Beziehungen sind nicht so. Sie sind immer grau. In vielen verschiedenen Schattierungen. Ich hatte gehofft, wir könnten endlich miteinander reden. Als Erwachsene.«

Was für ein mieser Tiefschlag. Mich durch die Blume als Kind zu bezeichnen, brachte ihr aber keine Pluspunkte ein.

»Lennert ist von Anfang an in den Ferien zu mir gekommen. Du hast dich bis zum heutigen Tag gewehrt. Und ich weiß, dass dein Vater es dir nicht ausgeredet hat.«

»Natürlich nicht! Was denkst du von ihm? Und anders als Lennert war ich bereits alt genug, um eigene Entscheidungen zu treffen. Was sollte ich in Bremen? Mein Leben war und ist hier!«

»Ich weiß.« Sie faltete ihre Hände in ihrem Schoß und senkte ihren Blick darauf. »Ich hatte nur gehofft, du gibst mir eine Chance.«

»Eine Chance wofür, Mutter?«

»Um mich zumindest zu erklären! Ich bin kein Monster.«

»Das habe ich nie behauptet. Wir waren dir schlicht und ergreifend egal. Das ist dein gutes Recht. So wie es meines ist, dass ich dich nicht in Bremen besuche.« Die Worte verliehen mir nicht die geringste Befriedigung. Stattdessen riefen sie in mir den altbekannten Frust hervor. Meine Hände zitterten leicht.

»Ihr wart mir nie egal. Ihr seid meine Kinder. Aber du kannst das nicht verstehen. Ihr seid hier geboren. Aufgewachsen. Die Insel war und ist dein Mittelpunkt. Aber für mich, jemanden, der von außen gekommen ist, war sie nicht dieser Zufluchtsort. Die Leute reden vom Inselkoller. Aber du weißt nicht, was das ist. Dieses Gefühl der Enge und der Unruhe, die immer mehr wird. Anfangs war das ja romantisch. Eine Insel. Abgeschnitten von der Welt. Aber je länger ich hier gewesen bin, umso verlorener und hoffnungsloser bin ich mir vorgekommen. Die ewige Isolation – es findet hier kein Leben statt, abseits des Tourismus. Das hat mich nicht nur eingeengt. Ich habe gedacht, ich ersticke hier. Mitten auf hoher See. Und nein, die Möglichkeit, Ausflüge aufs Festland zu machen, hat mir irgendwann nicht mehr gereicht. Wenn ich Tage warten muss, bis ich eine Fähre nehmen kann, ist das keine Freiheit. Föhr war nur noch ein Gefängnis. Und ich wusste, dass ihr nicht so empfindet. Sonst hätte ich keine Sekunde gezögert und euch mitgenommen. Aber das war es nicht, was du gebraucht hast. Du brauchtest den Hof. Die Insel. Deine Freunde.«

Sie schüttelte den Kopf und in mir regte sich Widerwille. Ihre Erklärungen und meine Erinnerungen führten in mir einen Kampf. Und ich wusste nicht, wen ich als Sieger sehen wollte. »Dein Vater und ich hatten uns schon Jahre zuvor voneinander entfernt. Der einzige Grund, wieso ich so lange auf Föhr geblieben bin, seid ihr gewesen. Der Frust, der sich in mir angestaut hat, den ich nicht losgeworden bin, weil es nichts gegeben hat, was ich tun konnte, was mich ein bisschen von der Begrenztheit abgelenkt hätte, ist irgendwann übergekocht. Krankhaft geworden. Mir ging es nicht gut, Arved. Gar nicht gut.«

Mir wurde schlecht. War Föhr für Außenstehende wirklich ein Gefängnis? War es das gewesen, was Rainer vertrieben hatte? Nicht seine Frau? War es das, was Dean erfahren würde, wenn er hierbleiben würde? Nur Horror, weil er nicht mehr leben konnte? Weil ihm die Luft zum Atmen abgeschnitten wurde?

»Entschuldige. Du bist ganz blass. Ich hätte dich nicht so angreifen sollen.« Meine Mutter hörte sich weinerlich an. Ihre Stimme schwang misslich. »Lennert, bring ihm ein Glas Wasser.«

Sofort sprang mein Bruder auf, bevor ich ihn davon abhalten konnte.

»Ist schon okay.« Ich sah meine Mutter an. Ihre von Sorgenfalten zerfurchte Haut. »Mir war nicht klar, dass die Insel dich krank gemacht hat.«

Sie nickte mit zusammengepressten Lippen. »Nicht nur die Insel. Ich hatte schon immer mit diesen dunklen Gedanken zu kämpfen. Aber sie hat alles verschlimmert. Leider. Ich weiß, dass das eine extreme Reaktion ist. Und es hat sicher nicht geholfen, dass die Beziehung zu deinem Vater dem Untergang geweiht war. Vermutlich von Anfang an. Aber es ging nicht mehr.«

»Du hast keine andere Lösung gesehen.« Es war Feststellung und Resignation gleichzeitig. Innerlich zerriss es mich. Ich wollte ihren Erklärungen glauben, und von außen betrachtet machte das alles auch Sinn. Aber in mir hatte sich über Jahre so viel Frust angestaut. Der ließ sich nicht einfach wegwischen.

»Ja«, wisperte sie leise. »Auf eure Kosten. Das ist mir klar. Und Lennert ... Aber du hast jeden Kontakt abgeschnitten.«

»Tut mir leid.«

»Nein!« Sie legte ihre Hand auf meine. »Das muss es nicht. Ich will dir kein schlechtes Gewissen einreden. Du musst mir nicht vergeben. Ich hoffe nur, dass wir jetzt neu anfangen können. Nicht zurückblicken. Eine zweite Chance?«

Ich nickte stumpf. Was wusste ich schon, was eine Mutter ihren Kindern gegenüber fühlte.

Wahrscheinlich war es lange überfällig, dass ich ihr verzieh. Als Kind hatte mich ihre Flucht so verletzt, und ich hatte gedacht, dass sie für mich als erwachsener Mann keine Bedeutung mehr hatte. Sie war nicht der erste Mensch, der die Insel verließ, um in den Ruhestand zu gehen.

Ihre Worte wogen schwer in mir. Zogen mich nieder. Wir konnten einen Neuanfang wagen. Ich war nicht mehr von ihr abhängig, und sie hatte ihr Leben in Bremen.

Aber was war mit Dean? Was war mit Menschen, auf die ich nicht verzichten wollte. Würde es denen wie meiner Mutter gehen? Deren Weggang würde mir genauso wehtun wie der Wegzug meiner Mutter, als ich ein Teenager gewesen war. Oder noch mehr. Denn damals hatte ich meinen Bruder und unseren Vater gehabt.

Wenn ich jetzt mein Herz an jemanden hing und der verschwand, war ich auf dem Hof wieder allein. *Dean.* Dann stand ich zuletzt allein da.

So wie nach Rainer.

Meine Regeln und Grenzen hatten einen Sinn.

Ich musste darauf achten, sie einzuhalten. Um meinetwillen.

»Ist okay.«

»Dann kommst du zu meiner Geburtstagsfeier?« Sie hörte sich so furchtbar hoffnungsvoll an. Ich wollte in eine Ecke kriechen und mich eingraben.

»Ich muss mal sehen. Das kann ich nicht ohne Planung und Ersatz beschließen.«

»Aber du hast Anton. Und die Idee mit einem Betriebshelfer ist doch gut«, warf mein Bruder nicht sonderlich hilfreich ein.

Meine Mutter sah mich erwartungsvoll an.

»Ich schau mal, okay? Ich kann nichts garantieren. Das geht gerade alles rasend schnell. Ich muss das erst mal für mich ordnen. Ich will dich wirklich nicht zurückstoßen. Es ist nur ... nicht alles so einfach von einem Tag zum nächsten umzudrehen. Wie einen Schalter.«

»Gut. Das verstehe ich natürlich.« Sie lehnte sich leicht zurück und lächelte vorsichtig. »Nimmst du in Zukunft meine Anrufe an?«

»Ja«, grummelte ich. Ich sah meine Mutter an, die plötzlich Jahre jünger wirkte. Seltsamerweise fühlte auch ich mich leichter.

Egal, was ich mit Dean oder sonst wem machte, es war an der Zeit, die Sache mit meiner Mutter abzuschließen. Nein, abschließen konnte ich das nicht schlagartig. Aber es musste möglich sein, in die Zukunft zu gehen. Und kleine Schritte dorthin zu machen.

»Bringt doch auch eure Freundinnen mit, wenn ihr welche habt? Lennert? Was ist mit dieser Annett passiert? Arved? Von dir weiß ich gar nichts.«

»Arved ...« Ich warf Lennert einen Blick zu, der ihn sofort verstummen ließ.

»Ja, was ist mit Arved?«

Ich kam ja kaum mit den Gefühlswallungen hinterher und wusste nicht, was ich von den ganzen Geschichten meiner Mutter halten sollte. Ob ich überhaupt zu ihrem Geburtstag ging, stellte ich infrage. Und nur, weil ich mir vorstellen konnte, mich ihr wieder anzunähern, hieß das sicher nicht, dass ich mich vor ihr outen würde. Diese Frau hatte zu viel in meinem Leben verpasst. Dass dies nicht freiwillig geschehen war, mochte sein. Aber mich hatte es beeinflusst. Mein Denken und Fühlen. Ich würde ihr sicher nichts von Dean erzählen. Unsere eigene Annäherung war viel zu frisch, und ich wusste doch selbst nicht, wie wir zueinander standen. Also tat ich das, was ich am besten konnte. Ablenken.

»Nichts ist mit Arved«, fuhr ich dazwischen. »Du weißt, wie es auf dem Hof ist. Arbeit und noch mal Arbeit. Ich kann froh sein, wenn mir nicht der Lehrling davonläuft.«

Beschämt senkte Lennert den Blick, und meine Mutter klappte den Mund zu. Ihr Lachen erstickte darin, und wieder mal hatte ich die Stimmung kaputtgemacht. Tja. So war das eben mit einem Marschbauern. Ein säuerlicher Eigenbrötler, der war ich nun mal. So hatte ich es von meinem Vater gelernt, und der war gut damit durchs Leben gekommen. Vielleicht nicht optimal, wenn man die Trennung meiner Eltern miteinrechnete.

Verdammt! Mir platzte der Kopf.

»Gehen wir jetzt raus? Ich muss an die frische Luft!«

Die Beklemmung, die ich heraufbeschworen hatte, begleitete uns mit jedem Schritt auf dem Spaziergang.

Es war besser so. So würde ich nicht vergessen, wie die Realität für mich aussah.

Kapitel 17

Arved

»Du bist so ruhig.«

»Ich bin immer ruhig.«

Ich lag neben Dean am Strand. Die Sonne brannte auf uns herab, und ich genoss es, nichts zu tun. »Das ist anders ruhig. Jetzt bist du innerlich aufgewühlt und äußerlich versteinert ruhig.«

Ich schloss die Augen hinter meiner Sonnenbrille und schmunzelte. »So, so. Hast du mich so genau analysiert?«

»Die ersten Wochen hatte ich quasi nichts anderes zu tun. Außer aus der Ferne zu überlegen, welche Laus dir über die Leber gelaufen ist.«

»Du bist ...« Ich warf eine Handvoll Sand auf ihn, und er quietschte auf. Am liebsten hätte ich ihn auf sein Handtuch gedrückt und ... Stattdessen setzte ich mich auf und starrte aufs Meer hinaus. Eine Möwe hüpfte scheinheilig zu uns heran. Wir hatten kein Essen dabei,

Vogel. Sie ließ sich aber nicht beirren und näherte sich weiter hüpfend.

»Sorry. Ich versuche, unauffälliger zu sein. Leiser.«

»Scheiße!« Sofort drehte ich mich zu ihm und nahm eine seiner Hände. Erschrocken flatterte die Möwe davon. »Das ist es nicht. Du sollst dich auf keinen Fall wegen mir verstellen.«

Er kreiste mit seinem Daumen über meinen Handrücken und beobachtete ihn. »Hast du es dir anders überlegt? Ich mache dir keinen Vorwurf, wenn es so ist, ich will nur wissen, woran ich bin.«

»Nein, Dean!« Ich war mir sicher, dass das die Wahrheit war. »Der Besuch meiner Mutter steckt mir noch in den Knochen. Wir waren das erste Mal, seit sie uns verlassen hat, auf so engem Raum zusammen, dass sie mir ihre Sicht der ganzen Geschichte erzählen konnte.« Ich stapfte mit meinem aufgestellten Fuß auf den Sand.

»War es nicht das, was du hören wolltest?«

Ich lachte humorlos auf. »Ich weiß nicht, was ich hören wollte. Sie ist jedenfalls nicht die herzlose Person, die uns zurückgelassen hat, die ich mir immer ausgemalt habe. Zum Schutz irgendwie, glaube ich. So habe ich das Gefühl gehabt, dass es nichts zu vermissen gibt. Nun frage ich mich, was ich alles verpasst habe. Andererseits ist es unvorstellbar, wie mein Leben anders verlaufen hätte können.«

Vorsichtig sah sich Dean um und legte seine zweite Hand auf meine. »Tut mir leid. Wenn ich irgendwas tun kann?«

Ich schüttelte automatisch den Kopf. In mir kämpfte ich. Was brachte es, Dean zu erzählen, was mit Leuten passierte, die zu lange auf der Insel blieben?

Es war überflüssig. Dean würde gehen, bevor die Winterdepression auch nur den Hauch einer Chance hätte, ihn unglücklich zu machen.

Die Vorstellung, dass irgendetwas Dean unglücklich machte, zog meinen Magen zu einem Knoten zusammen. Er sollte das beste Leben führen. *Bei mir*, flüsterte meine innere Stimme. Alles in mir wollte ihm nahe sein. Wollte ihn halten. In mehr als einer Hinsicht.

Ich sah ihn an. Seine Haare, die vom Wind um seinen Kopf geweht wurden. Seine Haut, auf der das Salz trocknete. Meine Sehnsucht nach ihm, obwohl er neben mir saß, raubte mir den Atem. Er beruhigte mich auf einer tiefen Ebene, von der ich gedacht hatte, sie nie in mir spüren zu können. Eine Beziehung, die weit über das rein Körperliche hinausging. Er passte. In jeder Hinsicht. Wenn wir im Museum, am Strand, an meinem Esstisch, in seiner Werkstatt oder in meinem Bett waren. Er passte wie ein maßgeschneiderter Handschuh.

Aber das war nicht unser Weg. Egal, wie sehr sich alles in mir sträubte, wir hatten ein Ablaufdatum. Die Erkenntnis war wie Nadelstiche in meinem Bewusstsein. Die Vorstellung, ihn nicht mehr zu sehen, nicht mehr in seiner Nähe zu sein, war wie ein Bad in Säure.

Es blieb mir nichts anderes übrig, als mit der Realität klarzukommen. Mich dem unabwendbaren Ende zu stellen.

Also konnte ich ihn genauso gut genießen.

Ohne mich zu outen. Denn wenn er weg war, würde ich meine Regeln mehr als eisern durchziehen. Nie wieder würde ich mir dieses Elend antun. Bis ich mich von der Trennung mit Dean erholt hatte, würde es Monate dauern. Das Letzte, was ich dann brauchte, waren Fragen zu meiner sexuellen Orientierung.

»Ich verstehe meine Mutter nun deutlich besser. Mir ist jetzt klar, wieso jemand, der nicht von hier ist, nicht bleiben kann.«

Dean quetschte meinen großen Zeh, und erschrocken zog ich mein Bein zurück. »Autsch.«

»So absolut stimmt das doch nicht.«

Ich schüttelte den Kopf. »Du hättest sie hören sollen.«

»Das mag schon sein. Und für sie war es sicher so. Aber denk doch an Uwe und Tine. Die beiden sind hierhergezogen und haben ihr Leben komplett auf die Insel verlagert. Mit Kindern und Job und … Sie werden nicht müde, mir zu sagen, wie froh sie über ihre Entscheidung sind. Sie meinten, ihre Beziehung ist besser und stabiler als zuvor. Sie sind glücklich. Rundum. Und es kommt mir nicht fake vor. Echt nicht.«

Ich zog die Stirn in Falten. Meine Mutter hatte sich so absolut, so sicher angehört. Ich hatte keinen Zweifel an ihrer Motivation, die Insel zu verlassen. Mein Kopf platzte! Ich strich über meine Stirn. »Ich weiß nicht.«

»Natürlich nicht. Das ist so individuell und subjektiv. Was für den einen gilt, mag für den anderen genau das Falsche sein. Das ändert aber nichts daran, dass alle Gefühle und Empfindungen ihre Berechtigung haben.«

Ich wollte das nicht hören. Ich wollte kein weiteres Körnchen Hoffnung in mir spüren.

Nach dem Besuch bei meinem Bruder hatte ich innerlich abgeschlossen. Hatte ich gewusst, was Sache war.

Deans Worte boten wieder eine Möglichkeit.

Ich fuhr über meine Brust. Das Gefühl von dieser Möglichkeit war mir zu viel. Ich konnte und wollte mich in dem Moment nicht damit befassen. Vor uns glitt am Horizont ein Frachter vorüber. Die Ruhe, die dieser ausstrahlte, würde ich gern fühlen.

»Kühlen wir uns ab?«, fragte ich Dean stattdessen.

Er stand auf, wobei sein sehniger Körper wie eine Leinwand für die Mini-Speedo-Hose in Knallrot wirkte.

Am liebsten wollte ich ihn mit Haut und Haaren vernaschen.

»Dann lass uns mal losgehen. Es ist ja echt angenehm, dass das Wasser warm ist, aber gefühlt ist man eine Stunde unterwegs, bis man eine Wassertiefe erreicht, in der man schwimmen kann.«

»Nicht umsonst nennt man uns die friesische Karibik. Das Wasser ist türkis und warm. Warum in die Ferne schweifen ...?«

Dean zog eine Augenbraue hoch. »Die Karibik lag von New York aus näher bei mir, aber da siehst du mal, dass es sich lohnen kann, das Haus zu verlassen.«

Ich wollte wirklich kein Wort mehr hören. »Na los, Weltenbummler, zeig, was du draufhast.« Ich sprang auf und lief, so schnell ich konnte, ins Wasser.

Doch egal wie sehr ich mich bemühte, seinen Worten entkam ich nicht.

Kapitel 18

Dean

Seit dem Besuch seiner Mutter vor zwei Tagen war Arved *gedämpft*. Ich hatte es aufgegeben, ihn zu fragen, ob alles in Ordnung war. Er beteuerte immer wieder, dass er nichts an unserem unverbindlichen Arrangement ändern wollte.

Doch das hatte er. Er hatte sich zurückgezogen. Egal, wie verunsichert und unsicher er anfangs gewesen war, immer hatte er mir das Gefühl vermittelt, einhundert Prozent bei mir zu sein. Nun klammerte er sich zwar an den Rest dessen, was wir hatten, letztendlich hatte er aber aufgegeben. Zumindest fühlte es sich so an.

Vielleicht spann ich mir auch nur einen Blödsinn zusammen und das zwischen uns fand sein natürliches Ende. Das Problem war, ich wollte mehr. Ich hatte die Illusion, dass das zwischen uns nur oberflächlich war, längst aufgegeben. Arved nahm mich ein. Er gab mir eine Ruhe, die ich noch nie in meinem Leben gefühlt hatte. Er war sicher nicht der Grund, wieso ich wieder malen konnte. Aber er war eines der Mosaiksteinchen, die mich hier ankommen hatten lassen. Seine Großzügigkeit, seine Grummeligkeit, seine Zärtlichkeit waren ein Mix, dem ich mich nicht entziehen konnte. Nicht entziehen wollte.

Vielmehr hatte ich das Bedürfnis, ihm zu sagen, dass wir mehr waren. Egal, was er oder ich darüber dachten. Wir hatten längst eine Grenze überschritten. Zumindest ich hatte das.

Und ich wollte ihn dazu zwingen, es genauso zu sehen.

Mir war klar, dass das unsinnig war. Trotzdem sehnte ich mich nach Arveds Intensität. Wie er mich ansah, hielt, verfluchte, küsste.

Im Moment lief alles, was er tat, mit angezogener Handbremse. Und ich hasste es.

Meinen Vorschlag, in Nieblum kurz was trinken zu gehen, hatte er aber, ohne zu zögern, angenommen.

Es war ein außerordentlich warmer Sommerabend, und ich genoss ihn. New York im Sommer war brütend heiß. Föhr war mit seiner immer präsenten Brise eine wohlige Abwechslung. Überhaupt hatte ich das Gefühl, egal wo das Thermometer stand, atmen zu können. Der Dampf, der zwischen New Yorks Wolkenkratzern im Sommer festhing, enthielt mit Sicherheit nur einen minimalen Bruchteil an Sauerstoff im Vergleich zur Nordseeinsel.

Auch wenn ich wie jetzt ein langärmliges Shirt trug, war mir dies lieber als der kochende Asphalt der City. Und es hatte den Vorteil, dass ich die Hitze, die von Arved ausstrahlte, wenn er neben mir ging, genießen konnte. Ich neigte mich ein bisschen näher zu ihm. Nur unwesentlich. So, dass es von außen nicht erkennbar war, aber ich mich ihm ein bisschen näher fühlte.

Arved drehte den Kopf zu mir und lächelte mich an. »Hey.«

»Hey!«

Er streifte meine Schulter leicht, als wollte er mir vermitteln, dass er meine Nähe gut fand. Mein Gedankenwälzen wurde ruhiger. Es war alles in Ordnung.

Wir waren hier. Wir hatten uns. Wir hatten das Jetzt.

Unser Weg führte uns auf den Ortskern zu. Je länger ich hier war, umso mehr Details fielen mir auf. Die alten Häuser neigten ihre Giebel und das Reet hing teilweise so tief, dass ich mit dem Kopf gegen die Enden des getrockneten Schilfes gestoßen wäre. Wenn ich es wollte.

Immer noch hing mir der Geruch von Salz und Meeresluft in der Nase und mischte sich mit dem Duft der Blumen vor den Läden und Häuschen. Es war absurd heimelig.

Wir kamen, an einem plätschernden Brunnen vorbei, auf einen Platz, umgeben von kleinen Cafés und Geschäften. Dort näherten wir uns der kleinen Bar, Kneipe, was auch immer das war, und setzten uns davor auf die Stühle, die den Gehweg entlang standen.

»Was willst du trinken? Ich glaube nicht, dass die Cocktails haben.« Arved beugte sich zu einem anderen Tisch und schnappte sich eine Karte, die er mir reichte.

»Ich brauche keinen Cocktail.« Ich blätterte durch das Getränkemenü. »Was nimmst du?«

»Ein Bier.«

Ich zuckte mit einer Schulter. »Okay. Ein Bier.«

Arved legte die Stirn in Falten. »Ich habe dich noch nie Bier trinken sehen. Du musst nicht, ja? Die haben auch Wein, glaube ich.«

»Wenn ich schon in Deutschland bin, sollte ich doch auch Bier trinken? Das ist ja, als wäre man in New York und würde keine Pizza essen.«

Er sah mich mit zusammengezogenen Brauen an. »Du meinst Italien!«

Ich konnte ein fettes Grinsen nicht unterdrücken. »Nein, natürlich nicht. Die besten Pizzen der Welt gibt es in New York. Arved, das weiß doch jedes Kind. Streng genommen gibt es die beste Pizza in Brooklyn. Ich bin mir ziemlich sicher, dass Italien das weiß.«

»Du meinst, das italienische Gastronomieministerium hat in einer Konferenz mit dem amerikanischen Gastronomieministerium diese Thematik besprochen und nachdem das Thema vor die UNO gebracht worden ist, hat man sich friedlich geeinigt und Italien hat anerkannt, dass New York die bessere Pizza als zum Beispiel Neapel hat?«

»Ja! Ich wusste, du verstehst das!«

Arved schüttelte den Kopf und klopfte einen Bierdeckel gegen meinen Handrücken. »Das ist doch ausgekochter Unsinn.«

»Ist es nicht. Wenn wir zurück sind, können wir recherchieren. Hier hab ich kein Netz.«

Nun warf er den Kopf in den Nacken und lachte. »Das ist eine gute Ausrede. Ich habe kein Netz. Bis wir daheim sind, habe ich es wieder vergessen und du bist fein raus.«

»Papperlapapp! Zieh dich warm an, wenn ich die Beweise auf den Tisch lege.«

Er neigte den Kopf leicht. »Geschmack ist subjektiv. Nicht messbar.« Er grinste. »Dann bleibst du beim Bier?«

»Aber sicher.«

Wir bestellten, und ich freute mich auf mein Bier. Obwohl ich gerne Bier trank, war ich hier noch nicht dazu gekommen. Es würde sich herausstellen, ob der Hype um das lokale Gebräu gerechtfertigt war.

Die Bedienung stellte die Gläser vor uns ab, und sofort nahm ich einen tiefen Schluck. Kühl und bitter und hopfig. Ob es so anders als amerikanisches Bier schmeckte, bezweifelte ich sofort.

»Und?«, wollte Arved wissen, während er am Glas nippte.

»Nun ja. Schon okay.«

»Schon okay.« Er prustete leicht in sein Getränk.

»Wo hast du denn das beste Bier getrunken?« Ich lehnte mich zurück und musterte ihn.

»Hm. Keine Ahnung. Hier. Das ist das gleiche Bier wie im Supermarkt.«

Ich bereute meine Frage. Ich wollte Arved nicht bloßstellen.

»Ich mag es jedenfalls gern. Aber ich bin definitiv kein Bierspezialist. So ein bisschen schmecken alle gleich. An so einem Sommerabend ist es genau das, was ich brauche.«

Arved stellte sein Glas zurück und stupste mich mit seinem Fuß an. »Geht's dir gut?«

Überrascht musterte ich ihn. »Ja? Klar.«

»Ich bin froh, dass wir hier zusammen sind.«

Mein Mund ging auf und ein kleines »Oh« entwich mir. Was meinte er mit ›zusammen‹? Die Schmetterlinge, die diese Aussage in mir losließ, konnte ich nicht mehr einfangen. Sie kribbelten in meinem Inneren und hoben mich leicht in die Luft. Ich war auch froh. So froh, dass wir zusammen waren.

»Ich auch.«

Er nickte.

Sollte ich nachfragen? Sollte ich warten, ob er selbst noch was dazu sagte? Ich setzte an, etwas hinzuzufügen, und wurde unterbrochen.

»Arved! Hey!« Ich schaute in die Richtung, aus der der Ausruf gekommen war. Eine Gruppe von Männern kam auf unseren Tisch zu.

Arved nickte ihnen verhalten zu, und ohne zu fragen, stellten sie Stühle zu uns.

Okay?

»Alter, du hast ja deinen Hof verlassen. Wieso gibst du nicht Bescheid? Wir wollen auch was von dir haben.« Der Kerl, der viel zu laut und aufdringlich redete, warf mir einen schrägen Blick zu.

Arved ignorierte die Frage und sah mich an. »Dean, das sind Fritjof, Lars und Dirk.« Er deutete reihum auf die Typen, die mich beäugten. »Leute, das ist Dean.«

»Hallo?« Fritjof nickte mir zu.

Ich lächelte hoffentlich höflich in die Runde. »Freut mich, euch kennenzulernen.« Es fiel mir schwer, meine Gesichtszüge entspannt zu lassen.

»Arbeitest du bei Arved auf dem Hof?«, wollte Dirk wissen.

Kopfschüttelnd hob ich mein Glas. Bevor ich antworten konnte, kam mir Fritjof zuvor.

»In den Klamotten? Wohl kaum!« Lallte er? Oder war er immer so ätzend?

Ich sah an mir hinab. Das Shirt mit den abstrakten bunten Mustern, das ich anhatte, stach unter der Mode der Gruppe am Tisch hervor. Auch wenn wir alle Jeans trugen, bestanden gewaltige Unterschiede zwischen meinen Designer-Shorts und den Levis von Arveds Freunden.

»Fritjof!«, knurrte Arved vor sich hin. »Reiß dich zusammen.«

Dieser hob nur die Hände und winkte nach der Bedienung. Lars und Dirk taten so, als hätte es den Kommentar ihres Kumpels nicht gegeben.

»Was treibst du hier, Dean? Hab dich noch nie gesehen.« Lars schien ehrlich interessiert, und sofort fühlte ich mich ein bisschen besser.

»Ich bin Au-pair bei den Klaasens im *Uun't Waanjüs*.«

Fritjof drehte sich erneut zu mir und grinste mich hämisch an. »Ach, du bist die Nanny, von der alle reden. Ich hatte mich schon gewundert, welchen Typ Tine Uwe vor die Nase gesetzt hat nach dem Augenschmaus vom letzten Jahr.«

Ich sog die Luft scharf ein und setzte mich abrupt aufrechter hin. »Diese Bemerkung enthält so viele falsche Anschuldigungen, Unwissen und Beleidigungen, die absolut unangebracht sind.«

Fritjof lachte nur. »Hab dich nicht so.« Er warf Arved einen ungläubigen Blick zu. »Und was hast du damit zu tun? Musst du die Nanny hüten, damit sie sich nicht verläuft?«

»Halt die Klappe, du Hornochse! Du hast keine Ahnung, was Dean leistet. Wie kann man sich so ätzend aufführen?« Arved hielt seine Stimme nur mit Mühe gesenkt.

Einerseits war ich erleichtert, dass er mir sofort zur Seite stand. Andererseits hasste ich derartige Auseinandersetzungen. Typen wie Fritjof gab es überall auf der Welt. Und nirgends war es schön oder einfach, sich mit ihnen auseinanderzusetzen.

»Was ist denn zurzeit mit allen los? Jeder ist so empfindlich. Nichts darf man mehr sagen! Sofort sind alle eingeschnappt. Die ganze Welt voller Schneeflocken und Weicheier. Oder hab ich einen Nerv getroffen?« Er drehte sich zu mir und sah mich direkt an. »Tust du nur so tuckig und hilflos und bist selbst scharf auf Uwe, du kleine Schwuchtel?«

In derartigen Momenten war ich froh um mein schnelles Reaktionsvermögen. *Selbstverteidigungskurs hab ich. Allein bin ich auch nicht. Unnötig Aufsehen erregen ist suboptimal. Sich jeden Mist sagen lassen zu müssen, ist nicht hinnehmbar.*

Ich stand auf und kippte mein Bier über Fritjof aus. »So gut ist das ohnehin nicht, und du bist ein Arschloch!«

Fritjof sprang auf, dass der Stuhl scheppernd auf den Boden kippte, doch ich wich keinen Schritt zurück.

Sofort war Arved bei mir und legte den Arm um mich. »Du hast den Bogen überspannt!«, fauchte er Fritjof an.

Dirk und Lars packten diesen an den Armen und hielten ihn zurück. »Beruhige dich!«, brüllte Lars in Fritjofs Ohr.

»Er ist besoffen. Er meint es nicht so. War ein schwieriger Tag«, murmelte Dirk.

Doch es war mir egal, welche bescheuerten Erklärungen aus dem Hut gezaubert wurden, etwas Derartiges musste ich mir nicht anhören.

»Das ist keine Entschuldigung für so eine Scheiße«, raunte Arved und schob mich vor sich her vom Tisch.

Lars und Dirk redeten auf Fritjof ein und drückten ihn zurück auf seinen Stuhl. Ich wollte weg. Arved ging auf die Bedienung zu und drückte ihr ein paar Scheine in die Hand.

»Sorry«, murmelte ich ihr entgegen.

Sie seufzte und schaute missbilligend zu unserem Tisch. »Schon okay.«

Erneut legte Arved seinen Arm um mich und zog mich davon. »Komm mit.«

Widerstandslos folgte ich ihm. Hauptsache fort. Sein Arm um meine Schultern war wie ein Schutzschild, hinter dem ich mich zurückzog.

Je weiter wir uns von der Kneipe entfernten, desto mehr machte ich mir jedoch Sorgen, welche Folgen mein Auftritt für Arved haben würde. Schweigend liefen wir davon. Es wirkte, als wären wir auf der Flucht.

Das hier war nicht New York, wo sich niemand um den Idioten vom Nachbartisch kümmerte und eine derartige Sache bereits vergessen war.

Das war Föhr. Eine Insel, die ich vermutlich in wenigen Wochen verlassen würde und auf der Arved sein Leben lang gelebt hatte und weiter leben würde.

Ich beobachtete sein Profil. Er presste die Kiefer zusammen und hatte die Stirn gerunzelt. Er sah aus wie ein Vulkan kurz vor seinem Ausbruch.

»Shit. Tut mir leid! Ich hätte dich nicht mitreinziehen sollen.«

Er schüttelte den Kopf. »Nein! So was lasse ich nicht auf mir sitzen. Nicht mehr. So ein Verhalten überschreitet jede Grenze. Früher habe ich die Klappe gehalten. Aber nicht mehr. Es ist wichtig, sich zu wehren.«

Dass er mögliche Konsequenzen für sich hinter dieser Notwendigkeit des Moments stellte, beruhigte mich etwas. Denn ich stimmte ihm zu: Es war wichtig, sich zu wehren. Gleichzeitig hoffte ich, dass das alles nicht kopflos passiert war und er es später nicht bereute.

»Danke!«

Er schüttelte den Kopf.

»Ich hoffe, es bringt nicht irgendwelche Vermutungen über dich ans Tageslicht.«

Erneut schüttelte Arved den Kopf. Mittlerweile gingen wir langsamer. Wir flohen nicht mehr mit wehenden Fahnen. Unser Schritt glich schon fast einem Schlendern.

Arved drückte mich noch einmal eng an sich und ließ dann seinen Arm sinken. »Das hilft jetzt nicht. Ich würde immer wieder reagieren wie gerade eben. Aber genau das eben ist ein Grund, wieso ich mich immer noch nicht geoutet habe.«

»Ich versteh das. Es ist ein ewiges Abwägen. Und hier bist du auf dem Präsentierteller. Das ist in New York anders. Dort kann man sich wieder verstecken. Hier, einmal gesagt, kannst du es nicht mehr zurücknehmen.«

Er schaute mich kurz und intensiv an. Sein Blick brannte auf meiner Haut. Fast war ich sicher, er würde mich küssen.

Doch Arved sah wieder zu Boden und presste die Lippen aufeinander. »Es tut gut, mit dir zu reden. Das nicht alles nur in mich hineinzufressen. Ich habe das schon tausend Mal in meinem Kopf durchgespielt. Aber es zu hören, ist anders. Wirklicher.«

»Ich weiß.« Vor allem wusste ich, was es bedeutete, eine unterstützende queere Gemeinschaft zu haben. »Hast du niemand anderen, mit dem du reden kannst?«

Arved zuckte mit einer Schulter. »Ein paar Leute online. Habe ich schon lange nicht mehr gemacht. Es gibt ja mehrere isolierte Landstriche in Deutschland, in denen Menschen wie ich leben. Ist nicht alles auf einer Insel, aber die Einsamkeit ist doch die gleiche. Man versteht sich.« Er ging ein paar Schritte schweigend weiter. »Du bist der Erste, der mich sieht. Hier. Mein Umfeld.« Er atmete durch. »Du tust mir gut.«

Fuck, verdammt und zugenäht! Ich wollte ihn nur in den Arm nehmen, auf ihn klettern, ihn nie mehr loslassen, küssen, bis ihm die Luft wegblieb.

»Du tust mir auch gut. Du bist so unverfälscht. Wie eine Brise Nordseeluft. Ich kenne kaum jemanden, der sich so ungeschönt gibt.«

Arved schnaubte leicht. »Du kannst nicht so was sagen, so schauen und so heiß aussehen in dieser knappen Hose. Ich vergesse mich noch und wir werden hier auf dem Gehweg zum öffentlichen Ärgernis.«

Ich lachte laut auf. »Lass uns schnell zu dir nach Hause. Dann kannst du mir zeigen, was du dir so vorstellst.«

Arved nahm meinen Ellenbogen und zog mich die Straße entlang. »Wie zügig, denkst du, können wir beim Auto sein?«

»Finden wir es raus!«

Wie zwei Schulkinder liefen wir die Straße lang. Lachend. Wohlweislich verdrängten wir die Sorgen, die uns bedrückten. In dem Moment zählte nur der Augenblick. Und wenn es lediglich für ein paar wenige Stunden war, genoss ich jede Sekunde dieser Euphorie.

Kapitel 19

Dean

Arved küsste meinen Nacken. Seine Hände hatte er unter mein mit Farbe bespritztem T-Shirt vergraben und strich über meinen Bauch.

Ich schloss die Augen und lehnte mich leicht an ihn. »So werde ich niemals fertig!«, brummte ich.

»Das Bild ist doch wunderschön!«, murmelte Arved in mein Ohr. »Schöne Linien, die sich ineinander verschlingen.«

»Hm!« Ich öffnete ein Auge halb und sah auf die Leinwand vor mir. Mir war nicht klar, ob Arved erkennen konnte, was das darstellen sollte. Die Linien waren Körper. Zwei männliche Körper, die sich fanden. Ineinander fügten. Gegebenenfalls waren wir beide diese Linien. Aber den Gedanken wollte ich im Moment nicht haben. Zumindest waren die Farben, die Verläufe von dem Gefühl getragen, das ich hatte, wenn ich in Arveds Armen war. Intensiv. Leuchtend. Sicher. *Heimat.* Schnell strich ich das letzte Wort aus meinem Kopf.

Stattdessen wollte ich im Hier und Jetzt sein.

Gerade als ich mich in Arveds Umarmung drehte, brummte mein Telefon vor mir auf der Werkbank. Ich streckte mich leicht in die Richtung und schaute auf die Anzeige. »Das ist Tine.«

»Mist. Musst du los?«

»Eigentlich erst heute Abend.« Ich löste mich aus seinen Armen und griff nach meinem Telefon. »Hey, was gibt's?«

Meine Gastmutter schnaufte ins Telefon. »Dean, es tut mir so leid, dass ich dich belästigen muss. Ich benötige deine Hilfe. Du müsstest mir einen riesigen Gefallen erweisen.«

»Okay?« Ich runzelte die Stirn. Wir hatten klare Absprachen. Ich konnte mir nicht vorstellen, was plötzlich passiert war.

»Du müsstest heute noch aufs Festland fahren. Nach Kiel. Mit einer lebenden Ware.«

»Bitte was?« Ich hatte mich sicher verhört.

»Eine Gästin hat ihre Katze vergessen. Die Katze, die sie unbedingt mitbringen musste, weil sie keine Minute ohne sie verbringen kann.«

»Ich ...« War sprachlos.

»Es wäre nur etwas eilig, da du die Fähre erwischen musst. Und heute Abend kommen ja die ersten Gäste der Hochzeitsgesellschaft.«

In Gedanken ging ich durch, was ich wie schnellstens erledigen konnte.

»Okay, ich mache hier alles fertig und bin in zehn Minuten daheim. Wenn mich jemand fahren könnte und ich nicht den Bus brauche ...«

Arved begann zu gestikulieren.

»Ah. Ich glaube, Arved fährt mich zur Fähre.«

Dieser nickte.

»Ach, vielen Dank, Dean. Bis gleich.« Sofort legte Tine auf.

»Hast du das mitbekommen? Ich muss nach Kiel.«

Arved sah mich schmunzelnd an. »Diese Gäste. Lennert meinte mal, ich solle Ferien auf dem Bauernhof anbieten. Niemals. Und wenn ich das so höre, fühle ich mich bestätigt. Na komm. Mach fertig, dann fahren wir.« Er strich kurz über meinen Hals und zog mich zu sich. Sanft küsste er meine Lippen, und ich verfluchte alle vergesslichen Gäste dieser Welt.

»Am liebsten würde ich mit dir nach Kiel kommen. Mit der Hochzeit sehen wir uns fast eine ganze Woche nicht.«

Ich schmunzelte. »Sehen werden wir uns schon. Aber ich habe keinen Abend frei.«

Arved seufzte. »Ich könnte Anton fragen? Im Moment sollte keine der Kühe kalben. Die sind alle nicht so weit. Das Füttern und Melken könnte er allein schaffen.«

Ein kleiner Rausch durchfuhr mich. Arved und ich zu einem Landausflug? »Was sagst du? Ich laufe rüber und hole meine Sachen und die Katze. Falls du es schaffst, freue ich mich. Falls nicht, ist es kein Problem.«

Er drückte mir einen Kuss auf den Mund und schob sich von mir. »Ich rede mal mit meinem Lehrling. Und ich fahre dich sicher zur Fähre. Bis gleich.«

In Windeseile wusch ich meine Pinsel in Lösungsmitteln, räumte meine Werkstatt auf und lief zum Hotel. Ich wollte mir keine zu großen Hoffnungen machen und verdrängte die Gedanken an Arved.

Als ich die Rezeption betrat, kam mir Tine entgegen.
»Zum Glück bist du da! Wir haben ja eine ordentlich gefüllte Lost-and-Found-Kiste, aber da können wir das arme Tier nicht unterbringen. Komm mal mit.«

Ich lief ihr hinterher in das Büro hinter dem Empfang, wo eine Tiertransportbox auf dem Tisch stand. Langsam beugte ich mich vor und sah hinein. Zwei kleine, weitaufgerissene Augen sahen mich an. Die Arme!

»Hey, Süße!«

»Tilli heißt sie. Ich nehme sie jetzt gar nicht mehr raus. Wir haben sie gefüttert und im Haus laufen lassen, damit sie ein bisschen rauskommt. Aber ihr müsst gleich los. Vom Hafen aus musst du ein Stück Zug fahren. Die Verbindung habe ich dir rausgesucht. Du musst in Dagebüll in den Zug und in Niebüll umsteigen. In Kiel wird die Katze am Bahnhof abgeholt.« Tine kratzte sich am Kopf. »Falls irgendwas schiefgeht, gebe ich dir Geld mit. Dann geh in ein Hotel und nimm in Ruhe eine Fähre morgen zurück.«

»Dann hast du aber heute Abend niemanden für Bo und Jule.«

Meine Gastmutter winkte ab. »Uwes Eltern kommen und sind schon ganz wild darauf, ihre Enkel zu verwöhnen. Uwes Schwester freut sich wahrscheinlich, wenn sie ein bisschen aus dem Fokus raus ist und ihre Eltern sich um etwas anderes kümmern als die Hochzeitsvorbereitungen.«

»Okay. Ich zieh mich kurz um. Wird schon schiefgehen.«

Ich raste in mein Zimmer. Mit fliegenden Händen stopfte ich vorsorglich Deo, Zahnbürste, Schlafsachen,

Wechselsachen in meinen Beutel und flog die Treppe hinab zu Tine. Diese erwartete mich mit der Transportbox und einem Kuvert Geld.

Zurück auf dem Parkplatz bog Arved mit seinem Auto darauf ein. Ich warf mein Gepäck auf den Rücksitz und stieg vorsichtig mit Tilli in der Box auf den Beifahrersitz.

»Tausend Dank. Mir ist es lieber, mit Katze nicht Bus zu fahren.«

»Kein Problem.« Er räusperte sich. »Anton sagt, ich kann gern los. Lennert kommt abends zum Füttern und Melken. Also …«

»Ja?« Meine Finger kribbelten, und ich tippte auf der Box rum.

»Wo musst du denn genau hin?«

»Tine meinte, die holen Tilli, die Katze, vom Bahnhof in Kiel ab.«

»Hm. Okay. Also das ist ja nicht aus der Welt. Aber falls wir es nicht rechtzeitig auf die Fähre schaffen, könnte ich gegebenenfalls …«

»Ich habe auch das Okay von Tine, in Kiel zu übernachten. Und ein Bündel Scheine, um es auch zu bezahlen.«

Arved nickte. Mit einem Schmunzeln um die Lippen. »Gut. Dann schauen wir mal, wie weit wir kommen. Für die Hinfahrt war noch Platz für das Auto auf der Fähre. Mal sehen, wann wir die Rückfahrt antreten können.«

Ich lächelte still vor mich in. »Ein Ausflug mit Katze. Spannend.«

Arved warf mir einen flüchtigen Blick zu und legte seine Hand auf meinen Oberschenkel. »Spannend.«

Kapitel 20

Arved

Die Frau weinte. Freudentränen.

Wenn mir jemand jemals gesagt hätte, dass ich einen Ausflug nach Kiel machen würde, um eine Katze zu transportieren, hätte ich vermutlich gelacht. Oder mich über derartigen Quatsch aufgeregt.

Jetzt sah ich Dean zu, wie er der Frau versicherte, dass wir beide an diesem Tag nichts lieber taten, als vergessene Haustiere durch die Gegend zu fahren.

»Bis bald, Tilli!« Dean streichelte durch das Gitter in der Transportbox über den Kopf des Mäusejägers. »Es war mir eine große Freude!«

»Vielen Dank, Dean! Du hast mir den größten Gefallen getan, den du dir vorstellen kannst.«

»Es ist ja alles gutgegangen. Bis nächstes Mal im Hotel.«

»Ich hoffe, wir können euch bald wieder besuchen.«

Die beiden umarmten sich, und ich hoffte inständig, sie hatte das nicht bei mir vor. Zu meiner größten Erleichterung reichte sie mir ihre Hand, die ich schüttelte.

Als die beiden weg waren, drehte sich Dean schwungvoll zu mir um und strahlte. »Und was machen wir jetzt?«

Ich nahm seine Hände. »Worauf hast du denn Lust? Wir haben noch ein paar Stunden Zeit, bis wir spätestens zur Fähre müssen. Wir können die Förde entlanggehen, den botanischen Garten ansehen, Schifffahrtsmuseum?«

Dean sah auf unsere ineinander verschränkten Hände und lächelte. »Können wir ein bisschen rumlaufen? Die Stadt ansehen? Shoppen?«

»Aber sicher.« Ich musterte ihn. War mir der Leute um uns herum bewusst und wollte mir selbst etwas beweisen. Ich trat auf ihn zu, sodass er seinen Kopf anheben musste, um mich anzusehen. »Kann ich dich küssen?«

Dean nickte und seine Lippen öffneten sich ein paar Millimeter.

Die Menschen um uns herum verschwammen in meinem Sichtfeld. Ein leichter Windhauch strich um uns, doch Deans Körperwärme traf mich frontal. Als er sanft seinen Mund auf meine Lippen drückte, entwich mir ein leiser Laut. Dean legte seine Hände um meine Hüften und umarmte mich. Das könnten wir sein. Das könnte ich sein. Es war ein Traum. Ein ideales Leben. Ich fühlte mich vollständig. Eine Wunschvorstellung. Aber für diesen Tag würde ich so tun, als wäre es Realität.

Dean schmeckte nach Kaffee, den er aus meinem Becher im Auto getrunken hatte. Nach Kaugummi, den er sich in den Mund gesteckt hatte, bevor er die Katze abgegeben hatte. Und er fühlte sich nach Perfektion unter meinen Händen an. Langsam löste er sich von mir und öffnete seine Augen.

»Gehen wir los?«, wisperte er, und ich nickte.

Ziellos liefen wir durch die Stadt, stöberten durch Klamottenläden und mehr als einmal hielt ich überrascht inne. Die Fähren, die in Kiel anlegten, standen mitten in der Stadt. Zumindest wirkte es so. Kaum bogen wir um eine Ecke, standen wir wieder vor den Fähren, die sich hoch über das Stadtzentrum streckten.

Schließlich setzten wir uns in ein kleines Café, wo wir uns einmal wild alles von der Karte bestellten. Eine Mischung aus verspätetem Mittagessen, Nachmittagsnascherei und ungewöhnlichen Snacks stand auf unserem Tisch. Gemächlich aßen wir uns durch Tartes, Sandwiches, Kuchen, seltsame Frühstücksbreis, auf die Dean bestanden hatte, und Früchte.

»Probier mal!« Er hielt mir seinen Löffel mit der seltsamen weißen Pampe und roten Körnern darauf hin.

Und da ich ihm in dem Moment nichts hätte abschlagen können, öffnete ich brav den Mund und ließ mir alles hineinstecken.

»Mhm!« Überrascht leckte ich den Löffel sauber und genoss die Mischung aus zurückhaltender Süße, knusprigen Kernen und leichter Säure. »Das ist ja gut.«

Dean legte den Kopf leicht schräg und schüttelte den Kopf. »Natürlich ist es gut. Was dachtest du denn?«

»Sieht seltsam aus.«

Erneut holte er sich eine Portion aus dem Glas und schloss genießerisch die Augen. »Ich sollte Tine sagen, dass sie das auf die Karte nimmt.«

Nachdenklich sah ich ihm zu, wie er sich durch irgendwelches Zeug mariniert in irgendetwas anderem Exotischem aß. »Was vermisst du am meisten?«

Er sah auf und steckte sich eine Avocadospalte in den Mund. »Auf Föhr? Nichts. Nicht solche Sachen. Meine Freunde. Meine Eltern. Ava. Rational betrachtet ist das aber kein wirkliches Vermissen. Die sehe ich auch teilweise wochenlang nicht, obwohl wir in derselben Stadt wohnen. Aber zu wissen, dass man sie nicht sofort treffen kann, wenn man will, bringt Distanz und Sehnsucht.«

»So was hat meine Mutter auch gesagt. Das Bewusstsein, dass man nicht einfach gehen kann. Dass sie wie in einem Gefängnis war.« Das Seufzen, das aus mir wollte, unterdrückte ich gerade noch. Das Gespräch mit ihr arbeitete immer noch in mir und ließ mir keine Ruhe.

Dean legte sein Sandwich auf den Tisch und griff nach meiner Hand. »Ich fühle mich nicht wie in einem Gefängnis. Tatsächlich fühle ich mich so frei wie lange nicht mehr. New York ist die Stadt, die niemals schläft. Sie kann dich aber auch ganz schön in die Mangel nehmen. Auf Föhr habe ich das Gefühl, atmen zu können. Mit dem Atem kommt meine Kreativität zurück. Und das lässt mich leben, wie schon lange nicht mehr. Und schlafen. Gott, es ist ein Traum, schlafen zu können.«

Ich beobachtete seine Gesichtszüge. Klar und offen sah er mich an. Wollte er mich besänftigen? Es machte nicht den Eindruck. »Das macht mich froh.«

Ein Strahlen zog auf seinem Gesicht auf. »Weißt du, was mich froh macht?«

Unwillkürlich imitierte ich seine Haltung und senkte verschwörerisch den Kopf. »Was?«

»Das hier!« Er schob seinen Stuhl zurück, stand auf, setzte sich auf meinen Schoß und schlang seine Arme um meinen Hals. Seine Lippen trafen mich an der Schläfe, und so schnell er aufgestanden war, setzte er sich auf seinen Platz zurück. »Ein bisschen nicht nachdenken müssen. Einfach tun, wonach mir ist. Keine Konsequenzen befürchten.«

»Es tut mir leid. Ich bin wohl nicht der Typ zum Entspannen. Einfach mal an nichts denken.« Es war meine automatische Antwort auf alles, was ich nicht konnte.

»Nein, nein, nein!« Entschieden legte Dean seine Hand auf meinen Arm. »Heute genießen wir und entschuldigen uns nicht. Hast du eigentlich schon nach einer Fähre geschaut?«

Ich holte mein Handy aus der Tasche und öffnete die App. »Die nächsten beiden sind ausgebucht. Da komme ich mit dem Auto nicht mehr rauf. Das hatte ich schon nachgesehen.«

Dean hob den Kopf und presste die Lippen zusammen. »Was sagst du dazu, für morgen zu suchen? Recht früh? Wir könnten hierbleiben und ... Tine hat mir eh das Okay gegeben und Anton ...?«

Nervös drehte ich mein Telefon in der Hand. »Also, rein vorsorglich hatte ich für morgen Vormittag bereits einen Platz reserviert. Man weiß ja nie, während der Haupttouristenzeit. Da wollte ich sichergehen, dass wir zurückkommen.«

Deans Mund verzog sich zu einem breiten Grinsen von Ohr zu Ohr, und er strahlte mich an. »Dann lass das so.«

»Okay.« Meine Wangen brannten, doch ich war so glücklich wie schon lange nicht mehr. Mutig griff ich nach Deans Oberschenkel und drückte ihn leicht.

»Schau mal!« Dean hielt mir sein Telefon unter die Nase. Darauf war ein Bed and Breakfast aufgerufen. Ich griff nach dem Handy und scrollte durch den Text.

»Das ist auf halber Strecke zur Fähre.«

Er nickte eifrig. »Ich dachte, da könnten wir übernachten.«

Nun sah er mich zögerlich an. Doch ich war nur erleichtert. »Nutzen wir die Zeit!«

»Ich rufe gleich an und bestätige die Online-Reservierung, die ich vorsichtshalber schon mal vorgenommen habe.«

In meiner Brust zog es. Dean wirkte so glücklich und gelöst. Nahm ich ihm das auf Föhr? Nahm ihm Föhr das?

***

Das B&B, das Dean ausfindig gemacht hatte, war ein wunderschön restaurierter alter Hof. Ganz in Weiß mit einem Reetdach. Darum herum ein kleiner Garten. Der Ausstattung nach zu urteilen, wurde der wohl von den Gästen genutzt. Dahinter schlossen sich Wiesen an, und eine alte Windmühle war zu sehen. Ich parkte direkt davor, Dean sprang aus dem Auto und lief auf den Eingang zu. Nach der Fahrt streckte ich mich ausgiebig und sah mich um. Wir waren irgendwo im Nirgendwo.

Ich holte unsere Taschen heraus und folgte Dean ins Innere, wo er bereits mit Händen und Füßen mit der Person am Empfang diskutierte. Die beiden wirkten wie alte Freunde.

Mit einem klobigen Schlüssel drehte er sich zu mir und winkte damit.

»Viel Spaß euch beiden«, bemerkte der Bengel am Eingang süffisant und grinste uns an.

»Werden wir haben«, brummte ich vor mich hin.

Dean sprang schon die Treppen hoch, und ich folgte ihm.

Ich konnte mich nicht erinnern, wann ich das letzte Mal in einem *ordentlichen* Hotel gewesen war. Die Darkrooms, in denen ich mich mit den meisten Typen traf, zählten wirklich nicht mal als reguläres Zimmer. Nein, als echter Hotelgast. Als Kinder hatte uns unsere Mutter mal mit in den Urlaub genommen. In den Harz zum Wandern. Mein Vater war zu Hause geblieben, und ich hatte die gesamte Woche ein schlechtes Gewissen gehabt. Als hätte ich ihn verraten.

Heute hatte ich die offizielle Erlaubnis meines Azubis und meines Bruders, die Nacht auswärts zu verbringen. Ich schüttelte den Kopf. Mein Leben war ... definitiv interessanter, seit Dean aufgetaucht war.

Dieser schloss eine Tür auf und ich schaute ihm zu, wie er alles bestaunte. Er selbst war für mich das Highlight.

Er stellte sich an die kleinen Fenster und drückte die Nase gegen die Scheibe. Sinnbildlich. Anscheinend sah er jedoch nicht alles, was er wollte.

»Ist das nicht unfassbar süß?«, wollte er wissen.

»Das ist es.« Ich trat zu ihm und strich über seinen Rücken. Trotz unserer hektischen Fahrt nach Kiel, dem planlosen Streifen durch die Stadt, dem Essen im Café und die Weiterfahrt hierher roch er so vertraut und angenehm wie ein Frühlingstag.

»Vertreten wir uns die Beine?« Er deutete mit dem Kinn nach unten in den Garten.

»Machen wir.« Ich nickte zustimmend.

Gemächlich liefen wir über die Wege zu der historischen Mühle, die wir von unserer Unterkunft aus gesehen hatten, und genossen die letzten Sonnenstrahlen des Tages. Es war Hochsommer und lange hell. Doch die Wärme versiegte langsam. Ich hatte den Arm um Dean gelegt und hielt ihn an meiner Seite.

Vereinzelt kamen uns Spaziergänger entgegen, die uns mal freundlich, mal befremdlich ansahen. Es war egal. Niemand kannte uns, und wir kannten niemanden.

Dean untersuchte die alte Mühle bis in den letzten Winkel und war restlos begeistert, ein derart gut erhaltenes Exemplar betreten zu dürfen.

Als wir zurück zum Bed and Breakfast kamen, begrüßte uns der Rezeptionist. »Da seid ihr ja wieder. Wie war euer Ausflug? Konntet ihr ihn genießen?«

Dean übernahm die Antwort. Er erzählte seinem anscheinend neuen besten Freund im Detail von den Obstbäumen, der Mühle und was ihm sonst noch alles aufgefallen war.

In der Zeit prüfte ich in mir, wie ich mich dabei fühlte, dass der Rezeptionist unsere verschränkten Hände bemerkte und darüber hinwegschaute. Es war befreiend.

Und irgendwie traurig. Musste ich von Föhr weg, um mich so zu zeigen, wie ich wirklich war?

»Ich bringe euch was zu trinken raus, wenn ihr wollt?«

Dean sah mich fragend an, und ich nickte.

Wir setzten uns in den Garten, und nur kurze Zeit später kam unser Gastgeber mit einem Tablett und zwei Bier zu uns.

»Hoffentlich nimmt das diesmal ein anderes Ende als letztes Mal.« Dean nahm einen Schluck aus seinem Glas.

»Davon gehe ich aus!«, grummelte ich.

Wir schwiegen. Es tat gut. Ich war in meine Gedanken versunken und gleichzeitig völlig zufrieden, da ich wusste, dass Dean hier bei mir war.

Dieser rutschte nach einiger Zeit auf seinem Stuhl herum.

»Ist dir kalt?«

»Nein. Vielleicht doch langsam. Ich dachte nur, ich gehe schon mal vor und dusche. Und mache mich fertig und so. Ich dachte, wir könnten heute weitergehen.«

Mein Nacken begann zu kribbeln, und ich nickte einmal. Dann schüttelte ich den Kopf.

Dean zog irritiert seine Augenbrauen zusammen und sah mich an. »Nein? Du hast keine Lust auf anal?«

»Doch!«, beeilte ich mich, zu sagen. »Natürlich. Ich meine nur, ich erwarte das nicht. Du musst dich nicht zwingend vorbereiten. Es ist ein Extraaufwand für dich. Wir können auch einfach ... was anderes machen.« Mit glühenden Ohren sah ich mich um. Niemand war im Garten, dennoch wollte ich das Gespräch, was wir heute im Bett taten, lieber unter vier Augen und in der Sicherheit meiner eigenen vier Wände führen.

Deans Mimik wurde sanft, und er lächelte mich an. »Okay. Ich will aber. Sicherheitshalber. Das heißt nicht, dass wir irgendwas Bestimmtes machen müssen. Nur dass wir die Option hätten, falls wir später wollen. Komm in einer halben Stunde oder so nach.«

»Hört sich gut an«, murmelte ich.

Schnell drückte er mir einen Kuss auf den Mund und verschwand.

Viel zu hastig trank ich mein Bier aus und starrte in den Himmel. Langsam, Schlückchen für Schlückchen, nippte ich an Deans Bierrest. Wir hatten darüber geredet, dass Dean lieber passiv war und ich keinen Part bevorzugte. Konkret waren wir aber nie weitergegangen. Es war für mich auch kein Muss. Zu Dean würde ich aber mit Sicherheit nicht Nein sagen. Er sollte sich nur nicht bedrängt fühlen. Für mich war dies ein riesiger Vertrauensbeweis seinerseits.

Nach fünfunddreißig Minuten leerte ich das Bier schließlich. Nach vierzig stand ich auf und drehte eine Runde durch den Garten, und ohne ein weiteres Mal auf die Uhr zu sehen, ging ich in unser Zimmer.

Mit einem Kribbeln im Bauch öffnete ich unsere unverschlossene Zimmertür. Jeder konnte hier rein. Das musste sofort unterbunden werden. Energisch schloss ich ab.

Mit einem Handtuch um die Hüften fand ich Dean im Bad, wo er sich vor dem Spiegel durch die Haare fuhr.

»Hey.«

Über die Reflexion sah er mich an und lächelte. Er sah zum Anbeißen aus.

»Ich dusche auch schnell!« Unnötigerweise deutete ich in den Raum, und Dean nickte.

»Ich wärme das Bett auf.«

Amüsiert grunzte ich vor mich hin. »Tu das.«

Mit einem Ruck zog er das Handtuch von sich, drehte mir seinen Hintern zu, stolzierte aus dem Bad und schob mit seiner Ferse die Tür hinter sich zu.

In der flüchtigsten Katzenwäsche meines Lebens spülte ich mir den Stress des Tages vom Körper und verließ, so schnell ich konnte, die Dusche.

Es war sinnlos. Mit einem riesigen Ständer, der sich nicht bändigen ließ, trocknete ich mich ab. Der Gedanke, dass sich Dean splitterfasernackt nebenan befand, machte es mir unmöglich, mich zu entspannen. Und ich hatte nicht vor, so zu tun, als würde mich der Gedanke kalt lassen.

Ich folgte Deans Vorbild und verzichtete auf ein Handtuch.

Zu meiner Überraschung fand ich ihn im Bett, die Decke über sich gezogen. Er nagte auf seiner Unterlippe.

Schnell setzte ich mich aufs Bett. »Was ist los? Hast du es dir überlegt?«

Sein Blick huschte über meine Erektion, und ich verfluchte mich innerlich.

»Nein! Ganz und gar nicht. Aber mir ist aufgefallen, dass ich keine Kondome dabeihabe. Ich dachte, da wären welche in meinem Kosmetikbeutel – leider nein. Also das Angebot von vorhin, meinen Arsch zu haben, kann ich, befürchte ich, nicht einlösen. Es sei denn, du hast Kondome und Gleitgel dabei?«

Ich konnte mein erleichtertes Grinsen nicht unterdrücken. Er wollte keinen Rückzieher machen. Uns fehlten lediglich die Mittel. Damit konnte ich leben. Langsam zog ich die Decke aus seinen Fingern. »Nein. Daran hatte ich in der Hektik nicht gedacht. Ich habe nur das Nötigste eingepackt.«

Dean lachte leise. »Ich auch.«

»Aber das macht überhaupt nichts.« Ich streckte mich über ihn und küsste seinen Mund. Sein Kinn. Seinen Hals. Lehnte mich ganz über ihn, sodass wir Haut an Haut lagen.

Es war, als ob mein Körper endlich aufatmen konnte. So an ihm zu liegen, war der Ort, an dem ich sein wollte.

»Du fühlst dich so gut an.« Manchmal konnte ich es nicht glauben, dass er bei mir war.

»Kein Vergleich dazu, wie du dich auf mir anfühlst«, murmelte Dean.

»Ach ja? Wie denn?« Ich schaute auf, während ich über seine Brust strich.

»Stark.«

Ich rutschte an seinem Oberkörper hinab.

»Sicher.«

Rieb über eine Brustwarze.

»Geerdet.«

Leckte über seinen Bauch.

»Heiß!« Dean zischte.

Ich küsste über seine Leisten. Spielte mit seinen Eiern und nahm sie in den Mund.

»Fuck!«

Er roch so gut. So sehr nach Dean. Ich sog an ihm und ließ ihn aus meinem Mund fallen.

»Ah!«

Mit meiner Zunge strich ich von der Wurzel bis zu seiner Schwanzspitze. »Was noch?«, flüsterte ich dagegen.

»Mhm.«

Ich nahm meinen Zeigefinger in den Mund und benetzte ihn mit Speichel.

Deans Augen wurden größer.

»Ah.«

»Ja?«, fragte ich.

Während ich ihm noch zusah, wie er nach Worten rang, hob ich seine Beine mit einem Arm leicht an, sodass sein Hintern weiter nach unten rutschte.

Dean zog seine Knie an und beobachtete jede meiner Bewegungen, wie ich zwischen seine Beine glitt.

Ich küsste seinen Schwanz. Leckte über seinen Damm und hielt inne. »Okay so?« Fragend hob ich den Kopf und suchte seinen Blick.

»Ja, ja, ja.« Ungeduldig zog er erneut an seinen Kniekehlen, sodass sich sein Hintern weiter in mein Gesicht schob. Leise lachend küsste ich sein Loch, fuhr mit meinem nassen Finger darüber und drang nur mit der Spitze ein. Zog ihn heraus, schob meine Zunge hinterher.

Dean stöhnte und wand sich vor mir.

Es war ein Geschenk, ihn so zu sehen. Mein eigener Schwanz rieb über die Decke, und ich war über jeden Widerstand dankbar.

»Mehr«, jammerte Dean.

Unschlüssig drang ich mit meinem Finger etwas tiefer in ihn. »Ich will dir nicht wehtun.«

»Tust du nicht.« Er zappelte über mir rum und tippte schließlich meinen Kopf an. »Hier.« Er hielt mir eine kleine Tube Handcreme hin.

Na gut. Schnell presste ich mir einen Klecks auf zwei Finger und fuhr um Deans Öffnung. Dieser schob sich mir entgegen. Langsam führte ich einen Finger, dann den zweiten ein.

Sofort bewegte er sich darauf. Fasziniert sah ich, wie ich in ihm verschwand. Nahm seinen Rhythmus auf. Begann meine Hand mit seinen Bewegungen zu führen. Ich drehte das Gelenk, krümmte den Finger und fuhr über den schwammartigen Punkt in ihm. Dean krümmte sich leicht, und ich bekam die Bestätigung, dass ich seine Prostata getroffen hatte.

Stetig bewegte ich meine Hand schneller und nahm seinen Schwanz in meinen Mund. In sachten Bewegungen stieß Dean in den Aufwärtsbewegungen seiner Hüfte in meinen Rachen und in seinen Abwärtsbewegungen auf meine Finger.

Umständlich zog ich meinen freien Arm zwischen mich selbst und die Matratze und nahm meinen Ständer in meine Hand. Doch ich wollte nicht zu schnell kommen. Nicht vor Dean.

»Arved!«, herrschte er mich an. Seine Finger vergrub er in meinen Haaren. Zog daran. Hielt sich daran fest. So als ob er selbst nicht wusste, was er wollte.

Um ihm die Entscheidung zu erleichtern, sog ich an seiner Spitze und strich fest über seine Prostata. Mit einem unterdrückten Schrei kam er in meinem Mund. Ich schluckte seine Essenz und leckte ihn sauber. Genüsslich und ausgiebig. Langsam zog ich meine Finger aus ihm. Über mir stöhnte Dean.

Schließlich hob ich mich auf meine Knie und richtete mich über ihm auf.

Aus verhangenen Augen schaute er mich an. Er haftete seinen Blick an meine Erektion, und ich begann heftig darüber zu reiben. Sein Brustkorb bebte. Mit jedem Strich von mir atmete er schwer. Mit gespreizten Beinen platzierte ich mich über seinen Oberschenkeln und trieb mich mit schnellen Bewegungen auf den Höhepunkt zu.

Dean sah mir direkt in die Augen.

Mein ganzes Bewusstsein verengte sich auf den Raum zwischen uns. Seine Haut, der Geruch von Sex, unsere Geräusche verbanden uns.

Ein Prickeln lief über meinen Rücken, meine Eier zogen sich zusammen.

Und ich kam in heftigen Schüben über seine Beine, seinen unteren Bauch und begleitete dies mit einem rauen Schrei. So als könnte ich hinausbrüllen, was ich nicht sagen konnte. Dass er mir gehörte. Dass wir zusammengehörten.

Ich sank zurück auf die Matratze, und Dean zog mich sofort in seine Arme.

Fest hielt er mich. Atmete gegen meinen Kopf.

Wenn ich diesen Moment nur genauso festhalten könnte.

Kapitel 21

Dean

»Dean, kannst du mir mal mit den Girlanden helfen?«

Zweifelnd sah ich zu Melanie, die mich rief, während ich im Garten des Hotels die Leiter hielt, auf der ihre Verlobte herumturnte.

»Schatz, hast du vor, mich noch vor der Hochzeit unter die Erde zu bringen?« Carinas Stimme klang amüsiert und Uwes Schwester riss den Kopf zu uns herum.

»Oh! Himmel, das tut mir so leid!« Melanie hielt sich die Hand vor den Mund und prustete los. »Ich bin so ...«

Carina stieg von der Leiter und ging zu ihrer Verlobten. »Ich weiß. Aber entspann mal. Du musst nicht komplett alles selbst stemmen.«

Melanie stieg von ihrem Stuhl, von dem aus sie ohnehin nicht an den Zweig gekommen wäre, und ging auf Carina zu. Die beiden sahen sich an. So vertraut und intim. Der Kuss, der folgte, war fein, fast flüchtig. Aber so bedeutungsvoll. So als hätten sie sich in der Berührung gegenseitig Kraft gegeben, gingen sie auseinander und sahen sich an. So verliebt.

»Ahhh ... Ihr seid Zucker.« Beide drehten sich zu mir und grinsten mich an.

»Das sind wir.« Carina zwinkerte mir zu. »Was meinst du? Ist es nicht Zeit für eine Pause?« Melanie hob beide Hände. »Ich ergebe mich und schalte einen Gang zurück. Morgen ist noch genügend Zeit.«

»Es ist ja erst mal die Gartenfeier. Die Hochzeit ist ja erst in zwei Tagen«, versuchte Carina ihre Verlobte zu besänftigen.

Melanie nickte entschieden. »Du hast recht. Es ist alles optimal geplant. Ich lass mich ab jetzt nicht mehr aus der Ruhe bringen.«

Die beiden lächelten sich vertraut an.

Durch den Terrassenausgang des Hotels trat eine Gruppe bunter Hochzeitsgäste, die früher angereist waren. Ein wildes Geschnatter, das sie begleitete, erfüllte den Garten. Jeder stellte sich mir samt Pronomen vor oder wurde vom Brautpaar vorgestellt.

Alle schienen sich lange zu kennen und es war ein aufgeregtes Wiedersehen, wobei mehr als ein Tränchen floss.

Schnell wurde ich in ihre Gespräche miteinbezogen.

»Melanie hat uns – also Ron und mich – mit in die Beziehung gebracht.«

Ich drehte mich ganz zu der Person, die meine Frage, woher sie das Ehepaar kannte, beantwortet hatte, und suchte krampfhaft nach dem richtigen Namen. »Mika?«

»Richtig«, sagte dey mit einem leichten Kopfnicken.

Ich lachte leicht. »Seid ihr so was wie Möbel, die man in eine Beziehung bringt?«

Mika ließ die Augenbrauen hüpfen. »So in etwa. Nur lassen wir uns nicht so leicht vor die Tür stellen. Aber Spaß beiseite.« Mika deutete auf die unterschiedlichen Gäste und erklärte, woher sich alle kannten und dass sich Melanie und Carina in Köln kennengelernt hatten. »Ach, da habe ich auch Annika kennengelernt. Die Gute, die gerade auf uns zukommt. Ich habe sie seit Ewigkeiten nicht mehr gesehen.«

Mit einer Handbewegung zeigte ich demm, dass dey ruhig gehen konnte. »Lass dich nicht aufhalten. Ich muss ohnehin gleich los zum Babysitten.«

Mika sah zu Bo und Jule, die durch die Gäste sprangen. »Viel Glück, dass du die ins Bett bekommst.«

»Ja.« Etwas ratlos kratzte ich mir über den Kopf. »Das könnte tatsächlich schwierig werden.«

Tine kam auf mich mit einem Glas zu. »Hallo, Dean. Da bist du ja.«

»Brauchst du mich?«

»Nein!« Sie winkte sofort ab. »Ein ganz schöner Trubel, was?«

»Das kann man wohl sagen. Wie viele Gäste sind es denn insgesamt?«

Tine zuckte mit einer Schulter. »Knappe dreißig morgen und eine nicht näher definierte Zahl von Leuten aus dem Ort für die Vorfeier. Zur Hochzeit sind es dann etwa sechzig. Wir sind also komplett ausgebucht.«

»Es ist eine tolle Gruppe.« Ich meinte jedes Wort genau so. Mir war gar nicht aufgefallen, wie sehr es mir gefehlt hatte, mich mit anderen queeren Menschen zu umgeben. »Aber wenn Bo und Jule ins Bett sollen ...«

»Nein! Mach dir keine Gedanken. Uwes Eltern sind hier. Die wollen das übernehmen. Du kannst gern ausgehen oder hier mitfeiern. Wenn die beiden was von dir wollen, melden sie sich schon.«

»Oh!« Ich sah auf Melanies und Carinas bunten Freundeskreis. Plötzlich vermisste ich meine Freunde. Ava. »Ich glaube, ich würde gern hierbleiben. Es ist eine tolle Atmosphäre.«

Tine sah mich fast ein bisschen bedauernd an. »Ist nicht viel los auf Föhr, oder?«

Ich schüttelte den Kopf. »Das ist es nicht. Ich habe nur grade an meine Familie gedacht. Meine beste Freundin. Es tut gut, ein bisschen queere Atmosphäre aufzusaugen.«

Sie nickte mir zu. »Tu, was dir guttut. Du kannst morgen gern jemanden einladen, wenn du willst. Es kommen die unterschiedlichsten Leute. Nicht nur Melanie und Carinas Gäste, sondern auch Bekannte von uns. Statt eines Polterabends wird das so eine Art Dorffeier.«

»Wenn das okay ist?« Ein Gedanke setzte sich in meinem Kopf fest.

»Klar. Wie gesagt, meine Schwiegereltern werden sich hauptsächlich um Jule und Bo kümmern. Du bist nicht nur Gast, du bist auch Gastgeber als Teil der Familie. Lade ein, wen du magst. Wir haben Arved und Anton Bescheid gegeben. Anton hat schon zugesagt. Aber vielleicht magst du noch mal mit Arved reden.«

Erneut sah ich über die Gruppe und nickte gedankenverloren vor mich hin. Es wunderte mich nicht, dass Arved nicht sofort vor Freude in die Luft gehüpft war. Aber das hier war genau das, was er sehen musste.

»Ich bin mir nicht sicher.« Arved fuhr sich durch die Haare und strich über sein T-Shirt.

Auf dem Weg zum Hotel steckte er mich noch mit seiner Nervosität an. »Die Gruppe ist echt nett und wirklich ...«

Arved seufzte. »Das ist es nicht. Ich habe zugesagt, zu kommen, also tue ich es. Ich bin nur nicht der Typ für so Menschenansammlungen. Tut mir leid. Ich will dir nicht den Spaß verderben.«

»Das tust du nicht! Ich will nur, dass du eine gute Zeit hast.«

Arved blieb stehen und hielt mich an meinem Arm zurück. »Das ist nicht deine Aufgabe. Wenn ich nur grummelig in einer Ecke hocke, hat das nichts mit dir zu tun.«

Er schaute den Weg entlang und mir dann direkt in die Augen. »Danke für die Einladung. Ich meine es ernst. Auf Partys bin ich selten der Mittelpunkt der Gesellschaft.«

»Das musst du nicht sein. Ich hoffe nur, du siehst ...«

Er drückte meine Hand und zog mich zu sich. »Ich weiß. Aber lass uns einfach sehen, was der Abend bringt.«

»Mehr will ich gar nicht.« Ich schenkte ihm hoffentlich mein überzeugendstes Lächeln, und gemeinsam gingen wir ein paar Schritte, bis Arved meine Hand losließ.

Als wir auf den Parkplatz des Hotels abbogen, blieb mir die Luft im Halse stecken.

Uwe hatte die Hotelfahne, die normalerweise dort am Fahnenmast hing, eingeholt und zog gerade den Ersatz hoch. Eine riesige Pride-Flagge – genau genommen eine Progress-Flag, mit den schwarz, braun, hellblau, rosa, weißem Dreieck an der linken Seite.

»Oh! Wow!«, rutschte es mir raus.

Uwe schaute zu uns und grinste. »Wir wollen, dass sich in den nächsten Tagen wirklich alle willkommen fühlen.« Er seufzte und zog weiter an seinen Schnüren. »Natürlich soll man sich jeden Tag bei uns wohlfühlen, aber ... du weißt, was ich mein?«

»Ich versteh schon!« Ich sah zu, wie die Fahne sich leicht streckte. »Das ist wirklich toll.«

Schnell drehte ich mich zu Arved, doch dieser hatte seine Lippen zusammengepresst. Entschuldigend sah er zu mir und lächelte gequält.

Er räusperte sich. »Das ist toll.« Er deutete in Richtung des Gartens. »Wollen wir?«

Ich suchte sein Gesicht ab. Ich wollte ihn zu nichts drängen, wozu er nicht bereit war. Aber vielleicht brauchte er manchmal einen kleinen Schubs.

Er nickte noch mal. »Ich will!«, formulierte er mit seinen Lippen, ohne es laut zu sagen.

»Okay«, sagte ich genauso lautlos zurück.

Als wir bei der Feier eintrafen, bot sich mir ein Bild, das dem vom Tag zuvor ähnelte. Diesmal waren die Festlandgäste von Insulanern durchsetzt. Hinter uns kamen Wiebke und ihre Kolleginnen aus der Bäckerei mit einem Kuchen dazu.

»Hallo!«, begrüßte ich sie. »Seid ihr für die Hochzeitstorte zuständig?«

Sie schüttelte etwas angespannt den Kopf, während sie ihr riesiges Blech balancierte. »Ne. Heute sollen alle versorgt werden, ohne sich Gedanken machen zu müssen. Um den Schnickschnack kümmern sich andere.«

Arved nahm ihr den Kuchen ab, und gemeinsam gingen wir zu dem Büfett, das Tine, Sven und Antje aufgebaut hatten.

Das Essen stapelte sich bereits darauf, und jeder, der eine Hand frei hatte, richtete die Platten und Teller zurecht.

»Dean, du bist zurück.« Mika umarmte mich von hinten, und lachend drehte ich mich in deren Armen.

»Und du bist schon ordentlich am Feiern, scheint es mir.«

Mika tippte mir auf die Nase und grinste mich an. »Irgendjemand musste ja damit anfangen.«

Ich drückte demm noch mal und drehte mich dann zu Arved. »Das ist Arved. Mein ... der Nachbar.«

Mika ließ mich los und reichte Arved sehr förmlich die Hand. »Hallo, Arved, *mein der Nachbar*. Es freut mich sehr, dich kennenzulernen.«

Arved schmunzelte und verbeugte sich leicht. Dadurch strich er leicht gegen die goldene Federboa Mikas, die dey um deren zarten Hals geschlungen hatte und die im krassen Gegensatz zu deren schwarzen kurzen Haaren stand. »Die Freude ist ganz meinerseits.«

Mika schmunzelte und hakte sich sofort bei Arved unter. »Mir scheint, du kennst dich hier aus. Mir scheint, du bist die Person, an die ich mich hier halten sollte.«

»Ähm.« Arved warf mir einen Blick zu. »Ich bin mit
Dean hier. Wenn er nichts dagegen hat, begleite ich
dich selbstverständlich. Aber …«

Mika zog eine ordentlich gezupfte Augenbraue hoch
und sah mich amüsiert an.

»Kein Problem. Wenn du ihn mir unbeschadet zu-
rückbringst?«

Mikas Gesicht verzog sich zu einem Grinsen und dey
sah zu Arved, der lächelnd den Kopf schüttelte. »Versprochen!« Damit drehte Mika die beiden um und sie
gingen davon.

Ich sah ihnen hinterher, wie Mika Arved den Leuten
vorstellte und ihn dann doch wieder mit sich zog, um
was auch immer zu besprechen. Die beiden lachten
und man konnte beobachten, wie Arved auftaute. Nach
einigen Minuten entspannten seine Schultern. Er war
Mika zugewandt und lachte.

»Tolle Party!«

Ich drehte mich zu Anton, der mir mit einem Bier zu-
prostete.

»Hey. Schön, dass du da bist.«

Er sah sich um. »Der Chef ist ja auch gekommen.«

Mein Magen zog sich zusammen, und gespannt musterte ich ihn, wie er Arved unter der Gruppe von Melanie und Carinas Freunden beobachtete.

Was dachte er sich? Empfand er die Leute als befremdlich? Er war mir nie sonderlich feindselig vorgekommen, aber vielleicht änderte sich das, wenn er mit
Leuten konfrontiert war, die nicht so konform waren
wie ich.

Seine Stirn legte sich in Falten, und ich setzte an, Arved und alle, die hier waren, zu verteidigen.

»Ist gut, dass er mal unter Leute kommt.« Er nahm einen Schluck aus seiner Flasche. »Er ist wirklich ein cooler Typ, aber so ganz allein auf dem Hof hält das niemand aus. Egal, was er behauptet.« Er stupste mich mit seinem Ellbogen an. »Schon daran gedacht, hierzubleiben? Würde ihm zumindest guttun.« Dabei deutete er mit dem Kinn in Richtung Arved.

»Ah ...«

Anton drehte sich zu mir und grinste. »Ein kleiner Tipp: Die Wände sind nicht wirklich gut isoliert im Haupthaus am Hof.«

Hitze kroch über meinen Nacken, meine Kopfhaut, in meine Wangen. »Weiß Arved ...?« Fuck! Hoffentlich regte der sich nicht auf.

Anton schüttelte den Kopf. »Ne! Darum geht's mir nicht. Ich komm mir nur langsam strange vor, wenn ich nichts sage. Ich kann so tun, als ob ich euch nicht höre. Aber vielleicht wollt ihr wissen, dass ihr nicht sonderlich leise seid.«

Ich schlug eine Hand vor die Augen. »Oh my god!«

Anton lachte. »Das muss dir nicht peinlich sein. Ich dachte nur, die Höflichkeit gebietet es, euch Bescheid zu geben. Was du mit der Info machst, ist mir egal. Es ist mir wirklich schnuppe, und ich trage das sicher nicht rum.« Er sah mich aus zusammengezogenen Augenbrauen an. »Hey. Hätte ich nix sagen sollen?«

»Nein, nein!«, versicherte ich sofort. »Es ist besser, es zu wissen.«

Erneut grinste er und stupste mich an. »Na, siehst du. Dann passt ja alles. Ich werde mich mal unters Volk mischen. Der Anteil hübscher Frauen und Menschen, die ich weiblich lese, ist hier extrem hoch.«

»Oh. Okay. Vielleicht solltest du deine Hoffnungen nicht zu hoch ansetzen?«

»Ts, ts.« Anton schüttelte missbilligend den Kopf. »Nicht so negativ, Dean. Ich habe es mir zum Motto gemacht, alle Menschen erst mal als potentiell bisexuell zu betrachten. Öffnet mehr Türen, als man denkt.«

»Ich, ähm ...«

Anton winkte mir zu und verschwand, während ich über seine Worte nachdachte. Grundsätzlich war das ein Tipp, den ich allen Menschen gab. Trotzdem kam es für mich unerwartet.

Jedoch konnte ich mir darüber keine weiteren Gedanken machen, da Melanie und Carina einen neuen Gast in Empfang nahmen und ihn sofort durch die Anwesenden führten.

Ich nippte weiter an meiner Schorle, als sie auf mich zukamen. »Und das ist Dean. Er ist als Au-pair bei meinem Bruder beschäftigt.«

»Hallo!« Ich schüttelte die Hand des äußerst attraktiven, etwas älteren Mannes mit grauen Strähnen zwischen den elegant nach hinten gegelten Haaren.

»Mathis. Es freut mich sehr!« Sein Händedruck war warm und bestimmt.

»Mathis ist mein alter Chef«, erklärte Carina. »Während meines Studiums habe ich in seiner Galerie gejobbt. Ist auch schon wieder fast zwei Jahre her. Aber schön, dass du zu unserer Hochzeit kommst.« Sie umarmte ihn.

Melanie entschuldigte sich und ging auf eine Gruppe anderer Leute zu.

»Du hast eine Galerie?«, fragte ich. Meine Neugierde konnte ich in der Aufgeregtheit meiner Stimme nicht verbergen.

»Ach, stimmt, du malst ja, Dean.« Carina sah mich erwartungsvoll an. »Dann habt ihr ja ein Gesprächsthema. So viele der anderen Gäste kennst du auch nicht, Mathis, oder?«

Dieser schüttelte den Kopf. »Darüber musst du dir deinen Kopf nicht zerbrechen. Ich komme hervorragend zurecht.«

»Carina, kannst du mal kommen?«, rief meine Gastmutter ihr über den Rasen zu.

Diese griff nach der Hand ihres ehemaligen Chefs und drückte sie kurz. »Ich bin sofort zurück.« Damit war sie verschwunden.

»Ich gehe davon aus, dass ich sie bis nach der Vermählung nicht mehr sehen werde!« Mathis hob seine Augenbrauen und grinste mich verschwörerisch an.

Ich lachte leise. »Da liegst du vermutlich nicht falsch. Soll ich dich zu den Getränken bringen?«

»Das wäre wirklich allerliebst.«

Gemeinsam gingen wir am Büfett vorbei zu der kleinen Bar, die Uwe und Tine eingerichtet hatten.

Mathis nahm sich ein Glas Champagner und stieß mit mir an. »Auf eine gelungene Inselhochzeit.«

»Auf die Bräute«, erwiderte ich.

»Und die Gäste«, setzte Mathis hinterher.

»Und die Gastgeber«, fuhr ich fort.

Erneut stießen wir unsere Gläser aneinander und lachten.

»Du bist also ein Künstler?«

Ich schüttelte den Kopf. »Wir müssen nicht darüber reden.«

»Oh. Ich tausche mich immer gern mit Talenten aus.«

Schon wieder wurde mir warm, und ich winkte ab. »Das muss nicht sein. Ich kann dir die Homepage nennen, unter der Bilder von mir geführt werden. Also diejenigen, die es in Ausstellungen geschafft haben.«

Mathis zog die Augenbrauen hoch. »Also wirst du bereits vertreten?«

»Nein! Nein, es gab letztes Jahr Gespräche mit einem Agenten, aber ...« Ich starrte über die Gäste hinweg. Dann kam die Leere in mir. Und ich konnte nichts mehr abliefern. Und plötzlich waren da nur noch Rechnungen. Und ... Ich schüttelte mich leicht. »Das Schicksal meinte es anders. Und nun bin ich hier.«

Mathis musterte mich eingehend. »Gib mir mal den Kontakt.«

Ich nickte und schrieb ihm die Adresse in sein Handy.

Gerade als ich ihm das Telefon zurückgab, kamen Mika und Arved vom anderen Ende des Gartens zurück. Arved beobachtete, wie Mathis das Handy zurück in seine Tasche steckte, mit zusammengekniffenen Augen. Starrte Mathis an.

Ich wollte ihm keine voreiligen Schlüsse unterstellen, doch ich konnte seine Gedanken schier hören. Obwohl wir beschlossen hatten, exklusiv zu sein, hatten wir ein Ablaufdatum. Ein gewisser Zweifel von ihm an mir war also auf eine gewisse Weise nachvollziehbar. Das war die Kehrseite von Beziehungen wie unseren. Die Zweifel, was sie genau bedeuteten, schwappten leicht auf alle möglichen Gebiete über. Ich hielt meinen Blick auf

Arved gerichtet, bis dieser aufsah. In einer leichten Bewegung schüttelte ich den Kopf.

Er schlug die Augen nieder und fuhr sich über den Nacken.

Ich stellte alle einander vor und wandte mich wieder an Mika. »Vielen Dank für die Rückgabe.« Mika prustete los, und Arved grunzte amüsiert.

Mit einer kreisenden Handbewegung zog sich Mika zurück und präsentierte mir Arved, den ich mir sofort schnappte. »Bis später«, rief ich den beiden zu und ging mit Arved ins Hotel, wo es ruhiger war.

»Ich habe ihm nur die Seite meiner ausgestellten Bilder aufgeschrieben. Mehr nicht.«

»Du bist mir keine Rechenschaft schuldig!«, erwiderte Arved sofort und trat einen Schritt zurück.

»Bin ich nicht?« Herausfordernd sah ich ihn an.

»Nein, du kannst tun und lassen, was du willst.«

Nun funkelte ich ihn an. »Also, du kannst nicht tun und lassen, was du willst, wenn wir zusammen sind«, sagte ich herausfordernd.

»Dean! So meinte ich das nicht.«

»Ach ja?« Ich wollte nicht streiten, aber wenn es Arved darauf anlegte, konnte ich es.

Er trat einen Schritt zurück und atmete schwer aus. »Du sollst nicht das Gefühl haben ... Ich meine, ich will dich nicht einschränken. Es ist nur ...«

Mein Herz schlug mir panisch bis in den Hals. Wir mussten da mal was klären. Schnell ging ich auf ihn zu und griff nach seinem Hemd. »Es war nur meine Homepage. Alles andere würde ich nicht machen. Bin ich gar nicht interessiert. Da ist nämlich dieser sture Bauer, der mich seit Wochen auf Trab hält.«

Arved schüttelte den Kopf und grinste mich an. »Ist das so?«

»Ja! Das ist so!« Ich strich über seinen Bauch und ließ dann lieber von ihm ab.

»Danke. Ich habe auch an niemandem sonst Interesse. Und ich bin rundum monogam.«

»Wie passend. Ich auch.«

Wir sahen uns an und schmunzelten. So als teilten wir ein Geheimnis.

»Da seid ihr ja!«, rief Anton, und wir traten einen Schritt auseinander.

Ein Geheimnis, das nicht nur wir trugen. Das musste ich Arved noch erzählen. Aber nicht jetzt.

»Ich werde mal rüber schauen. Eigentlich gehe ich nicht davon aus, dass sich bei den Kälbern was tut, aber vorsorglich laufe ich über die Weiden.«

»Das kann ich machen«, fiel ihm Arved ins Wort.

Doch sein Lehrling klopfte ihm auf die Schulter. »Lass gut sein und bleib du mal hier. Ich schau nur kurz, und falls was ist, gebe ich dir sofort Bescheid.«

Arved nickte. »Okay.«

Anton ging durch das Hotel Richtung Ausgang, und ich griff Arveds Hand. »Willst du eigentlich mein Zimmer sehen?«

Arved grinste hämisch. »Zeigst du mir da deine Pokémon-Sammlung?«

»Du bist so ein Arsch. Wenn du so bist, zeig ich dir gar nix.« Ich streckte ihm die Zunge raus und wandte mich ab. Doch Arved griff nach meiner Schulter und hielt mich zurück.

»Das Risiko gehe ich nicht ein. Na komm. Das ist vermutlich der beste Moment. Jetzt sind gerade alle beschäftigt.«

Wir liefen am Rande der Vorhochzeitsfeier vorbei zum Haupthaus und traten durch die unverschlossene Haustür.

»Hier hoch.« Schweigend gingen wir die Treppen nach oben, bis wir in meiner kleinen Kammer ankamen.

»Gemütlich!« Arved sah sich um und schaute durch das Fenster nach unten. »Das ist echt hübsch.« Er ging zum Bett und ließ sich hineinfallen. Streckte sich darauf. »Schade, dass wir nie hier sein können. Ist schön bequem.«

»Meinst du, weil uns niemand hören soll?« Ich rieb meine Zähne auf meiner Unterlippe entlang.

»Ähm. Ja?«

»Nun ...« Langsam ließ ich mich auf das Bett sinken und nahm seine Hand. »Das ist so ’ne Sache.«

Arved hob den Kopf und setzte sich stirnrunzelnd auf. »Was meinst du damit?«

»Also, es ist wohl so, dass wir auch bei dir nicht hundert Prozent ungestört sind. Oder andersrum, nicht hundert Prozent niemanden stören.« Ich presste die Lippen zusammen und beobachtete, wie Arved die Nachricht aufnahm.

Dieser sah mich zunächst mit zusammengezogenen Augenbrauen an, dann neigte er leicht irritiert den Kopf und riss schließlich die Augen auf. »Aber wer hat denn was mitgekriegt?«

Er hatte es also nicht verstanden.

»Anton hat mir erzählt, dass er uns gehört hat?«

»Uns gehört hat? Oder *uns gehört hat!*«

Ich sah Arved zweifelnd an. »Zweiteres?«

»Oh! Mann!« Arved fuhr sich über das Gesicht.

Was brauchte er jetzt? Eigentlich hatte ich gedacht, der Abend würde uns weiterbringen. Ihm queeres Leben zeigen. Seine Angst nehmen. Die Freude, unter Menschen zu sein, die einen verstanden, ohne dass man sich groß erklären musste. Dass es uns näher zusammenführen würde.

»Soll ich mit ihm reden?« Arved spielte mit meinen Fingern.

»Mit wem? Anton?«

Er nickte.

»Ich ... denke nicht. Also, wenn du willst, schon, aber er schien gar kein Problem damit zu haben.«

Arved ließ sich wieder auf die Matratze sinken und starrte meine Zimmerdecke an. Die Füße baumelten mit den Turnschuhen vom Bettende. »War er komisch? Oder blöd zu dir?«

»Nein!« Ich küsste Arveds Handrücken. »Er wollte nur, dass wir Bescheid wissen. Er meinte, er könne uns ignorieren, aber vielleicht wäre es uns wichtig, es zu wissen. Und er hat gesagt, dass er es nicht weitererzählen würde.«

Arved nickte und setzte sich auf. »Ja. Das heißt dann wohl, wir müssen in Zukunft leiser sein.«

Ich atmete lange aus. *In Zukunft* bedeutete, dass sich Arved zumindest nicht davon abhalten lassen würde. »Wahrscheinlich. Was aber wichtiger ist, wie fühlst du dich dabei? Dass Anton es weiß.«

Arved zuckte eine Schulter. »Nicht schlecht. Die ewige Heimlichtuerei auf dem Hof war eh Mist. Fast ein

bisschen erleichtert. Ich denke nicht, dass er es weiter-
erzählt.«

Erneut nagte ich auf meiner Lippe. »Wäre es denn
schlimm, wenn es mehr Leute wissen? Nicht, dass Anton rumlaufen und es allen erzählen soll, ohne dein
Einverständnis. Aber so allgemein? Wenn du in den
Hotelgarten schaust, siehst du eine riesige Feierge-
meinschaft aus Gästen und Leuten von der Insel für ein
gleichgeschlechtliches Paar.«

Arved rieb sich mit der Hand über die Brust. »Das ist
doch was anderes. Die beiden haben mit Uwe und Tine
zwar Familie auf Föhr, aber die leben nicht hier. Egal,
welches Wort heute fällt, was scheiße wäre, nach ein
paar Tagen sind die weg.«

»Aber niemand sagt was Negatives. Die Leute freuen
sich und feiern mit Carina und Melanie.«

»Ich weiß. Was Neues. Aufregendes. Aber das ist was
Außergewöhnliches, ein Event. Ich könnte nicht ertragen, jeden Tag so angestarrt zu werden.«

Innerlich sackte ich zusammen. »Hast du denn das
Gefühl, dass die Leute das machen? Ich will dich zu
überhaupt nichts überreden, aber ich hatte es schon so
empfunden, dass sich alle ehrlich mit den beiden
freuen.«

Arved strich über meine Schultern, als müsste er
mich trösten. »Du hast schon recht. Aber das ist doch
alles eine Fantasiewelt für mich. So toll ich Mika und
deren Freunde finde, auch diese werden mit dem Ehepaar verschwinden und ich werde allein zurückblei-
ben.«

Ich seufzte. »Nicht ganz allein. Ich bin doch hier.«

Arved sah mich an. Mitleidig? Flehend? Ärgerlich? »Wie lange, Dean?« Er flüsterte die Worte.

»Vielleicht länger als meine bisher geplante Zeit. Ich weiß noch nicht. Im Moment ...«

»Dean, bitte. Deine Pläne haben doch nichts mit mir zu tun. Das ist auch völlig richtig so. Die Zeit, die wir gemeinsam haben, müssen wir gesondert von dem, was danach kommt, betrachten.«

»Aber ...« Ich wollte protestieren, ihm sagen, dass es so einfach nicht war. Dass ich mich hier auf Föhr so unglaublich wohlfühlte, dass ich es nicht wagen wollte, meine Inspiration aufzugeben. Dass ich glücklich und erleichtert war, endlich wieder malen zu können. Dass ich mich hier vollständig fühlte. Dass mir der Gedanke, ihn in nur wenigen Wochen zu verlassen, überhaupt nicht mehr behagte.

Stattdessen küsste mich Arved. Nahm mir die Worte. Weil er sie nicht hören wollte? Um sich zu schützen? Um mich zu schützen? Um Distanz zwischen uns zu bringen? Distanz, die ich nicht mehr wollte. Ich wollte Arved ganz. Mit seinen Sorgen und Bedenken. Ich wollte, dass er mich zu einem Teil davon machte. Stattdessen küsste er mich, dass ich vergaß, wo wir waren.

Vom Ende der Hühnerleiter zu meinem Zimmer drang Fußgetrappel bis zu uns hoch.

»Oma, komm! Ich muss dir mein neues Lego zeigen.«

»Bo«, flüsterte ich in Arveds Ohr, und dieser nickte. Merklich rutschte er ein Stück von mir weg.

»Und da oben wohnt Dean. Dean! Deeeaaaan! Bist du da? Die Oma ist da. Bei dir ist das Licht an. Bist du da?« Befänden wir uns nicht wie auf dem Präsentierteller, würde ich lachen. Bos nicht ganz logischer Enthusiasmus war wie immer herrlich erfrischend.

»Ich bin hier.«

Nur Sekunden später steckte er seinen Kopf durch die Tür. »Da bist du ja!« Er strahlte mich breit an. »Und Arved. Übernachtest du heute bei uns?«

»Ich … ähm … nein!«, stammelte dieser.

Selbst ich wollte nur die Hände über dem Kopf zusammenschlagen. Was für ein Abend!

»Ah. Okay. Dann schläft Dean wieder bei dir?«

»Was? Äh …« Nun war ich es, der vor sich hin stammelte. »Wer sagt denn das?«

»Die Mama?« Bo sah mich völlig unverständlich an. »Und der Papa.«

»Also …« Da wusste ich jetzt auch nicht, was ich sagen sollte.

»Bo. Was machst du denn hier?« Hinter ihrem Enkel tauchte Uwes Mutter auf. »Tut mir leid«, meinte sie an mich gerichtet. »Bo, komm. Wir wollen die beiden nicht stören.«

»Ist schon okay«, bemühte ich mich, schnell einzuwerfen. Offensichtlich war die Frau nicht homophob, da sie bei der Hochzeit der eigenen Tochter mit einer Frau war. Aber ich wollte nicht das Gefühl vermitteln, Arved und ich würden hier sonst was machen und Bo wäre nicht willkommen. Ich war nur so verwirrt. Wusste eigentlich jeder über uns Bescheid?

Rasch erhob sich Arved vom Bett. »Kein Problem, Bo. Wolltest du mit deiner Oma spielen oder sollen wir wieder raus, zu den anderen Gästen?«

Sofort ergriff der Junge Arveds Hand, und die beiden gingen die Treppe hinab. War das eine Flucht oder eine

Entschärfung der Situation? Vermutlich ein bisschen was von beidem.

Entschuldigend sah mich Bos Oma an. »Tut mir leid. Ich wollte wirklich nicht stören.«

Ich schüttelte den Kopf. »Kein Problem.«

Diese Situation war nur ein Mosaiksteinchen der Unklarheiten, die zwischen Arved und mir herrschte.

Kurze Zeit später fand ich die beiden. Bo auf dem Schoß von Melanie und Arved in ein Gespräch mit Carina vertieft.

Langsam wurde die Feier feuchtfröhlich, umso deutlicher für mich, weil ich mich mit dem Alkohol zurückgehalten hatte.

Ich suchte Arveds Blick, doch dieser schüttelte nur den Kopf und lächelte. Er wollte mich beruhigen. Und ein bisschen abwimmeln. Egal wann, an diesem Abend musste ich noch mit ihm reden. Wirklich reden.

Uwes Eltern übernahmen es, nachdem ich es erneut angeboten hatte, die Kinder ins Bett zu bringen. Mittlerweile waren die Nachbarn und Freunde des Hotels gegangen und nur noch der eingeschworene Kern aus Melanies und Carinas Freundeskreis war da und feierte.

Arved und ich halfen zunächst Tine beim Aufräumen, bis uns diese auch wegschickte.

»Danke euch. Aber den Rest müssen wir morgen machen. Oder wenn sich die Letzten verzogen haben. Es ist ja alles so gut wie neu.«

Unschlüssig sah ich mich im Garten um. »Ab wann brauchst du mich morgen früh?«

Sie schaute von Arved zu mir und lächelte verlegen. »Meine Schwiegermutter hat mir erzählt, was Bo gesagt hat.«

Ich setzte an, etwas zu sagen, doch sie fuhr sofort fort. »Es geht mich nichts an. Ich will auch keine Erklärung. Der einzige Grund, wieso ich es anspreche, ist, dass ich nicht will, dass du oder ihr das Gefühl habt, wir würden hinter eurem Rücken über euch reden.«

Nun, offensichtlich taten sie das sehr wohl.

Tine verzog den Mund. »Bo hat dich mal morgens gesucht und du bist nicht in deinem Zimmer gewesen. Es ist ihm aufgefallen, dass du nicht immer hier schläfst. Was du ja nicht musst. Letztendlich haben wir nur gesagt, dass du bei Freunden bist. Uwe und ich haben darüber geredet, dass wir dich bei Arved gesehen haben. Das hat Jule wohl mitgehört.« Sie zuckte hilflos mit den Schultern. »So entstehen Gerüchte.«

Was waren Gerüchte, wenn sie wahr waren?

Tine sah mich an, warf einen flüchtigen Blick zu Arved und schaute zurück zu mir. »Wir wollten deine Privatsphäre wirklich nicht stören, Arved. Es war eine reine Aneinanderreihung von Zufällen.«

Dieser seufzte und schüttelte den Kopf. »Ist okay.«

Ein verhaltenes Strahlen stahl sich auf ihr Gesicht, und sie grinste ihn an. »Wir sind Nachbarn. Aber ich hoffe, du weißt, dass wir auch Freunde sind und da sind, wenn du was brauchst, ja? Kann ich dich kurz umarmen?«

Arved senkte einmal knapp sein Kinn. »Klar. Warum nicht?«

Tine zog ihn an sich und wiegte ihn wie ein Kind. »Wenn du reden willst, findest du bei uns immer jemanden, ja? Ich sag nicht, dass du das brauchst oder musst, nur, dass wir da sind, falls es mal zu einsam ist auf deinem Hof. Oder du gern die Gesprächspartner durchmischen willst.«

Langsam löste sich Arved von ihr. »Ja. Mal sehen. Denke eher nicht. Aber danke für das Angebot.«

Nun nickte sie einmal entschieden. »Dann hätten wir das geklärt. Jetzt ... gute Nacht, ihr zwei. Oder holt euch noch was zu trinken.«

Ich winkte ab. »Nein, danke. Ich würde dann tatsächlich ...« Vage deutete ich über das Hotel in Richtung Arveds Hof.

»Geht ruhig. Morgen wird es aber früh. Ab acht Uhr werden die Kinder wach sein.«

»Kein Problem! Gute Nacht, und euch noch viel Spaß!«

Schweigend gingen wir nebeneinanderher. Als wir auf den Hof einbogen, legte Arved seinen Arm um mich und küsste meine Schläfe. »Kommst du noch mit auf meine Runde?«

Erleichtert ließ ich mich gegen ihn sinken. »Klar!«

Gemeinsam gingen wir durch die Ställe, zum Freilauf, schauten zu den Hühnern, warfen einen Blick zu den Ziegen.

Die warme Sommerluft war zu dieser späten Nachtzeit abgekühlt, und ich drückte mich näher an Arved.

»Willst du noch draußen sitzen oder sollen wir rein?«

Ich sah in den Nachthimmel. Ein paar Fledermäuse drehten ihre Runden. »Ich will ins Bett.« Mit meinem

Kopf im Nacken sah ich in Arveds Gesicht. Dieser neigte sich leicht und küsste mich auf die Nasenspitze.

»Dann los.«

Leise gingen wir ins Haus. Betont achtsam schloss ich die Tür. »Weißt du, ob Anton da ist?«

Arved schüttelte den Kopf. »Bin nicht sicher. Aber wir können jetzt doch nicht wie auf Eierschalen rumlaufen.« Er warf mir einen fragenden Blick zu. »Oder?«

Ich schüttelte den Kopf.

Schnell machten wir uns fertig. Mittlerweile hatte ich ein paar Schlafshirts, Boxershorts, Zahnbürste und sonstige notwendige Sachen bei ihm deponiert.

Nur in meiner Unterwäsche ließ ich mich zwischen Arveds Laken gleiten, und sofort kam er dazu. Er rutschte an meinen Rücken ran und umarmte mich von hinten.

Langsam strich ich über seinen Arm, den er um mich gelegt hatte. »Ziemlich viel los gewesen heute.«

»Mhm«, brummte er zustimmend.

»Willst du darüber reden?«, fragte ich.

»Hm.«

»Du wurdest ja quasi geoutet?«

Arved zog mich näher zu sich. »Das habe ich schon selbst gemacht. Weil wir nicht aufgepasst haben.«

Bei seinen Worten zuckte ich unwillkürlich zusammen.

Erneut zog mich Arved näher zu sich. »So meinte ich es nicht. Ich will nicht so tun, als wäre es irgendetwas Unrechtes, wenn wir uns treffen. Ich glaube, ich habe es irgendwie in Betracht gezogen. Oder auch nicht. Ich bin nicht bereit, darüber zu reden. Andererseits ist es nicht tragisch, dass es Uwe und Tine und Anton wissen.« Er seufzte. »Ich weiß gar nicht, was ich erwartet habe, was passiert, wenn ich es Leuten erzähle. Der Umstand, sich erklären zu müssen, hängt immer wie ein Damoklesschwert über einem. Ich hasse das. Ich will mich nicht erklären. Und gleichzeitig befürchte ich nun, dass mich Tine und Anton in falscher Sicherheit wiegen. Nicht jeder wird so entspannt reagieren. Es ist zwar gut, wie es ist. An meiner Gesamtsituation hat es aber nicht viel geändert. Oder? Vielleicht hast du recht und ich sollte darüber sprechen. Aber nicht jetzt.«

»Okay. Und du hast natürlich recht. Leider outet man sich nicht einmal und die Sache ist erledigt. Solange Queerness als die große Ausnahme gesehen wird, wird sich daran nicht viel ändern. Du bist niemandem Rechenschaft schuldig, und trotzdem ... Ich weiß genau, was du fühlst.« Lange überlegte ich, wie ich meine eigenen Gedanken formulieren sollte. »Abgesehen von dem generellen Problem, dass wir uns outen müssen, finde ich es nicht schlimm, dass Leute Bescheid wissen. Über uns. So jetzt ganz konkret auf unsere Situation bezogen.« Nun griff ich hinter mich und zog Arveds Oberschenkel über meine Beine. Er war komplett nackt. »Für mich ist das zwischen uns nichts Unverbindliches. Weißt du?«

Arved küsste meinen Hinterkopf. »Ich weiß. Für mich auch nicht.«

Mein Herz begann schneller zu schlagen, und ich griff seinen Arm enger. Bis er weiterredete.

»Andererseits frag ich mich, für was. Es ist ja nicht auf Dauer.«

Obwohl ich mir natürlich dieselben Fragen stellte, waren seine Worte wie ein Schlag in die Magengegend.

»Hey.« Arved knabberte an meinem Ohrläppchen. »Ich meine nicht, dass das, was wir haben, nichts Wunderbares ist. Aber wie soll das weitergehen? Ein bisschen verrückt ist es doch, das alles zu investieren, für … nichts. Letztendlich.«

»Wie kannst du das sagen?« Ich versuchte, mich aus seiner Umarmung zu lösen. Arved grub sein Gesicht in meinen Nacken und hielt mich fester.

»Je mehr ich investiere, umso mehr wird es mich zerstören, wenn du weg bist. Ich verstehe, dass das eine nicht unbedingt was mit dem anderen zu tun hat und ich das nehmen könnte, was ich kriege, aber wenn es mir zum Schluss nur wieder entrissen wird …«

»Arved!« Erneut begann ich zu zappeln.

Doch dieser zog seine Beine an, sodass ich im Liegen quasi auf ihm zum Sitzen kam. »Kann ich dich bitte einfach halten?«

Entgegen seiner Worte rollte er seine Hüften und drückte seine Erektion gegen meinen Hintern.

Unwillkürlich stöhnte ich.

»Ich will doch nur erklären, dass das nicht von vornherein das Ende von uns sein muss. Vielleicht gibt es eine Möglichkeit, weiterzumachen.«

»Ach ja?« Erneut schob Arved seinen Ständer gegen meine Arschbacken. Tolles Gespräch. Ich biss mir auf die Lippen, um nicht aufzujammern.

»Zwischen Föhr und New York? Ich komme hier nicht weg. Du schaust alle zwei Jahre mal vorbei?«

»Gott, verdammt!« Energisch packte ich seinen Oberschenkel und hielt ihn eng an mich gepresst. »Vielleicht kannst du ja doch mal weg. Vielleicht kann ich noch länger bleiben. Vielleicht ...«

Arved küsste meinen Nacken mit offenem Mund. Strich mit seiner Zunge über die Haut an meinem Haaransatz. »Letztendlich würde es das Unausweichliche nur verzögern. Da ist ein klarer Schnitt besser. Weniger schmerzhaft.«

Erschöpft sank ich gegen ihn.

Schließlich griff ich zwischen meine Beine und massierte meinen Schwanz, der trotz des beschissenen Themas hart wurde. »Ich will uns nicht aufgeben.«

»Das hat nichts mit aufgeben zu tun. Was nichts werden kann, muss man nicht künstlich am Leben erhalten. Und ich weigere mich, in einer Fantasiewelt zu leben. Denn wenn diese Blase platzt, werde ich ziemlich unsanft auf meinem Arsch landen.«

»Und was ist mit mir?«, fragte ich bockig.

Arved fuhr mit seiner Hand über meine Brust. Seine rauen Finger über meinen Brustwarzen waren wie ein Stromschlag. Scharf sog ich die Luft ein.

»Ich sage nicht, dass es nicht ohnehin wehtun wird. Aber wir müssen es doch nicht schlimmer machen. Für uns beide. Dafür ist es zu schön, was wir haben.«

Langsam wurde ich sauer. »Du scheinst dir ja für uns beide ziemlich eingehend Gedanken gemacht zu haben.«

Arved strich meinen Arm entlang und hielt meine Hand, die meinen Ständer bearbeitete. »Ich spreche aus Erfahrung.«

»Scheißerfahrung.«

Er lachte leise in meinem Rücken, wobei sein Atem warm über meine Wange strich. »Absolut richtig. War eine beschissene Erfahrung.« Er strich den Bund meiner eng anliegenden Pants entlang. »Aber wir haben das Hier und Jetzt. Darf ich dir zeigen, wie sehr ich jeden Moment, den wir haben, will? Es gibt für mich nichts anderes, Dean. Auch wenn unsere Realität uns das Ergebnis vorgibt, heißt das nicht, dass wir jetzt nicht hundert Prozent zusammen sind. Vielleicht muss das reichen?«

Heiß stieß sein Schwanz zwischen meine vom Stoff bedeckten Arschbacken. Fuck. Das letzte Wort war noch nicht gesprochen.

Ich zog mir die Pants von den Hüften und schob sie mit den Füßen zum Ende des Bettes.

»Arved«, flüsterte ich.

»Was?«

»Ich will dich ganz. In mir!« Ich rutschte so eng an ihn, dass sein Schwanz in meiner Poritze zum Liegen kam. Bisher hatten wir uns mit unseren Händen und Mündern zufriedengegeben. Hatten nicht viel ausgelassen. Außer den letzten Schritt. Ich wollte Arved. Ganz. In jeder erdenklichen Form.

Seine Atmung verstärkte sich. Sein Brustkorb presste sich an mich. Immer noch hielt er mich mit einem Arm eng an sich gedrückt.

Plötzlich löste er sich, drehte sich von mir weg und war einen Moment später zurück. Nach einem Klicken und Herumhantieren lehnte er sich wieder an mich, wobei er mit seiner Handkante über meinen unteren Rücken fuhr. »Kann ich?«

Ich legte den Kopf zurück auf seine Schulter und schloss die Augen. »Der Tag war so stressig, ich habe quasi gar nix gegessen und nur ein bisschen Schorle getrunken. Bin sozusagen ballastfrei. Leg los.«

Er schnaubte hinter mir. »Du musst essen. Was denkst du dir?«

»Du kannst mich füttern, wenn wir fertig sind.«

Er grummelte vor sich hin, doch anscheinend reichte ihm meine Antwort. Sanft streichelte er eine Pobacke, entschied sich um, griff mit abgespreizten Fingern in meine Kniekehle und stellte mein Bein auf. Endlich strich er über meinen Oberschenkel zu meinem Hintern, bis mich das kühle Gleitgel auf seinen Fingern an meinem Eingang traf.

Sacht strich er darüber. Mit jeder noch so leichten Berührung befeuerte er die Nerven dort. Tastete den Ring ab, tippte die Fingerspitze in mich. Fuhr den inneren Ring entlang. Jede noch so feine Berührung war wie ein elektrischer Schlag in mich. Ein Adrenalinkick. Arved strich die Müdigkeit des Abends aus mir.

Langsam – oh, so langsam – fuhr er etwas tiefer in mich, zog seinen Finger wieder zurück. Strich die Seiten meines Kanals entlang. So als hätten wir alle Zeit der Welt.

Da es nicht so war, sollten wir besser die Zeit, die uns blieb, so ausgiebig verlängern, wie wir es konnten. Also kein hektischer Fick. Sondern ein sorgsames Auskosten dessen, was wir hatten.

Erneut stieß sein Schwanz gegen mich. Diesmal näher an meinem Loch.

»Ich hol ein Kondom.« Arved ließ mich los, und ich wollte brüllen, dass ich kein Kondom wollte. Dass ich, wenn wir schon ein Ablaufdatum hatten, ihn ganz wollte. Doch natürlich sagte ich das nicht. Bei allem Unmut über unsere Situation machte ein derart leichtsinniges Verhalten nichts besser.

Während ich noch Gedanken wälzte, schob sich Arved wieder an mich. Einen Arm schlang er um meinen Bauch, die andere Hand legte er in meinen Rücken. »So?«

Ich lehnte mich zurück und nickte. »Ja. Einen Pornopreis gewinnen wir so nicht, aber ich will dich nur spüren. Sonst nichts.«

Er küsste meine Schulter und presste sich an meinen Hintern. Mit seiner Hand führte er seinen Schwanz zwischen meine Arschbacken. Die Spitze presste er leicht an meine Öffnung. Nur sie rutschte in mich. Sogleich zog er sich wieder zurück. Schob sich wieder in mich. Wiederholte dies ein paarmal. Er ließ einen Finger an seinem Ständer liegen und presste sich so ganz in mich.

Fasziniert fühlte ich dem Gefühl nach. Voll, so unendlich voll. Doch dann zog Arved den Finger zurück, fuhr meinen Kanal entlang, ohne das Gefühl der Enge, Vollheit, der tiefen Verbindung zu unterbrechen. Immer noch bewegte er sich nicht. Vorsichtig strich er um den Saum meines Lochs, der um seinen Schwanz lag.

Fasziniert von dem Gefühl lag ich auf meiner Seite und genoss. Ungeduldig. Erfüllt.

»Du solltest das sehen. Ich in dir. Hier verbunden.« Erneut strich Arved über den nun gespannten Ring meines Eingangs.

Laut stieß ich die Luft aus. »So gut.«

Arved spreizte die Finger auf meinem Bauch und fuhr bis zu meiner Erektion. Fest nahm er sie in seine Hand und pumpte. Bevor er sich selbst bewegte, rieb er mich. Gemächlich, bis ich meine Hüften rollte, ihm meinen Hintern weiter entgegenschob.

Eine Mischung aus einem Lachen und Stöhnen drang an mein Ohr. »Okay.« Er nahm mein Tempo auf. »Du fühlst dich so gut an.«

In kleinen, sicheren Bewegungen trieb er uns auf den Höhepunkt zu.

Seine Stöße in mich wurden fester. Ich spürte ihn tiefer. Da, wo ich ihn haben wollte. In mir.

Eingepackt in Arved von allen Seiten befand ich mich im Idealzustand. Sein Körper hüllte mich ein. Sein Schwanz steckte in mir. Seine Hand umschloss meinen Ständer. So waren wir richtig. Eine Einheit.

Seine Atmung verstärkte sich. Wurde geräuschvoller. Heiß an meinem Hals.

Ich gab alles an ihn ab. Mein Gewicht. Meine Gedanken. Meine Anspannung.

Griff mit einer Hand in die Bettwäsche und mit der anderen hinter mich um seinen Nacken. Hielt mich einen Moment zusammen und ließ dann völlig los. Ließ mich treiben von seinem Rhythmus. Seinem Stöhnen. Seinem Atmen.

Eins mit mir packte er mich enger. Stieß in schnellen Stößen in mich.

Ich presste die Augen zu, sodass ich mein Bewusstsein in Dunkelheit tauchte. Diese wurde jedoch von einem Feuerwerk an blitzenden Sternchen hinter meinen Lidern erhellt. Und ich kam in einem gewaltigen Schwall über seine Finger, die mich hielten. Mich zusammenhielten. So wie seine Brust an meinem Rücken. Seine

Wärme auf meiner Haut. Mit einem Hauch eines Wimmerns hielt er inne. Pulsierte in mir. Stieß ein letztes Mal in mich und nahm mich dann zurück mit ihm in das Hier und Jetzt. In seine Arme. Eins. Ich war eins mit ihm.

Mit der Luft, die unsere Körper abkühlte, hielt ich an einem Gedanken fest. Egal, was Arved behauptete, wir hatten mehr verdient. Auch wenn seine Erfahrungen ihn davon abhielten, ich würde uns nicht kampflos aufgeben.

Kapitel 22

Arved

Drei Tage waren seit dieser unsäglichen Hochzeitsvorfeier vergangen.

Es war ein schöner Abend gewesen. Aber seitdem kreisten meine Gedanken und kamen nicht zur Ruhe. Ich hatte verstanden, was Dean mir auf der Feier hatte zeigen wollen. Aber die Feier war keine Blaupause für mein Leben. Auch wenn ich es mir wünschte.

Einerseits wollte ich Dean nachgeben, wollte sehen, dass es ihn glücklich machte, wenn ich mich öffnete.

Andererseits musste ich für mich entscheiden, wie ich mein Leben führte. Unabhängig von Dean. Denn ich würde mit der Entscheidung und ohne ihn leben müssen.

Ich fegte den Gang des Ziegenstalls weiter. Und weiter. Immer weiter.

Cindy sprang auf Martys Rücken, hinauf auf das Metallgeländer, balancierte darauf herum und hüpfte neben mich.

»Ich habe das letzte Woche erhöht. Du kannst das noch gar nicht können.«

»Wauuuf!«, machte sie, und ich schüttelte den Kopf.

»Du musst dich nicht verstellen. Ich weiß, dass du kein Hund bist.«

»Wauuuf!«, tönte sie erneut.

Grundgütiger. Meine engste Freundin war eine Ziege.

»Na komm, wir machen uns was zu essen. Vermisst du Dean auch?«

Sie rieb ihren Kopf an meinem Bein.

»Hm. Ich deute das als ein Ja.«

Drei Tage ohne Dean fühlten sich wie eine Ewigkeit an. Er war nur wenige Meter von mir entfernt und doch in einer völlig anderen Welt. Vor allem war er mit seinem Job voll beschäftigt. Wir hatten uns jeden Tag geschrieben. Aber das reichte nicht.

Ich tat gut daran, mich daran zu gewöhnen, ihn nicht jeden Tag zu sehen. Abrupt hielt ich inne. Ihn gar nicht mehr zu sehen, vielmehr.

Cindy rammte ihren Kopf gegen mein Knie.

»Ist ja gut! Ich weiß. Ich übertreibe wieder mal. Die Hochzeit ist vorbei, und wir haben noch Wochen miteinander. Wochen. Fast Monate. Nun gut. Nicht wirklich mehrere Monate. Man kann die Wochen eher in Tage umrechnen. Aber ...«, ich tätschelte ihre Hörner, »... du hast recht. Wir haben hier und jetzt. Und dann sehen wir weiter.«

Ich stellte den Besen weg, und Cindy folgte mir aus dem Stall. Gemeinsam gingen wir über den Hof. In Deans Werkstatt stand die Tür einen Spalt offen, und mein Herz tat einen Sprung gegen meine Rippen. War er hier?

Meine Schritte wurden schneller.

Wahrscheinlich wollte er malen.

Sofort verlangsamte ich meinen Gang. Nach mehreren Tagen Pause brannte er vermutlich darauf, seine Arbeit wieder aufzunehmen. Für den Fall sollte ich keineswegs stören. Trotzdem marschierte ich direkt auf meinen Anbau zu.

Von drinnen hörte ich Stimmen. Dean und ... Mathis.

Einen Moment zögerte ich, doch dann schob ich die Tür auf und trat hindurch.

Die beiden drehten sich zu mir um, und Dean strahlte mich aus jeder Pore an. »Arved!« Er ging auf mich zu. Hielt inne. Ich sah zu Mathis. Es war mir egal, was er dachte. Doch Dean trat zurück. Der Augenblick war verstrichen und ich sah ihn entschuldigend an.

»Hey. Du bist wieder hier.«

Er nickte. »Ich zeige Mathis ein paar meiner Bilder.«

»Okay.« Ich sah auf die Leinwände, auf die Dean deutete.

»Beeindruckend. Wirklich. Die Dimensionalität ist außergewöhnlich«, murmelte Mathis.

Dean wiegte seinen Kopf hin und her. »Wie du siehst, haben mir Kunstwerke von Jule und Bo als Inspiration gedient. Sie haben mit Papierfetzen Bilder geklebt. Die Idee war, realistisch zu arbeiten.«

»Das sieht man. Die Infantilität der Motive und die Präzision der Produktion ist reine Perfektion. Widersprüchlich und in sich absolut schlüssig.«

Ich sah auf das Bild und überlegte, was Mathis damit sagen wollte. Es sah aus wie eines der Klebebilder von Bo. Ein Bär im Wald aus bunten Papierschnipseln. Man sah die einzelnen Schnipsel des Papiers von der Unterlage abstehen. Dort, wo der Klebestift nicht klebte oder die Beine, die offensichtlich über die Landschaft liefen.

Das war gemalt? Wie? Ich streckte meinen Finger aus und wollte über die Fläche streichen. Dean sog die Luft ein, und ich zog die Hand zurück.

»Sorry!«

Er schüttelte den Kopf. »Ist okay. Ich meine ... ganz vorsichtig?«

Hastig trat ich einen Schritt zurück. »Ist schon in Ordnung.«

»Ich habe definitiv Interesse, Dean. Diese Art Bilder passt hervorragend in unsere Planung.«

Dean strahlte Mathis an. »Wirklich?«

»Ich denke, wir werden noch einiges voneinander sehen!«

Was sollte das heißen? Was würden sie voneinander sehen? Und wann?

»In diesem Fall haben wir es auch leichter. Shipping von Föhr nach Hamburg ist einfacher als von New York.«

Die beiden lachten. Und ich verzog das Gesicht.

»Okay.« Mathis nickte Dean zu. »Nachdem ich das hier gesehen habe, denke ich, können wir weitermachen. Die Seite mit alten Werken habe ich angesehen. Halte mich auf dem Laufenden, und ich würde mich freuen, wenn wir uns einigen könnten.«

Er umarmte Dean und strich dann über seine feine Stoffhose, die überhaupt keine Falten abbekommen hatte. Genauso wenig wie sein blütenrein weißes Hemd, das er viel zu weit aufgeknöpft hatte. Wenn ich mich seitlich vorbeugte, konnte ich sicher seine Nippel sehen.

Mit einem offenen Lächeln drehte er sich zu mir und reichte mir die Hand. »Arved. Es hat mich gefreut. Ich muss los. Die Fähre wartet nicht auf mich.«

»Soll ich dich noch bringen?«, bot Dean an, und meine Finger zuckten. Was sollte das? Mathis fand seinen Weg schon selbst.

»Das ist nett. Aber nein, danke. Das Taxi wartet sicher schon beim Hotel. Ich laufe einfach zurück. Dass dieser Ausflug eine derartige Überraschung birgt, hätte ich mir ja nicht träumen lassen. Ich freue mich, von dir zu hören!«

Mathis verschwand, und ich kaute unschlüssig auf der Innenseite meiner Wange herum. Sobald sich die Tür hinter dem Kunst-Fuzzi geschlossen hatte, sprang Dean in meine Arme, klammerte seine Beine um meine Hüften, und automatisch umgriff ich ihn. Mit seinen kräftigen Armen um mich quetschte er meine Verunsicherung aus mir. Er presste seinen Mund auf meinen, und sofort öffnete ich meine Lippen. Ohne zu zögern, vertiefte Dean den Kuss. Sog an meiner Zunge, leckte darüber.

Ich setzte ihn auf der Werkbank ab und legte meine Hand in seinen Nacken. Zog ihn an mich. Wollte ihn nie mehr loslassen. Verdammt.

Langsam lösten wir uns voneinander, und Dean setzte Küsse auf meine Wangen, meine Kinnlinie, meinen Hals. »Ich hab dich vermisst«, murmelte er, und ich strich über seinen Rücken.

»Ich dich auch!«

»Ich hab heute frei«, flüsterte er weiter. »Und ich bin absolut bereit für dich. Dass Mathis die Bilder anschauen wollte, kam mir gerade recht. Hab nur noch die Minuten gezählt, bis ich zu dir konnte.«

Leicht wich ich zurück, und Dean hob den Kopf. Fragend sah er mich an. Mein Herz schlug wie verrückt. Der Knoten in meinem Magen löste sich. Mir wurde warm. Ich steckte viel zu tief in dieser Sache. Was tat ich hier? Was war mit meinen Grundsätzen?

»Was?« Lächelnd verringerte er den Abstand zu uns wieder und küsste mich auf die Lippen.

»Nichts«, kratzte es aus meinem Hals. Ich räusperte mich. »Ich habe heute zwar nicht frei, aber ich könnte mir jetzt über Mittag freinehmen, wenn du willst.«

Deans Augen leuchteten. »Kann ich dich zuerst in dein Schlafzimmer entführen und dann fahren wir für ein Stündchen an den Strand?«

In dem Moment hätte ich zu jedem Vorschlag von ihm Ja gesagt. Ich wollte alles! Also nickte ich.

Dean sprang von der Werkbank und griff meine Hand. Er zog mich aus der Werkstatt und in das Wohnhaus, hinauf in den ersten Stock.

Bevor wir im Schlafzimmer landeten, hielt ich ihn zurück und deutete auf das Bad. »Ich wasch mich kurz.«

Dean ließ mich los und schritt mit hochgezogenen Augenbrauen langsam weiter auf das Schlafzimmer zu. »Du machst das, was du machen musst, und ich kümmere mich um meine Vorbereitung.«

Hitze schoss durch meinen Körper. Ich nickte. Im Bad schaute ich an mir herab. Arbeitshose, altes T-Shirt. Schnell zog ich Schuhe, Hose, Socken, Shirt aus und drehte den Hahn auf. Zumindest die Hände musste ich waschen. Der Rest ... in Windeseile spritzte ich mir Wasser ins Gesicht, rieb meine Hände sauber, bis sie rot waren.

Kurzentschlossen spazierte ich nackt aus dem Zimmer und ging zu Dean. Diesen fand ich auf meinem Bett. Er lag auf der Seite und sah zur Tür. Ich setzte mich zu ihm und zog ihn an mich.

Dean legte seinen Oberschenkel über meine Beine, und ich schloss ihn in meine Arme. Er kuschelte sein Gesicht in meine Halsbeuge, und ein Gefühl von absoluter Zufriedenheit legte sich über mich.

Das war es, was ich vermisst hatte. Nicht Sex. Seine Nähe. Sein Atem hob seinen Brustkorb gegen mich. Die Berührung schuf eine tiefe Verbindung, die greifbar schien. Es fühlte sich an, als verwoben wir uns nicht nur körperlich enger aneinander.

Teil seiner Körpertemperatur, seiner Atembewegungen zu sein, war berauschender als das, was wir bisher geteilt hatten. Ich fuhr über seine Haut. Fühlte sie nach. Die Härchen. Die Unebenheiten. Die Flächen.

»Gleich haben wir Sex«, murmelte Dean.

Ich lachte leise und hielt ihn noch enger. »Lass mich dich einfach noch halten, ja?«

Zufrieden brummend schob Dean seinen Kopf zurecht.

Es war ein heißer Tag, und ich genoss den kühlen Schweiß, der die Temperaturen erträglich machte.

»Mathis will überlegen, ob er meine Bilder ausstellt.«

»Ach ja?«

Dean nickte gegen meinen Hals. Seine Haare kitzelten mich im Gesicht. »Er wollte sich mit mir in Hamburg mal treffen, um sich besser kennenzulernen und die Details zu besprechen.«

Meine soeben gefundene Zufriedenheit erhielt einen Stich.

»Okay?«

Erneut schob sich Dean näher an mich. »Ja. Aber ich weiß nicht. Keine Ahnung, wie die Szene in Hamburg ist. In New York habe ich ihr nicht standgehalten. Es ist schmeichelhaft, eingeladen zu werden. Letztendlich ist es aber ein Hauen und Stechen. Ausstellungsflächen sind begrenzt, egal, wie gut man sich versteht. Dann ist das, was man vor zwei Wochen gesagt hat, Schnee von gestern. Das nächste glänzende Sternchen geht auf und man ist vergessen. Dann wird das Budget knapp. Und dann ... na ja ... Ich bin froh, hier zu sein und von außen auf diese ganze Geschichte blicken zu können. Und ich weiß nicht, ob ich das noch mal für mich will. Ich bin so erleichtert, dass ich wieder arbeiten kann. Das will ich nicht riskieren. Auch wenn sich das, was Mathis erzählt hat, fantastisch angehört hat. Die Vergangenheit hat gezeigt, dass es nie so leicht ist. Ob ich den Druck, Geld zu machen und Kunst zu schaffen, je vereinbaren kann, ist fraglich.«

»Kontakte zu haben, kann aber nie schaden«, sagte mein Mund, und ich fragte mich, wieso. Ich sah auf Dean in meinen Armen. Weil ich wollte, dass ihm die Welt zu Füßen lag. Weil alle sehen sollten, wie großartig er war.

Letztendlich war es egal, wohin er ging. Denn er würde gehen. Und dann sollte ihn das beste Leben erwarten.

Ich schlang meine Arme enger um ihn. Dass das vielleicht schneller der Fall sein würde, als ich mir vorgestellt hatte, traf mich hart. Andererseits war es wahrscheinlich schlau, sich auf den unweigerlichen Abschied vorzubereiten. Au-pairs kamen und gingen. Das hatte ich in den Jahren neben den Klaasens gelernt. Nicht jedes blieb bis zum Ende der vereinbarten Zeit. Die eine bekam Heimweh, die andere überraschend den Wunschstudienplatz. Und Dean? Würde sich für ihn auch ein Angebot ergeben, das er nicht ablehnen konnte?

»Mhm.« Dean schmiegte sich an mich wie eine Katze. »Da hast du recht. Und Hamburg ist ja nicht aus der Welt.«

Nicht, was die Kilometer anging. Aber dort zu sein, war wie in eine andere Dimension geschleudert zu werden.

Kapitel 23

Arved

Ich drehte mich um und sah zu Anton, der auf dem Kartoffelroder stand und die Knollen verteilte.

Langsam fuhr ich den Acker ab. Das Wetter hielt, und wir würden mein größtes Feld mit Spätkartoffeln problemlos einbringen können. Vor allem konnte ich die geliehene Erntemaschine heute noch planmäßig zurückfahren und musste die Miete nicht verlängern. Alles lief nach Plan.

In den nächsten Tagen würde ich die Felder für den Winter fertig machen.

Nur noch ein paar Minuten und wir konnten zum Hof, wo wir abladen mussten.

Ohne Probleme kamen wir durch, und Anton sprang vom Anhänger. Er lief auf meine Fahrerkabine zu und winkte. Ich hielt an und nickte ihm fragend zu.

»Lass mich rauf.« Er kletterte ins Führerhaus und gemeinsam fuhren wir auf den Hof. Dort sprang Anton vom Traktor und öffnete das Scheunentor, wo wir die Kartoffeln zwischenlagerten.

Wir luden ab, und Anton sah auf die Uhr. »Soll ich kurz den Roder wegbringen?«

Ich nickte. »Ich fahre dir gleich hinterher und hole dich von den Benders ab.«

»Alles klar. Dann bin ich schon weg.«

Ich betrachtete unseren Ertrag. Es würde ein paar Tage dauern, bis wir ihn sortiert und im Kartoffelkeller untergebracht hatten. Anton hatte ja schon vorsortiert. Aber auf dem Feld ging das nur bedingt. Da mussten wir noch mal ran. Aber auf den ersten Blick sah die Ladung gut aus. Der Kartoffelkäfer hatte uns dieses Jahr verschont, und auch sonst waren die Knollen hervorragend gewachsen.

Ich nahm eine kleine Kiste und sammelte eine Probe ein. Die würde ich später ins Hotel bringen, damit die Klaasens sie testen konnten. Hoffentlich kamen wir direkt ins Geschäft. Dass sie mir in den Jahren zuvor Kartoffeln abgenommen hatten, wollte ich nicht als Selbstverständlichkeit ansehen. Auch für sie musste die Qualität stimmen.

Zufrieden stellte ich die Kartoffeln zur Seite. Ein paar Minuten hatte ich noch Zeit, bis ich Anton hinterherfahren musste. So schnell war er mit der Erntemaschine nicht.

»Arved!«

Ich zuckte zusammen, so sehr erschrak ich. Die Stimme bildete ich mir sicher ein. Es war absolut unmöglich, dass er da war.

Ruckartig drehte ich mich um und sah in die strahlend blauen Augen von Rainer.

Die Worte blieben mir im Halse stecken.

Das fasste er wohl als eine Einladung auf, denn lächelnd ging er auf mich zu. »Hi.« Er sprach so ruhig und warm, so als hätte es unser letztes Gespräch, unseren Streit, die Tränen nicht gegeben.

In dem Moment kam Cindy bellend um die Ecke und rannte auf Rainer zu. Dieser hielt inne. »Cindy, aus!« Doch meine geliebte Wachziege zeigte kein Mitleid und rammte ihren Kopf in Rainers Oberschenkel.

»Au!« Er bückte sich und rieb sich das Bein. »Du bist gemeingefährlich. Arved, halt sie zurück.«

Doch Cindy kümmerte sich gar nicht mehr um meinen Ex, sondern stapfte erhobenen Hauptes zu mir. Mit Mühe konnte ich mir ein Grinsen verkneifen und kraulte sie.

Schließlich sah ich auf. In Rainers nicht sonderlich amüsiertes Gesicht. »Touristen haben auf dem Hof nichts verloren.«

Ein Grinsen zuckte um seine Lippen. Verdammt. Wieso sah er so gut aus? Wieso konnte er nicht völlig aus der Form gelaufen sein und hässlich und verbittert aussehen? Nein! Er sah aus, als wäre er direkt von einem Erholungsurlaub zurückgekehrt.

Leicht schüttelte er sein Bein aus. »Ich weiß. Aber ich bin kein Tourist. Ich bin zurück. Endgültig.«

Verächtlich schnaubte ich. »So, so. Na, das sind ja Neuigkeiten. Und wieso, denkst du, dass diese für mich von Interesse sind?«

»Arved. Mein süßer Ziegenhirte!«

Unwillkürlich schüttelte ich den Kopf. »Lass das!« Er hatte mich immer so genannt. Damals hatte ich es für ein süßes Kompliment gehalten. Jetzt fühlte ich mich nur unangenehm berührt. »Es ist wohl kaum angebracht, mich so zu nennen.«

Er rieb sich über den Kopf und nickte mit zusammengepressten Lippen. »Du hast natürlich recht.« Langsam hob er den Blick und musterte mich. Erneut kam ein unangenehmer Schauer über mich. Er sah mich so intensiv an, als würde er mich mit seinem Blick berühren.

»Gut siehst du aus.«

Ungläubig zog ich die Augenbrauen zusammen. »Ich bin komplett dreckig und verschwitzt.«

»Das hat dir immer am besten gestanden.«

Ich ignorierte ihn und fuhr fort. Was erlaubte sich der Typ eigentlich. Kam ungebeten und glaubte immer noch, es müsste sich alles um ihn drehen. »Rainer, was willst du hier? Du bist doch nicht zurück, um mir Komplimente zu machen.«

Leider verstand er das anscheinend erneut als Aufforderung und kam einen Schritt auf mich zu. »Wenn du das magst, dann schon.«

Erneut schüttelte ich den Kopf. »Ich will es nicht. Sag, was du zu sagen hast, und dann geh wieder.«

Rainer holte tief Luft und schaute sich um. Als ob er hier zu Hause wäre.

Meine Geduld hielt dieses Spiel nicht mehr lange durch. »Rainer, sag, was los ist, und dann geh. Ich muss weg. Anton abholen.«

»Wer ist Anton?« Er richtete sich merklich auf und sah mich aus großen Augen an.

Stimmte ja. Er kannte Anton gar nicht. Dieser war erst zu mir gekommen, als Rainer schon über alle Berge gewesen war. Für einen Moment überlegte ich, ihn hinzuhalten. Doch es machte keinen Sinn. Es war mir egal, was er dachte.

»Es geht dich zwar überhaupt nichts an, aber er ist mein Lehrling.«

»Ah.« Seine Schultern entspannten sich sichtlich, und erneut setzte er seine lockere Miene auf. »Nun, es eilt nicht. Ich kann wieder vorbeikommen.«

»Das wird nicht viel bringen. Ich bin beschäftigt. Die ganze Zeit deines Aufenthalts.«

Rainer lachte. »Immer noch derselbe Griesgram. Aber ich weiß, dass unter deiner rauen Schale ein kuschliger Kern ist.«

Das wusste der Arsch tatsächlich. Und ich bereute zutiefst, dass es dazu gekommen war.

»Aber du irrst dich.« Er kam noch einen Schritt auf mich zu. Mittlerweile standen wir so nahe beieinander, dass ich einen Arm ausstrecken und ihn berühren könnte. »Ich bin jetzt hier.«

»Was meinst du damit?«

Rainer drehte sich zur Seite und sah über den Hof. Er spielte den Schüchternen, was er nicht war. Ganz und gar nicht.

»Ich ziehe hierher. Im Moment bin ich in einer Ferienwohnung in Wyk. Suche grade eine Wohnung. Haus vermutlich. Dachte, ich schaffe mir einen Hund an.«

Seine Worte waren wie ein Hammerschlag. Das, was ich mir vor drei Jahren so sehnlichst gewünscht hatte, formulierte er so locker vor sich hin. Wie der reinste Hohn klangen sie. Unangenehm drangen sie in mich.

Und verpufften in einem kleinen Staubwölkchen.

Sie waren bedeutungslos. Damals wie heute. Was auch immer Rainer dazu bewegt hatte, jetzt hier zu sein, es war weder von Bestand noch hatte es was mit mir zu tun.

»Und warum erzählst du mir das? Was sagt überhaupt deine Frau dazu?«

Er winkte ab. »Wir sind längst geschieden. Ich hatte dir von unseren Problemen erzählt. Ich habe mir was vorgemacht. Aber endlich bin ich frei. Für dich. Für uns.« Nun trat er tatsächlich an mich heran und nahm meine Hand.

Ruckartig entriss ich sie ihm und ging einen Schritt zurück. »Lass das. Es gibt kein Uns.«

Bedächtig nickte er. »Ich verstehe. Das kommt alles ein bisschen überraschend. Aber ich erinnere mich noch sehr gut daran, was da zwischen uns gewesen ist. Was ganz Großes. Das kannst du nicht leugnen. Es ist mir ernst, Arved.« Er musterte mich lächelnd. So als begutachtete er ein kleines Kind und dessen Launen. »Ich habe Zeit. Und ich werde sie diesmal nutzen. Wir können das haben, was du dir immer für uns vorgestellt hast.« Er stieß mit seinem Loafer über den trockenen Boden, und eine Staubwolke wirbelte auf.

»Richtig. Vorgestellt habe«, warf ich ein. »Vergangenheit. Das hat sich erledigt. Und alles, was gewesen ist, bleibt in der Vergangenheit.«

Wieder lächelte er mich an. So sanft und weich. *Unangenehm*, schoss es mir erneut durch den Kopf. »Das werden wir sehen. Ich verstehe deine Zurückhaltung. Aber ich werde mich beweisen.«

Kopfschüttelnd drehte ich mich um. Schnell sperrte ich Cindy in ihren Stall. »Das musst du nicht. Ich habe nicht das geringste Interesse. Und jetzt geh! Ich muss zu Anton. Der wartet sicher schon.«

Hinter mir hörte ich, wie er mir folgte. »Meine Nummer hat sich nicht geändert. Du kannst dich also jederzeit melden.«

Nun warf ich einen Blick über meine Schulter und verzog den Mund spöttisch. »Das hilft mir nicht. Denn die habe ich nicht mehr. Und ich brauche sie auch nicht.«

Rainer lächelte erneut dieses labselige Grinsen. »Ich weiß ja, wo ich dich finde.«

»Tu es nicht! Was auch immer grade bei dir schiefläuft. Komm damit allein zurecht. Ich stehe nicht zur Verfügung.«

An der Garage fischte ich meinen Schlüssel aus der Tasche.

Er sah mich wieder abschätzend an. »Es war wirklich schön, dich zu sehen Arved. Ich habe dich vermisst.« Er machte auf dem Absatz kehrt und marschierte davon.

Ungläubig schnaubte ich. Der hatte Nerven.

***

Später am Tag war Dean zur Kartoffellese gekommen. In seiner Malerkluft stand er am Kartoffelberg und belud mit Anton das Förderband.

Ich kletterte aus dem Keller. »Du musst das wirklich nicht machen.«

Doch er grinste mich nur an. »Das weiß ich. Aber es ist schöner, eine Aufgabe zu haben und dazuzugehören, als nur dumm rumzustehen.«

334

Ich warf Anton einen kurzen Blick zu und beschloss, dass es mir egal war, was er dachte. Kurzentschlossen ging ich zu Dean, umarmte ihn von hinten und drückte ihm einen Kuss ins strubblige Haar. Sofort drehte er sich um und streckte mir seine gespitzten Lippen hin. »Machen wir das jetzt? Dann will ich mehr! Komm her!«

Lachend kam ich ihm entgegen und küsste ihn kurz und mit einem satten, schmatzenden Geräusch.

»Mhm!« Seine Lippen vibrierten gegen meinen Mund. Dean hatte seine Augen geschlossen, und ich grinste dämlich.

»Chef! Was sind denn das für Seiten? Kann ich in Zukunft auch meine Lover mit zur Arbeit bringen?«

Ich atmete tief ein. »Und genau deshalb ist es besser, wenn niemand Bescheid weiß.«

Dean öffnete die Augen und lächelte mich zaghaft an.

»Genau solche doofen Kommentare hätte ich mir gern erspart. Aber von dir ist ja nichts anderes zu erwarten.« Ich grinste Anton an, der spielerisch das Gesicht verzog.

Dean beobachtete uns und Erleichterung schien aus seinen Augen. Himmel, was sollte ich nur mit diesem Mann anstellen?

»Wirst du schon aushalten«, warf mir Anton spöttisch zu.

Dean sah mich fragend an.

Und ich nickte kurz und lächelte. »Mach ich sogar gern«, murmelte ich. Er musste sich keine Sorgen machen.

»Wir machen für heute Schluss. Da wir so gut vorangekommen sind, schaffen wir morgen den Rest. Danke euch!«

»Ist doch kein Problem.« Dean schüttelte seine Hände aus.

»Dann bin ich für heute weg, ja?« Anton sah mich erwartungsvoll an.

»Alles klar«, erwiderte ich.

»Ihr könnt also so laut sein, wie ihr wollt!«, setzte er hinterher und trat einen Schritt zurück, so als bereitete er sich auf meinen möglichen Angriff vor.

Ich schloss die Augen und überlegte. »Vielleicht brauche ich dich heute Abend doch. Jemand müsste auf die Südweiden, um nach den trächtigen Kühen zu sehen. Nicht, dass da noch eine zu kalben anfängt.«

»Chef!«, jammerte Anton. »Das kannst du nicht machen. Ich bin morgen früh zum Melken da.«

Dean lachte leise und zog an meinem Shirt. Ich sah zu ihm hinab. Mit ihm war es gar nicht so schwer, Antons Sprüche zu ertragen. Ich musste sogar ein bisschen über sie lachen. Egal, wen ich mit auf den Hof gebracht hätte, Anton hätte sich genau diese Sprüche nicht verkneifen können.

»Verzieh dich, bevor ich es mir anders überlege.«

So schnell konnte ich nicht schauen, da war er verschwunden.

Dean lachte. Doch dann drehte er sich zu mir. »Ist das okay?«

Ich nickte und zog ihn zu mir. »Natürlich.«

Sofort küsste er mich, als ob es das Einzige wäre, was wir auf der Welt hatten. Am liebsten hätte ich ihn ins Heu gezogen, um das letzte Klischee zu bedienen.

»Und was hast du heute vor?«, fragte mich Dean mit einem verführerischen Augenaufschlag.

Ich fuhr in seinen Nacken, und er lehnte sich leicht zurück. Schloss die Augen. »Das, was du dir vorstellst.«

»Ist das so? Nun, da hätte ich die ein oder andere Idee. Wir sollten unsere Zeit nutzen.«

Der dahingeworfene Kommentar ließ mich innehalten. Gedanken an Rainer, den ich doch so erfolgreich verdrängt hatte, zwängten sich zwischen Dean und mir. Wenn unsere Zeit abgelaufen war, würde Dean wie Rainer verschwinden.

»Hey?« Dean strich über meine Wange. »Was ist los? Was hab ich gesagt?«

Ich schüttelte den Kopf. Aber die Stimmung war verdorben. Dean konnte absolut nichts dafür, aber die Sorgen hatten sich wieder in mir breitgemacht. Leicht nahm ich Deans Finger in meine Hand. »Ich hatte heute nur einen seltsamen Besuch.«

»Ach ja?« Er neigte den Kopf und sah mich gespannt an.

»Ja.« Seufzend verschränkte ich unsere Finger ineinander. »Rainer war hier.«

»Rainer?«

»Mein Ex. Oder als was man das bezeichnen will.«

Zustimmend nickte Dean. »Was wollte er denn?«

Ich lachte peinlich berührt. »Tja. Wenn ich das mal so genau wüsste. Er hat erzählt, dass er sich von seiner Frau getrennt hat und nach Föhr zieht.«

Dean riss die Augen weit auf. »Hierher? Einfach so?«

»Nun ...« Ich schüttelte den Kopf. »Er hat das gesagt.« Aber er hatte das ja nicht ernst gemeint.

»Er will wieder mit dir zusammenkommen.« Dean stellte das so trocken fest, dass ich in einer völlig irrationalen Übersprunghandlung zu lachen begann.

»Das sagt er. Aber das ist Stumpfsinn. Keine Ahnung, was da bei ihm los ist. Letztendlich ist Föhr nur eine Flucht für ihn, vor was auch immer. Er will nicht mich. Er will nur vor seinen Problemen davonlaufen.«

Dean sah mich mit zusammengepressten Lippen an. »Denkst du …«

Ich zog ihn an mich. »Das weiß ich. Ich kenn ihn.«

Er schob sich von mir und hielt mich an der Hand fest. »Ich … Das ist jetzt vielleicht ein schlechter Zeitpunkt, aber wir haben nicht darüber geredet, was in sechs Wochen passiert. Wenn ich weg bin.«

Ätzende Säure breitete sich in meinem Magen aus. Mein Vorsatz, von Tag zu Tag zu leben und Dean zu genießen, solange wir uns hatten, wurde bedrohlich auf die Probe gestellt. Sechs Wochen. Das halbe Jahr war so gut wie vorbei.

»Das hat damit nichts zu tun«, knurrte ich.

Dean verzog das Gesicht. »Ich weiß«, flüsterte er.

Verdammt. Ich umfasste sein Gesicht und küsste ihn. »Das meinte ich so nicht. Egal, was mit uns ist, Rainer ist Vergangenheit. Zwischen uns ist absolut nichts mehr. Wenn du in sechs Wochen gehst, werde ich dir nicht böse sein. Ich habe gewusst, worauf ich mich einlasse. Von Anfang an ist klar gewesen, das ist eine Sache auf Zeit. Sonnenklar! Keine Verpflichtungen über deine Zeit hier hinaus. Darauf habe ich mich eingelassen, und das war's dann auch. Aber ich werde nie wieder mit Rainer zusammenkommen. Niemals. Ich traue ihm kein bisschen, und die Gefühle, die ich ihm gegenüber habe, taugen wirklich nicht für eine Beziehung.«

»Aber was ist mit uns. Vielleicht könnten wir doch ...? Ich kann dich besuchen und ...«

Ich lächelte gequält. Wie sehr wünschte ich mir, dass seine Fantasien Wirklichkeit werden könnten. »Wir sollten uns nicht unnötig verletzen, Dean! Das Hier und Jetzt. Das hattest du doch vorgeschlagen.« Innerlich flehte ich: *Bitte, mach mir keine falschen Hoffnungen. Ich halte doch das hier kaum aus. Wie soll ich dich gehen lassen?*

Er presste die Lippen aufeinander und zog die Augenbrauen zusammen. »Arved ... ich mag dich. Ich mag dich sehr ...«

Bitte sag es nicht! Schnell zog ich ihn zu mir und küsste ihn. Heftig. Forderte Eintritt in seinen Mund. Feucht und ruppig verbanden wir uns.

Endlich entspannte er sich unter meinen Händen. Wurde weich und schmiegte sich an mich. Wir hatten noch sechs Wochen. Diese würden wir verdammt noch mal in Harmonie verbringen, ohne uns darüber Gedanken zu machen, was nicht sein konnte.

»Hallo?«

Wir schraken auseinander. Hauke starrte uns mit aufgerissenem Mund an.

»Ich, ähm ...« Er drehte sich weg. Sah zu Boden. Schaute wieder auf. Machte eine abwehrende Geste. »Entschuldigt. Ich wollte nicht stören! Ich ... ähm ... Anton. Er meinte ... Kartoffelernte. Er ist nicht da? Die Tür ... niemand macht auf. Ich kann gehen!« Hauke trat von einem Bein auf das andere. Sein Blick huschte über uns. Zu den Stallungen. Er drehte sich halb zur Seite. Es glich schon fast einem Tänzchen.

Was war aus meinem Hof, meiner Einöde, geworden? Der Durchgangsverkehr hier glich dem Fährhafen.

Dean machte Anstalten, sich von mir zu lösen, aber ich hatte für heute genug. Ich konnte ihn vielleicht nicht für immer haben. Aber ich konnte ihn jetzt haben.

Ich legte meinen Arm um seine Hüfte und hielt ihn an meiner Seite.

»Bleib!« Ich fuhr mir über den Kopf. »Ich meine, er ist wahrscheinlich in der Dusche und hört dich nicht. Kommt sicher gleich.« Langsam sah ich zu Dean, der mich aus sorgenvollen Augen musterte. Ein Lächeln zupfte an meinen Lippen. Dieser Mann würde mein Untergang werden. »Dean und ich ... wir sind zusammen. Da ich aber nicht out bin, würde ich dich bitten, es nicht überall herumzutratschen.«

»Das würde ich nie tun, Arved! Glaub mir! Das ist absolut deine Sache.« Hauke riss die Augen weit auf und hob die Hände abwehrend.

Resigniert schüttelte ich den Kopf. »Ich verlange nicht, dass du für mich lügst, ich ... Ehrlich gesagt, weiß ich im Moment selbst nicht, was ich will. Jedenfalls nicht, mich höchst offiziell zu outen. Deshalb ...«

Hauke trat mit ausgestrecktem Arm einen Schritt auf uns zu. »Ich versteh dich, Mann! Wirklich! Das ist kein Problem. Deine Sexualität, deine Beziehung, das ist dein Ding. Ich grätsche dir da nicht rein. Aber wenn du dich outen willst, solltest du wissen, dass ich absolut kein Problem damit habe. Ganz im Gegenteil. Wenn du jemanden zum Reden brauchst oder jemanden, der auf deiner Seite steht, bin ich für dich da, okay?«

Ich schluckte heftig. Ich kannte Hauke kaum. Seit Dean auf Föhr gekommen war, hatte sich mein Leben komplett verändert. Die Leute, mit denen ich seit Jahren zu tun gehabt hatte, stellten sich als keine wahren Freunde heraus. Andere, die ich kaum kannte, wurden zu Allys.

»Danke! Das bedeutet mir viel.«

Ich nahm seine Hand, die er mir entgegenstreckte, und schüttelte sie kurz. Das war natürlich nicht Deans Art.

Er schloss Hauke in die Arme und drückte ihn.

»Du bist ein echter Freund!«, sagte er über Haukes Schulter.

Dieser lachte. »Vergiss das mal nicht, wenn ich dich in New York besuche und eine Übernachtungsmöglichkeit brauche!« Er warf mir einen entschuldigenden Blick zu.

Doch seine Worte waren nur die Erinnerung an das Unaufhaltsame.

Ich sah den beiden zu, wie sie sich in den Armen lagen. Stellte mir vor, wie sie dies in New York taten. Während ich hier war. Genau hier, wo ich jetzt stand. Ich sah auf meine Füße und wollte, dass sich der Boden auftat.

Kapitel 24

Dean

Es nieselte schon wieder. Vom Busfenster aus sah ich zu, wie die Regentropfen über die Außenseite gezogen wurden. Unter meiner Regenjacke wurde es mir langsam warm. Ich betrachtete die Straßenschilder. Wir waren fast in Alkersum. Es machte keinen Sinn, sie noch auszuziehen.

Wie ein Unwetter zog das Gespräch mit Arved über Rainer vor zwei Wochen durch meine Gehirnwindungen. Es ließ mir keine Ruhe.

Selbst die Schafe, deren wollige Hintern vom Wind zerzaust wurden, konnten mich nicht ablenken. Unbeirrt stapften sie draußen in dem Mistwetter rum und steckten ihre Nasen in die salzigen Wiesen.

Ich wollte nicht, dass das Ende meiner Au-pair-Zeit auch das Ende meiner Beziehung mit Arved wurde. Andererseits verstand ich ihn und seine schlechten Erfahrungen. Keinesfalls wollte ich ihn zu etwas überreden, was er nicht geben konnte.

Am späten Nachmittag würde ich nach Hamburg fahren, um mich mit Mathis zu treffen. Vielleicht würde sich dort eine Lösung auftun.

Der Bus hielt an, und ich stieg aus, schlug meinen Kragen hoch und lief auf das Museum der Westküste zu. Zögerlich folgte ich Isabellas Beschreibung dorthin, wo hoffentlich ihr Büro war. Tatsächlich fand ich es schnell. Ihre Tür war offen, und ich steckte meinen Kopf hindurch.

Sie blickte auf und strahlte mich an. »Da bist du ja! Überpünktlich. Komm rein.«

Ich ging in das Zimmer und sah mich um. Ein bisschen erinnerte es mich an meine Bude bei den Klaasens. Aber natürlich viel größer, und die Einrichtung war nicht ganz so vintage wie meine.

»Setz dich doch!« Sie deutete auf einen Stuhl vor ihrem Tisch.

»Okay.« Ich zog die Augenbrauen zusammen und musterte sie schmunzelnd. »Was wollten Sie denn bereden?«

Sie sah auf ihren Schreibtisch und nickte. »Wir können gern noch eine Tour durch das Museum machen, aber ich wollte vorher mit dir sprechen.«

»Das ist ja kryptisch.« Sie hatte mir leider nicht gesagt, warum sie mich sehen wollte. Und langsam wurde ich ungeduldig.

Mit einem Schmunzeln winkte sie ab. »Gar nicht. Wie lange bist du noch auf Föhr?«

»Nun. Vier Wochen.«

»Und wie gefällt es dir bisher?«

In meiner Brust zog es. Wie gefiel es mir?

»Es war die absolut perfekte Entscheidung für mich, hierherzukommen. In vielerlei Hinsicht. Persönlich hat es mir viel Ruhe gebracht. Zu sehen, woher meine Mutter stammt, ist sehr interessant gewesen. Beruflich ...« Ich zögerte leicht. »Ich war in einer schwierigen Situation, als ich auf die Insel kam. Monatelang hatte ich nicht mehr malen oder irgendetwas erschaffen können. Erst seit ich hier bin, ist meine Kreativität zurück. Einen Pinsel in die Hand zu nehmen, ist endlich wieder wie Atmen, nicht wie Ersticken. Ehrlich gesagt bin ich etwas in Sorge, was passiert, wenn ich zurückgehe.«

Aufmerksam beobachtete mich Isabella bei meiner kleinen Rede.

Sie nickte kurz und lehnte sich dann in ihrem Stuhl zurück. »Ich verstehe vielleicht viel besser, als du glaubst, was mit dir passiert ist. Und es freut mich, dass du wieder arbeiten kannst. Was mich zu meiner eigentlichen Frage bringt. Könntest du dir vorstellen, nach Föhr zurückzukommen oder deinen Aufenthalt zu verlängern?«

Abrupt rutschte ich auf meinem Stuhl zurück und setzte mich aufrechter hin. »Nun. Ja?«

Die Professorin lachte leicht. »Ja? Jedenfalls habe ich ein Angebot für dich. Das Museum hätte eine Position für einen Künstler, und ich würde dir diese gerne anbieten.«

Ich sog die Luft scharf ein. »Meinst du damit das FSJ-Programm?« Wenn sie Ja sagte, wusste ich nicht, wie ich reagieren sollte. Es war ... okay. Aber ...

»Nein! Natürlich nicht. Hättest du daran Interesse?«

Erleichtert atmete ich aus. »Nicht wirklich. Das Angebot wäre trotzdem sehr nett, aber eigentlich ist es nicht das, was ich mir vorgestellt hatte, nach meiner Zeit als Au-pair.«

»Was hast du dir denn vorgestellt?«, fragte sie mich und musterte mich eingehend.

Verdammt. Ich wollte wissen, welche Stelle sie mir anbot. »Tja. So leicht ist das nicht zu sagen. Meine einzige Hoffnung war, wieder zu malen. In meiner Vorstellung hatte sich alles andere dann von selbst gelöst.«

Bedächtig nickte sie. »Und hat es das noch nicht?«

»Ah ... jein?« Ich wiegte meinen Kopf von einer zur anderen Seite. »Die Hälfte ist geschafft. Ich male wieder. Aber ein konkreter Plan fehlt noch.«

Sie nickte und musterte mich. »Nun. Dann bin ich gespannt, was du zu unserem Angebot sagst.«

Unwillkürlich lehnte ich mich etwas nach vorne und hielt mich an den Seiten des Stuhles fest.

»Das MkdW möchte dir die Position des Artists in Residence anbieten. Du kannst in einem der Doppelhäuser, die direkt neben dem Museum stehen, ziehen und es als Wohnung und Atelier nutzen.«

Perplex starrte ich sie an. »Als Artist in Residence? Für wie lange?«

Isabella hob die Hände. »Nun, das hängt von dir und deiner Planung ab. Normalerweise beschränken sich die Aufenthalte auf etwa einen Monat. Wenn du eine längere Schaffensphase planst, ist das möglich. Ich hatte an ein halbes Jahr gedacht. Das können wir aber individuell besprechen. Wenn du magst, kannst du dir alles ansehen und überlegen. Und danach eine Entscheidung treffen.«

Die Ideen überschlugen sich in meinem Gehirn. »Was sind die Vorgaben für die Werke, die ich schaffen soll?«

Sofort schüttelte die Direktorin den Kopf. »Oh! Nein, so ist das nicht vorgesehen. Du bist völlig frei in dem, was du arbeiten willst. Mir ist durchaus bewusst, dass ein Kunstwerk nicht immer geplant werden kann. Wenn wir es für uns im Museum nutzen können, wunderbar, wenn nicht, ist das kein Problem. Es soll eine Gelegenheit für dich sein, dich zu entwickeln. Nach dem, was du gesagt hast, schien mir das gut zu passen.«

Ich nickte heftig. »Es hört sich so gut an. Ich bin gerade sehr geflasht und weiß nicht, was ich sagen soll.« Mein Herz schlug mir bis in den Hals, und die Gedanken schwirrten durch meinen Kopf. Unruhig rutschte ich auf dem Stuhl herum. Ich wollte aufspringen, um die Energie loszuwerden, und mich gleichzeitig daran festklammern.

»Das musst du auch gar nicht.« Sie stand auf und deutete zur Tür. »Sollen wir uns die Räume mal ansehen?«

Automatisch folgte ich ihr. Isabella zeigte mir das Haus, in dem der Artist in Residence lebte. Die großzügigen hellen Wohnräume. Ich konnte mich darin sehen, wie mich das Licht morgens weckte und dadurch sofort zur Arbeit inspirierte. Das alte Parkett, die schlichte Einrichtung, in der man sich nur wohlfühlen konnte und die gleichzeitig Raum bot, die eigenen Gedanken treiben zu lassen. Wir gingen durch das Museum, wo sie mich auf Werke von anderen Künstlern hinwies, die vor mir die Residency gemacht hatten. Sie erzählte von Zeiträumen, Materialien, Möglichkeiten, und irgendwie klinkte ich mich mental aus. Was bedeutete das für mich? Für meine Arbeit? Für meine Beziehung?

Nach einem kleinen Mittagessen, bei dem ich kaum einen Bissen runterbrachte, fuhr ich mit dem Bus zurück. An der Haltestelle, direkt vor dem Hotel hinter der grünen Hecke, wo ich vor fünf Monaten das erste Mal ausgestiegen war, fiel ich fast aus dem Bus und fing mich gerade so.

Schnell lief ich ins Haus, wo Jule mit Tine am Tisch saß.

»Hallo, Dean!«, begrüßte mich das Mädchen. Sie schob eine glitzernde Box von sich und lächelte mich an. »Ich mach was für dich, wenn du wieder heimfährst.«

Ich setzte mich zu ihr an den Tisch und schaute auf ihre Bastelsachen. »Ah. Da freu ich mich.«

Tine goss sich heißes Wasser in ihre Teetasse. »Das Angebot steht. Wenn du willst, kannst du bleiben. Aber ich weiß, dass der Winter auf Föhr schwierig sein kann.«

Bedauernd zuckte ich mit den Schultern. »Es ist wirklich toll bei euch, und ich bin unfassbar glücklich, dass ich hier bin. Aber es ist Zeit, weiterzugehen. Ich will wieder malen und davon leben und ... Das Hotel und ihr werdet immer einen besonderen Platz in meinem Herzen haben. Jedoch muss ich auch Raum für anderes schaffen.« Ich grinste die beiden an. »Wenn ich so 'nen Flash habe mitten in der Nacht, muss ich durcharbeiten. Und vor allem dann am nächsten Tag ausschlafen.«

»Künstler«, murmelte Tine in ihren Tee und grinste mich an.

Vorsichtig nahm ich eine glitzernde Perle zwischen meine Finger und drehte sie nachdenklich. »Vielleicht bin ich ja auch gar nicht so weit weg, wenn ich hier nicht mehr arbeite.«

»Was?« Jule sprang auf, dass der Tisch ruckelte.

Schnell hob ich beschwichtigend beide Hände. »Es ist noch nichts fix. Ich sollte gar nicht darüber reden. Bitte behaltet es für euch. Ich … Wisst ihr was, sobald ich eine Entscheidung getroffen habe, gebe ich euch Bescheid. Im Moment bin ich verwirrt und muss mal meine Gedanken ordnen.«

Tine beobachtete mich über ihren Tassenrand hinweg und Jule nickte mir eifrig zu. »Versprochen.«

»Falls du irgendetwas brauchst, ein Netz, auf das du zurückfallen musst, sind wir für dich da, okay?« Eindringlich sprach Tine auf mich ein. »Ein Plätzchen ist immer für dich frei. Egal, was passiert und wann es passiert.«

Schnell stand ich auf und umarmte Tine. Diese drückte mich eng an sich. »Du machst das schon.«

Ich schnaubte leicht. »Hoffen wir es.«

In dem Moment vibrierte mein Telefon. Ich schaute darauf. »Das ist meine Mutter. Da muss ich ran. Falls wir uns später nicht mehr sehen: Ich fahre heute noch ans Festland und werde das Wochenende über in Hamburg sein.«

»Ich will auch nach Hamburg«, jammerte Jule.

»Wir fahren ein andermal«, beruhigte Tine sie, und die beiden waren in ihr eigenes Gespräch verstrickt, während ich die Treppen hochlief und meinen Anruf annahm.

»Mom?«

»Hallo, Dean!« Die vertraute Stimme meiner Mutter trieb mir fast die Tränen in die Augen. Zu viel war heute passiert. Nicht nur heute. Aber heute wurde mir alles zu viel. Überwältigte mich.

Atemlos jagte ich in mein Zimmer.

»Was ist denn los? Was schnaufst du denn? Ist alles in Ordnung?«

Ich wischte mir über die Augen. »Alles okay. Ich bin nur gerade die Treppen hochgelaufen.« Ein leises Schluchzen entwischte mir.

»Dean, was ist los? Weinst du? Was ist passiert?«

Ich schüttelte den Kopf und stellte den Anruf auf Lautsprecher. Erschöpft ließ ich mich mit dem Telefon aufs Bett fallen.

»Eigentlich ist nichts passiert. Nichts Schlimmes. Also ... was Tolles. Ich weiß nur nicht, was ich tun soll. Was würdest du denn dazu sagen, wenn ich dir erzähle, dass ich hierbleiben will?«

Sie seufzte und lachte dann leise. »Ich hatte mir schon so was gedacht. Aber jetzt erzähl doch mal von Anfang an.«

Ich sah auf die Uhr. Wie lange hatte meine Mom Zeit? »Musst du nicht los?«

»Ich habe gerade meiner Kollegin geschrieben, dass ich heute eine Stunde später komme.«

»Mom, du sollst nicht wegen mir deinen ganzen Tag über den Haufen schmeißen.«

»Für wen, wenn nicht für dich! Jetzt leg los.«

Und so erzählte ich ihr von allem. Von Isabella, Mathis, Arved. Wie sehr ich Föhr liebte. Dass ich meine Kreativität ausleben konnte, wie noch nie zuvor.

Nach einer Redepause meinerseits und einer Denkpause ihrerseits holte sie Luft. »Und was ist nun das Problem?«

»Mom, mein Problem ist, dass ich alles will. Das Malen, meine Arbeit und Arved. Aber das ist egoistisch. Ich fühle mich kindisch. Als würde ich nach Ausreden suchen, um bei Arved bleiben zu können.«

»Wie kommst du denn darauf?«

Wie erklärte ich denn das? »Was, wenn das alles nicht klappt und ich Föhr eventuell doch verlassen muss? Dann war ich ein Jahr länger oder so mit Arved zusammen und alles wird für ihn noch viel schlimmer. Und das alles dann nur, weil ich alles gewollt habe.«

»Und für dich? Wird es für dich nicht auch schlimm?«

Ich drehte mich auf den Rücken und starrte gegen die Decke. »Das ist okay. Für Arved ist es schlimmer.«

»Weil er dir nicht so wichtig ist wie du ihm?«

Abrupt setzte ich mich auf. »Natürlich nicht! Ich l–« Schlagartig presste ich meine Lippen aufeinander. Manche Dinge blieben lieber unausgesprochen.

»Ich mag ihn. Sehr. Mehr als ich je gedacht hätte. Aber ich kann meine beruflichen Entscheidungen nicht von meinem Liebesleben abhängig machen. Das sind zwei Paar Stiefel. Wenn ich das nicht trenne, laufe ich Gefahr, das eine für das andere verantwortlich zu machen. Diese Verantwortung werde ich niemandem aufhalsen. Und deshalb weiß ich nicht, was ich tun soll. Will ich die Residency, weil sie der perfekte neue

Schritt für mich ist, oder will ich sie, weil es eine Gelegenheit ist, bei Arved zu bleiben?« Ich biss auf meine Lippen. »Ich bin doch nach Föhr gekommen, um mich wieder zu finden und nicht, um eine Liebesgeschichte anzufangen.«

»Und was ist so schlimm daran, beides zu haben?«

Stoßartig atmete ich aus.

»Mom! So einfach ist das nicht.«

»Ist es nicht? Schatz, ich verstehe, die letzten Monate waren schwer. Du musstest so viele Rückschläge einstecken. Du bist vorsichtig geworden.« Sie seufzte. »Du hast immer gewusst, was du willst, und hast dich von nichts und niemandem beirren lassen.«

Ich nagte erneut an meiner Lippe. »Das war aber, als ich wusste, dass ich Sachen beeinflussen kann. Jetzt habe ich das Gefühl, dass ich meinem Urteilsvermögen nicht mehr trauen kann. Die Vergangenheit hat gezeigt, dass meine Entscheidungen nicht die klügsten gewesen sind. Ich weiß ja gar nicht, wie und ob sich Arved eine langfristige Beziehung vorstellt. Wir haben immer nur über sechs Monate gesprochen. Während ich auf Föhr bin. In letzter Zeit hat er jedes Gespräch, darüber hinaus zu reden, abgeblockt. Ich frage mich, ob er überhaupt mehr will. Mal ganz abgesehen von den ganzen beruflichen Unsicherheiten. Wie wäge ich das gegeneinander ab?« Heftig rieb ich über mein Gesicht. Ich konnte meine Gedanken kaum mehr ordnen. »Mom, ich weiß nicht, wie ich alle Überlegungen unter einen Hut bringen soll. Die, was eine mögliche Arbeit angeht, und die Arved betreffend. Ist es schlau, das getrennt zu betrachten? Oder muss ich die Residency mit möglichen Folgen einer möglichen Beziehung abwägen?« Ich stöhnte laut. »Mir schwirrt der Kopf!«

»Du wirfst mit ziemlich viel Möglichkeiten, Unwägbarkeiten und Varianten umher, merkst du das?«, fuhr meine Mutter fort. »Ich will dir nicht reinreden, was du zu tun hast. Aber auch, wenn im Moment alles sehr überwältigend wirkt, du hast Optionen. Du bist nicht allem einfach ausgeliefert.«

Es fühlte sich aber so an. Seufzend drehte ich mich zurück auf den Bauch. »Ich weiß«, grummelte ich in die Decke.

»Ich höre dich nicht!«, rief meine Mutter durchs Telefon.

»Ich weiß! Weil mir alles durch den Kopf jagt. Ich habe das Gefühl, keinen klaren Gedanken mehr fassen zu können.«

Am anderen Ende raschelte es. »Ich hab da einen ultimativen Tipp für dich.«

»Ja?« Aufgeregt setzte ich mich auf.

»Da wirst du mit Arved reden müssen. Und ihm sagen, was dir wichtig ist und was du willst.« Sie summte nachdenklich vor sich hin. »Ob und wie du alle Argumente abwägen musst, kannst du erst entscheiden, wenn du alle kennst. Und so, wie du mit Isabella über die Modalitäten sprichst, musst du das auch mit Arved machen. Im Moment machst du dir über Was-wärewenns Gedanken. So kannst du zu keinem Ergebnis kommen.«

»Mom!« Empört ließ ich mich zurückfallen. »Das ist ein blöder Tipp.«

Sie lachte. Böse Frau! »Weiß er, was er dir bedeutet?«

»Weiß nicht.«

»Hm.« Sie summte durch das Telefon. »Weißt du, was du willst?«

»Die Residency. Das ist eine mega Gelegenheit. Und Arved.« Die letzten beiden Worte flüsterte ich fast.

»Was ist jetzt so erschreckend daran, dass du beide Sachen haben kannst, die du dir wünschst? Und ganz sicher ist das nicht egoistisch.«

Ich rieb über meine Augen. »Es hört sich zu gut an, um wahr zu sein?«

Nun seufzte sie. »Rede mit ihm. Schlaf noch 'ne Nacht drüber. Und wenn mein Baby beschließt, mich zu verlassen und nicht mehr nach Hause zurückzukehren, will ich bitte umgehend informiert werden.«

»Mom! Ich komme doch zu Besuch!« Ein Kloß bildete sich in meinem Hals. »Wann die Residency beginnt, ist ja noch gar nicht klar. Und ich komme an Weihnachten ganz sicher nach Hause.«

Sie räusperte sich. Verdammt. Ich wollte sie nicht verletzen. »Ich bin stolz auf dich. Und danke, dass du mit mir gesprochen hast.«

»Immer, Mom!«

»Ich hoffe, ich konnte dir helfen.«

»Auf alle Fälle. Und du hast natürlich recht. Ich muss mit Arved reden.« Ich schaute auf das Display meines Telefons. »Und jetzt muss ich packen. Ich fahre heute nach Hamburg und treffe mich dort mit Mathis.«

Wir verabschiedeten uns, und eilig packte ich. Es war mehr Zeit vergangen, als ich gedacht hatte, und ich musste meinen Bus erwischen.

Als ich mit meinem Rucksack auf den Schultern zur Straße lief, überlegte ich kurz. Ich hatte mich von Arved bereits verabschiedet, da ich nicht gewusst hatte, wie lange das Treffen mit Isabella dauern würde.

Wenn ich mich jetzt aber beeilte, konnte ich ihn noch sehen, bevor der Bus in knapp sieben Minuten kam.

Kurzentschlossen lief ich auf den Weg zum Hof. Von hier aus konnte ich auch einfach umkehren, wenn ich den Bus von Nieblum aus kommen sehen würde.

Ich bog um die Ecke, die den Blick auf den Hof freigab, umrundet von seinem Haus, den Stallungen und der Scheune.

Mitten darauf, wie auf dem Präsentierteller, stand Arved und küsste einen Mann. Einen Mann in Chinos und Loafern.

Wie vom Blitz getroffen kam ich zum Stehen. Mein Herz fühlte sich wie eingefroren an, und ich war unfähig, mich zu bewegen. Vergeblich schnappte ich nach Luft. Arved griff in das Hemd des Kerls, und hinter mir ertönten die unverkennbaren Geräusche des Busses.

Ich riss den Kopf herum und sah ihn die Straße entlangfahren. Ohne noch einen Gedanken an das, was vor meinen Augen geschehen war, zu verschwenden, machte ich kehrt und lief wie von der Tarantel gestochen auf die Haltestelle zu.

Mit ausladend winkenden Armen machte ich auf mich aufmerksam, und der Bus fuhr tatsächlich den Stopp an, obwohl ich noch gute zehn Meter davon entfernt war. Nach Luft ringend stürzte ich hinein.

»Bring dich nicht um, Buur. Ich hätte schon gewartet. Bin ein paar Minuten zu früh dran«, meinte der Busfahrer und machte es sich in seinem Sitz bequem.

Ich ließ mich auf einen Platz fallen und starrte auf meine Hände. Gäste des Hotels kamen aufgeregt schnatternd an Bord, und ich klammerte mich an den Rucksack auf meinem Schoß. Die Erinnerung an Arved und den Typ, die hinter meinem Rücken mittlerweile sonst was taten, brannte in meinem Hinterkopf.

Kapitel 25

Arved

Von Rainer geküsst zu werden, war surreal. Ich brachte meine Hände zwischen uns, griff in sein Hemd und schob ihn weg. Er stolperte leicht und griff nach mir.

»Arved«, hauchte er meinen Namen und ging erneut auf mich zu.

»Spreche ich eine Fremdsprache, derer du nicht mächtig bist?«, herrschte ich ihn an. »Was verstehst du nicht an meinen Worten? Es ist vorbei. Absolut unwiederbringlich aus. Was erlaubst du dir überhaupt, mich so zu überfallen? Ich empfinde nichts für dich.« Außer Mitleid vielleicht.

»Aber siehst du denn nicht, wie gut es zwischen uns sein kann?«

»Das Einzige, was ich sehe, ist, dass du mich küsst, obwohl ich ausdrücklich gesagt habe, fass mich nicht an! Also wiederhole ich es für dich ganz langsam. Fasse. Mich. Nie. Wieder. An.«

Wie ein trotziges Kind trat Rainer gegen den Boden. »Das mache ich doch nur, damit du dich an uns erinnerst. Wie es gewesen ist.«

»Indem du mich gegen meinen Willen küsst?« Ungläubig schüttelte ich den Kopf. Hatte ich damals nicht gesehen, was für eine Art Mensch Rainer war? Hatte er sich immer über mich hinweggesetzt? Vermutlich ja. Doch damals war ich so geblendet gewesen.

»Manche Menschen muss man zu ihrem Glück zwingen.« Herausfordernd hob er sein Kinn.

Ich starrte ihn an. »Nein Rainer. Zwang ist nie okay. Niemals. Keine Ahnung, was mit dir los ist, aber ich wünsche dir, dass du erkennst, dass du so nicht weitermachen kannst. Geh! Und komme nicht wieder. Es ist mein Ernst. Ich habe kein Interesse an irgendeiner Form der Beziehung mit dir. Keine Freundschaft, nicht mal entfernte Bekannte. Komm nie wieder hierher.«

Er schnaubte. »Das meinst du nicht ernst.«

»Verlasse den Hof. Sofort.« Ich drehte mich um und ging.

Unfassbar. Hatte ich so eine geringe Menschenkenntnis, dass ich mich so in ihm getäuscht hatte? Was sah ich noch falsch und erkannte es nicht?

Als ich die Haustür hinter mir schloss, atmete ich tief durch. Erst jetzt bemerkte ich, dass meine Hände zitterten.

Fuck. Rainer war die eine Sache, aber als ich dessen Lippen auf mir gespürt hatte, hatte mich nur ein einziger Gedanke begleitet. *Nicht Dean.* Ein absurdes Lachen kochte in mir hoch. Ich war so verloren. Würde ich jemals wieder einen anderen Menschen küssen können, ohne an Dean zu denken?

Ich stellte die falschen Fragen. Wollte ich jemals wieder jemanden küssen, der nicht Dean war?

Meine Mauern bröckelten. Alles, was ich als Grundsätze hochgehalten hatte, fühlte sich nur noch nach Ausreden an. Denn wenn ich ehrlich war, musste ich mir eingestehen, dass ich schon lange nicht mehr hinter dem stand, was ich Dean sagte.

Ich konnte meine Gefühle weder nach fünf Monaten noch nach sechs Monaten einfach ausschalten. Auch wenn ich gedacht hatte, ich könnte mich davor schützen, verletzt zu werden, würde es passieren.

Aber nicht, weil mich Dean wie Rainer angelogen hatte, mir etwas vorgespielt hatte, sondern weil das Leben ein matschiger Haufen von kaum greifbaren Gefühlen war. Auch wenn Dean hier leben würde, hatte ich keine Garantie, dass wir bis zum Ende unserer Tage glücklich sein würden. Wir konnten alles in unserer Macht Stehende dafür tun und versuchen, unsere Beziehung aufregend und liebevoll zu leben. Aber die Garantie, die ich von einer Beziehung mit Dean gefordert hatte, konnte es nicht geben. Niemand konnte mir diese geben.

Fuck. Ich hatte mich selbst belogen. Und Dean wahrscheinlich damit verletzt.

Schnell fischte ich mein Telefon aus der Hosentasche und wählte seine Nummer. Ich musste seine Stimme hören und ihm sagen, dass ... Ich wusste nicht genau, was ich ihm sagen wollte. Das würde sich ganz automatisch ergeben, wenn ich ihn hörte.

Doch zu meiner größten Enttäuschung ging nur die Mailbox dran. Einen Moment zögerte ich. Was ich zu

sagen hatte, war nicht für einen automatischen Anruf-
beantworter bestimmt.

»Hey!« Ich lachte leise. »Ich vermisse dich. Okay, das
ist nicht der Grund, wieso ich anrufe. Melde dich bitte,
wenn du das hörst. Bist du schon weg?« Ich sah auf die
Uhr an meinem Telefon. Shit. Er war längst unterwegs.
Vielleicht sogar schon in Wyk und hörte das Handy
nicht auf dem Weg zur Fähre.

Eine aufgeregte Unruhe hüllte mich ein.

Die Erkenntnis war so groß. Ich musste sie mit Dean
teilen. Ich musste ihm sagen, was ich für ihn empfand.
Er sollte wissen, dass ich mehr wollte und auch gewillt
war, etwas zu riskieren.

Ich rieb über mein Herz, das sich zu groß in meiner
Brust anfühlte.

***

Auch Stunden später hatte ich nichts von Dean gehört. Sein Telefon war ausgeschaltet und auf meine
Nachrichten hatte er nicht reagiert. Er musste mittlerweile in Hamburg sein. Vielleicht hatte sein Handy keinen Saft mehr. Bei Mathis musste er doch sein Telefon
laden können.

Hatte er es verloren?

Teilweise hatte er die Nachrichten noch gesehen. Das
zeigten mir die Häkchen deutlich. Aber mittlerweile tat
sich auch diesbezüglich nichts mehr.

Frustriert spielte ich mit meinem Mobiltelefon in den
Händen. Sollte ich meine Freunde anrufen, um mich
mit denen zu treffen? Meine Freunde. Der Gedanke an

Fritjof machte meinen Magen sauer. Wer waren meine Freunde überhaupt?

Schließlich rief ich Lennert an, der sofort abnahm.

»Moin? Was los?«

»Mhm«, grummelte ich ins Telefon.

»Aha. Und sonst?« Er lachte leise.

Seufzend starrte ich aus dem Fenster. Es war bereits dunkel. »Was machst du heute?«

»Jetzt? Brauchst du Hilfe auf dem Hof?«

»Nein.« Ich spielte mit der Isolierung am Fenster. »Einfach so.«

»Ähm. Ich hab nix vor. Soll ich vorbeikommen? Oder willst du hierher?«

»Kannst du hierherkommen? Falls es länger wird, kannst du übernachten. Ich müsste morgen früh wieder hier sein.«

»Klar! Ich bin schon unterwegs. Willst du mir sagen, um was es geht?«

»Ne. Eigentlich nicht.«

»Na dann.«

Als Lennert ankam, saß ich mit einem Bier, eingemummelt in eine Jacke, in meinem Garten. Der September war milde gewesen. Aber mittlerweile war es unverkennbar Herbst. Vor mir züngelten bereits Flammen in der Feuerschale, und ich warf die Fetzen des Etikettes hinein, das ich abriss.

Mein Bruder klopfte gegen die Küchentür und trat auf die Terrasse. »Moin. Was herrscht denn hier für eine Grabesstimmung?«

Ich drehte mich zu ihm und prostete ihm zu. »Hol dir aus dem Kühlschrank.«

Er kam mit einem Bier und einem Hocker zurück und setzte sich neben mich. »Prost.«

»Prost.«

Wir starrten eine Weile ins Feuer, bis ich mich schließlich zusammenriss. »Ich hoffe, dass Dean und ich zusammenbleiben, wenn seine Zeit als Au-pair endet. Allerdings befürchte ich, dass ich zu lange gezögert habe und er nicht mehr will.«

»Wie kommst du denn darauf?«

Ich warf meinem Bruder einen Blick von der Seite zu. »Auf was genau?«

»Dass er nicht mehr will. Wer euch miteinander gesehen hat, weiß, dass Dean ganz vernarrt in dich ist. Vielleicht nicht so sehr wie du in ihn, aber ihr haltet euch da ziemlich die Waage.«

»Hm.« Ich schaute zurück ins Feuer.

»Kann ich fragen, wieso du für diese Erkenntnis so lange gebraucht hast?«

»Ha, ha!« Ich trat leicht gegen seinen Fuß. Erneut schauten wir ins Feuer. »Mein Ex war heute hier. Also, anscheinend ist er zurück auf Föhr. Beim Gespräch mit ihm ist mir einiges klar geworden. Was damals schiefgelaufen ist.«

»Du hast 'nen Ex?« Lennert hatte sich nun komplett zu mir gedreht und starrte mich an.

Ich zuckte eine Schulter. »So in der Art.«

»Ha! Was weiß ich sonst noch nicht über dich?«

»Keine Ahnung, Bankbienchen! Anton, Tine und Uwe wissen übrigens auch Bescheid.«

»He! Ich empfinde Bankbienchen nicht als Beleidigung. So fleißig bin ich.« Leise lachten wir. »Und ist doch toll, dass dich mehr Leute wirklich kennenlernen.« Nachdenklich musterte er mich. »Aber wirklich, was wurde dir denn klar?«, fragte Lennert weiter.

Ich nahm einen großen Schluck aus der Flasche. »Die Trennung von Rainer, meinem Ex, ist nicht sehr schön gewesen. Er hat mich belogen. Letztendlich, glaube ich, bin ich für ihn nur Mittel zum Zweck gewesen. Eine Ablenkung. Leider habe ich das alles nicht trennen können, von Mamas Gründen, die Insel zu verlassen. Zuletzt hatte ich mir einen bunten Strauß an Gründen zurechtgelegt, wieso eine Beziehung – insbesondere mit jemandem, der nicht von der Insel ist – nicht funktionieren kann. Alles Ausreden, damit ich nicht aus mir rauskommen muss. Dass ich mich nicht damit beschäftigen muss, schwul zu sein. Lieber den Kopf in den Sand stecken, statt was zu tun.«

»Glaubst du, Dean lügt dich an?«

»Nein!«, widersprach ich heftig. »Eben nicht. Das, was wir haben, ist was völlig anderes als das, was Rainer mit mir abgezogen hat. Weil ich aber zu feige gewesen bin, das anzuerkennen, befürchte ich, dass Dean das nicht mehr genug ist. Verstehen könnte ich ihn.«

Lennert streckte seine Beine in Richtung Feuer. »Und wieso denkst du das?«

»Weil er sich nicht meldet. Er hat meine Nachrichten gesehen. Heute Nachmittag hatte er einen Termin mit der Direktorin des Museums in Alkersum und jetzt ist er in Hamburg. Bei Mathis. Diesem Galeristen. Wahrscheinlich ist ihm klargeworden, dass es den Stress mit mir nicht wert ist. Ihm liegt die Welt zu Füßen.«

»So oberflächlich schätze ich Dean nicht ein.«

Erneut trank ich von meinem Bier. »Nein. Ich auch nicht. Ich sag nur, ich würde ihn verstehen.«

»Und da dachtest du, du malst erst mal schwarz, bevor du mit ihm reden kannst.«

Ich fuhr über mein Kinn, sah zu meinem Bruder und nickte dann. »Ja. Im Wesentlichen genau das. Ich dachte, zu fatalisieren, passt viel besser zu mir, als rational zu denken.«

»Verstehe!« Bedächtig strich sich nun auch Lennert über sein Kinn. »Und du dachtest, ich passe da gut in deinen deprimierten Abend?«

»Ja! Du bist mein Bruder. Du wolltest mehr Zeit zu zweit!«

Bevor ich reagieren konnte, trat Lennert gegen meinen Campingstuhl und ich kippte in einem riesigen Schwung zur Seite. Er sprang auf, riss den Stuhl weg und setzte sich auf mich.

»Was machst du denn?«, brüllte ich. Lennert posierte über mir wie ein Preisboxer und spannte seine Oberarme an.

»Ich bin der Champ, du Schwächling!« Dabei verzog er sein Gesicht in einer absolut albernen Grimasse.

Dafür, dass er deutlich kleiner war als ich, hielt er sich erstaunlich sicher auf mir. Als ob wir fünf Jahre alt wären, hüpfte er auf meinem Bauch herum.

»Au! Mir kommt das Bier hoch, du Pfosten!«

Lennert leckte sich über die Finger und versuchte, sie mir ins Ohr zu stecken, so wie wir es als Kinder getan hatten.

»Hör auf! Ich warne dich!« Lachend griff ich nach seinen Händen, doch er war wie ein glitschiger Oktopus.

Mittlerweile lachten wir so heftig, dass mir die Seiten wehtaten und Lennert sich nur noch krampfhaft an mir festhalten konnte.

»Du bist so ein Arsch!«, brachte ich mühsam unter einem Lachanfall hervor. Neben mir tropfte der Rest meines Bieres ins Gras.

Lennert konnte sich nicht mehr halten, und endlich schaffte ich es, den Klops von mir zu schieben. »Du hättest dein Gesicht sehen sollen!«, japste er vor sich hin.

Ich riss ein Büschel Gras aus und rieb es über Lennerts Gesicht.

»Ah! Du ...«

»Du solltest dein Gesicht mal sehen!«, meinte ich nun.

Lachend lagen wir auf unseren Rücken und starrten in den Himmel. Es waren kaum Sterne zu sehen. Bewölkt.

Nach einer Weile rappelte sich mein Bruder hoch. »Geht's dir besser?«

Ich fühlte in mich hinein. In meinen Rücken, der langsam kalt wurde. Meinen Bauch, der vom Lachen ganz durchgeschüttelt war. Mein Kopf, der angenehm leer und von brüderlicher Freundschaft erfüllt war. »Erstaunlicherweise ja.«

»Wusste ich doch, dass das, was dir fehlt, ein ordentliches Gerangel ist.«

»Was ist denn mit euch los?« Aus dem Obergeschoss drang Antons Stimme zu uns herab. Er sah aus seinem Fenster auf uns herunter.

Ich winkte ihm vom Boden aus zu. »Nix. Alles gut.«

»Habt ihr Bier?«

Ich sah zu meiner leeren Flasche neben mir. »Im Kühlschrank.«

»Dann bediene ich mich dort.« Er knallte das Fenster zu, und eine Minute später ging das Licht in der Küche an. Wieder aus. Und Anton kam zu uns in den Garten. »Was feiern wir?«

Lennert stellte meinen Stuhl und seinen Hocker wieder auf. »Arveds Erkenntnis, dass er in Dean verliebt ist.«

»Das habe ich nicht behauptet«, fuhr ich ihm dazwischen.

Doch mein Bruder winkte ab. »Kommt aufs Gleiche raus.«

»Ich dachte, das ist ein alter Hut?«, fragte Anton.

»Für Arved war es neu!«, fuhr Lennert fort.

»Ich bin anwesend. Das ist euch bewusst?«

Die beiden grinsten sich an und prosteten sich zu.

»Na, komm her, Chef.« Anton reichte mir ein neues Bier.

»Danke!«, murmelte ich.

»Wo ist Dean überhaupt?«, wollte er wissen.

»In Hamburg. Bei Mathis.«

»Oh.« Anton sah mich an und zuckte dann eine Schulter. »Das wird schon. Und wenn nicht. Dann wird es auch. Wir sind für dich da. Wir können echte Männergespräche führen. Über Männer. Das wird interessant.«

Lennert lachte und prostete Anton erneut zu.

Ich seufzte und starrte ins Feuer. Was war eigentlich in den letzten Wochen passiert? Hatte ich mich wirklich bei meinen nächsten Menschen geoutet? Hatte ich deren Rückhalt? Sollte ich nicht absolut glücklich darüber sein?

Das war ich auch.

Aber es war nicht das, was ich im Moment am aller-
meisten brauchte. Ich brauchte Dean. Und er war wie
vom Erdboden verschluckt.

Kapitel 26

Dean

Erneut schenkte mir Mathis nach. Seine Assistentin schwirrte durch den Raum voller gut gekleideter und anscheinend sehr wichtiger Menschen der Hamburger Kunstszene.

Der Wein half aber nur bedingt, die Erinnerungen an heute Nachmittag auszulöschen. Ich wollte sie mir mit Terpentin aus meinen Hirnwindungen brennen. Jedes Mal, wenn sich das Bild der beiden wieder an die Front meines Schädels drängte, nahm ich einen Schluck.

»Gräfin von Weißenband, Sie müssen Dean Brown kennenlernen. Und seien Sie nett zu ihm. Mit ein bisschen Glück bleibt er uns gewogen, wenn er in den nächsten Jahren die Szene aufmischt.«

Verlegen zog ich den Kopf ein. Die Gräfin – eine Frau, die mir auf der Straße nicht aufgefallen wäre in ihren Jeans und Turnschuhen – reichte mir lächelnd die Hand.

»Nimmt Mathis den Mund ein bisschen voll, oder ist das Lob gerechtfertigt?«

»Oh! Sie verlangen von mir, mich selbst einzuschätzen oder die Werbetrommel zu rühren?«

Sie lachte und ließ meine Hand los, nachdem sie sie geschüttelt hatte. »Sie gefallen mir. Mathis ist geschäftstüchtig. Aber er hat auch einen guten Riecher. Ich halte meine Augen auf und bin schon gespannt, was ich von Ihnen sehen werde.«

Zu meiner Erleichterung zog sie sofort weiter und vertiefte sich in ein Gespräch mit anderen Leuten, die ich auch nicht kannte.

»Na, wie gefällt es dir?« Mathis stellte sich neben mich und sah über seine Gäste hinweg.

»Ehrlich gesagt, bin ich überwältigt.«

Er strich über meinen Rücken, was mich wohl beruhigen sollte. Mit einem halben Schritt zur Seite entkam ich der Berührung. Ich wollte nicht beruhigt werden und die Nähe war mir unangenehm. Unerklärlich. Je mehr ich mich über Arved ärgerte, umso mehr wollte ich in Ruhe gelassen werden.

»Du warst zu lange auf der Insel. Das ist das wahre Leben.«

Ich schaute über die Gäste und die Galerie und musste unwillkürlich lächeln. »Da hast du recht.« Himmel, das war es, was ich nicht vermisst hatte. Ich war gern unter Menschen, aber es fiel mir so schwer, meine Kunst anzupreisen, Käufer zu finden. Es kam mir wie ein Anbiedern vor. Meine Bilder waren was Höchstpersönliches.

»Willst du weiterziehen? Wir können noch auf den Kiez. Oder bist du müde? Dann gehen wir zu mir.«

Unschlüssig nippte ich an meinem Glas. Das war eine gute Frage. Ich war hundemüde, aber ich war immer noch damit beschäftigt, Erinnerungen loszuwerden.

»Ich würde gern mein Angebot an dich mit dir besprechen.«

Dafür war ich hergekommen. Um Mathis näher kennenzulernen, seine Galerie und eine geschäftliche Beziehung zu diskutieren.

»Gern. Ich bin von dieser ewigen Zugfahrt tatsächlich erledigt.«

»Es ist ja auch ein ziemliches Stück. Na komm. Wir verziehen uns.«

Wir verabschiedeten uns und stiegen vor der Galerie in ein Taxi, das uns zu Mathis' Wohnung in der HafenCity brachte. Die Lichter der historischen Gebäude zogen an uns vorbei. Am Hafen spiegelten sie sich im Wasser wie ein Meer aus Feuerwerksfunken. Reine Inspiration, die an mir zog. Ich verbuchte die Schönheit in mir für bessere Zeiten.

Mit dem Lift fuhren wir bis ins oberste Stockwerk.

Meine Trübsal wurde beim Anblick der Dachterrasse über die Lichter des Hafens hinweg ziemlich gedämpft. »Wow!« Strahlend drehte ich mich zu Mathis. »Das ist mal ein Ausblick!«

Er nickte, legte seine Jacke ab und streckte mir eine Hand entgegen. Schnell zog ich meine ebenfalls aus und reichte sie ihm.

Während ich mich wieder zu den Fenstern drehte, holte sich Mathis ein Glas aus der offenen Küche. »Willst du auch?« Er hielt eine Flasche – Whisky oder Scotch – hoch und ich schüttelte den Kopf.

»Ein Wasser?«

Mathis nickte und holte eine kleine Flasche aus dem Kühlschrank. Er gab sie mir und lehnte sich gegen den Fensterrahmen.

»Wie gefällt dir Hamburg?«

Ich drehte die Flasche auf und zog eine Augenbraue hoch. »Bisher habe ich ja noch nicht so viel gesehen. Es ist auf alle Fälle vielversprechend.«

»Das ist es.« Mathis streckte seinen Arm und fuhr mit einem Finger über meinen Unterarm, meinen Handrücken. »Bevor wir zum Geschäftlichen kommen, hätte ich aber noch eine Frage.«

Ich sah dem Finger zu, wie er auf meiner Haut ruhte. Langsam und bestimmt zog ich meine Hand zurück und sah auf das Wasser. Scheiße. In was hatte ich mich jetzt reingeritten?

Als ich nichts sagte, seufzte Mathis. »Das ist wohl ein Nein.«

Vorsichtig wagte ich, ihm einen Blick zuzuwerfen. Er schien mir nicht aggressiv. Aber es war ein Fehler, bei ihm in der Wohnung zu sein.

Mathis trat einen Schritt zurück und schüttelte den Kopf. »Ich verbinde gern die Arbeit mit dem Vergnügen. Und das Vergnügen mit dir wäre ganz außerordentlich.«

Ich zögerte. Verdammt. Hatte ich seine wahren Absichten übersehen? War ich so mit mir und meiner Hoffnung auf den beruflichen Durchbruch beschäftigt gewesen, dass ich seine wahre Natur nicht erkannt hatte? In was für eine Situation hatte ich mich nur gebracht? »Mathis, falls ich falsche Signale geschickt habe, tut es mir leid. Aber das kommt für mich nicht infrage. Wenn dein Angebot, mit mir zusammenzuarbeiten, an diese Bedingung geknüpft ist, muss ich ablehnen.« Und mir schleunigst ein Hotelzimmer suchen. Verdammt und zugenäht. Hatte ich die Nummer von Melanie und Carina bei mir? Waren die gerade in Hamburg?

Der Galerist hob beide Hände und wich weiter von mir zurück. »Ich habe gesagt, ich verbinde es gern. Nicht, dass es eine Bedingung ist. Ich habe gedacht, ich hätte ein gewisses Interesse gesehen?«

»Das war rein beruflich. Tut mir leid.«

Er grinste mich schief an. »Nun gut. Schade. Aber so ist das manchmal.« Sein Blick blieb weiter an mir haften, und er musterte mich wie eines seiner Ausstellungsobjekte. »Wurde ich soeben von einem Inselbauern ausgebootet?«

Ich zuckte leicht eine Schulter und lächelte unverbindlich. Arved wollte nicht geoutet werden, und wie es mit uns weiterging, stand in den Sternen. »Gefühle sind manchmal unbequem und stehen einem im Weg.«

Er nickte und stellte sich abrupt aufrechter hin. »Alles klar! Du wirst von mir zu dem Thema nichts mehr hören. Sollten sich deine *Gefühle*«, er sprach das Wort aus, als wäre es eine Krankheit, »ändern, sprich mich jederzeit an.« Er zwinkerte mir zu und drehte sich dann zu einem Tischchen. Das Thema war wohl tatsächlich beendet. Mit einer Hand griff er ein Tablet und reichte es mir. Er tippte darauf herum und deutete auf das Display. »Das ist unser Regelvertrag. Bedingungen und so weiter. Ich habe bereits ein paar Notizen speziell zu deinen Werken gemacht. Lies es dir in Ruhe durch und gib mir Bescheid. Ich kann dir die Dokumente natürlich noch schicken. Wenn du mir vorab ein Signal gibst, ob das überhaupt für dich infrage kommt und was offen ist, können wir gezielter weiterarbeiten.«

»Okay.« War damit wirklich alles geklärt? War Mathis so cool, seine Offerte einfach so abzuhaken? Immer noch fühlte ich mich wacklig auf den Beinen. Für ihn schien sein Angebot, Sex zu haben, aber Schnee von gestern zu sein.

»Ich lese mir das in Ruhe durch, und wir reden dann morgen darüber?«

»Oder die kommenden Tage. Hat ja keine Eile. Ich werde mich zurückziehen. Das Gästezimmer ist direkt hier auf der rechten Seite.« Er deutete auf eine geschlossene Tür. »Fühl dich wie zu Hause. Das Gästebad ist neben dem Lift. Morgen gehen wir zum Frühstück aus.«

»Alles klar. Danke dir!« Erleichtert sackten meine Schultern hinab.

Überrascht sah er zu mir zurück. »Nichts zu danken. Ich würde keine Geschäfte mit dir machen, wenn ich mir nichts davon versprechen würde.« Er zögerte einen Augenblick, grinste dann und zwinkerte mir zu. »Mir wirtschaftlich etwas versprechen würde. Und jetzt süße Träume!«

***

Die süßen Träume waren mir das ganze Wochenende über ferngeblieben. Meine Schlafstörungen waren zurück. Und die lagen nur teilweise an der Stadt. Grund waren sicher auch die unzähligen Anrufe und Nachrichten Arveds, die ich krampfhaft versucht hatte, zu ignorieren. Ich wollte erst mal mit mir selbst klarkommen, bevor ich mit Arved redete. Das hatte aber zu erheblicher nächtlicher Unruhe geführt. Stundenlang hatte ich mich im feinen Zwirn des Gästezimmers gewälzt, bis mir endlich früh morgens die Augen zugefallen waren. Der Vertrag, das Angebot Isabellas, Arved und der Kerl hatten mein Gehirn und meine Fähigkeit, zu schlafen, massiv beeinträchtigt.

Mathis hatte sich als ausgezeichneter Gastgeber erwiesen, und wir hatten auch seinen Vertrag besprochen. Doch meine Gedanken waren immer wieder zurück nach Föhr gewandert.

Hatte Arved wirklich die erstbeste Gelegenheit genutzt, mich zu ersetzen? Ich konnte das nicht glauben. Wollte das nicht glauben. Suchte ich nach Ausreden für ihn? Für uns?

Als ich an der Reling der Fähre stand, zog ich meine Mütze tief in mein Gesicht.

Die Eindrücke des Wochenendes wirbelten immer noch durch mich hindurch. Die Lichter Hamburgs. Freunde und Bekannte von Mathis. Seine Kollegen. Seine Galerie. Seine Angebote. Arved und dieser Kerl. Obwohl mir eine kühle Brise um die Nase wehte, hatte ich Probleme, genügend Sauerstoff in mich zu bekommen. Gleichzeitig sehnte ich mich nach der Insel.

Ich war froh, nach den aufregenden Tagen *heimzukommen*. Unwillkürlich musste ich lachen. Föhr war mein Zuhause. Ich ließ das Gefühl zu. Meine Heimat war das Haus meiner Eltern in New York. Diese hatten mir alles gegeben, damit ich so sein konnte, wie ich heute war. Sie hatten nie an Liebe, Unterstützung jeder Art gespart, sondern mir immer das Gefühl gegeben, es wert zu sein. Es wert zu sein, es zumindest zu versuchen. Dass ich ein Recht darauf hatte, alles zu erreichen, was ich wollte.

New York war das Sprungbrett gewesen. Meine Ausbildung. Mein Impulsgeber. Die Stadt der Lichter. Mir zu viel. Die Erkenntnis fühlte sich seltsam an. Sie schmeckte wie Lakritze. Süß. Nichts, was ich mir gern als Snack gönnte. Sie war für mich wichtig.

Aber das Zuhause, das meine Kreativität und mein Herz gefunden hatten, lag auf Föhr.

Für meine beruflichen Ziele konnte ich selbst etwas tun. Ich konnte das Ergebnis nicht immer beeinflussen, aber ich konnte dafür eine Leistung erbringen.

In Dingen des Herzens war das nicht so simpel. Auf jeden Fall würde ich mit ihm reden. Vorher würde ich keine Schlüsse ziehen. Ich wollte Arved. So einfach war das. Und doch so schwer. Denn wenn er sich gegen mich entschied, konnte ich ihn nicht zwingen, bei mir zu bleiben.

Ich starrte auf Amrum vor uns. Auf den Strand von Wyk. Das Wasser, durch das sich die Fähre schob.

Die Klarheit brachte mir keine Ruhe. Im Gegenteil.

Kapitel 27

Arved

Erneut starrte ich auf mein Handy. Dean hatte geschrieben, dass er um drei vorbeischauen würde. Und dass er reden wollte.

Übelkeit schob sich erneut meine Speiseröhre hoch. Das hörte sich nicht gut an. Überhaupt nicht. Einerseits konnte ich es nicht erwarten, ihn wieder bei mir zu haben, andererseits hatte ich das untrügliche Gefühl, dass es das letzte Mal sein würde, dass er freiwillig auf den Hof kam.

Seine kühle Nachricht trug einen Hauch Abschied. Finalität. Er wollte reden.

Ich hatte geduscht, ein frisches Shirt und einen Pulli angezogen und mich in viel zu viel Aftershave ertränkt. Erbärmlich. Als ob ihn das in seiner Entscheidung beeinflussen konnte. Cindy war zur Küchentür gekommen, hatte an mir geschnuppert und sofort kehrtgemacht. Sie war freiwillig in ihren Stall zurückgehüpft. Das sollte mir ein Zeichen sein, dass ich es übertrieben hatte. Aber es war keine Zeit mehr, mich noch mal zu waschen.

Anton hatte ich angefaucht, bis er sich verzogen hatte. Dem schuldete ich eine Entschuldigung. Nur jetzt gerade konnte ich mich nicht darauf konzentrieren.

Als die Klingel ertönte, ließ ich einen überraschten Schrei los, der mich selbst erschreckte. Hastig eilte ich zur Tür und riss sie auf.

Da stand er. Vollständig. Jede Strähne und jede Faser von ihm. Ich wollte ihn in meine Arme ziehen, doch sein Gesicht war ernst und verschlossen.

Ich hielt die Tür weiter auf und deutete in die Stube. »Warum klingelst du denn? Du kannst einfach reinkommen, oder über die Küche.«

Er musterte mich einen Augenblick und sah dann zu Boden. »Ich wollte dich nicht stören. In einem unangebrachten Moment stören.«

Ich zog die Augenbrauen zusammen und legte die Stirn in Falten. »Du störst nicht. Nie.« Was konnte ich sagen? Was sollte ich sagen?

»Hm.« War alles, was er erwiderte. Er zog seine Jacke nicht aus, sondern setzte sich vollständig bekleidet an meinen Küchentisch, und meine Nervosität schlug weiter aus. Pochte gegen meine Schädeldecke. Das Rauschen in meinen Ohren wurde unerträglich. Es machte keinen Sinn, irgendetwas hinauszuzögern.

»Worüber wolltest du denn reden?«, murmelte ich.

Dean räusperte sich und schob einen kleinen Notizblock auf meinem Tisch herum. »Ich will wissen, wen du letzten Freitag, bevor ich nach Hamburg losgefahren bin, geküsst hast und warum?« Er hob den Blick und sah mich direkt an.

Mein Mund klappte auf. »Ich habe niemanden geküsst!«, verteidigte ich mich automatisch.

Er kräuselte die Lippen, und Wut blitzte aus seinen Augen. Mit einer Hand hielt er sich an der Tischkante fest und sprang auf. »Ich habe dich gesehen!«, rief er. So laut hatte ich ihn noch nie reden hören.

»Warte doch!« Ich griff nach seiner Hand, doch Dean riss sie weg. Die Bewegung war wie ein Schlag gegen den Solarplexus. »Ich … warte. Doch – ich weiß, was du meinst. Rainer war hier. Und er hat mich geküsst.« Ich überlegte. Hatte ich meinen Ex zurückgeküsst? Nein! »Ich habe ihn sofort zurückgeschubst. Warte. Wahrscheinlich habe ich gezögert. Ein, zwei Sekunden. Weil ich so überrascht gewesen bin. Er hat mich nicht gefragt. Das musst du gesehen haben. Aber mehr ist da nicht gewesen. Und es war nichts, was ich gewollt habe.«

Deans Augen wurden größer. Er legte seine Stirn in Falten, und sein Mund öffnete sich leicht. Langsam, wie in Zeitlupe, setzte er sich zurück auf seinen Platz. Er sah direkt in meine Augen. Auf meine Hände, die ich wie verrückt vor mir knetete.

»Bitte, glaube mir! Ich habe niemanden, der dabei gewesen ist, der bestätigen kann, was ich gesagt habe. Außer Rainer. Aber ich habe ihm gesagt, er soll sich nie wieder blicken lassen. Also …« Erneut sah ich auf seine Hand, die sich in das Tischholz verkrallt hatte. »Bitte, glaub mir. Wie lange hast du uns zugesehen?«

»Nur … Sekunden. Dann habe ich weggeschaut. Und der Bus ist gekommen. Dann bin ich nur noch gelaufen.«

»Dean!« Ich rutschte von meinem Stuhl und kniete mich vor ihn. Vorsichtig legte ich meine Hände auf seine Knie. Beobachtete ihn dabei. Doch er reagierte nicht. »Kann ich dich anfassen?«

Er senkte einmal kurz sein Kinn. »Du hast das ganze Wochenende gedacht, ich hätte was mit Rainer, während du unterwegs gewesen bist?«

Erneut nickte er, und ich fluchte innerlich. Wäre mir das passiert, war ich mir sicher, dass ich heute nicht so zivilisiert bei ihm sein könnte.

»Ich habe ihm klipp und klar gesagt, dass es zwischen ihm und mir vorbei ist. Wir haben nichts mehr. Er hat mein Vertrauen völlig zerstört. Unabhängig von dir, von uns, werde ich nie wieder mit Rainer zusammenkommen. Dass er mich gegen meinen Willen geküsst hat, hat das Ganze nur noch manifestiert. Er ist ein Egoist. Tut und lässt, was ihm gefällt. Ohne auf andere zu achten. So war er schon immer. Damals habe ich das nicht gesehen. Ich habe mich so geschmeichelt gefühlt, dass ein Mann wie er sich für mich interessiert. Aber so bin ich nicht mehr. Mir ist mittlerweile klar, dass ich mich nicht mit Heimlichtuereien zufriedengeben muss.«

»Das musst du nicht.« Er fuhr mit einer Hand über meine Wange und zog sie sogleich zurück. Mit zusammengezogenen Augenbrauen sah er mich an. »Ich weiß, dass wir nicht klar definiert haben, was das zwischen uns ist, aber ich kann nicht ...« Er fuhr mit seinen Händen in der Luft herum. »... auf deinen Hof kommen und so eiskalt erwischt werden.«

»Es war von mir weder gewollt noch geplant.«

»Du lügst mich nicht an.« Es war eine Mischung aus Feststellung und Frage.

»Wenn ich das Bedürfnis haben sollte, jemand anderen zu küssen, gebe ich dir vorher Bescheid. Ich würde das nie hinter deinem Rücken tun. Aber die Vorstellung ist so absurd. Der Einzige, den ich küssen will, bist du!«

Dean atmete zitternd aus.

»Kann ich dich umarmen?« Meine eigene Stimme war nicht sonderlich fest, doch ich konnte es nicht ertragen, ihn eine Sekunde länger so aufgelöst zu sehen. Er nickte heftig, und ich zögerte nicht mehr. Ich stand auf und zog ihn in meine Arme, wo er sich hineinsinken ließ.

»Ich glaube dir, okay?«, wisperte er gegen meine Schulter.

»Danke! Danke!«, wiederholte ich immer wieder.

Nach viel zu kurzer Zeit löste er sich von mir und sah mich an. »Scheiße!« Er legte eine Hand in meinen Nacken und zog mich zu sich. Hektisch und ein bisschen verzweifelt presste er seine Lippen auf meine, und wir küssten uns. Endlich.

Ich packte seine Hüften, hob ihn hoch und setzte ihn auf den Tisch. Eng hielt ich ihn an mich gepresst und küsste jeden Flecken Haut, den ich erreichen konnte.

»Du hast keine Ahnung gehabt, wieso ich mich nicht gemeldet habe?«

Ich schüttelte den Kopf.

»Das tut mir leid. Aber ich musste mich erst mal fassen, bevor ich mit dir rede.«

»Nein!«, versicherte ich sofort. »Das muss es nicht. Es ist, wie es ist. Ich verstehe deine Reaktion.«

Er strich über meine Oberarme. »Hm. Ich bin total durcheinander.«

Ich lachte leise und küsste ihn nochmals. »Ich auch. Ich hatte eigentlich vor, dir was ganz anderes zu sagen.«

»Ja? Was denn?«

Irgendwie kam ich mir albern vor. Es war nur ein Missverständnis gewesen, aber ich hatte das Gefühl, es hatte uns Wochen zurückgeworfen. »Erzähl du doch zuerst, wie dein Wochenende gewesen ist. Und dein Gespräch mit der Direktorin.«

Dean prustete die Luft über seine Lippen aus. »Das Gespräch war interessant.«

»Ja?« Ich fuhr um seine Hüften. Strich über seine Seiten.

Er nickte. »Ich könnte wohl länger auf Föhr bleiben.«

»Was?« Überrascht wich ich leicht zurück und starrte in sein Gesicht. Das Gefühl von Möglichkeit brach über mich herein wie ein Tsunami. Schluss. Ich musste Dean zuhören, bevor ich falsche Schlüsse zog und mir irgendwas ausmalte, was gar nicht war.

»Ja.« Er zog mich an meinem Shirt zurück zu sich. »Der Punkt ist, ich hätte wohl auch bei den Klaasens verlängern können. Aber ...« Er nagte auf seiner Lippe. Das waren ja Neuigkeiten. »Ich will nicht einfach das nächstbeste Angebot annehmen, sondern ich will hinter meiner Entscheidung stehen. Weißt du, was ich meine?« Er sah mich flehend an. »Es geht alles so schnell. Ich fühle mich hier so wohl. Du bist hier. Aber ich weiß nicht, ob ich derartige Entscheidungen auf ein Gefühl stützen soll. Oder besser auf ein berufliches Angebot.« Er vergrub sein Gesicht an meiner Brust. »Ich bin durcheinander. Alles überschlägt sich. Und ich habe Angst, die falsche Entscheidung zu treffen.«

Ich schluckte heftig. Den Konflikt konnte ich nachvollziehen. Meine Mutter hatte wohl Ähnliches durchlebt.

»Und du weißt nicht, ob du bleiben willst?«

»Doch!« Dean richtete sich ruckartig auf. »Ich will bleiben. Aber Isabellas Angebot ist nicht unbegrenzt. Die Details müssten wir besprechen. Genaues weiß ich leider noch nicht. Wir haben nur mal geklärt, dass mich die Position interessiert. Sie will mit den Details noch auf mich zukommen. Bisher weiß ich nur, dass ich bis zu einem halben Jahr länger hier sein könnte. Die meisten Künstler verbringen nur ein paar Wochen oder Monate am Museum. Ich verstehe, dass du dich nicht auf etwas Unbestimmtes mit mir einlassen willst. Und durch dieses Angebot könnte ich meinen Aufenthalt zwar verlängern, aber es ändert nichts an unserer eigentlichen Situation, denke ich.«

Die ganzen Infos prasselten unaufhaltsam auf mich ein. Ich schaffte es kaum, sie zu verarbeiten. Dean blieb. Eventuell. Aber er würde trotzdem gehen. Nach einem weiteren halben Jahr.

»Das ist ’ne Menge zu überlegen.«

Er lachte gequält. »Ja. Das wollte ich mit dir besprechen.«

Ich nickte. Wusste nicht, was er hören wollte. Was ich sagen sollte. Wollte er hören, dass ich ihn hier wollte? Dass ich an einer Beziehung festhalten wollte, wenn er ging? Dass ich ihm den Freiraum geben würde, zu kommen und zu gehen? Er hatte gesagt, dass er eine sinnvolle berufliche Entscheidung treffen wollte. Und das musste der erste Schritt sein.

»Und Hamburg? Wie war es bei Mathis?«

Dean verdrehte die Augen und wiegte seinen Kopf leicht hin und her. »Mathis ... Es war recht interessant, und ich glaube, es könnte sich eine gute Zusammenarbeit ergeben. Oder auch nicht.« Erneut nagte er auf seiner Lippe herum. »Er hat mir Sex und die Abnahme von Bildern angeboten.«

»Er hat bitte was?« Voller Entsetzen sah ich Dean an.

Dieser zog eine Augenbraue hoch und zupfte an meinem Shirt. »Es ist nichts passiert. Gar nichts. Ich sag das nicht, um dich zu ärgern, wegen Rainer. Ich mein nur, dass ich mir nicht sicher sein kann, ob er sich nicht doch alles wieder überlegt. Trotz der ganzen Angebote und Aussichten ist alles wahnsinnig unsicher. Ich würde dir gern mehr anbieten. Aber ich bin keine sichere Wette.«

Ich hatte keinen Zweifel, dass Dean die Wahrheit über Mathis sagte. Doch es waren erneut Fakten, die auf den Turm an Informationen, die auf mich einstürzten, hinzukamen. Die Masse überwältigte mich. Trotzdem wollte ich, dass Dean wusste, was in mir vorging. Dass er wusste, dass ich ihn besser verstand. Dass ich erkannt hatte, was mir wichtig war. Dies wollte ich nicht vor ihm zurückhalten.

»Wenn es eine Sache gibt, die mir die letzten Tage klargemacht haben, dann ist es der Umstand, dass nichts auf dieser Welt sicher ist. Ich habe keine Garantie, dass wir zusammen alt werden. Egal, ob du hier lebst oder wieder gehst.« Ich strich ihm die Strähnen aus dem Gesicht und fuhr mit den Daumen über seine Wangen. »Ich bin es leid, vor dir wegzulaufen, Dean. Und das Angebot des Museums ist unsere Chance, rauszufinden, was aus uns werden kann. Wenn du noch einen Monat hier bist, will ich das. Wenn du ein weiteres halbes Jahr bleibst, nehme ich das. Zu keinem Zeitpunkt, seit wir uns kennen, hast du mir irgendwas vorgemacht. Langsam glaube ich, dass mir das Angst gemacht hat. Ich konnte mich nicht darauf berufen, hingehalten zu werden. Du zwingst mich, Entscheidungen zu treffen. Und so schmerzhaft es ist, es mir einzugestehen, das fällt mir schwer. Aber du bist es wert. Wir sind es wert. Ich entscheide mich für uns. Und ich will die Chance, die wir bekommen, nutzen.«

Dean starrte mich aus großen Augen an. »Meinst du das ernst?«, flüsterte er.

»Ja!«, betonte ich deutlich.

»Ich verspreche dir, ich kläre das so schnell wie möglich. Diese Ungewissheit mag ich selbst nicht. Ich mache einen Termin mit Isabella, und dann können wir uns erst mal um uns und unsere Beziehung kümmern. Was danach kommt, entscheiden wir dann ...«

»Ja! Ich kann mein Leben, meine Arbeit nicht mit deiner vergleichen. Meine Abläufe werden von den Jahreszeiten bestimmt. Deine von ... ich habe keine Ahnung.«

Dean rutschte nach vorne an die Kante und schlang seine Beine um mich. »Lass mich ein paar Dinge klären. Ich will *uns* zu einer Priorität machen, aber das ist auch für mich neu. Und ich muss wissen, wie das endgültige Angebot des Museums aussieht.«

Ich nickte. Aber es handelte sich doch nur noch um
Details. Erst mal hatten wir uns. Das war das Wichtigste, auch wenn er die beruflichen Entscheidungen allein treffen musste. Zunächst hatten wir einen kleinen
Aufschub erhalten. Was sollte jetzt noch schiefgehen?

Kapitel 28

Dean

Fasziniert sah ich Arved zu, wie er im Hühnergehege herumstiefelte und die Kürbisse einsammelte. Und neue hineinlegte. Er ritzte sie mit dem Messer ein, und sein Federvieh stürzte sich sofort darauf.

»Komm mal her.«

Ich trat näher an das Gitter, und Arved reichte mir die von den Hühnern ausgehöhlten Kürbisse durch den geöffneten Spalt in der Tür.

Noch nie hatte ich derart hervorragend bearbeiteten Halloweenschmuck gesehen. Die Tiere hatten ganze Arbeit geleistet.

»Ich will sie halten!«, forderte Bo, und ich gab die ausgehöhlten Früchte weiter an die Kinder.

Jule nahm mir auch einen Kürbis ab und bestaunte das Ergebnis.

»Wie funktioniert das?«, wollte sie wissen.

Arved sah auf. »Ich ritze das Gesicht ein, und die Hühner picken die Stellen frei. Und dann den Kürbis leer.«

»Das ist so cool!«

Ich konnte Jule nur zustimmen. Das war so cool.

»Nehmt die gern mit. Falls eure Eltern fürs Hotel welche wollen, sollen sie Bescheid geben. Aber wascht sie vorher bei mir am Gartenschlauch ab!«

»Au ja, das machen wir! Wir gehen schon mal los, Dean!«

»Äh, okay. Ich komm gleich nach.«

Die beiden stürmten los.

Arved kam zu mir und sah ihnen kurz hinterher. »Na?« Mit einem leichten Lächeln küsste er mich. »Willst du wirklich gleich zurück?«

Entschuldigend nickte ich. »Ich muss.«

»Ich komm mit zur Straße. Wollte ohnehin Kartoffeln, Eier und ein paar Kürbisse in den Straßenverkauf legen.«

»Da kann ich dir helfen!«, bot ich sofort an.

Gemeinsam beluden wir eine Schubkarre mit ein paar Säcken Kartoffeln, Kürbissen und darauf einige Packungen Eier. Langsam gingen wir zur Straße.

Eine seltsame Ruhe war zwischen uns seit unserer Versöhnung eingekehrt. Und irgendwie wusste ich nicht, was ich dagegen machen konnte. Ob ich überhaupt was dagegen tun sollte. Unsere Zukunft war nicht wirklich geklärt, aber wir konnten gerade auch nichts dafür tun. Ein bisschen zum Warten verdonnert. Würde dies unser Dauerzustand sein? Wenn ich ein Engagement abgeschlossen hatte, mussten wir auf das nächste warten, wo auch immer mich das hinführen würde. In einer gewissen Ruhe.

»Wann hast du dein Treffen mit der Direktorin?«

»Heute Abend«, murmelte ich.

»Hast du dir schon überlegt, was du ihr konkret vorschlagen willst? Dauer, Verpflichtungen? Zusammenarbeit mit der anderen Residency-Person?«, hakte Arved nach.

Unschlüssig sog ich meine Lippe ein. Ich hatte hinausgezögert, ihm von der neuesten Nachricht Isabellas zu erzählen. Ich hatte sie selbst noch nicht richtig verdaut und wusste nicht genau, was sie bedeutete.

»Heute Morgen hatte ich eine Nachricht von ihr im Postfach.«

Er warf mir einen erwartungsvollen Blick zu. »Und?« Sofort schüttelte er den Kopf. »Ich will mich weder einmischen noch dich bedrängen. Es ist deine Entscheidung.«

Genau das nervte mich! Ich wollte seine Meinung. Wollte nicht, dass er mir das Gefühl gab, sich immer wieder zurückzuziehen. In mir nagte ein weiteres Gefühl – wollte ich die Entscheidung einfach abgeben? Zumindest nicht allein tragen? Warum war es so schwierig, erwachsen zu sein?

Isabella stellte mich vor eine schwierige Aufgabe. »Sie hat geschrieben, dass das Gremium, das die Residency vergibt, die nächsten Residences bereits geplant hat und ich im Anschluss daran direkt dran wäre.«

Arved runzelte die Stirn. »Aber was heißt das konkret? Wie lange dauert so eine Residency?«

Reflexartig zog ich meine Schultern kurz hoch. »Das ist wohl sehr unterschiedlich. Ich hatte ihr gesagt, dass ich gern so lange wie möglich bleiben würde. Sie hat gemeint, sie sind da flexibel und richten sich nach den Wünschen der Künstler. Aber wenn sie schon von den nächsten spricht, sind das wohl mehrere. Also könnte es tatsächlich nicht nur Monate dauern, bis ich beginnen kann, sondern Jahre.« Ich schluckte. Verdammt, die Worte klangen ausgesprochen noch viel bitterer, als wenn ich sie dachte.

Arveds Miene verfinsterte sich. Oder war er nur nachdenklich?

»Hey.« Ich griff nach seinem Arm. »Was sagst du dazu? Ändert das etwas an uns?«

Er zuckte die Schultern. »Irgendwie hatte ich gedacht ...« Er lachte leise und schüttelte den Kopf. »Nach unserem letzten Gespräch war es wahrscheinlich kindisch, zu glauben, damit wäre alles geklärt und dass du direkt im Anschluss bleiben könntest.« Er hob abwehrend die Hände. »Nicht, dass du das so angedeutet hättest. Ich hatte nur irgendwie – ich weiß auch nicht. Gehofft? Aber das ist okay. Ich stehe zu dem, was ich gesagt habe. Für mich ändert es nichts. Was willst du denn machen, wenn die Position wirklich erst in zwei Jahren oder so frei ist?«

Zwei Jahre. Fuck. Ich zögerte.

»Vielleicht ist das dann für dich gar nicht mehr interessant, weil du dann ganz woanders involviert bist«, murmelte er leise vor sich hin, doch die Worte schlugen mir entgegen.

Empört schnappte ich nach Luft und wollte protestieren. Aber dieses Fünkchen Wahrheit, das in Arveds Worten lag, lastete auf meiner Zunge. »Das glaube ich nicht. So schnell geht das alles nicht«, erwiderte ich schwach. »Aber mir ging es auch so. Warum auch immer, habe ich gedacht, die Residency beginnt schneller.« Ich hatte geglaubt, wir hätten länger Zeit. Und dass ich erst dann, wenn unsere Beziehung gefestigt wäre, vielleicht für kurze Zeit gehen müsste. Dass wir unsere junge Beziehung erst mal aus der Distanz ausbauen müssten, hatte ich nicht wirklich in Erwägung gezogen. Und natürlich hatte Arved recht, was meine beruflichen Perspektiven anging. Diesbezüglich stand ich nämlich wieder bei null für die nächste Zeit. Monate. Jahre?

»Du könntest ja, bis es losgeht«, Arved sah mich mit einer Mischung aus Zurückhaltung und Hoffnung an, »Malunterricht geben. Das machen viele hier.«

Ich warf den Kopf in den Nacken und lachte. »Sollte ich jemals Malunterricht geben müssen, erschieß mich bitte. So weit darf es nicht kommen.« Die Vorstellung war irgendwie skurril. Genau das wollte ich ja nicht. Nicht die Au-pair-Zeit verlängern, nicht wieder in einem Coffeeshop arbeiten. Mein Magen zog sich in einem Knoten zusammen, und abrupt hörte ich auf zu lachen. Hatte ich überhaupt den Luxus, mir diese Fragen zu stellen? Wenn ich nicht auf Föhr bleiben konnte, war es fraglich, ob ich überhaupt weiter malen konnte. Vor meinem inneren Auge sah ich mich wieder in New York Namen auf einen Kaffeepappbecher kritzeln. Verdammt und zugenäht. Ich wollte Arved. Das war keine Frage. Aber im Lichte des Tages reichte das nicht. Ich hatte immer noch eine Entscheidung bezüglich meiner beruflichen Zukunft zu treffen. Und ich wollte, dass diese beiden Dinge harmonierten. Ich wollte nicht derjenige sein, der es uns schwer machte. Vielleicht sollte ich bei dem erstbesten Angebot, Touristen das Malen beizubringen, zuschnappen. Mein Magen zog sich weiter zusammen.

Arved strich über meinen Oberarm. »Na komm. Du siehst aus, als hättest du ein Gespenst gesehen. Warten wir mal ab, was bei deinem Gespräch rauskommt. Ob das konkrete Angebot für dich überhaupt noch interessant ist. Dann ergibt sich alles.«

Schnell sah ich auf die Uhr meines Handys. Nur noch wenige Stunden, bis ich mich mit Isabella treffen würde. Bis dahin brauchte ich einen Plan B und C, falls ich nicht auf Föhr bleiben konnte.

An der Straße lud Arved alles fein säuberlich in die vorgesehenen Regale.

Ich umarmte ihn von hinten und drückte ihn an mich. »Ich will die richtigen Entscheidungen treffen. Sag mir, was das Richtige ist. Was, wenn ich gehen muss? Soll ich doch einfach weiter als Au-pair arbeiten? Soll ich ... irgendwas machen?«

»Dean!« Er drehte sich in meinen Armen, sodass er mich schließlich ansah. »Das kann ich nicht. Du musst mit deiner Wahl leben können. Mit mir hat das eigentlich nichts zu tun.«

»Aber«, setzte ich an.

Doch Arved schüttelte den Kopf. »Ich will nicht, dass du mich in zwei Jahren verabscheust, weil du nur wegen mir geblieben bist, ohne irgendeine Perspektive. Oder du gegangen bist und ... ich weiß nicht.«

»Aber«, versuchte ich es erneut.

Statt mich ausreden zu lassen, küsste er mich. »Wenn Isabellas Angebot so uninteressant für dich ist, dass du es ablehnen musst, ist es so. Ich werde nicht von dir verlangen, irgendeinen schäbigen Kompromiss für mich einzugehen. Lass uns reden, wenn du weißt, was Sache ist. Du musst los. Jule und Bo warten sicher schon. Und du willst nicht zu spät im Museum sein.«

Frustriert atmete ich aus. »Ich komme heute Nacht bei dir vorbei, sobald ich von Isabella zurück bin. Dann klären wir das mal wirklich.«

»Okay.« Er küsste mich noch mal und ging dann zurück zu seiner Schubkarre.

***

»Ava!« Mit dem Telefon am Ohr rannte ich zur Bushaltestelle. Ich musste den Bus schaffen. Es war physikalisch unmöglich, die zehn Kilometer in entsprechendem Tempo mit dem Rad nach Alkersum zu fahren. Also die problembehaftete Physik lag in meinem Körper.

»Was ist los?«, brüllte Ava ins Telefon. »Bist du auf der Flucht?«

Heftig schnaufend wuchtete ich mich durch die Bustüren und ließ mich auf einen Platz fallen. Fernab der Rentnergruppe, die auch unterwegs war.

»Nein. Noch nicht.« Langsam kam ich wieder zu Atem. »Ich bin auf dem Weg zur Museumsdirektorin. Ich brauche deinen Rat.«

»Okay! Schieß los!«

Ich nagte an meiner Lippe. »Ich habe Angst, alles zu überstürzen.« Ich fuhr mir durch die Haarsträhnen und zog frustriert daran. »Wahrscheinlich kann ich nicht direkt im Museum anfangen. Und ich überlege ernsthaft, mir irgendeinen Gelegenheitsjob zu suchen, um bei Arved zu bleiben. Aber ich habe Panik, dass mich das wieder in die Spirale, in der ich in New York

391

gewesen bin, zurückschleudert, aus der ich mich gerade befreit habe. Und weißt du, Arved sagt, er will nicht, dass ich ihn später irgendwann hasse, weil ich eine berufliche Entscheidung für ihn getroffen habe. Das werde ich nicht tun. Darüber habe ich nun lange genug nachgedacht. Wenn ich irgendeinen Kaffee-Job annehme, bin ich mir der Konsequenzen und Risiken durchaus bewusst. Was mir im Magen liegt, ist er. Was, wenn ich bleibe, er outet sich und dann ... gehe ich. Weil ich muss, weil wir blindlings in unsere Beziehung gestürzt sind. Ich will ihm das nicht antun. Ich will ihm Sicherheit geben. Und ... wie gesagt, da ist immer noch die Angst, dass ich mit so einem Job wieder einen Rückschritt mache. Und deshalb muss ich die richtige Entscheidung treffen.«

Ava war verdächtig still am anderen Ende der Leitung, und ich sah zu, wie die Landschaft an mir vorbeizog.

Sie begann zu fluchen. »Verdammt. Ich werde meinen besten Freund verlieren. Ich kann nicht glauben, was ich gleich sagen werde.«

Leicht verzweifelt lachte ich. »Rück raus damit! Anscheinend muss ich es hören.«

»Ich glaube, es lag nie an den Gelegenheitsjobs, dass du nicht mehr malen konntest. Du warst nie wirklich glücklich in der City. Du warst immer auf der Suche. So sehr, dass du vergessen hast, zu malen. Nach deinem Rowon-Gewinn und dem Ende des Studiums bist du irgendwie in ein Loch gefallen. Die Erwartungen an dich waren so groß. Und dann fing das Vergleichen an. Du hattest dich, lange bevor du den ersten Coffeeshop zum Arbeiten betreten hast, weit von dir selbst entfernt.«

Verdammt. Ich sog die Luft scharf ein. Avas Worte waren wie Messer in meinen Rücken. Präzise und treffend. Ihr Wahrheitsgehalt zog wie ein Schwert durch mein Innerstes und öffnete mich weit. Ava hatte völlig recht. Ich hatte mich völlig verloren. Im Kampf um Ansehen, Preise, Ausstellungen hatte ich komplett vergessen, was mich ausmachte.

Sie schluchzte leise. »Ich fühle mich hundeelend. Wahrscheinlich hätte ich dir das schon viel früher sagen sollen. Aber du warst so verzweifelt und ... Nun, besser spät als nie, oder? Was immer auf Föhr ist, das dich inspiriert, ich bin so überglücklich, dass du es gefunden hast. Wenn du dir deine wiedergefundene Lust an deiner Kunst erhalten kannst, bin ich sicher, dass sich alles andere fügt. Auch wenn ich dich verliere. Hör auf, zwischen Arved und deinen beruflichen Angeboten gedanklich hin und her zu eiern. Darum geht es gar nicht. Konzentriere dich auf dich selbst. Denn du bist mehr als ein Entweder-oder. Du bist deine Kunst. Du bist deine Liebe. Du bist alles. Und deine ganzen Sorgen, wer was für wen opfert, sind hinfällig. Das ist das Leben, Süßer! Bei aller verständlicher Angst. Da müsst ihr beide durch. Wo gehobelt wird, da fallen Späne. Und wo Kompromisse eingegangen werden, werden Menschen bewegt. Das muss nicht schlecht sein. Im Gegenteil.«

Leise schniefte ich vor mich hin. »Du wirst mich nie verlieren. Ich komme doch wieder nach New York. Zu Besuch.« Nervös zupfte ich an meiner Tasche. »Ich weiß auch nicht, was es hier ist. Aber ich habe das Gefühl, atmen zu können. Dass das Meer mein Potential sieht und erhebt. Und ich hätte niemals geglaubt, solche Gefühle wie meine Arved gegenüber zu haben. Ich will bei ihm sein. Der Rest ... Die Kunstwelt war schon immer sehr flatterhaft.«

»Genau. Sag ihm das. Dass Föhr zu dir gehört, weißt du. Aber wie willst du eine Entscheidung zu euch treffen, wenn ihr nicht wisst, wo der andere steht? Schiebt nicht die Angst, den anderen zu verletzen vor. Sag ihm, was du willst.«

Ich dachte nach. Über meine Worte über den Malunterricht. Das, was Ava gesagt hatte. Bisher hatte ich nach Ausreden gesucht, statt zu mir zu stehen.

Ich wusste schon lange, was ich wollte. Es war nur beängstigend gewesen, es mir einzugestehen.

Es war Zeit. Ich würde ein neues Leben beginnen. Und ich hoffte, dass Arved ein Teil davon sein würde.

Kapitel 29

Arved

Ein heftiger Schlag gegen meine Schulter riss mich aus meinen Gedanken. Was hatte ich mir dabei gedacht, so in Gedanken vertieft durch den Stall zu marschieren.

»Das hat böse ausgesehen!« Anton verzog selbst das Gesicht, als wäre er gegen den Pfosten gelaufen.

Ich reichte ihm den Besen. Gemeinsam schoben wir die Reste des Trockenfutters in die Tröge des offenen Laufstalls.

»Geht schon«, murmelte ich, obwohl der Arm höllisch wehtat.

»Du bist heute irgendwie neben der Spur.«

»Hm.« Mir war gerade nicht nach reden.

»Was treibt Dean heute?«

Ich seufzte. Mein plappermäuliger Lehrling hatte heute nicht vor, mich in Ruhe zu lassen. »Ist bei 'nem Gespräch mit der Direktorin des Museums.«

»Ach, stimmt. Er bleibt ja auf Föhr.«

Ich sah zu Anton. »Das ist überhaupt nicht sicher. Er hat Angebote und Möglichkeiten. Aber ...«

»Letztendlich hast du Angst, dass er sagt, du bist es nicht wert, darauf einzugehen.«

Mein Kopf schnellte hoch. »Also ...« Das war wohl die Höhe.

Anton stützte sich auf dem Besen ab. »Ich habe recht, oder?«

Wie selbstgefällig konnte sich jemand anhören? »Du hast keine Ahnung, wovon du redest. Wenn Dean bleiben will, muss er das für sich tun, nicht für mich. Solche Entscheidungen trifft man nicht so aus dem Bauch heraus. Und zuletzt endet es nur im Elend für alle. Ich darf mich da auf keinen Fall einmischen.«

»Ich weiß nicht. Für mich hört sich das eher so an, als ob du gar nicht um ihn kämpfen willst. Damit du ihn später nicht verlieren kannst.«

»Was willst du denn bitte darüber wissen?«, forderte ich ihn heraus.

Anton nahm den Besen wieder in die Hand und fegte weiter. »Also ich darf doch recht schön bitten. Ich habe eine Schwester und bin im Gegensatz zu dir bereits mit Streamingdiensten aufgewachsen. Mein Wissen schöpfe ich zum Großteil aus Romcoms der Neunzigerjahre. Eine Fülle an Weisheiten verbirgt sich darin. Kann ich dir empfehlen!«

Unwillkürlich musste ich lachen. »Aha.«

»Na komm. Warum sollte er dich nicht in seine Entscheidungen einbeziehen? Das ist es doch, was eine Beziehung ausmacht. Also frage ich mich, hast du vor der Beziehung Angst?«

Ich überlegte. Wieso hatte ich keine schnelle Antwort. »Unsinn.«

»Hm. Ist es das, was damit einhergeht? Wenn Leute rausfinden, dass du mit einem Mann zusammen bist?«

Shit. War es wirklich Angst, die mich zurückhielt? Ich dachte an Dean. An all das, was uns verband. Die pure Freude, die er in mir hervorrief, wenn ich ihn nur von Weitem sah. »Nein, das ist es nicht. Ich habe wirklich gedacht, dass es meine Aufgabe ist, ihm den Freiraum zu geben, selbst für sich zu entscheiden, wohin er will.«

Anton sah mich nachdenklich an. »Auf die Gefahr hin, dass du mir gleich den Kopf abreißt: Ich kenne ja die Feinheiten eurer Beziehung nicht. Ihm die Freiheit zu geben, völlig losgelöst von eurer Beziehung zu entscheiden, ist gut und recht. Aber ihn in der Entscheidung allein zu lassen, kann sich für ihn nicht gut anfühlen. Er muss doch wissen, wo du stehst. Dass er auch mal 'ne falsche Entscheidung treffen darf und du dann auch noch da bist. Es muss doch alles nicht ein Todesurteil sein. Menschen machen Fehler. Und rappeln sich dann wieder zusammen.«

Er bewegte sich aufs offene Ende des Stalles hin zu. »Kann doch nicht so schwer sein«, grummelte er.

Nun stützte ich mich auf dem Besen ab. Was wollte ich? Ich zögerte. Das wusste ich. Ich wollte Dean. Ich hatte ihm gesagt, dass ich die Zeit nehmen würde, die er mir gab. Die uns das Schicksal gab. Aber hatte ich gesagt, dass ich darüber hinaus irgendetwas einsetzen würde? Hatte ich ihm stattdessen ein Gefühl von Endlichkeit vermittelt? Was war ich tatsächlich gewillt, für uns einzusetzen? Bisher hatte ich ihm nicht viel geboten. Nur gefordert. Sicherheit. Stabilität. Antworten.

Dass er auf Föhr blieb. Aber war eine Beziehung ausgeschlossen, wenn er nicht täglich bei mir war? Wenn ich nicht alle Antworten hatte. Die Vorstellung machte mir Angst. Ich hatte Rainer sehenden Auges an meiner Seite verloren. Distanz musste kein Todesurteil für eine Beziehung sein. Distanz konnte eine Beziehung interessant machen. Nur weil meine Mutter alle Zelte abgebrochen hatte, hieß das nicht, dass Dean das auch machen würde. Anton hatte recht. Ich dachte an die Beziehungsvorbilder, die ich gehabt hatte. Mein Vater war ein Sturkopf gewesen. Für ihn hatte es nur alles oder nichts gegeben.

Dazwischen gab es so viele Facetten.

Und meine Beziehung zu Dean war nicht die meiner Eltern.

Hatte ich wirklich so große Angst davor, mich verletzlich zu machen, wenn ich Dean sagte, dass ich ihn so sehr wollte, dass ich nahezu jeden Kompromiss eingehen würde?

Er würde dieses Wissen nicht ausnutzen. Dean war gut. Anders als Rainer. Dieser war höchst problematisch.

Hatte vor allem ich es nicht verdient, eine Chance auf ein Leben voller Liebe zu haben? Ein Leben, das vielleicht anders aussah, als ich es mir bisher vorgestellt hatte.

Ein Kribbeln wanderte durch meinen Magen. So ein Leben erforderte Einsatz. Es war an der Zeit, dass ich diesen Einsatz zeigte.

Es war schon zehn Uhr abends, als ich Dean an der Haustür hörte. Er öffnete sie, und ich sprang vom Sofa auf. Machte einen Schritt in Richtung Flur. Setzte mich wieder.

»Wohnzimmer«, rief ich. Meine Stimme zitterte. Ich schluckte und schüttelte den Kopf. *Nerven bewahren!* Ich befand mich hier nicht vor Gericht.

Als Dean durch die Wohnzimmertür trat, sprang ich wieder auf.

Mit hochgezogener Augenbraue musterte er mich skeptisch. »Was ist hier los?«

»Nichts!«, brüllte ich fast.

Langsam kam er auf mich zu. »Du hast dein Ausgeh-Outfit an. Warum?«

Ich sah an mir herab. Lieblingsjeans, Lieblingsshirt. Ich wollte zumindest bestmöglich aussehen, wenn ich ihm meinen Vorschlag unterbreitete. Ich schüttelte den Kopf. »Ich muss dir was sagen.«

Wie in Alarmbereitschaft riss Dean die Augen auf. »Nein! Bevor du irgendwas sagst, muss ich mit dir reden.«

»Nein! Ich muss es zuerst sagen«, forderte ich.

»Arved!« Dean griff mich an den Seiten und schob mich auf das Sofa zurück. Mit angezogenen Beinen setzte er sich neben mich.

»Es ist egal, ob du gehst oder nicht«, haspelte ich hervor.

Deans Mimik fiel in sich zusammen.

»Weil ich will, dass wir so oder so zusammenbleiben«, setzte ich hastig hinterher.

Dean wich zurück, so als wollte er ein Kunstwerk aus der Ferne von einem anderen Blickwinkel aus betrachten.

»Hör mir zu! Ich habe nachgedacht. Ich hätte das viel früher sagen sollen. Du bist es wert, wir sind es wert, dass ich mich aus meiner gemütlichen Position bewege. Beziehungen können nicht nur dann funktionieren, wenn mein Partner neben mir auf meinem Hof ist. Beziehungen können auch funktionieren, wenn du in Hamburg lebst oder in New York. Wenn wir es wollen. Und ich will. Du sollst das wissen. Egal, was du mit Isabella besprochen hast. Es muss für uns keine Konsequenz haben. Nun, im Detail, wie unsere Beziehung aussieht, vielleicht schon, aber nicht, was uns angeht. Ich will uns. Auch wenn wir erst in zwei Jahren wieder zusammenleben können. Und ich werde für uns tun, was notwendig ist. Mich auch outen. Hier bei allen Leuten.«

Deans Mund war immer weiter aufgeklappt, seine Augen glänzten verdächtig und mein Herz schlug mir bis in den Hals. Dass ich die Worte so aus mir herausgebracht hatte, grenzte an ein Wunder.

»Nun.« Dean räusperte sich, setzte sich aufrechter hin und strich über seine Oberschenkel. »Diese Überlegungen kommen recht spät und haben sich mit meiner Vereinbarung mit Isabella heute auch erübrigt.«

Mein Herz fiel aus meinem Hals in meinen Magen. Lag dort wie ein Stein. Zog mich hernieder. Ich war zu spät. »Dann ...«

»Ich habe Isabella nämlich gesagt, dass ich auf Föhr bleiben werde. Die Insel ist mein Zuhause. Hier will ich leben, arbeiten und mit dir zusammen sein. Ich werde reisen müssen. Und wollen. Meine Familie besuchen. Aber meine Basis ist hier.« Er streckte sich und legte seine Hand über mein Herz. »Und das hat nichts damit zu tun, wo mein nächster Job liegen wird oder ob du dich outest. Das machst du in deinem Tempo. Oder gar nicht. Du hast meine volle Unterstützung in dem, wie du es willst.«

Hatte sich mein Herz soeben noch kalt und tot angefühlt, schlug es unter Deans Berührung wieder fest und sicher.

»Du bleibst?«, hauchte ich. »Aber das Museum? Kannst du dort arbeiten?«

Er nickte und rutschte näher an mich heran. »Ich kann sofort im Januar anfangen. Ich besuche meine Eltern und bin nur ein paar Wochen weg. Die Dauer der Residency wird dann zwar nicht ganz ein halbes Jahr sein, wie ich eigentlich zu Isabella gesagt habe, da der nächste Teilnehmer nach mir schon eingeplant ist. Aber das ist mir lieber, statt jetzt für zwei Jahre nach New York zurückzugehen. Sie hat mir das Angebot, erst in über einem Jahr zu beginnen, gemacht, damit ich so lange bleiben kann, wie ich will. Sie wollte mir ein optimales Angebot machen.« Er lachte leise. »Ein Missverständnis, das wir schnell klären konnten. Ich will uns nicht aufgeben.«

Ich setzte an, etwas zu sagen, doch Dean schüttelte den Kopf und redete weiter.

»Ich will aber auch meine Arbeit, mein Wohlbefinden nicht aufgeben. Und deshalb bleibe ich.«

Ich riss ihn an mich und vergrub mein Gesicht an seiner Schulter. In dem Moment traute ich mir nicht mehr zu, ihn anzusehen.

Er schloss seine Arme um mich, und mir wurde eine Last von den Schultern genommen. Eine Last, von der ich nicht gewusst hatte, dass sie darauf lag. Ich hatte mich für ihn entschieden. Und Dean hatte sich für mich entschieden. Er war bei mir.

Epilog

Arved

Ein Jahr später

Todmüde. Jeder Schritt war eine Qual. Wir waren vor knapp zwanzig Stunden in New York aufgebrochen und seitdem auf den Beinen. Der Jetlag saß uns in den Knochen. Ich wollte nur noch heim in mein Bett.

Doch schon wieder stahl sich ein Lächeln auf meine Lippen. Mein erster richtiger Urlaub – ever. Nicht ganz billig, da ich neben Anton und Lennert zwei Betriebshelfer engagiert hatte, um den Hof weiter zu betreuen. Aber jeder Euro war es wert gewesen.

Und auch meine Mutter war die ersten Tage auf dem Hof geblieben, um die Stellung zu halten, während ich nicht da gewesen war. Zunächst war ich unsicher gewesen, ob dies in unserem Annäherungsprozess sinnvoll war. Mittlerweile war ich für ihr Entgegenkommen dankbar. Mein Besuch in Bremen war für ihren diesjährigen Geburtstag bereits fest eingeplant.

Erschöpft ließ sich Dean mit seinem riesigen Rucksack auf einen Sitz neben mir im Inneren der Fähre fallen.

Sein Handy vibrierte, und er zog es, mit letzter Kraft, wie es schien, aus der Tasche. Sofort erhellte sich seine Miene und seine Augen strahlten.

»Jemand von deinen Schülern?«, fragte ich.

»Schülerin. Chanet. Sie hat mir Bilder geschickt. Und sich noch mal bedankt.«

Ich betrachtete sein Profil. Durch seine Müdigkeit schien tiefe Zufriedenheit.

»Mein Mallehrer. Eigentlich bin ich immer noch beleidigt, dass du von meinem Vorschlag, Zeichenunterricht auf Föhr zu geben, nichts gehalten hast. Anscheinend müssen da die richtigen Leute anfragen.«

Er warf mir einen giftigen Blick zu und knuffte mich gegen den Oberarm.

»Au!« Ich würde nie müde werden, ihn deshalb aufzuziehen.

»Du weißt genau … ach, weißt du was? Ich werde nicht mehr auf deine Sticheleien reagieren. Und du, mein Lieber, hast von meinem Sommerkursengagement an meiner alten Uni ebenfalls profitiert. Wer bitte hat den Luxus, drei Wochen direkt am Campus in der City zu wohnen? Bei seinem geliebten Freund. NYC-Pride mitzumachen. Von besagtem geliebten Partner in die heißesten Schwulenclubs der Stadt mitgenommen zu werden? Hm? Ich habe drei Wochen kein Wort der Beschwerde gehört.«

Schnell drückte ich Dean einen Kuss auf die Wange. »Weil es keinen Grund für Beschwerden gegeben hat.

Ich hoffe, du machst so was bald mal wieder, damit ich dich wieder besuchen kann.«

»Nicht nur besuchen. Abholen«, erwiderte Dean.

Ich atmete gedehnt aus und strich über seinen Oberschenkel. »Nachdem ich New York gesehen habe ...« Ich zögerte. Rang nach Worten. »Ich würde verstehen, wenn du wieder in die Stadt willst. Deine Freunde, deine Familie. Dein altes Leben.«

Dean drehte sich ruckartig zu mir. Nahm mein Kinn fest zwischen seine Finger. »Mein altes Leben. Ich liebe all das, was du aufgezählt hast. Aber ich liebe auch mein neues Leben mit dir. Auf Föhr. Sieh es mal so. Ich habe jetzt knapp vier Monate nicht gemalt. Dieses Unterrichten ist nämlich genau so, wie ich es mir vorgestellt habe. Nicht sehr kreativitätsfördernd. Zumindest nicht für mich.« Er stand auf und zog mich hoch. »Komm mit. Lass uns raus an Deck gehen. Hier drin schlafe ich ein. Ich brauche frische Luft. Nach dem Flug und dem Zug.«

Bereitwillig tappte ich hinter ihm her.

New York hatte mich vor allem in den ersten Tagen verunsichert. Wie konnte Dean all das aufgeben für ein Leben auf Föhr? Doch ich wollte seinen Worten vertrauen. Sollte sich jedoch für ihn etwas ändern, sollte er wissen, dass ich zuhören würde. Möglichkeiten in Betracht zog. Aber jedes Mal, wenn ich das Thema anschneiden wollte, winkte er ab. Und so stand uns der nächste große Schritt bevor. Zwischen seiner Residency und dem Sommerkurs in New York hatten nur Tage gelegen. Er hatte seine Sachen in Alkersum gepackt und war nach New York gegangen. Erst zwölf

Wochen später war ich ihm hinterhergereist, um sein Leben in New York kennenzulernen.

Sobald wir an Land gingen, würde Dean offiziell bei mir einziehen. Ich war ein klitzekleines bisschen aufgelöst deswegen. Die Monate, während der Dean in den USA gewesen war, hatte ich genutzt, um mein Haus in großen Teilen zu renovieren. Die wichtigsten Entscheidungen hatte ich noch zurückgestellt, da ich beim geheimen Einholen von Hinweisen, welche Küche Dean besser gefallen würde – rein hypothetisch –, zu keinen klaren Ergebnissen gekommen war. Doch diese letzten Kniffe würden wir gemeinsam lösen.

Mit jedem Schritt die Treppen auf das obere Deck zu schüttelte ich meinen Kopf. Keine Ausflüchte mehr. Ich war bereit für unseren nächsten Schritt.

Dean

Die Tür ging auf und der salzige Wind wehte mir kalt um die Nase. So gut!

Ich stellte mich an die Reling und schaute über das Wasser. Eine aufgeregte Freude kribbelte durch mich. Bald hatten wir es geschafft. Jetzt musste nur noch diese Fähre ablegen.

Arved stellte sich hinter mich und umarmte mich. Ich lehnte mich gegen ihn und genoss seine Nähe.

Nach der intensiven Zeit im Museum und meinem Aufenthalt in New York fühlte sich die bevorstehende Fährfahrt wie ein kleiner Schlusspunkt an. Wie die

Reise zu meinem eigentlichen Ziel, auf das wir ein Jahr lang hingearbeitet hatten.

»Was hat dir eigentlich am meisten Spaß gemacht auf unserer Reise?«

»Hm.« Er legte seinen Kopf gegen meinen. »Du willst, dass ich mich zwischen den mehr nackten als bekleideten Jungs in Bushwick und dem Treffen mit deinen Eltern entscheide?«

Ich prustete los. »Wenn du es so formulierst. Ich richte meiner Mom aus, dass du ...«

Er hielt mir den Mund zu, und ich lachte hinter seiner Hand.

»Du bist unmöglich, weißt du das?«

Ich schüttelte den Kopf und kicherte weiter.

Als ich mich endlich beruhigte, ließ er die Hand sinken und fuhr damit unter meine Jacke. »Was mich überraschenderweise sehr bewegt hat, war zu sehen, dass der Laden meines Urgroßvaters immer noch ein Lebensmittelgeschäft ist. Ich meine, mir ist klar, da ist nichts mehr, wie es mal gewesen ist. Aber der Umstand, dass irgendetwas überdauert hat, ist ergreifend. Irgendwie. Weißt du, wie ich meine?«

Sofort suchte ich mit meiner Hand seine Finger und verschränkte sie ineinander. Arved mein New York zu zeigen, war ganz besonders gewesen. Als wir jedoch die Spuren seiner Familie in New York gesucht hatten, konnten wir gemeinsam etwas völlig Neues erfahren. Das war mein Highlight gewesen. »Ich verstehe sehr gut«, flüsterte ich.

»Da wird Föhr erst mal eine Umstellung für dich.«

Er konnte es nicht lassen. Mein Sorgenbär musste sich völlig überflüssige Gedanken machen. Dabei war das absolut unnötig. Ich konnte es kaum erwarten, nach Föhr zurückzukehren. Die viermonatige Pause war schön gewesen. Sie hatte mir aber auch gezeigt, dass ich vor knapp einem Jahr die richtige Entscheidung getroffen hatte.

Die Fähre fuhr los, richtete sich aus und nahm Fahrt auf Amrum und Föhr auf.

»Kommt darauf an, was du unter Umstellung verstehst. Wenn du damit meinst, dass mir der Lärm der Stadt kein bisschen fehlen wird, wenn du meinst, dass ich mich darauf freue, endlich wieder richtig zu atmen und zu schlafen, dass ich es nicht erwarten kann, endlich wieder zu malen. Und wenn du damit meinst, dass ich, seit ich vor vier Monaten abgereist bin, davon träume, wieder am Strand in deinen Armen zu sein – dann ja, steht mir eine Umstellung bevor.«

Arved knurrte mir von hinten ins Ohr. »Ich meine es ernst. Ich will nur nicht, dass du 'nen Inselkoller kriegst und alles hinschmeißt.«

Der Fahrwind spielte um meine Nase. Ich zog mir die Mütze tiefer ins Gesicht.

»Okay. Danke, dass du dir um mein Wohlergehen Sorgen machst. Aber im Moment habe ich nur einen einzigen Wunsch.«

»Und der wäre?«, fragte er aufgeregt. Seine Stimme hob sich. Auch veränderte Arved seine Haltung. Er stellte sich aufrechter hin.

Schwer lehnte ich mich an ihn zurück.

»Bring mich nach Hause.«